CHERCHE JEUNE FEMME AVISÉE

De la même autrice aux éditions Charleston

M'asseoir cinq minutes avec toi, 2021

Les tortues ne fêtent pas Noël sous la neige, 2021

Les étoiles brillent plus fort en hiver, 2021

Les perce-neige s'éveillent sous les flocons, 2022

10, Place des Cinq-Martyrs-du-Lycée-Buffon
75015 Paris – France
www.editionscharleston.fr

ISBN : 978-2-36812-941-8
Maquette : Patrick Leleux PAO

Charleston s'engage pour une fabrication écoresponsable !
Amoureux des livres, nous sommes soucieux de l'impact de notre passion et choisissons nos imprimeurs avec la plus grande attention pour que nos ouvrages soient imprimés sur du papier issu de forêts gérées durablement.

Pour suivre notre actualité, rejoignez-nous sur Facebook (Éditions.Charleston), sur Twitter (@LillyCharleston) et sur Instagram (@LillyCharleston) !

Sophie Jomain

CHERCHE JEUNE FEMME AVISÉE

Roman

J'ai
Lu

À Christy, je te l'ai déjà dit, mais merci…

1

Gabi ne donnait pas cher de la peau de ce pigeon si elle le laissait là. Il pourrait se faire bousculer, écraser, attaquer par un chien ou kidnapper par… par… un faucon ! Non, non, et non. Sa conscience était formelle, on n'abandonne jamais un oiseau transi de peur sur un trottoir, c'est mal – et encore moins sous le prétexte d'être du genre à tout exagérer, alors qu'il n'y avait aucun risque pour qu'un rapace fasse une entrée théâtrale en plein Paris. Cela dit, ça ne faisait pas l'ombre d'un doute : ce pigeonneau était en très mauvaise posture. Il était recroquevillé, tremblotant, et clignait des paupières en alternance sans discontinuer. Droite gauche, gauche droite. Pour un peu, Gabi en aurait eu le tournis. La pauvre petite bête avait dû rater son premier envol.

La jeune femme soupira, attendrie. Il était si mignon avec sa petite tête grise et sa collerette irisée. D'aussi loin qu'elle se souvienne, avec les animaux, elle avait toujours eu l'âme d'un saint-bernard. Elle avait grandi à la campagne et, enfant, lorsque son grand-père annonçait qu'il allait tuer un lapin, elle se levait la nuit pour ouvrir les cages et les laissait filer. Pour les poules, elle faisait la même chose, mais les gallinacés n'ayant pas inventé le fil à couper le beurre, elles ne bougeaient pas d'un pouce et finissaient fatalement dans une casserole. Quant aux pigeons… ma foi, elle n'avait encore jamais eu affaire à un pigeon et finalement, ça ne changeait pas grand-chose au problème : elle ne pouvait pas l'abandonner ici.

Gabi resta un moment immobile devant lui en se demandant ce qu'elle devait faire. Elle avait rendez-vous dans moins d'une demi-heure Faubourg-Saint-Honoré et si elle faisait un détour chez le vétérinaire, il y avait de fortes chances pour qu'elle arrive en retard. Or, elle ne pouvait en aucun cas se le permettre, il y avait un boulot à la clé.

En dépit de ses diplômes qui, hélas, n'avaient strictement aucun rapport avec le poste en question, elle savait qu'elle ne pourrait compter que sur sa taille de guêpe, ses jambes galbées, sa bouche en cœur et ses yeux de biche pour décrocher le job. Car elle reconnaissait en toute honnêteté qu'elle ne savait rien du métier de réceptionniste/standardiste, et encore moins quand celui-ci était à pourvoir dans le milieu du droit, puisque c'était un célèbre cabinet d'avocats qui recrutait. Tout ce qu'elle pourrait offrir en accord avec cette fonction était une plastique impeccable façonnée par des années de danse de salon, et un sourire éclatant pour accueillir d'éventuels clients.

Pour être retenue, Gabi avait mis le paquet et dépensé ses dernières économies dans une toilette qui aurait suffi à éblouir n'importe quel directeur un peu trop coincé. Elle portait une robe rouge à pois blancs, de style années 1950, cintrée à la taille, évasée, retombant juste au-dessous du genou, et décolletée juste ce qu'il fallait. Sa poitrine n'était pas particulièrement imposante – un honorable bonnet C –, mais elle avait le mérite d'être haut perchée, ce qui, dans cette tenue, faisait son petit effet ; recherché, du reste.

Gabi ne voulait pourtant pas qu'on se méprenne, elle n'était pas du genre à exposer ses attributs à tout bout de champ, ni même à se regarder avec admiration dans un miroir, cependant, à situation désespérée, mesure désespérée. Elle avait vraiment besoin d'argent.

La jeune femme arrivait à un moment critique de sa vie. Elle avait perdu son dernier job quelques mois plus tôt, ses droits au chômage seraient terminés dans trois semaines et, cerise sur le gâteau, sa colocataire avait quitté Paris deux semaines plus tôt pour le soleil toulousain. Bref, elle devait obtenir ce travail coûte que coûte si elle voulait continuer à payer ses factures, son loyer, et le parking dans lequel croupissait sa vieille Micra. Loulou, un de ses amis, avocat à Paris, lui avait dit un jour que ses confrères étaient tous des obsédés. Cette description était somme toute un peu exagérée, mais Gabi avait bon espoir que le directeur de *de Bérail et fils* ne soit pas indifférent à ses efforts vestimentaires.

Elle réussit à s'accroupir sur ses escarpins rouges pour observer le pigeonneau d'un peu plus près et repoussa la mèche blonde, courte et bouclée qui lui cachait l'œil.

— Pauvre petit bonhomme. Tu as l'air complètement terrorisé. J'aimerais bien t'emmener, mais...

Elle examina les alentours dans l'espoir de trouver une âme charitable, mais le seul regard qu'elle croisa fut celui du marchand de fruits et légumes. Il mettait de l'ordre dans son étal et, vu la manière dont il la considérait, Gabi comprit qu'elle ne pourrait pas compter sur son aide. Logique. Les Parisiens n'aiment pas les pigeons. Dommage. Parce que les pigeons, eux, les aiment beaucoup.

Elle se concentra de nouveau sur le volatile.

— Tu as conscience que si je ratais cet entretien, je n'aurais bientôt plus un sou. Je serais obligée de rendre mon appartement et c'est moi qui me retrouverais à ta place, domiciliée sur un trottoir ? Mais oui, mon gars. Il vaut mieux que tu saches que personne ne prendra la peine de s'inquiéter pour moi !

L'oiseau la regarda de ses grands yeux rouges. Gabi soupira.

Il n'existait pas trente-six solutions, il n'y en avait même que deux : soit elle emmenait son petit blessé chez le vétérinaire et courait le risque de passer à côté d'un job essentiel, soit elle le laissait se débrouiller. Eh bien, à dire vrai, aucune de ces deux possibilités ne l'enchantait particulièrement.

— Alors, qu'est-ce qu'on fait ?

Le pigeon recommença ses œillades.

— Arrête de cligner des yeux bêtement ! C'est vrai, quoi, propose-moi plutôt quelque chose qui nous convienne à tous les deux.

Mais le centre de son attention semblait toujours aussi indécis. Ou surpris. Ou les deux. Bref, il ne semblait pas vouloir y mettre du sien.

La jeune femme haussa un sourcil.

— Est-ce que tu es du genre à créer des problèmes ? Je peux te faire confiance ? Tu vas te tenir tranquille ?

Bien sûr, l'oiseau ne lui répondit pas, mais pour une raison que Gabi préférait ne pas expliquer, elle fut absolument convaincue qu'il avait hoché la tête. Ce qui était largement suffisant pour la conduire à prendre une décision. Elle se défit du foulard de soie rouge qu'elle portait autour du cou et le roula en boule.

— Tu vas venir avec moi, lui annonça-t-elle tandis qu'elle disposait soigneusement le tissu au fond de son sac à main.

Elle ne manqua pas de se féliciter intérieurement car, par chance, ce dernier était suffisamment grand pour y accueillir un jeune pigeon.

— Quand j'étais au lycée, reprit-elle, Lutin, mon rat domestique, m'accompagnait en cours. Il ne bougeait pas tant que je ne lui avais pas dit de sortir. Tu n'auras qu'à faire pareil. Ensuite, je t'emmènerais chez le vétérinaire, ça te convient ?

Toujours aucune réponse, cela dit.

Elle préserva tant bien que mal ses affaires et tendit lentement les mains vers son petit protégé. Elle s'arrêta juste avant de le cueillir.

— Je te préviens, si tu me donnes un coup de bec, je hurle et je t'abandonne ici !

Mais le grand blessé ne bougea pas d'une plume, il se laissa envelopper par la chaleur rassurante de

Gabi et se mit immédiatement en boule dans son nouvel habitat.

— Je n'aimerais pas voir l'état de votre sac après ça ! lança le marchand d'un air écœuré.

Il semblait absolument effaré par le tableau qui se dessinait devant lui.

— Les gens sont de plus en plus fous, aboya-t-il encore. Un pigeon !

Gabi coula sur lui le regard le plus glacial de son répertoire à expressions.

— Est-ce que je vous fais une scène parce que vous prenez plaisir à tâter des melons toute la journée, moi ?

Le commerçant leva les yeux au ciel et entra dans sa boutique sans un mot de plus.

— C'est une mauvaise langue, je suis sûre que tu es un pigeon bien élevé, ajouta-t-elle à l'attention de l'oiseau tout en l'emmitouflant dans la soie. Tu t'apprêtes à assister à ton premier entretien d'embauche, pas trop stressé ?

Gabi sourit. Elle avait toujours été loufoque et pour rien au monde elle n'aurait changé ça. Il ne restait plus qu'à croiser les doigts pour que son petit passager reste aussi muet qu'une carpe.

* * *

Détachant à grand-peine le regard de son sac à main, inquiète pour son protégé qui n'avait pas bougé d'un pouce, Gabi leva les yeux vers la quinquagénaire brune assise en face d'elle. Cachée derrière une paire de lunettes qui lui mangeait la moitié du visage, cette dernière l'observait avec beaucoup d'attention. Nul besoin d'être extralucide pour comprendre ce qu'elle était en train de penser, Gabi en était presque certaine : elle se demandait ce qu'une jeune femme de trente ans habillée comme une poupée Barbie version fifties faisait ici. Il en allait probablement de même pour les trois autres postulantes. Elles avaient d'ailleurs toutes la même allure ; veste de blazer stricte, chemise blanche boutonnée jusqu'au col, jupe s'arrêtant à peine au-dessus du genou, chignon impeccable haut perché sur la tête… Gabi comprenait mieux la réaction perplexe de sa conseillère du Pôle emploi quand elle lui avait annoncé qu'elle voulait à tout prix tenter sa chance pour ce poste. À en croire la ressemblance frappante des candidates, Gabi n'avait vraiment pas le profil. Elles avaient toutes l'air de sortir d'une usine de clones et ce n'était sûrement pas le fruit du hasard. Le futur employeur avait dû exprimer ses préférences : avoir dépassé la cinquantaine, porter des tenues ringardes, et donner l'impression d'être aussi aimable qu'une porte de prison. Elle osait à peine imaginer à qui elle allait avoir affaire. Sans nul doute s'agissait-il d'un sexagénaire coincé, taciturne et à cheval sur les principes ? Pour le coup, elle qui pensait combler le vide de son maigre CV avec ses jolies formes, elle voyait ses dernières chances s'étioler lentement, mais sûrement.

Gabi ignora les regards curieux et préféra se reconcentrer sur son sac.

L'oiseau ne faisait pas un bruit. Ne pouvait-il pas se manifester, bouger, même un tout petit peu, histoire de la rassurer ?

Elle tenta d'écarter discrètement les anses pour examiner l'intérieur. Tout ce qu'elle réussit à apercevoir fut la boule que formait son foulard rouge. Pas un mouvement. Rien.

— Très originale, lui signifia sa voisine de droite d'une voix aiguë en désignant sa robe du menton.

Gabi sursauta et étira brièvement les lèvres.

— Merci.

Et s'il était en train d'étouffer ?

— C'est un modèle parisien ?

— Euh… oui.

Il est peut-être mort ?

— Vous ne vous sentez pas trop à l'étroit, dedans ?

Son sourire plaqué dissimulait très mal la pointe de sarcasme avec laquelle elle s'adressait à Gabi. Elle avait les yeux rivés à son décolleté qu'elle trouvait vraisemblablement très inapproprié.

— Non, elle est à la bonne taille.

La mégère haussa les épaules et fit semblant de s'intéresser à un numéro des *Échos* posé sur la table basse.

Il y eut un silence de mort pendant une trentaine de secondes, quand soudain, M. Piou-Piou laissa filer un roucoulement qui résonna dans la pièce. Tous les yeux se braquèrent sur Gabi. Paniquée, elle se tourna vers sa voisine de gauche, une petite dame blonde bien en chair.

— Vous avez dit quelque chose ?

L'attention se porta immédiatement sur cette dernière.

— Moi ? Mais pas du tout ! répliqua-t-elle, mortifiée.

Gabi se composa un air perplexe.

— Vous êtes sûre, parce que…

— Mais puisque je vous le dis !

Lorsque le pigeon roucoula une deuxième fois, il lui fut impossible de refaire porter le chapeau à quelqu'un. Elle s'excusa, s'empara de son sac et alla se réfugier dans les toilettes. Quand elle fut certaine d'être seule, elle vérifia l'état de son petit protégé.

— Il me semblait t'avoir demandé de te tenir tranquille ! Nous sommes quatre dans la salle d'attente, ce qui signifie que tu ne dois pas faire un bruit, compris ?

La petite boule de plumes cligna des paupières, pencha la tête à droite, puis à gauche, totalement hermétique à ce que lui disait Gabi. Ce qui, en soi, n'avait rien de particulièrement étonnant. Gabi lui caressa le sommet du crâne, il parut y prendre un plaisir fou, pas apeuré pour deux sous.

— Au moins, tu m'as tout l'air d'être resté propre, ajouta-t-elle en examinant le foulard.

Qu'allait-elle bien pouvoir dire s'il décidait de roucouler pendant l'entretien ? Elle se voyait mal expliquer à son interlocuteur qu'il y avait un oiseau dans son sac à main.

Elle aurait dû y penser plus tôt, maintenant il était trop tard. Devant le miroir, du bout des doigts, elle rajusta rapidement sa coiffure et essuya le noir de son mascara qui avait légèrement coulé sous ses yeux. L'air était moite et lourd, il faisait très chaud pour une fin de mois de juin. Elle recouvrit le pigeon, lui recommanda une nouvelle fois de rester sage, puis regagna la salle d'attente.

Surprise, alors qu'elle ne s'était pas absentée plus de dix minutes, elle se rendit compte qu'une candidate avait disparu. Ce fut plus fort qu'elle, elle commença à se ronger les sangs en se disant qu'elle aurait mieux fait de ne pas se rendre aux toilettes. Si, par malchance, on l'avait appelée la première, elle pourrait faire une croix sur le job avant même d'avoir eu l'occasion de se présenter. Les deux quinquagénaires restantes avaient les yeux rivés sur leur magazine et ne prêtaient nullement attention à elle. Elle eut presque envie de leur demander si par hasard elle avait raté son tour, mais ces deux bonnes femmes auraient bien été capables de lui dire oui juste pour la faire dégager plus vite. Elle se rassit et attendit.

Un quart d'heure plus tard, l'assistante de direction qui les avait accueillies, une dame proche de la soixantaine, brune et terriblement séduisante, revenait avec la première postulante. Cette dernière affichait un air pincé et contrarié. Soit elle avait été très mauvaise – ce qui expliquait l'entretien express –, soit le patron de *de Bérail et fils* avait suffisamment de discernement pour reconnaître la perle rare d'un seul coup d'œil. Gabi avala sa salive et tâcha de faire bonne figure en souriant à l'assistante qui lui rendit ouvertement la politesse.

— Madame Duquesne, appela cette dernière.

Celle qui avait jugé malin de se moquer d'elle un peu plus tôt se leva et disparut dans le couloir avec la démarche guindée de quelqu'un qui aurait rangé son balai au mauvais endroit. Incapable de refréner le sourire en coin qui s'épanouissait au bord de ses lèvres, Gabi s'installa plus confortablement contre le dossier de sa chaise. En face d'elle, Mme Collet-monté-et-tailleur-pied-de-poule attendait son tour et ne s'intéressait pas plus à elle que précédemment, ce qui lui laissa tout le loisir de l'observer.

Elle ressemblait à une chouette. Il n'y avait rien de méchant là-dedans, c'était simplement… vrai. Son adversaire avait une frange qui rebiquait sur les tempes, le faciès sensiblement aplati, un nez minuscule et un peu crochu, d'immenses yeux bien ronds et rapprochés couronnés de sourcils plutôt hauts.

Gabi se retint de rire et se demanda à quel animal elle ressemblait elle-même. Sûrement pas à un fauve, car, sous son apparence de pin-up sûre de ses atouts, se dissimulait une jeune femme d'une autre veine. Gabi n'avait rien d'une diva. À trente ans, elle s'habillait la plupart du temps en jean, se camouflait l'hiver derrière de gros pulls et ne se maquillait pour ainsi dire jamais. Tout cela n'avait rien à voir avec un quelconque manque d'assurance ou une quelconque mésestime de soi, il s'agissait simplement de confort. Gabi grattait la terre. C'était son métier. Avant d'être au chômage, elle était archéologue, et arpenter les chantiers de fouilles en talons aiguilles était, d'une part, peu pratique, et, d'autre part, peu idéal si on ne voulait pas se faire remarquer. Elle grimaça en y pensant, son job lui manquait horriblement. Zéro mission depuis six mois. Nib. Nada. Autant de diplômes pour se retrouver sur la touche, c'était moche.

Quand elle avait commencé ses études, combien lui avaient affirmé qu'elle ne choisissait pas la bonne voie, qu'elle se retrouverait sans travail et plus vite que les autres ? Elle leur avait tous tenu tête, leur hurlant à cor et à cri qu'elle saurait leur prouver le contraire, et aujourd'hui, elle était là, à leur donner raison. Personne n'aurait compris qu'elle pût se sentir humiliée de postuler dans l'un des meilleurs cabinets d'avocats du Faubourg-Saint-Honoré, pourtant, c'était vraiment le cas. Elle aurait mille fois préféré être ailleurs, sale et transpirante, coincée entre une truelle et un seau de terre…

Elle soupira et releva la tête au moment où la candidate numéro deux longeait le couloir avec un air éclatant de satisfaction. Très bien. Elle avait dû faire fureur. Mais Gabi n'était pas du genre à baisser les bras aussi rapidement. Tandis que l'assistante demandait à Mme Collet-monté-et-tailleur-pied-de-poule de la suivre, Gabi se convainquit que rien n'était joué et attendit son tour. Elle ne sortirait pas de ce bâtiment sans travail.

Il ne lui fallut pas patienter longtemps avant d'être invitée à rejoindre le directeur. D'après la plaque en bronze vissée à la porte, il s'appelait Adrien. Adrien de Bérail. Ce nom lui fit l'effet d'une caresse sur la joue et lui renvoya des images de châteaux forts, de chevaliers en armure étincelante et de scènes d'amour courtois. Gabi colla sur ses lèvres un sourire éblouissant, et pénétra dans la pièce d'un pas qu'elle voulut déterminé. Le big boss se tenait assis derrière son bureau, les mains élégamment croisées devant lui.

Passé les premières secondes de surprise, Gabi eut presque envie de se tortiller comme une débutante. Adrien de Bérail, un sexagénaire coincé et taciturne ? Il devait avoir à peine trente-cinq ans et était plus sexy que Christian Bale ! Il lui ressemblait d'ailleurs assez, avec ses cheveux bruns et souples, ses sourcils épais, son nez droit et sa barbe de trois jours soigneusement taillée. Waouh ! Si elle s'y attendait ! Et puis, à en croire ses longues jambes qu'il avait étendues devant lui, il devait être immense. Enfin, dans la mesure où elle culminait tout juste à un mètre soixante, chaque individu dépassant le mètre soixante-quinze lui paraissant grand.

— Entrez, mademoiselle Géris, et asseyez-vous, dit-il d'une voix chaude et, au risque de paraître cliché, terriblement sexy.

Cependant, il n'avait pas l'air commode. Elle le comprit dès qu'elle croisa son regard gris. C'était plus que certain, elle allait se frotter à un spécimen d'un genre plutôt coriace. Elle n'avait pas fait un mètre que déjà, elle se sentait passée au crible. Pour autant, ses yeux ne descendirent pas plus bas que le cou de Gabi. Le menton levé, la tête un brin de côté, il avait une expression étonnamment en harmonie avec cette pièce : froide, incisive et dominatrice. Pas de doute, il n'allait faire qu'une bouchée d'elle.

Elle prit une bouffée d'oxygène discrète et obtempéra. Elle s'installa en face de lui et cala soigneusement son sac contre les pieds métalliques de la chaise. En cas de pépin, elle pourrait y avoir accès rapidement. Mais il n'y en aurait pas, n'est-ce pas ? M. Piou-Piou allait être sage comme une image, aussi invisible qu'elle le souhaitait.

Elle croisa les jambes et posa les mains sur son genou, ce qui, en général, avait toujours l'effet de lui donner de l'assurance. Pas cette fois, hélas. Sous le regard inquisiteur de cet homme tiré à quatre épingles, elle sentait ses muscles se crisper et ses paumes devenir atrocement moites. Elle se força de nouveau à sourire et attendit.

De Bérail baissa les yeux sur le CV de Gabi qu'il tenait entre ses doigts. Il n'aurait pas pu avoir l'air plus perplexe en consultant ses références. C'était mal parti.

— Présentez-vous, exigea-t-il sans préambule.

Elle fut prise d'un besoin impérieux de se racler la gorge avant de le faire. Parce qu'elle était dotée d'un fort caractère et que l'enjeu était de taille, elle réussit à s'en abstenir et à donner l'impression de complètement maîtriser la situation.

— Je m'appelle Gabrielle Géris et je…

— Ça, je le sais déjà, c'est écrit sur votre fiche, l'interrompit-il durement.

— Tout comme mon cursus, monsieur, ne put-elle s'empêcher de rétorquer du tac au tac.

Il haussa un sourcil et la fixa étrangement, donnant un peu l'impression que jusqu'alors, personne ne s'était permis de le remettre à sa place, ce qui l'encouragea grandement. Elle sourit exagérément à ce monstre d'arrogance, et gonfla discrètement la poitrine pour exposer ses attributs. Cette technique était supposée faire oublier à Adrien de Bérail jusqu'à son nom, mais il ne mangeait manifestement pas de ce pain-là. Il resta froid comme le marbre, pas plus troublé par le joli décolleté de Gabi que par ses dents blanches étincelantes.

Mortifiée, elle se mordit les lèvres et piqua un fard.

— Ce que je voulais dire, c'est que… euh… tout y est précisé et peut-être est-ce inutile que je retrace dans le détail mon expérience professionnelle ? Vous avez sûrement des… euh… questions à me poser en rapport avec le poste que vous… proposez, et…

Elle se tut, consciente d'être en train de s'enfoncer.

— Essayez-vous de me dire que vous aimeriez mener l'entretien, mademoiselle Géris ? demanda-t-il calmement, une pointe de moquerie dans la voix.

Elle venait de passer au rouge pivoine.

— Non, pas… pas du tout ! Je…

— Alors, considérons que c'est une bonne nouvelle, parce que si vous bégayez tous les trois mots, nous n'en aurons pas fini avant ce soir.

Elle aurait voulu s'enfoncer six pieds sous terre.

Il posa le CV de Gabi sur le bureau et croisa les mains devant lui.

— Je cherche une réceptionniste/standardiste avec une formation de juriste. D'après votre curriculum vitae, vous êtes archéologue. Comment expliquez-vous votre présence ici ?

Ce qu'il était méprisant ! Elle lui aurait bien craché à la figure qu'elle n'était pas plus bête qu'une autre et que manier une truelle ne signifiait pas qu'on ne savait pas décrocher et parler au téléphone ! Mais elle s'en abstint. À la place, elle sourit de plus belle.

— Je suis à même de répondre au téléphone, monsieur, et d'aiguiller les appels, pour peu qu'on me transmette un listing des numéros internes. Je sais me servir d'un traitement de texte, d'un tableur, d'un logiciel de base de données, je sais faire fonctionner une photocopieuse, un scanner et une machine à café, et je sais aussi être agréable.

Elle crut voir ses yeux se plisser d'amusement.

— Mais vous n'y connaissez rien en droit fiscal, pénal, ou de la famille.

Gabi fit mine de paraître détachée par ses propos qui n'en étaient pas moins une vérité.

— En effet, mais je suppose que vous ne recrutez pas une secrétaire pour qu'elle vous remplace, osa-t-elle plaisanter. Je saurais me former rapidement.

En guise de réponse, Adrien de Bérail repoussa sa chaise et se mit debout.

— Je vous remercie de vous être déplacée, mademoiselle Géris, mais j'ai bien peur que votre profil ne soit aux antipodes de celui que je recherche pour ce poste.

Gabi paniqua.

— Mais je…

Il appuya sur un des boutons du téléphone fixe qui trônait sur le bureau et accorda de nouveau un regard à Gabi.

— Je vais vous faire raccompagner. Si vous avez utilisé un taxi pour venir jusqu'ici et que vous avez besoin d'être défrayée, vous pourrez fournir vos justificatifs à notre service comptabilité, vous serez remboursée sous huit jours.

Gabi refusait de se lever. Si elle le faisait, cela signifiait qu'elle capitulait et il en était hors de question. Pas après seulement cinq minutes d'entretien !

— Je parle l'anglais et l'italien couramment !

L'avocat lui envoya un sourire insupportablement compatissant.

— Le latin aussi, d'après votre CV. Ce qui est une très bonne chose, mais hélas malheureusement inutile pour ce poste. Ce sont des compétences juridiques dont j'ai besoin, pas linguistiques.

— Mais l'anglais peut-être utile, vous avez certainement des clients qui ne parlent que cette langue.

— Quelques-uns, c'est vrai. Cependant une personne bilingue anglais et formée au droit n'est pas une denrée rare, mademoiselle, je suis désolé.

— J'apprends vite !

Il secoua la tête de gauche à droite.

— Vite, ce n'est pas suffisant. Je veux quelqu'un d'opérationnel immédiatement, je n'ai pas de temps à perdre dans votre formation.

— Je ferai encore plus vite ! Trois jours ! Non, deux !

Il contourna son bureau pour s'approcher d'elle, les sourcils froncés. Elle avait réussi à l'agacer.

— Mademoiselle…

— Testez-moi ! lança-t-elle, en désespoir de cause, tout en gonflant exagérément la poitrine de façon plus qu'équivoque.

Il s'arrêta aussitôt pour l'observer, totalement éberlué.

— Je vous demande pardon ?

— Demandez-moi ce que vous voulez !

Manifestement, il n'en croyait pas ses oreilles, mais qu'il se rassure, elle n'en revenait pas elle-même.

— Mademoiselle Géris, je n'attends rien de vous, et sachez que cette attitude ne penche pas en votre faveur. Soyez aimable et quittez ce bureau au plus vite.

Il s'approcha un peu plus comme pour la prendre par le coude.

— Non !

Elle se leva si brusquement que sans s'en rendre compte, elle mit un violent coup de pied dans son sac à main, le faisant s'écrouler sur le côté.

— Mais qu'est-ce que… ? eut à peine le temps de dire de Bérail.

M. Piou-Piou n'avait pas apprécié d'être malmené. Dans un tintamarre épouvantable de cris perçants, il sortit de son logement de fortune pour s'envoler. Effarée, Gabi le vit parcourir la pièce en long, en large et en travers, laissant dernière lui de minuscules crottes de joie d'avoir réussi un si beau décollage. Quelque part, elle ne put s'empêcher d'être très fière de lui qui, une heure plus tôt, était en bien mauvaise posture.

— Nom de Dieu ! vociféra l'avocat.

Il lui adressa un regard si vif de colère, que Gabi ne prit pas le temps d'admirer les prouesses de M. Piou-Piou. Elle se mit à sautiller dans tout le bureau, dans l'espoir de l'attraper, mais le pigeon était hors de portée. Quand enfin il s'arrêta sur le rebord de la fenêtre, de Bérail fit mine de vouloir s'en emparer.

— Non ! Vous allez l'effrayer et il va s'enfuir ! s'écria Gabi, hors d'haleine.

— Fichez-moi cette bestiole dehors ! éructa-t-il en s'immobilisant.

Gabi s'approcha aussi lentement qu'elle put. L'oiseau la regardait d'un sale œil, refusant totalement d'admettre que Gabi lui avait sauvé la vie un peu plus tôt dans la journée. L'ingrat !

— Tout doux, tout doux… murmura-t-elle.

Elle avança les mains, il recula aussitôt.

— Ne t'inquiète pas, je ne te veux aucun mal.

Deuxième tentative, il se déroba encore.

— Chut… tout va bien.

Elle y était presque.

— Là, tu es bien sage…

Au moment où elle s'apprêtait à le toucher, un claquement de langue agacé retentit derrière elle et le pigeonneau se décala de plusieurs centimètres sur le côté. Irritée, elle se tourna vers l'avocat.

— Vous l'avez effrayé, j'y étais presque !

— *Je* l'ai effrayé ? s'insurgea de Bérail. Mais je m'en contrefous ! Je veux qu'il sorte de là !

— Alors, arrêtez de vous agiter !

Elle crut qu'il allait la désagréger par la seule force de son regard. Il était furieux.

— Maintenant, ça suffit !

Il s'élança en direction de la fenêtre pour attraper M. Piou-Piou qui, bien entendu, atteignit le plafond avant que l'avocat n'ait eu le temps de le capturer. Puis, en guise de représailles, il passa au-dessus de lui et laissa tomber sur la manche de son costume hors de prix la trace manifeste de son mécontentement. Ah, c'était certain, lui, il n'avait jamais dû boire d'Orangina…

L'homme, qui ne serait jamais, à n'en point douter, l'employeur de Gabi, regarda attentivement la tache. Au fur et à mesure que les secondes s'écoulaient, elle voyait les joues de l'avocat rougir de fureur. Elle enfonça la tête dans ses épaules en serrant les dents. La tempête était sur le point d'éclater.

— Je vais me le faire ! hurla-t-il.

La jeune femme recula de quelques pas et assista au spectacle le plus étrange de toute sa vie. On aurait dit un genre de numéro de cirque, dans lequel Adrien de Bérail, un parapluie à la main, venait de provoquer l'oiseau en duel, lequel ne semblait pas intimidé du tout. À chaque fois que l'avocat brandissait son arme de fortune pour le toucher, M. Piou-Piou le narguait en l'évitant d'une pirouette habile.

Les cheveux si bien coiffés de l'avocat donnaient l'impression d'avoir subi une attaque de chauve-souris. Un rugissement de tous les diables sortit de sa gorge en même temps que la porte de son bureau s'ouvrait sur son assistante.

— Monsieur de Bérail ! s'écria-t-elle.

Réactive, elle vola à son secours et fit coulisser la baie vitrée. Le pigeon ne demanda pas son reste et s'élança dans le ciel de Paris. Il n'avait même pas dit au revoir à Gabi…

— Vous ! hurla l'avocat.

Une bouffée de chaleur l'envahit entièrement.

— Je peux tout vous expliquer, commença la jeune femme.

Ses yeux à lui jetaient des éclairs inquiétants.

— Sûrement pas ! Je me fous de savoir comment cet oiseau de malheur s'est retrouvé là. Vous ramassez vos affaires, et vous sortez !

Pourtant, elle n'osa pas bouger.

— Mais il allait mourir dévoré par un faucon si je le laissais seul sur le trottoir, plaida-t-elle. Il a raté son envol et…

— Maintenant !

Elle sursauta, regarda maladroitement autour d'elle et s'empara de son sac pour y ranger ses effets éparpillés sur le sol.

— Monsieur ? demanda l'assistante d'une voix hésitante.

— Quoi ? beugla-t-il.

— La candidate pour le poste de nourrice de vos enfants est arrivée.

Les oreilles de Gabi s'étirèrent. Il cherchait une nurse ?

Elle jeta un coup d'œil à l'avocat, il était en train de se recoiffer brièvement.

— Faites-la entrer dans la salle de réunion pendant que je me recoiffe. Je ne peux pas la recevoir ici, et dans cet état ! Vous avez terminé ? aboya-t-il à l'attention de Gabi.

La jeune femme garda la tête haute.

— Oui. Je vous prie de bien vouloir m'excuser pour ce désagrément.

Il éclata d'un rire mauvais.

— Vous appelez ça un désagrément ? J'appelle ça une tornade, un tsunami ! Vous n'avez manifestement pas plus de cervelle que ce moineau pour l'avoir amené jusqu'ici ! Je ne sais pas quel niveau d'intelligence il vous faut pour être archéologue, mais pour le poste de standardiste, vous êtes recalée haut la main !

Gabi l'avait mérité, elle serra les dents.

— Ce n'était pas un moineau, mais un pigeon, ne put-elle s'empêcher de préciser.

— Dehors ! hurla-t-il en désignant la porte de l'index.

Résignée, mais pas vaincue, elle n'ajouta rien de plus et quitta le bureau.

Pour l'instant…

— Vous l'avez vraiment mis en colère, lui murmura l'assistante tout en la raccompagnant vers la sortie.

Elle semblait sincèrement désolée.

— Vous avez vraiment amené ce pigeon ici ? Où se trouvait-il ?

— Dans mon sac, répondit-elle, penaude. Je suis dans un état épouvantable, puis-je vous demander de m'indiquer les toilettes, s'il vous plaît ?

Elle lui sourit amicalement.

— Bien entendu, suivez-moi.

Lorsqu'elles atteignirent les commodités, l'assistante lui tendit une main que Gabi serra.

— Je vais devoir vous laisser. Je vous souhaite bonne chance dans vos recherches, mademoiselle.

Ses recherches ? Elle était plutôt bonne à ce jeu-là, d'habitude, sauf qu'il n'y avait plus grand-chose à trouver, hélas. Pas dans sa branche, pas dans le domaine des arts, rien ! Ce qui aurait pu la désespérer, mais il restait une ultime corde à son arc. Cette fois, elle n'échouerait pas.

— Je vous remercie.

— Au revoir, mademoiselle.

— Au revoir.

À peine seule, Gabi se recoiffa, rajusta son maquillage et prit une profonde inspiration. Elle se racla la gorge, plaqua un sourire artificiel sur ses lèvres et s'arma de courage. Dieu qu'elle allait en avoir besoin ! Elle entrouvrit la porte des toilettes et attendit. D'ici, elle voyait parfaitement qui entrait et sortait des locaux de *de Bérail et fils*.

Vingt minutes plus tard – parmi les plus longues de son existence –, l'assistante du directeur raccompagnait la candidate au poste de nourrice. Elle n'avait pas l'air d'être particulièrement en joie, la pauvre femme avait dû subir la mauvaise humeur de l'avocat. Quand l'une fut partie et que l'autre eut rejoint son bureau, Gabi sortit de sa cachette. Elle n'était peut-être pas douée pour être standardiste, mais les enfants, c'était son rayon ! De Bérail ne pourrait pas lui dire non.

Aussi discrète qu'une ombre, elle se faufila dans le couloir et marcha tout droit en direction du bureau du big boss. Devant la porte en bois, elle prit la peine de frapper et attendit qu'il lui permît d'entrer.

— Encore vous ! s'étrangla-t-il en la voyant.

À vue de nez, il était en train d'essayer de remettre de l'ordre, il y avait des papiers éparpillés un peu partout. Quant aux taches laissées par M. Piou-Piou, quelqu'un s'en était déjà partiellement chargé.

— Je ne vais pas vous redire bonjour, nous venons à peine de nous quitter, le railla-t-elle. Puis-je m'asseoir ?

Il sembla abasourdi par son culot. À vrai dire, Gabi l'était aussi.

— Non. Vous avez oublié quelque chose ?

Elle secoua la tête en souriant.

— Cela veut-il dire que je dois appeler la sécurité ?

Elle lui répondit de la même manière. Il leva un sourcil perplexe.

— Qu'est-ce que vous mijotez ? Je vous ai dit que le poste n'était pas pour vous. Si j'avais été un brin stupide, peut-être auriez-vous réussi à me faire changer d'avis, mais après votre petit numéro de dresseuse de pigeons, plus aucun doute n'est possible : c'est non.

Gabi s'avança vers lui d'un pas déterminé et s'installa sur la chaise qu'elle avait occupée un peu plus tôt.

— Ça tombe très bien, monsieur de Bérail, ce travail ne m'intéresse pas.

Il sembla soufflé et, du coup, s'assit à son tour. D'un geste indolent de la main, il l'invita à cracher le morceau. Gabi lui livra son sourire le plus éclatant avant de commencer.

— Je suis l'aînée de trois frères. Benjamin, dix-huit ans, Rémy, seize ans, et Thomas, treize ans. Ce qui nous fait respectivement, dix, douze et quinze ans d'écart.

Il haussa un sourcil pour la énième fois de la journée.

— Et c'est supposé m'intéresser ?

La jeune femme décroisa lentement les jambes avant de se pencher en avant.

— Complètement. Je sais m'occuper des enfants.

Il eut un mouvement de recul, comme frappé par la foudre.

— C'est hors de question !

— Vous n'avez aucune idée de ce que je vaux dans ce domaine.

— Certainement, mais j'ai désormais parfaitement conscience de quoi vous pouvez être capable le reste du temps. C'est toujours non !

Comme il y allait !

Gabi se redressa pour se caler contre le dossier de sa chaise.

— Quel âge ont vos enfants, monsieur de Bérail ?

Il hésita à répondre, puis finalement, il capitula.

— Ils vont avoir neuf ans.

Gabi écarquilla les yeux.

— Les deux ?

— Les deux.

Des jumeaux… Même pas peur !

— Sont-ils scolarisés ?

— Évidemment, quelle question !

Mais tout était dans la question, au contraire, tout.

— L'enseignement qu'ils suivent est donné dans un établissement privé, n'est-ce pas ?

— En quelque sorte, oui. Où voulez-vous en venir, mademoiselle Géris ?

Elle se lissa machinalement le sourcil fauche.

— Eh bien… Nous sommes le 28 juin. Les grandes vacances commencent réellement le 6 juillet, mais dans les écoles privées, il n'est pas rare qu'elles soient imposées une semaine plus tôt. Disons, demain, si je ne me trompe pas.

— Vous ne vous trompez pas, admit-il, agacé.

Gabi se retint de sourire de satisfaction.

— Dans ce cas… De deux choses l'une, vous avez déjà trouvé une nourrice pour vos enfants, ou bien – et là elle en était presque sûre – vous n'en avez pas encore. Dans le second cas, vous êtes dans la panade, car vu votre position professionnelle, vous ne devez guère pouvoir prendre des congés n'importe quand. Mais peut-être que je fais erreur et que votre épouse peut se le permettre momentanément ? ajouta-t-elle innocemment.

— J'en doute, répondit-il calmement. Elle est morte.

Gabi se sentit rougir jusqu'aux oreilles. Elle ne s'attendait certainement pas à cette réponse. Elle était très embarrassée, peinée même, d'apprendre que des enfants si jeunes n'avaient déjà plus leur mère. Un immense élan de compassion s'empara d'elle, la rendant encore plus déterminée à avoir le poste. Alors, au lieu de se laisser intimider par sa bévue, elle décida de faire comme si elle n'avait pas relevé, ce qui sembla parfaitement convenir à Adrien de Bérail. Il se pencha en avant et la regarda fixement.

— Qu'est-ce qui vous fait dire que je ne viens pas d'engager une nurse ?

Sous l'intensité de son regard, Gabi se sentit frissonner.

— C'est très simple, la candidate qui vient de quitter votre bureau ne donnait pas particulièrement l'air d'avoir quelque chose à fêter. Et comme elle se trouvait seule dans la salle d'attente et que vous êtes du genre exigeant, je suppose que vous n'avez pas encore trouvé la perle rare.

Sa petite déduction le fit étirer les lèvres tandis que ses yeux brillaient d'un éclat d'amusement. Elle se fit la remarque qu'il aurait dû sourire plus souvent, ça lui allait bien.

— En êtes-vous certaine ?

— À deux cents pour cent, monsieur.

Il sembla méditer quelques instants, puis il se pencha pour s'accouder à son bureau.

— Très bien. Supposons que vous ayez raison, mademoiselle Géris, qu'est-ce qui pourrait bien me convaincre de confier mes enfants à une jeune femme suffisamment loufoque pour se faire accompagner d'un pigeon à un entretien d'embauche ?

— C'est très facile, vous êtes pris par le temps. Engagez-moi.

Il éclata de rire, elle le trouva encore plus beau.

— J'ai d'autres ressources, mademoiselle. Je ne suis pas si pressé que ça.

— J'ai pratiquement élevé mes frères, monsieur, insista Gabi. Ils n'ont jamais rien eu à redire de mes prestations de baby-sitter, mes parents non plus. Sauf peut-être la fois où j'ai fait tomber Thomas et sa poussette dans la rivière en essayant de rattraper le chien des voisins.

— Vous plaisantez ?

— Pas du tout. Mais rassurez-vous, Thomas ne m'en a jamais voulu.

Elle le regarda droit dans les yeux et attendit sa réaction.

Adrien se fichait bien de ce Thomas. Tout ce qu'il voyait, c'était qu'il était sur le point de donner le job à une excentrique simplement parce qu'elle avait raison : il était pris à la gorge. Toutes les bonnes femmes soi-disant sérieuses qu'il avait reçues avant elle semblaient avoir une prédilection pour les punitions corporelles. Ça le rendait malade, personne n'avait le droit de toucher à ses enfants, il n'avait lui-même jamais osé lever la main sur eux. Adrien les adorait.

Alors il observa un peu plus attentivement Mlle Géris. Elle était jolie, fraîche et totalement dépourvue de superficialité, nonobstant la tenue irréelle qu'elle portait. Elle donnait presque à sourire. Cette fille était complètement à côté de la plaque en s'habillant ainsi pour cet entretien. Jamais il n'aurait embauché quelqu'un pour sa plastique, si attrayante soit-elle. Et celle de Gabrielle Géris l'était vraiment. Il ne savait d'ailleurs pas ce qui le troublait le plus : ses ravissants petits seins haut perchés, ses hanches délicieusement arrondies, ses longues jambes fuselées – bien qu'elle-même ne soit pas très grande –, ou sa bouche en cœur qu'elle n'arrêtait pas de mordiller. C'était tout à fait le genre de femme qu'il avait tendance à fuir sur son lieu de travail. Elles lui faisaient perdre la tête, et ici, sa tête, il en avait besoin : claire et bien organisée.

Cependant, en dépit de ce qu'il avait vu aujourd'hui et de la catastrophe ambulante que représentait cette ravissante personne, il devait admettre que transporter un pigeon dans son sac afin de lui éviter de finir dans la gueule d'un chat avait quelque chose de rassurant. Elle avait du cœur. Et si elle en avait pour les animaux, il en allait probablement de même pour les enfants. Pas probablement, non. Elle en avait. Point. Restait à savoir si elle pouvait assumer la responsabilité des siens. Il avait bien quelques questions sournoises à lui poser. Si ses réponses lui plaisaient, il l'emploierait.

— Partons du principe que vous n'avez pas le droit de réprimander Sophie, ma fille.

Gabi nota qu'il avait dit « ma fille » et pas « l'une de mes filles », cela supposait donc que son deuxième enfant était un garçon. Elle hocha la tête et sourit. Des faux jumeaux…

— Elle descend la rampe d'escalier sur les fesses, elle tombe et se fait une vilaine bosse, puis elle recommence, encore et encore. Comment réagissez-vous ?

Il avait conscience que cette supposition était totalement ridicule, mais son interlocutrice donna quand même l'illusion d'y réfléchir quelques secondes.

— Je fais venir un menuisier et je lui demande de retirer l'escalier. Ensuite, parce que vous avez énormément d'argent et que vous tenez à votre fille, j'appelle un technicien pour qu'il installe un ascenseur. Radical, mais efficace.

Adrien le cacha, mais il était très amusé.

— Vraiment ?

— À votre avis ? lui demanda-t-elle.

Il secoua la tête.

— Non, vous ne le ferez pas.

— Vous avez raison, je n'en aurais nullement le besoin.

Adrien pencha la tête de côté en plissant les yeux.

— Vous suscitez ma curiosité.

Gabrielle Géris décroisa les jambes une deuxième fois et fit mine d'épousseter sa robe.

Tout le mal qu'elle se donnait pour paraître sûre d'elle le divertissait follement.

— Si elle est aussi intelligente que vous – ce dont je ne doute pas –, elle écoutera mes arguments quand je lui expliquerai qu'il ne faut pas recommencer. Exactement de la même manière que vous êtes déjà en train de vous laisser convaincre de m'embaucher.

Elle ne manquait pas de culot ! Et s'il trouvait ce trait de caractère totalement inapproprié pour prétendre à travailler dans son cabinet, il était persuadé que ce serait parfait pour dompter ses enfants. Cependant, il lui posa une dernière question.

— Et si Sophie exige de dormir dans le grenier chaque nuit, que lui direz-vous pour la faire changer d'avis ?

Elle sourit.

— Rien du tout.

Ah, il était presque déçu.

— Rien du tout ?

— Non rien. J'irai me coucher avec elle, car ce sont dans les greniers que l'on passe les plus belles nuits.

— Vous êtes une jeune femme avisée, mademoiselle Géris.

Les lèvres de la jeune femme s'étirèrent en coin, il veilla à ne pas l'imiter.

Ils se regardèrent silencieusement quelques instants avant qu'elle ne lui demande :

— Et qu'en est-il de votre fils ? Vous n'avez pas fait mention de ses éventuelles lubies.

— Vous n'aurez pas ce genre de souci avec Paul, répondit-il laconiquement.

Adrien ouvrit le tiroir de son bureau et en sortit une feuille de papier sur laquelle il nota une adresse. La sienne.

— Avez-vous le permis de conduire ?

— Euh… oui.

Il poussa le feuillet devant elle.

— Rendez-vous à mon domicile dimanche à 10 heures. Ne soyez pas en retard, je vous présenterai mes enfants.

Elle opina, ravie.

— J'ai besoin de vos services en journée et pas seulement pendant les vacances d'été, c'est pourquoi je vous offre un contrat à durée indéterminée, continua-t-il. Pour des raisons pratiques, vous résiderez sur place et disposerez d'une chambre, de commodités privées et partagerez le reste de la propriété. Lorsque l'école reprendra, vous utiliserez le temps scolaire pour organiser diverses activités et planifier vos semaines. Vos congés hebdomadaires seront le samedi et le dimanche, sauf occasions exceptionnelles, et vos vacances devront être définies avec moi. Vous travaillerez de 9 h 30 à 21 heures et répartirez vos temps de pause à votre guise en vous organisant avec le reste du personnel. Vous serez donc nourrie, logée et rémunérée 2 300 euros par mois. Vous disposerez également d'un véhicule, tous frais payés. Des questions ?

Si elle fut surprise par le montant qu'il lui annonçait, elle n'en laissa rien paraître. Mais d'après les postes qu'elle avait déjà occupés, il aurait mis sa main au feu que c'était plus qu'elle n'avait jamais gagné. Il n'était pourtant pas allé au maximum de ce qu'il avait décidé de proposer au départ, mais avant de l'augmenter, il désirait la tester.

— Non, lui répondit-elle, aucune dans l'immédiat.

— Alors c'est parfait. Rejoignez mon assistante pour les formalités administratives. À dimanche, mademoiselle Géris.

— Très bien. À dimanche, monsieur de Bérail.

Adrien la regarda sortir de son bureau d'un pas nettement moins assuré que lorsqu'elle y était entrée. Il se laissa aller contre le dossier de son fauteuil et soupira longtemps.

Il espérait ne pas avoir fait d'erreur en l'embauchant. Or, il avait l'affreuse impression qu'il venait de faire exactement tout le contraire.

Advienne que pourra. Il était trop tard pour reculer.

2

— Tu es sûre que ce travail est sérieux, Gab' ?

Benjamin avait beau être son cadet de dix ans, il n'en était pas moins une vraie mère poule. Toujours à s'inquiéter pour elle.

Gabi adorait chacun de ses frères, mais avec Benjamin il y avait un petit truc en plus. Avant qu'il naisse, elle avait toujours imaginé qu'elle serait fille unique, alors la nouvelle de la grossesse de sa mère l'avait plongée dans une véritable euphorie. Ce petit frère, Gabi l'avait choyé comme s'il était son fils.

— Gab' ? Ce travail vaut le coup, oui ou non ?

Oui, ce job était inespéré. 2 300 euros par mois... Grâce à cette somme, elle ne serait pas obligée de rendre son studio, elle pourrait continuer à payer son loyer pour y revenir n'importe quand en cas de problème et réussirait même à faire quelques économies.

— Évidemment qu'il vaut le coup ! le rassura-t-elle.

— Tu as déjà rencontré les enfants ?

— Non, je n'ai encore rencontré personne à part mon patron. Je n'ai décroché le job qu'avant-hier.

— Tu es sûre que cette famille est stable ?

— Hé ! C'est moi l'aînée, pas toi ! Contente-toi d'être un gamin boutonneux et souris à la vie !

— Je n'ai plus de boutons depuis longtemps, grommela-t-il.

Gabi laissa filer un rire léger.

— Bien sûr que non, tu es beau comme un dieu !

— N'exagère rien. Je te passe maman. Je t'embrasse, grande sœur.

— Moi aussi, mon petit homme.

Gabi sourit quand elle l'entendit siffler entre ses dents. Il supportait très mal qu'elle l'appelle encore ainsi, pourtant, c'est ce qu'elle avait toujours fait.

— Alors ? Tu commences quand ? lui demanda sa mère qui ne disait que très rarement bonjour au téléphone.

— Bonjour, 'man. Demain matin.

— On te fait travailler le jour du Seigneur ! Quel genre de patron est-ce ?

Gabi ne put retenir un soupir d'exaspération. Sa mère était une femme adorable, mais tellement à cheval sur les principes qu'elle en était parfois irritante. Par exemple, elle ne faisait jamais le marché le dimanche matin. Elle ne voulait pas être responsable du complot économique opéré sur le dos des braves gens, comme elle aimait à le clamer. De la même manière, elle suivait strictement le rythme des saisons quand il s'agissait de cuisine. Il ne lui serait jamais venu à l'idée de manger une fraise au mois de janvier ou des tomates en plein hiver. Élisabeth Géris avait été élevée dans le respect des traditions familiales. La maturité et l'évolution de la société l'avaient rendue plus coulante, plus flexible, mais elle restait assise sur ses positions un brin rétrogrades. En même temps, c'est ce qui faisait d'elle la femme touchante et authentique que Gabi admirait bien au-delà des mots.

Donc, quel genre de patron était Adrien de Bérail ?

— Le genre qui a beaucoup d'argent et qui peut payer les heures sup, répondit paisiblement Gabi. Je vais aller vivre chez eux.

— Chez eux ! Quel âge ont leurs enfants ? Ils vont bien te rémunérer, j'espère ?

— Très honorablement, maman, ne t'inquiète pas. Paul et Sophie sont des jumeaux de presque neuf ans.

— Mais où habitent-ils ?

— Pas très loin du Trocadéro, dans le VIe arrondissement. Ne m'en demande pas plus, je n'y suis encore jamais allée.

— Tu auras ta chambre, au moins ?

Gabi ne put s'empêcher de pouffer de rire.

— À moins que mon futur employeur ne m'ait pas dit que j'avais aussi été engagée pour réchauffer son lit, je pense que oui !

— Il n'est pas marié ? demanda sa mère d'une voix calme, qu'un brin d'anxiété venait assombrir.

— Il est veuf.

— Ah. Quel âge a-t-il ?

— Il est proche de la quarantaine, je pense.

Même si elle était restée parfaitement silencieuse, Gabi aurait juré entendre toutes les questions qu'Élisabeth était en train de se poser. Était-il quelqu'un de bien ? Allait-il effectivement mettre Gabi dans son lit ? Serait-il réglo avec elle ?

— Assez parlé de moi, décida Gabi. Comment ça va, à la maison ?

Élisabeth Géris soupira comme si le ciel lui était récemment tombé sur la tête.

— Ton père s'est encore coincé le dos en voulant aider Mme Ruiz à rentrer son bois. Moralité, je dois m'occuper du jardin et de toutes les bricoles qu'il fait d'habitude. Bref, je n'ai plus le temps de rien !

Gabi ne put se retenir de sourire en secouant la tête. Ses parents avaient respectivement soixante et cinquante-sept ans. Sa mère était la plus âgée des deux, mais c'était elle qui avait le plus de punch, ce qui ne l'empêchait pas de ronchonner à la moindre occasion. Mais même si elle avait un drôle de caractère, Gabi l'adorait et voyait en elle la femme la plus merveilleuse qu'elle ait jamais connue. Quand elle criait, c'était l'ensemble du voisinage qui en profitait, mais lorsqu'elle riait, elle embarquait tout le monde dans sa joie. Les bises qu'elle faisait claquer sur les joues des gens qu'elle aimait étaient les meilleures de l'univers, tout comme ses petits plats dont elle ne se lassait pas de régaler ses amis. C'était d'elle que Gabi avait hérité sa petite taille et ses cheveux blonds. Fabrice Géris, lui, était grand et il avait préféré offrir ce gène à ses garçons, mais son mauvais caractère, c'est Gabi qui l'avait récupéré. Cela dit, elle n'en aurait changé pour rien au monde.

— Comment va-t-il ? s'inquiéta-t-elle.

— Comme un pacha ! Il passe ses journées dans le fauteuil, devant la télévision, à se faire servir. Et Mme Ruiz prend bien soin de lui.

— Mme Ruiz prend soin de lui ? répéta Gabi, étonnée.

— Elle le nourrit de pâtisseries qu'elle confectionne spécialement pour lui afin de se faire pardonner. Dis, ma chérie, je pensais à une chose, éluda-t-elle en moins de deux.

Si bien que Gabi n'osa pas insister.

— Oui ?

— Comptes-tu rendre ton appartement ?

— Pas dans l'immédiat, pourquoi ?

Sa mère lâcha un claquement de langue discret, comme à chaque fois qu'elle avait un truc derrière la tête. Gabi embarqua son téléphone filaire avec elle et s'accroupit sur son lit en attendant la suite.

— Benji aura les résultats de son admission en prépa la semaine prochaine. Tu n'es pas sans savoir que pour se rapprocher de toi, il a mis Paris dans ses premiers choix.

— Oui bien sûr. Tu voudrais qu'il s'installe chez moi ?

— Ce serait fabuleux ! Comme ça, tu économiserais le prix de ton loyer.

— Comme si j'allais vous demander quoi que ce soit ! s'indigna Gabi.

— Ça fait quand même une sacrée somme…

Vingt-quatre heures plus tôt, elle n'aurait pas pu faire cette proposition. Maintenant, elle pouvait. Et puis, il s'agissait de son petit frère.

— Maman, j'avais prévu de le garder et de payer le loyer toute seule.

— Je sais bien, mais…

— Écoute, si tu tiens vraiment à participer, donne cet argent tous les mois à Benji, Paris est cher, il en aura besoin.

Depuis le combiné du téléphone, elle sentit que sa mère était émue aux larmes.

— Ah non, maman, par pitié, ne fais pas ça !

Si les gens surnommaient Gabi le « Rio Grande en crue », ce n'était pas pour rien. Il lui suffisait d'un rien pour fondre en larmes, et quand sa mère la provoquait, elle en avait pour des heures à se remettre.

— D'accord, d'accord ! la rassura Élisabeth en reniflant.

— Je vais devoir te laisser, maman, j'ai toutes mes affaires à rassembler.

— Oui, oui, bien sûr. Je suis contente que tu aies trouvé du travail, mon poussin. Même si ce n'est pas exactement ce que tu voulais faire.

Gabi n'eut pas le courage de lui dire que oui, elle aurait vraiment préféré se retrouver à creuser des trous dans la terre.

— Merci, 'man. Embrasse papa et les garçons pour moi.

— Sans faute.

Gabi raccrocha et s'empara du bocal de bonbons posé sur sa table de nuit. Elle l'ouvrit, le cala entre ses cuisses et piqua une fraise Tagada qu'elle enfourna aussitôt dans sa bouche. Rien qu'en fermant les yeux, elle faisait un bond de vingt ans en arrière, quand son père lui ramenait ces cochonneries, chaque mercredi, après la danse. Elle en mangea trois ou quatre, puis elle se décida à remplir sa valise. Elle était vieille et petite, mais Gabi n'avait finalement pas grand-chose à y ranger. Son studio était si exigu qu'elle n'avait jamais eu la place d'y mettre une armoire. Depuis le début, elle se contentait d'un portique à roulettes brinquebalant acheté chez Ikea, d'un portemanteau et d'un tiroir en osier qu'elle camouflait sous son lit. Avoir une colocataire pendant trois ans avait bien arrangé ses fins de mois, mais l'espace habitable s'en était considérablement réduit. On en avait vite fait le tour. Son lit, elle avait dû le coincer dans l'alcôve et l'isoler par un rideau pour garder un peu d'intimité. Quant à Lilli, elle dormait dans le clic-clac, entre la baie vitrée et la table basse.

L'appartement, on en avait vite fait le tour. À gauche, une cuisine américaine rouge et noir de mauvaise qualité, un réfrigérateur et un grille-pain. À droite, un cabinet de toilette aménagé en douche, si minuscule, qu'une fois la porte fermée, il n'y avait pas moyen de s'étirer. Trente-deux mètres carrés à 700 euros par mois. Gabi n'était pas triste d'aller prendre l'air ailleurs.

Elle bourra sa valise de vêtements et mit deux paires de chaussures dans un sac, à part. Elle aurait l'occasion de revenir si elle avait besoin d'autre chose. Quand elle eut terminé, il était 18 heures. Comme il faisait encore très chaud et qu'elle avait pas mal transpiré, elle décida de s'octroyer une bonne douche. Elle s'attacha les cheveux pour ne pas les mouiller et retira ses pantoufles. Elle s'apprêtait à se dévêtir lorsqu'on sonna à la porte. Elle fit un bond spectaculaire. Gabi habitait un de ces vieux immeubles du Quartier latin, sans interphone, et au digicode totalement inactif, du coup on entrait ici comme dans un moulin. Elle n'attendait personne, alors elle hésita à ouvrir.

Depuis qu'elle avait été agressée à l'angle de la rue Mouffetard par un ivrogne en manque de câlins, elle restait sur ses gardes. C'était un couple de touristes japonais qui l'avait tirée d'affaire avant que ça ne tourne mal. Elle avait terminé la soirée avec eux dans un sushi-bar à boire du shōchū. Oh, elle avait oublié ses petits ennuis en un rien de temps, mais son estomac ne s'en était jamais remis. Dès lors, rien que le terme alcool de riz suffisait à lui donner des haut-le-cœur.

Bon sang, on s'acharnait sur sa sonnette !

Elle chercha son sac des yeux pendant quelques secondes et se demanda si elle ne devait pas récupérer la bombe lacrymogène qu'elle s'était achetée quelques semaines plus tôt. La porte d'entrée n'avait pas de judas ni de chaîne de sécurité et son visiteur pouvait être n'importe qui de mal intentionné. Dans un quartier aussi animé que le sien, il fallait être prudent. OK. Gabi avait conscience d'être un peu paranoïaque, mais comme l'avait toujours dit sa mère : « Mieux vaut prévenir que guérir. »

Elle s'avança jusqu'à son sac à main et sursauta quand on prononça son prénom.

— Gabi ? Ouvre, c'est moi !

Un désagréable frisson lui parcourut la colonne vertébrale. Elle n'avait pas entendu cette voix depuis des lustres. Bien que la dernière fois elle ne lui avait pas semblé si nasillarde. Son propriétaire devait avoir le nez sacrément bouché.

— Martin ?

— Ouais ! Ouvre cette porte, j'ai des ennuis.

Le lui dire n'était pas vraiment le meilleur moyen de la convaincre. Elle avait été son amie, il l'avait draguée, elle avait refusé ses avances, il avait insisté, puis elle avait commis l'irréparable en acceptant d'être sa petite amie pendant quelques mois. Par amour – tout du moins, c'est ce dont elle s'était persuadée à l'époque –, Gabi l'avait suivi aveuglément pour le seconder sur un chantier de fouilles en Allemagne, et tout ce que Martin avait trouvé à faire, c'était voler des objets pour les revendre. Aucune preuve ne permettait d'accuser Gabi, mais nul n'avait voulu croire qu'elle n'était au courant de rien. Plus personne ne désirait prendre le risque de travailler avec elle. Martin Legrand avait ruiné sa carrière… six mois plus tôt.

— Si c'est le genre d'ennuis pour lequel je me retrouve sans chantier, tu peux aller te faire cuire un œuf, Martin.

— Rien à voir, c'est juste que… Putain, Gabi, ouvre cette porte !

Puis il se mit à tousser avec tellement de force qu'elle prit peur et céda.

Il était dans un état épouvantable. La lèvre inférieure éclatée, les pommettes noires de bleus, les paupières si boursouflées qu'on ne discernait presque plus ses yeux, et que dire de son nez ? Gabi n'était même plus sûre que c'en était un. Cette excroissance difforme et sanguinolente était plus en phase avec une pomme de terre qu'avec autre chose.

— Oh, mon Dieu, Martin ! Mais que t'est-il arrivé ? Tu as assuré le remplacement d'un punching-ball ?

Le jeune homme entra et tituba dans l'appartement avant de s'effondrer sur le clic-clac.

— Mais que t'est-il arrivé ? répéta Gabi, encore sous le choc.

— Règlement de comptes.

Évidemment, à force de se frotter à plus gros que lui, il avait fini par prendre cher. Le trafic d'œuvres d'arts et d'objets archéologiques faisait partie d'un vrai réseau de banditisme. C'étaient des méchants, ces gens-là, ils ne plaisantaient pas.

— Si seulement ça pouvait te servir de leçon ! le sermonna Gabi.

— Pour le moment, tout ce que je veux, c'est de l'ibuprofène, gémit-il.

Elle secoua le menton et se dirigea vers la boîte à pharmacie, sous l'évier. Elle en sortit quelques antalgiques, du coton, du désinfectant et des pansements. Mais de son point de vue, c'était d'un bon chirurgien dont le nez de Martin avait besoin. Elle se lava les mains soigneusement et alla s'installer près de lui.

— Tu as vraiment une sale tête.

— Ah bon ? dit-il en calant sa nuque sur le dossier du canapé. Tu ne me trouves plus aussi sexy qu'avant ?

Sexy, ça oui, il l'était. Grand, blond, sportif et perpétuellement doré par le soleil, en temps ordinaire, Martin avait les plus jolis yeux bleus qu'elle ait jamais vus. C'est d'ailleurs son regard et son humour qui l'avaient attirée, mais elle aurait dû savoir qu'elle se trompait. Depuis qu'elle était toute petite, elle était persuadée que l'homme de sa vie serait gaucher et qu'il jouerait de la guitare. Martin n'avait aucune de ces caractéristiques.

— Ferme la bouche, lui ordonna-t-elle en lui épongeant le coin des lèvres.

Il ne poussa pas un cri, mais fit la grimace.

Gabi nettoya soigneusement son visage. Ce n'était pas aussi grave qu'elle l'avait imaginé. Les plaies et les ecchymoses étaient impressionnantes, mais il n'aurait peut-être pas besoin de médecin. Elle appliqua un pansement sur sa pommette gauche et sur son nez, puis elle déposa un antalgique sur sa langue.

— Ne bouge pas, je vais chercher un verre d'eau.

Quand elle revint vers lui, il paraissait complètement K-O.

— Dans quel pétrin t'es-tu encore fourré, Martin ?

Elle n'était pas très heureuse de le voir ici, mais il avait quand même l'air de souffrir, il faisait peine à voir.

— J'ai besoin d'un endroit où me cacher.

— C'est si sérieux que ça ?

— Je suis dans la merde.

Il essaya de se redresser un peu et gémit de douleur.

Gabi se pencha sur lui pour l'aider.

— Fais-moi voir ça, dit-elle en tâchant de passer une main derrière son dos.

— Non, ça ira.

Gabi fronça les sourcils de la même manière que sa mère quand cette dernière refusait qu'on la contredise.

— Arrête de discuter. Montre !

Martin capitula et la laissa soulever le bas de sa veste en lin clair et sa chemise. Elle n'eut pas besoin d'aller plus loin pour vérifier les dégâts.

— Mais… on t'a frappé avec une barre !

Elle remonta davantage ses vêtements et pâlit un peu plus. Il était constellé d'ecchymoses horizontales, pas un centimètre de sa peau n'avait été épargné.

— Pour l'amour de Dieu, Martin, ne peux-tu pas éviter les ennuis une bonne fois pour toutes ?

— Ce sont les ennuis qui me courent après.

— Alors, cours plus vite ! Non, mais sérieusement, si tu voyais ton dos !

Il grimaça de plus belle quand elle glissa la paume sur ses reins.

— Ils auraient pu te tuer. Tu dois consulter un médecin, Martin.

Il bougonna.

— Une autre fois.

— Tu es complètement malade. Que s'est-il passé, exactement ?

Il remit ses vêtements en place et appuya la nuque contre le dossier, les yeux fermés.

— Ils ont attendu que je rentre chez moi, ils m'ont serré dans la cour intérieure.

— Ils étaient combien ?

— Trois.

Gabi soupira très longuement.

— Qu'est-ce qu'on te reproche, ce coup-ci ?

— Tu n'aimerais pas le savoir.

Gabi fronça les sourcils. Martin releva légèrement la tête pour l'observer à travers ses yeux mi-clos.

— Je ne peux pas te mêler à ça.

— Tu l'as déjà fait, je te rappelle.

Martin soupira.

— Celui qui me servait d'intermédiaire s'est enfui avec la thune et maintenant, les mecs avec qui il faisait affaire veulent que je les rembourse.

— Et c'est chez moi que tu te réfugies !

— Je ne peux avoir confiance en personne d'autre.

Gabi l'observa de longues secondes sans rien dire, puis elle secoua le menton en pinçant les lèvres.

— Avec ce que tu m'as fait, tu ne devrais pas avoir autant foi en moi !

— Bien sûr que si, Gab' ! Tu es la seule vers qui je puisse me tourner.

Elle lui retira le verre des mains et le posa sur la table basse.

— Je ne veux pas te paraître sans cœur, Martin, mais il se trouve que tu tombes plutôt mal.

Du menton, elle désigna ses bagages bouclés.

— Tu t'en vas quelque part ?

— Je déménage.

Son attention se reporta vers les effets de Gabi et il fronça les sourcils tant bien que mal.

— Et tu ne prends qu'une seule valise ?

Elle n'avait pas envie de s'expliquer avec lui, alors elle fit court.

— C'est provisoire.

Pour le coup, Martin se redressa pour tenter de la regarder d'un peu plus près.

— Tu as des ennuis, toi aussi ?

— Non, j'ai un job.

— Un chantier ?

Même à travers ses paupières à demi closes, elle put voir la lueur d'intérêt qui brillait dans ses yeux.

— N'y compte pas ! le prévint-elle.

Il fit mine d'être étonné.

— Quoi ? C'est le cas ou pas ?

— Je suis engagée comme nourrice, finit-elle par lui avouer pour qu'il la laisse tranquille.

Il ouvrit la bouche, la referma, puis la rouvrit encore pour éclater de rire.

Gabi le regarda d'un œil mauvais. S'il pensait qu'elle était d'humeur à écouter ses railleries ! Elle était sûre de ce qu'il allait lui dire : qu'elle ne supportait pas les enfants, ce qui était totalement faux. Ce qu'elle ne pouvait pas souffrir, c'était ces gosses de riches venus s'initier à l'archéologie. Ces gamins de dix ans pourris gâtés qui se faisaient offrir un séjour par papa et maman, et qui vous menaient la vie dure pendant deux semaines. Oui, ceux-là, elle les avait dans le collimateur.

Martin s'arrêta tout net de rire quand la plaie sur ses lèvres se rouvrit.

— Merde !

Gabi se moqua à son tour.

— Bien fait !

Il se redressa et appliqua un coton imbibé d'antiseptique sur sa bouche.

— Je ne sais pas où aller, annonça-t-il sans prendre de pincettes. Puisque tu t'absentes, je pourrais rester chez toi quelque temps ?

Gabi secoua énergiquement la tête.

— Hors de question.

— Allez… On est amis, non ?

— Plus vraiment, Martin. Depuis, on est passés du stade de « petits amis » à « il vaut mieux qu'on s'évite ».

Il fit une mine bougonne qui s'associait très mal à ses trente ans. Gabi leva les yeux au ciel. Martin était tellement immature… Ce côté espiègle qui l'avait tant attirée au début l'exaspérait aujourd'hui. Il n'avait pas grandi. Elle le connaissait depuis la fac et il n'avait jamais rien pris au sérieux. La vie n'était qu'un immense terrain de jeux pour lui. Qu'il gagne ou qu'il perde, il s'en moquait complètement, il trouvait toujours un moyen pour recommencer la partie. Gabi l'avait rayé de son existence, alors ce n'était pas pour le laisser s'installer chez elle avec ses gros sabots et tout ravager sur son passage. Elle aurait aimé pouvoir s'en convaincre. Le problème était que quelqu'un qui sauvait un pigeon en prenant le risque de passer à côté d'un job n'aurait jamais le cœur d'abandonner un ami en détresse. Qui plus est un homme avec qui elle avait partagé de fabuleux moments, en dépit de l'issue catastrophique de leur relation. Elle se détestait presque pour ça. Non. Elle se détestait vraiment pour ça. Elle était trop faible.

— Tu as conscience que tu débarques après six mois de silence radio et que tu m'as laissée dans une situation pas possible ? Tu réalises, rassure-moi ?

Martin se passa la main dans les cheveux, l'air pas vraiment pitoyable, mais presque.

— Je suis désolé, bébé. J'ai déconné. Je déconne tout le temps. J'ai vraiment besoin de toi, cette fois. De ton aide. J'ai un boulot, tu sais, je ne suis pas complètement à la rue. Mais je dois me faire discret. Disparaître un moment.

— C'est quoi ce job ?

— Tu sais que j'ai toujours aimé bidouiller sur le Net. Je me suis lancé comme webmaster en freelance. Ça veut dire que je peux bosser n'importe où, et je ne gagne pas trop mal ma vie.

En le voyant si étrangement sincère et désœuvré, Gabi comprit qu'elle avait déjà craqué. Bon sang, il ne lui avait fallu que trente minutes pour ça ! Elle devait être folle à lier.

— Trois jours, insista-t-il. Juste trois jours.

Elle haussa les épaules.

— Tu n'as jamais su compter, tu seras encore là dans trois mois.

— Et alors ? Si tu n'es pas ici, ça ne te fera ni chaud ni froid.

Il n'était pas croyable ! Elle n'avait pas encore dit officiellement oui qu'il prenait déjà ses aises.

— Mon frère s'installera probablement chez moi début septembre. Crois-moi, tu auras dégagé tes guêtres avant.

Le visage de Martin s'illumina un instant.

— Ça signifie que tu es OK pour que je reste le temps qu'il arrive ?

Gabi soupira d'exaspération.

— Je paierai le loyer, lui assura-t-il. Je peux d'ailleurs te faire un chèque tout de suite.

— Encore heureux ! Tu ne penses tout de même pas vivre aux frais de la princesse ?

Doucement, il lui mit un petit coup de poing taquin dans l'épaule.

— Allez, bébé, ça ne durera pas longtemps et je te promets de me ranger.

Gabi croisa les bras sur sa poitrine et bascula le buste vers l'arrière.

— Tu ne fais jamais aucune promesse, Martin, c'est même ce qu'il y a de plus honorable chez toi, alors reste fidèle à toi-même, d'accord ?

— OK. Tu me sauves la vie.

— N'exagérons rien.

— Un petit bisou pour fêter ça ?

Cette fois, Gabi recula franchement quand elle le vit mettre sa bouche en cul-de-poule. D'un bond, elle se dressa sur ses jambes et sauta sur son sac à main pour fouiller à l'intérieur.

— Je te laisse un double de mes clés. Je te préviens, je suis susceptible de revenir à n'importe quel moment si mon job ne me convient pas et je ne compte pas partager cet appartement avec toi. Il te faudra partir.

Martin se cala un peu plus contre le dossier et mit les pieds sur la table. Gabi se retint de lui voler dans les plumes. Elle demeura calme et lui lança le trousseau de clés qu'il rattrapa d'une main habile.

— Pas de problème, ma'am ! Merci, ma'am !

— En attendant, tu rentres chez toi pour cette nuit, je commence à bosser demain et j'ai encore des tas de choses à faire.

— Tu es sûre que tu ne souhaites pas que je reste ? fit-il d'une voix supposée la charmer.

Mais avec son nez en chou-fleur, elle avait plutôt l'impression d'entendre parler Bozo le clown. Cela dit, un nez en chou-fleur valait mieux que plus de nez du tout…

— Certaine. Et à présent que tu es un peu plus présentable, je voudrais que tu partes.

Elle se dirigea tout droit vers la porte d'entrée et l'ouvrit en grand.

Martin se leva, enfouit la main dans la poche intérieure de sa veste en lin couverte de sang et en ressortit un chéquier.

— Tu as un stylo ?

Gabi désigna la table basse du menton.

— Coincé dans les mots croisés.

Martin s'en empara et signa un chèque qu'il remit à Gabi.

— Tu ne l'as pas rempli, lui fit-elle remarquer.

— Tu sais ce que tu dois y noter et tu ne t'appelles pas Martin, tu ne me feras pas d'entourloupe.

Il lui colla une bise sur la joue et tourna les talons.

Elle était pourtant bien tentée.

Gabi leva les yeux au ciel et referma la porte derrière elle.

3

En jetant un coup d'œil à l'horloge de l'entrée, Adrien fulmina. 10 h 10.

Elle était en retard. Très en retard, même. Bien qu'il eût un esprit plutôt ouvert, Adrien était très à cheval sur les principes. Il avait grandi dans le respect des règles de société, et arriver à l'heure à un rendez-vous faisait partie de ces impératifs à honorer. De fait, il était positivement agacé que Mlle Géris ne soit pas sur la même longueur d'onde que lui, au moins sur ce point-là. Il ne supportait pas de voir les secondes s'écouler inutilement, il en disposait de trop peu. Et parce que le temps était compté, il ne travaillait jamais moins de douze heures par jour, ne s'accordant de réelles pauses que lorsqu'elles étaient vraiment nécessaires. Ses repas de midi se transformaient systématiquement en déjeuners d'affaires, ses trajets en taxi en conférences téléphoniques, et ses heures de repos à la maison étaient pour lui l'occasion de boucler ce qu'il n'avait pas pu finir au bureau. Alors, ces dix-sept interminables minutes pendant lesquelles il attendait sa future employée le mettaient définitivement sur les nerfs.

Adrien détestait ne pas avoir le contrôle total de sa vie. C'est même ce qui le rapprochait le plus de son défunt père. Jusqu'à peu de temps avant sa mort, Pierre de Bérail n'avait eu de cesse de clamer qu'un homme organisé était un homme qui marchait droit vers la réussite. Adrien n'avait rien perdu de cet enseignement et hériter de la fortune de son père ne l'avait pas moins convaincu du contraire.

Il souleva la manche de sa chemise pour vérifier une nouvelle fois l'heure. 10 h 22.

Il se demanda s'il n'avait pas fait une erreur en acceptant d'offrir ce poste à Mlle Géris. Soit, elle avait de l'esprit et elle était loin d'être bête, malheureusement il lui semblait évident qu'elle n'avait aucune conscience professionnelle. À la minute où il l'avait vue entrer dans son bureau, il avait compris qu'ils n'étaient pas taillés dans le même bois. Il aurait beaucoup de mal à collaborer avec une femme comme elle, si extravagante, si peu… raisonnable. Alors, pourquoi diable avait-il finalement décidé de lui confier la garde de ses enfants ? Comment avait-il pu se laisser convaincre par ce joli minois, ce sourire hollywoodien et cette délicieuse robe qui lui cambrait les reins de façon si érotique ? Était-ce parce qu'il n'avait pas rencontré de femme aussi sexy depuis des lustres et que, malgré le regard glacial qu'il avait arboré, elle l'avait mis K-O ? À moins que ce ne soit parce que son CV était tout simplement étonnant et qu'il en était toujours à se demander comment une personne aussi brillante qu'elle avait pu se retrouver avec un pigeon planqué dans son sac. Bon Dieu, un pigeon ! Quand il y repensait, il était encore pris d'effarement. Personne... personne ne lui avait jamais fait un coup pareil de toute sa vie. Cette bestiole avait salopé un costume à 2 000 euros !

Finalement, quand elle était partie, il n'avait pu s'empêcher de s'en amuser en se disant que sans même le préméditer, il avait trouvé là une bonne raison de l'embaucher : il lui ferait payer cette petite plaisanterie en la jetant en pâture à ses gosses.

À 10 h 35, il était toujours à faire les cent pas dans son bureau, plus énervé que jamais. Mais pour qui se prenait-elle ? Pensait-elle être aussi indispensable qu'elle se permettait de se faire désirer ? Cette petite était tombée sur le mauvais numéro. Il n'avait vraiment plus de temps à perdre. Gabrielle Géris venait d'être virée avant même d'avoir commencé à travailler pour lui. Quand elle arriverait – si elle arrivait un jour –, il s'en tiendrait à l'essentiel en lui expliquant froidement, et sans justification particulière, qu'elle ne faisait finalement pas l'affaire.

Il était déjà en train de tendre la main vers le téléphone posé sur le bureau pour demander à Émilia, son assistante, de rouvrir le poste dès le lendemain matin, première heure. Elle pouvait même faire revenir les précédentes candidates, il voulait les voir une deuxième fois afin d'être certain de ne pas les avoir jugées un peu trop vite. Vu la manière dont il avait manqué de discernement avec Mlle Géris, il était possible qu'il se soit également trompé au sujet des autres.

Le visage souriant de la jeune femme s'imposa alors à son esprit et il sut, en dépit de son irritation, que la véritable erreur serait de la congédier. Il fut si surpris par ce revirement, qu'il resta un instant immobile, les doigts crispés autour du combiné. Sa repartie l'avait séduit, la candeur avec laquelle elle était venue accompagnée de ce maudit volatile et ses réponses aussi absurdes qu'intelligentes sur l'éducation aussi.

Impétueux de nature, il allait agir en conséquence. Il se redressa et se rua dans le hall d'entrée. Il ne permettrait pas qu'elle change d'avis, ça non ! Et vu le retard considérable qu'elle avait, il était fort possible que ce soit exactement ce qu'elle avait décidé de faire, au final. Si c'était le cas, il irait la tirer de son domicile, il ne se gênerait pas ! Après tout, elle avait signé un contrat et, période d'essai ou pas, il s'en moquait royalement.

— Rosa-Louise !

— Vous m'avez appelée, monsieur ? demanda la septuagénaire en sortant de la cuisine.

Adrien darda sur elle un regard de reproche. Il n'aimait pas qu'elle l'appelle monsieur. Elle avait pris cette mauvaise habitude lorsqu'il avait fêté ses vingt ans. Elle s'était mis en tête qu'il était devenu un homme et que « mon petit Adrien » ne convenait plus à son rang. Il y avait de cela dix-huit ans, et il ne s'y était toujours pas fait. Car, en réalité, Rosa-Louise était pour lui davantage qu'une simple domestique. Elle s'était occupée de lui durant toute sa jeunesse. Il se sentait plus proche d'elle qu'il n'aurait pu l'être de sa propre mère. Cette mère qu'il avait à peine connue et qui avait déserté le foyer conjugal quand il avait tout juste trois ans. Adrien aimait sincèrement Rosa-Louise. Il aurait donné cher pour redevenir un gosse, se cacher dans ses jupes et quémander quelques baisers sur la joue.

— Je pars à la rencontre de cette satanée nourrice, gronda-t-il.

Rosa-Louise s'approcha en même temps qu'elle s'essuyait les doigts avec un torchon.

— Il y a un problème ?

— Oui, puisqu'elle n'est pas là !

— Mais… vous savez où la trouver, exactement ?

— Chez elle !

Sa main s'abattit sur une petite boîte rangée dans le tiroir de la table demi-lune de l'entrée, il fouilla à l'intérieur et en ressortit un porte-clés BMW.

— Vous avez son adresse ? insista Rosa-Louise.

— Évidemment, elle était indiquée sur son CV.

La gouvernante s'avança et referma doucement le tiroir.

— Il lui est arrivé quelque chose ?

Adrien se retourna vers elle, un incendie dans les yeux.

— Non, mais ça ne va pas tarder !

Les sourcils de Rosa-Louise se rejoignirent.

— Que sous-entendez-vous ? Vous pensez qu'elle a des ennuis ? hasarda-t-elle en sachant très bien que ce n'était probablement pas le cas.

Adrien répondit en ajoutant un brin de hargne à sa voix déjà vibrante de colère :

— Elle va en avoir, oui, parce que je pense qu'elle me provoque !

La gouvernante cligna plusieurs fois des paupières.

— Elle vous provoque ?

— Précisément !

La vieille dame secoua la tête de droite à gauche et glissa un regard bienveillant sur Adrien.

— Monsieur, je ne crois pas que… Vous devriez l'attendre ici.

Il ignora complètement son conseil et s'empara de la carte grise de son coupé sport Série 3, posée sur la table.

— Et si elle avait changé d'avis ? demanda la gouvernante, comme si elle avait déjà eu à affronter ce genre de situation.

— Elle n'a pas intérêt !

Il se pencha vers elle, l'embrassa sur le front et sortit en trombe de la maison.

* * *

Gabi arriva devant l'hôtel particulier des de Bérail avec une bonne heure de retard. Il allait la tuer, au mieux, la virer. Une panne de métro… Une *vraie* panne de métro et une batterie de téléphone totalement H.S. Gabi n'était même plus sûre d'avoir envie d'être là tant elle appréhendait le regard glacial de son futur patron.

Son ventre se mit à gargouiller tandis qu'elle observait la double porte sculptée devant elle. Elle était partie si vite qu'elle n'avait pas eu le temps d'avaler le moindre café. Elle s'efforça de déglutir et d'oublier la faim et la peur qui la tenaillaient, puis elle appuya sur l'interphone. Advienne que pourra. Après tout, elle ne s'était pas tournée en ridicule dans son bureau pour abandonner en si bon chemin.

— Gabrielle Géris, se présenta-t-elle quand on lui répondit.

Tout en attendant qu'on vienne lui ouvrir, elle recula de quelques pas pour admirer la façade. Il n'y avait pas grand-chose à en dire, elle ressemblait à celle de toutes les bâtisses de l'avenue Foch : plusieurs niveaux, peinture blanche, bossages, fenêtres quadrillées, alternances de frontons triangulaires et semi-circulaires… C'était à l'intérieur qu'on devait en prendre plein la vue. À se demander comment on pouvait être riche au point de se payer le luxe de vivre dans un endroit pareil.

Les parents de Gabi n'étaient pas, pour ainsi dire, sur la paille. Ils avaient fini de rembourser leur maison, ils changeaient de voiture tous les deux ans, ils avaient un peu d'argent de côté, mais entre ça et ce qu'elle avait sous les yeux, la marge devait bien être de, voyons… 20 ou 25 millions d'euros de patrimoine ? Bon Dieu ! Elle aurait franchement dû négocier un meilleur salaire ! Enfin, pour l'heure, elle allait déjà essayer de garder son poste, ce qui n'était pas gagné.

La porte s'ouvrit et Gabi afficha son plus beau sourire pour tenter de cacher le staccato de sa poitrine, le même qui lui donnait clairement envie de gémir. Une septuagénaire l'accueillit gracieusement et l'invita à entrer d'un geste de la main.

— Mademoiselle Géris, nous vous attendions avec impatience !

Elles s'engouffrèrent à l'intérieur d'un petit hall d'entrée fermé donnant sur le reste de la maison. Son interlocutrice poussa une lourde porte rouge.

— André ! s'écria-t-elle en la faisant entrer. La petite est arrivée, elle a des bagages !

Si seulement son employeur avait été cette dame rondelette au visage fort sympathique.

— Je suis Rosa-Louise Moine, et voici mon mari, André. Nous travaillons au service des de Bérail depuis si longtemps que nous avons arrêté d'en compter les années ! annonça-t-elle avec bonne humeur. Soyez la bienvenue !

Gabi salua poliment l'homme qui venait à leur rencontre en tenue de jardinier. Il avait le visage rieur, le crâne garni de quelques cheveux blancs, et une poignée de main tout aussi avenante que celle de sa femme.

— Je m'appelle Gabrielle et je vous prie de m'excuser pour mon retard, j'ai eu quelques…

— Ne vous inquiétez pas, l'interrompit gentiment Rosa-Louise en souriant toujours. Vous expliquerez tout ça à M. de Bérail quand il sera de retour. En attendant, vous irez vous installer confortablement dans votre chambre et prendrez le temps de vous changer.

— De me changer ?

Rosa-Louise fit courir un regard sans expression sur ses vêtements.

— Oui, quelque chose de plus adapté.

— Adapté ? répéta encore Gabi, hébétée, en fixant à tour de rôle l'homme et la femme. Je ne comprends pas.

Elle baissa le menton pour s'inspecter : jean retroussé jusqu'au-dessus des chevilles, Tropéziennes argentées ouvertes sur ses orteils peints en rouge, tee-shirt bleu ciel tombant sur l'épaule et débardeur blanc juste en dessous. Elle ne voyait pas ce qui clochait. On était en été, alors, certes, sa tenue était légère, mais quand même loin d'être indécente. Comment fallait-il s'habiller pour travailler dans cette maison ?

Elle jeta un œil à la gouvernante et ne remarqua rien de particulier, si ce n'était que la septuagénaire avait une nette prédilection pour l'orange et le vert, elle en était vêtue de la tête aux pieds – ce qui n'était pas spécialement seyant avec ses cheveux poivre et sel, qu'elle portait courts.

— Monsieur de Bérail ne vous a-t-il pas avertie ? demanda la domestique avec un air sacrément étonné.

— À quel sujet ?

Rosa-Louise fronça les sourcils.

— Rien n'a été spécifié sur votre contrat ?

Gabi fit non de la tête.

— Je n'ai signé qu'une promesse d'embauche, mon contrat doit m'être remis en mains propres, aujourd'hui. De quoi s'agit-il ?

Gabi sentait bien que Rosa-Louise aurait aimé disparaître dans un trou de souris, et si la politesse lui soufflait de ne pas insister, Gabi allait quand même le faire.

— Vous pouvez me parler, je vous écoute.

La gouvernante ne chercha pas à fuir son regard, elle se contenta de lui sourire mécaniquement.

— À moins que vous n'y voyiez une objection, nous allons vous montrer votre chambre. Je préfère que vous parliez des termes de votre contrat avec M. de Bérail.

Gabi plissa les yeux et finit par acquiescer. Elle s'imaginait déjà devoir porter une longue robe noire, un tablier blanc, un chignon bas et des mocassins plats. Pire, une blouse à fleurs ! Quoi qu'il en pense, s'il croyait qu'elle allait se déguiser en Nanny McPhee pour lui faire plaisir, il se mettait le doigt dans l'œil !

André Moine s'empara de sa valise et invita Gabi à le suivre. Elle avança et leva la tête en même temps. Un toit en verre coulissant venait éclairer les balcons en fer forgé des deux étages, ainsi que l'espace où elle se trouvait et au centre duquel un petit jardin paysagé était aménagé. Elle avait l'impression de se trouver dans un atrium romain. Il desservait plusieurs pièces accessibles par des arcades en plein cintre, dont un ascenseur et une ou deux épaisses portes fermées. D'un côté, Gabi remarqua une vaste salle à manger et un living-room dans lequel fauteuils et canapés étaient disposés autour d'une grande table basse ; de l'autre, elle repéra une bibliothèque somptueuse, suivie d'un second salon, plus petit, faisant office de salle de télévision, et un peu plus loin une cuisine fermée par une double porte vitrée. Partout, le sol était en marbre beige d'époque, les murs clairs et épurés, les moulures épaisses et sobrement travaillées. Le tout constituait un intérieur luxueux et modéré par le bon goût. Cet endroit était extraordinaire.

Gabi masqua son excitation sous une visible impassibilité. Avoir l'occasion de vivre ici était un peu ce rêve qu'elle caressait en regardant les séries télévisées du début d'après-midi. Mais paradoxalement, se retrouver dans une propriété fréquentée par des domestiques – dont elle faisait désormais partie – la rendait nerveuse. C'était un autre monde.

Un monde qu'elle n'avait pas vraiment l'habitude de côtoyer.

Ils passèrent près des escaliers menant à l'étage, et bifurquèrent sur la droite pour longer un large couloir. André Moine s'arrêta devant une porte et se tourna vers Gabi en souriant.

— Votre chambre est ici. Vous verrez, en été, le rez-de-chaussée est plus frais que partout ailleurs, dans cette maison.

Il l'ouvrit et lui fit signe d'entrer la première.

— Je vous remercie.

Elle y pénétra et se laissa séduire par l'intérieur délicieusement féminin. Il fallait croire que cette pièce avait été conçue pour elle. À un moment donné, elle avait craint de devoir vivre dans un endroit qui ne lui ressemblerait pas, qui ne saurait pas la mettre à l'aise, l'apprivoiser, lui donner envie de rester. Ici, c'était tout l'inverse. Le lit à baldaquin, le tapis moelleux à ses pieds, le fauteuil vert anis et sa liseuse, la coiffeuse calée contre le mur du fond… Et il y avait même une télévision et un lecteur DVD. Tout lui plaisait. Sans compter que cette pièce devait être aussi grande que son appartement ! Pour sûr, elle n'aurait aucun mal à s'y sentir chez elle. Enfin, si son nouveau patron ne la mettait pas dehors avant qu'elle n'en ait profité un peu.

— Monsieur Moine ? demanda-t-elle.

— Oui, mon petit ?

— M. de Bérail sait-il que je suis arrivée en retard ? Je veux dire, m'a-t-il attendue longtemps avant de sortir ?

Le vieil homme déposa la valise de Gabi sur le lit et se tourna vers elle.

— Sauf erreur de ma part, et parce que j'ai tendance à tout comprendre de travers, il me semble bien qu'il est parti vous chercher.

Gabi se figea de surprise.

— Me chercher ? Mais… où ça ?

— Vous devriez voir ça avec ma femme, je risquerais de vous raconter des bêtises.

Elle opina, convaincue que le majordome n'allait rien ajouter.

— Je vous laisse vous installer, vous trouverez un dressing attenant à la salle de bains au fond de la pièce.

Gabi suivit son regard et visualisa une porte laquée de blanc.

— Si vous avez besoin de quoi que ce soit, n'hésitez pas à venir nous voir.

Elle le remercia et le suivit pour fermer derrière lui.

Quand le domestique fut parti, Gabi se colla derrière la fenêtre de sa chambre pour admirer la vue et tomba instantanément sous le charme. Un jardin ! Et pas des moindres. Rien à voir avec une quelconque cour intérieure égayée par un ou deux pots de fleurs, non. C'était un petit parc, avec de la pelouse, des arbres et des rosiers partout ! Radieuse, elle ouvrit les vantaux pour prendre un bon bol d'air. Il n'y avait presque pas un bruit. Gabi sourit à pleines dents. Dans Paris, le calme était un luxe auquel elle n'avait encore jamais goûté.

Comme il faisait chaud, elle laissa tout ouvert et entreprit de déballer ses bagages. Elle prit une première pile de vêtements et se dirigea vers le dressing que le majordome lui avait indiqué. La salle de bains le séparant de la chambre était sans doute la plus jolie qu'elle ait jamais vue. Baignoire à pieds, cabine de douche arrondie, lavabo en faïence, grand miroir encadré, beaux meubles en bois brut pour ranger ses effets et le linge de toilette… elle soupira de bien-être. Elle entra complètement et repéra la petite alcôve dans laquelle le dressing était aménagé. L'unique fenêtre donnait sur le jardin, elle s'attarda encore à admirer le travail du paysagiste, puis elle le vit.

Adrien de Bérail.

Les cheveux en bataille et la chemise entrouverte, il revenait de son garage d'un pas vif et déterminé, si exultant de colère que Gabi en eut les poils dressés sur les bras. Elle trouvait cet homme plus impressionnant qu'un guerrier, mais il pourrait toujours courir, jamais elle ne le lui montrerait. Elle rajusta vaguement sa coiffure, lissa ses sourcils de l'index et décida d'aller à la rencontre de l'ours le plus mal léché de l'univers.

Dès qu'il la vit entrer dans l'atrium, Adrien fonça sur elle comme une tornade.

— Vous êtes en retard ! tonna-t-il d'une voix puissante.

Il l'observa avancer lentement. Elle affichait un visage radieux, la main droite tendue vers lui pour le saluer.

— Bonjour, monsieur de Bérail. Eh bien, je suis ici depuis trois quarts d'heure…

Adrien s'arrêta tout net à un mètre d'elle, ignorant sa main, stupéfait.

— Seriez-vous en train d'insinuer que c'est moi qui me suis fait désirer, mademoiselle ?

Elle sourit de plus belle.

— Non. Simplement que j'étais là et pas vous.

Le regard mauvais, Adrien la quitta un instant des yeux pour s'adresser à Rosa-Louise qui les avait rejoints.

— Nous déjeunerons sur la terrasse vers 13 heures, Mlle Géris et moi. Nous verrons les enfants ensuite.

La gouvernante acquiesça et s'éclipsa aussitôt, préférant éviter la tempête qui risquait d'éclater d'une minute à l'autre.

Adrien se reconcentra immédiatement sur Gabi et ouvrit la bouche pour lui expliquer ce qu'il pensait de sa façon de faire. Elle l'interrompit avant qu'il ne dise un seul mot.

— J'ai cru comprendre que vous étiez allé à ma rencontre pour m'escorter. C'est très aimable de votre part, monsieur de Bérail, je vous en remercie.

Il en resta interdit cinq bonnes secondes.

Comment diable pouvait-elle imaginer un seul instant qu'il avait voulu être gentil, prévenant, ou tout autre chose de semblable ?

— Aimable ? Je ne vois pas en quoi. Je m'apprêtais à vous passer un savon, rétorqua-t-il d'un ton pincé.

— Eh bien, oui. Aimable. Parce qu'il aurait pu m'arriver quelque chose, et qu'en tant qu'employeur responsable, vous vous seriez inquiété ? lui suggéra-t-elle en feignant l'innocence.

Adrien gonfla les narines. Il aurait pu la piler sur place. Mais au lieu de s'énerver davantage, il choisit de rester calme. Ça valait mieux pour elle.

— Quelle est votre excuse pour m'avoir fait perdre un temps si précieux, mademoiselle ?

Gabi poussa un long soupir de désolation qui laissa presque Adrien sur la touche une seconde fois.

— C'est impossible, répliqua-t-elle en secouant la tête.

Adrien cligna deux fois des paupières, plongé dans une totale incompréhension.

— De quoi parlez-vous ? Qu'est-ce qui est impossible ?

— Hélas, monsieur, nul ne maîtrise le temps. Je n'ai donc pas pu vous en faire perdre.

Cette fois, il resta bel et bien bouche bée. Pendant un court instant, il ne savait sincèrement pas quoi répondre. Cette fille était aussi surprenante qu'exaspérante. Finalement, il se ressaisit et s'adressa à elle d'un ton si tranchant, qu'il vit les épaules de Gabi s'affaisser. Malgré lui, il en ressentit une satisfaction vive et fortifiante.

— Pensez-vous vraiment être au-dessus de toute responsabilité, mademoiselle Géris ?

— Non, bien sûr, je…

Il leva la main pour la faire taire.

— Vous n'êtes pas arrivée à l'heure pour votre première journée de travail, cela signifie-t-il que parce que vous ne « maîtrisez pas le temps », je dois m'attendre à ce que vous soyez systématiquement en retard chaque jour ?

— Bien sûr que non ! se défendit-elle très sérieusement.

— Je ne tolérerai pas que vous manquiez une nouvelle fois à vos obligations, mademoiselle Géris. Sommes-nous d'accord ?

Gabi hocha la tête en serrant les dents.

— Oui, monsieur de Bérail, c'est parfaitement clair.

— C'est très bien. À présent, si vous voulez bien m'excuser, je monte me changer. Retrouvez-moi dans mon bureau, au troisième étage, dans une heure. J'ai des documents à vous faire signer. Et ne soyez pas en retard.

La voir enfoncer ses ongles dans ses poings plutôt que de répondre était monstrueusement jouissif. Il aurait pu continuer un peu juste pour le plaisir de la rendre plus rouge qu'elle ne l'était déjà.

De son côté, Gabi se disait qu'elle aurait dû s'y attendre. Du fait de leur première et désastreuse rencontre, leur relation était vouée à être tendue pour des siècles et des siècles. Amen !

Ils n'allaient pas s'ennuyer.

Adrien garda le silence et lui tourna le dos pour emprunter les escaliers. Il gravit quelques marches et fit volte-face.

— Vous avez de la chance que je ne décide pas de vous congédier, mademoiselle.

Ils s'affrontèrent du regard un moment, puis comme elle ne disait rien, il reprit son ascension, fier d'avoir le dernier mot.

La jeune femme avait bien du mal à tenir sa langue, c'est pourquoi elle la mordait presque quand elle laissa filer un :

— Vous avez de la chance que je reste.

Adrien fit comme s'il n'avait pas entendu.

Cependant, quand il parvint au premier palier, il souriait.

4

Ayant achevé de ranger ses affaires, Gabi se rendit dans la cuisine pour prendre un verre d'eau. Comme elle n'osait pas fouiller dans les placards, elle se contenta du mug posé sur l'égouttoir et se servit directement au robinet. Elle but deux longues gorgées avant de le remplir de nouveau, puis elle lut le slogan blanc sur fond noir inscrit sur la tasse.

Keep calm and don't stress
(If you can't, drink more but don't piss me off!)[1]

Elle sourit. Elle adorait la série des « *Keep calm and…* ». Dans son appartement, elle avait laissé la version rose *Keep calm and buy shoes*[2], posée sur sa

1. Reste calme et ne stresse pas. Si tu ne peux pas, bois plus, mais ne me les brise pas.
2. Reste calme et achète des chaussures.

table de nuit. Son ex-colocataire la lui avait offerte avant de partir, elle était complètement accro aux chaussures. Quand elle était encore là, une quantité indécente de boîtes empilées siégeaient derrière le canapé. Au grand dam de Gabi – elle aussi adorait les chaussures –, elle n'avait jamais eu le loisir de les lui piquer, Lilli chaussait du 41, alors qu'elle-même était dotée d'un 37 qui manquait singulièrement de générosité.

Chassant de son esprit ses fantasmes inassouvis d'escarpins, de sandales et de bottes en daim, Gabi vida son mug d'une traite, le posa dans l'évier et sortit de la cuisine afin de faire plus ample connaissance avec son nouveau lieu de travail. Il lui restait quarante minutes avant son entretien avec Adrien de Bérail, elle avait tout juste le temps de faire un tour dans le jardin et d'admirer les massifs de fleurs. Depuis le dressing, elle en avait repéré quelques-uns absolument magnifiques. Il faisait beau, prendre l'air avant d'entrer dans la fosse aux lions lui ferait le plus grand bien.

Elle pénétra dans le grand salon et ouvrit la porte-fenêtre qui donnait sur une terrasse dallée et ceinturée d'une balustrade en pierre. Gabi lorgna un long moment le luxueux mobilier de jardin en résine beige, se disant qu'elle se serait volontiers prélassée deux bonnes heures sur les coussins moelleux. Elle se jura que si on le lui permettait, elle y passerait de longs moments à bouquiner. Elle prit un bon bol d'air et se laissa envahir par les odeurs de fleurs et d'herbe fraîchement tondue. Avec un petit sourire de satisfaction au coin des lèvres, elle descendit les quelques marches menant au jardin et s'approcha des rosiers bordant un étroit chemin de gravier blanc. Ils étaient superbes et ne devaient pas dater d'hier ; les branches, d'un vert très foncé, étaient longues et épaisses. Elle se pencha et huma profondément leur odeur. Comme elle l'avait souvent fait enfant, elle ne put résister à l'envie de cueillir un bouton carmin trônant au bout d'une tige encore fine et souple. Très tôt, elle avait pris l'habitude de faire sécher une fleur dans chaque nouveau livre qu'elle devait lire, et cette petite manie l'avait poursuivie jusqu'alors. Ce soir, elle aurait justement l'occasion de commencer le dernier roman de David Lodge, *Un homme de tempérament*, qui retrace la vie d'un fervent défenseur de l'amour libre. Elle avait toujours préféré les romans sociologiques à n'importe quel autre genre, et celui-ci ne manquerait pas de piquant, l'agrémenter d'une rose rouge lui sembla tout à fait adapté. Elle cassa la branche à sa base pour éviter de se blesser, mais contrôlant mal son geste elle s'entailla méchamment le doigt avec les épines environnantes. Elle ne poussa pas un cri, ne retira pas sa main brutalement et termina de briser la tige en serrant les dents. Puis elle porta son pouce à sa bouche pour empêcher le sang de couler.

— Tu n'es pas du genre facile, toi ! maugréa-t-elle contre l'arbuste en lui jetant un regard mauvais. Mais je t'ai eu !

Fière d'elle, elle brandit la rose devant le nez du vaincu et sourit à pleines dents.

— Vous n'aviez pas le droit ! brailla une voix stridente juste derrière elle.

Gabi fit un bond spectaculaire avant de se retourner sur la petite fille qui lui faisait face, les poings sur les hanches, et les sourcils froncés à leur maximum.

— Tu m'as fait une de ces peurs ! dit la jeune femme en reprenant son souffle. Tu dois être Sophie. Je suis Gabi, votre nouvelle nourrice et…

— Et vous l'avez tuée ! l'interrompit-elle, rougeoyante de fureur.

Surprise, Gabi eut un léger mouvement de recul.

La gamine qui se tenait devant elle donnait l'impression d'être sur le point de l'écorcher vive. Elle avait un visage angélique que de longs cheveux bruns et bouclés encadraient, de très beaux yeux bleus ourlés de grands cils, et des joues à croquer, mais son tempérament semblait plus offensif que celui d'un dragon en colère.

— Tu y vas un peu fort, se défendit Gabi. Je n'ai tué personne. J'ai simplement coupé une fleur pour la faire sécher et la conserver entre les pages d'un bon livre.

La jeune Sophie lui lança un regard chargé de mépris.

— Parce que vous pensez qu'elle va repousser et donner naissance à un nouveau rosier ? Vous savez bien que non. Vous l'avez tuée !

Gabi observa la victime coincée entre ses doigts et cligna deux fois des paupières.

Effectivement, elle était cuite. Sur le coup, Gabi ne sut que répondre. Pour une première rencontre avec la fille de Bérail, c'était plutôt raté.

— Je suis désolée, hasarda-t-elle, elle était si jolie que je n'ai pas pu résister.

— C'est ce qu'ont dit tous les chasseurs avant de tuer les couguars. Aujourd'hui, il n'en reste presque aucun ! C'est ce que m'a raconté Rosa-Louise.

Bon sang, cette gamine avait de la repartie !

— OK… je vais tâcher de lui permettre de terminer sa vie dans un verre d'eau, lui assura-t-elle en songeant au livre qu'elle ne pourrait honorer cette fois-ci.

Gabi tentait de se raccrocher aux branches comme elle pouvait, car son petit doigt lui soufflait qu'il valait mieux ne pas contrarier cette jolie brunette.

— Sa vie venait tout juste de commencer ! continua Sophie, hargneusement. Elle ne devrait pas avoir à la finir dans un verre d'eau !

Gabi réfléchit à ce qu'elle pouvait bien lui répondre. Cette demoiselle, si jeune qu'elle fût, ne semblait pas être de celles qu'on embobine facilement. Il lui fallait trouver un truc intéressant à dire. Il n'aurait plus manqué qu'elle lui mène la vie dure à cause d'un bouton de rose arraché ! Il lui faudrait juste être suffisamment futé pour guider Sophie exactement là où elle le désirait. Voyons voir…

Gabi avait de la suite dans les idées, c'est pourquoi elle ne prit pas plus de cinq secondes pour dénicher une pirouette valable.

— Sais-tu ce qu'est un phœnix, Sophie ?

— Évidemment, j'ai lu tous les *Harry Potter* ! s'exclama-t-elle avec fierté.

Gabi se composa volontairement un air plus admiratif que surpris. Bien qu'en réalité, elle l'était, se souvenant que les derniers tomes étaient assez complexes pour une enfant de cet âge.

— Vraiment ? Je suis très impressionnée !

Sophie ne cilla pas devant le compliment, elle garda une attitude froide et hostile.

— J'ai bientôt neuf ans, je ne lis plus *Oui-Oui* depuis longtemps !

Si jeune et déjà si pugnace. Pour se défendre, cette petite maniait l'ironie aussi bien que son père. C'était presque effrayant. Gabi ne se laissa pas troubler pour autant et riposta d'un ton léger :

— Tant mieux, je n'ai jamais pu souffrir les lutins qui portent des grelots. Sans compter que je n'aurais pas aimé devoir te donner des somnifères pour ne pas avoir à te raconter ses aventures chaque soir.

Au lieu de la faire sourire, Gabi vit ses yeux s'écarquiller de surprise.

— Vous lisez des histoires le soir ?

— Bien entendu ! Comment les enfants pourraient-ils rêver de dragons, de princesses, de châteaux et de chevaliers pendant leur sommeil sinon ?

Sophie ouvrit la bouche pour dire quelque chose et se ravisa finalement.

Un point pour Gabi !

— Revenons-en à nos moutons. Donc, tu connais les phœnix. Tu sais quelle est leur particularité ?

— Oui, ils renaissent de leurs cendres, répondit-elle avec le ton de quelqu'un qui venait d'être pris pour un demeuré.

— Exact ! Eh bien, figure-toi que, d'une certaine façon, cette rose lui ressemble beaucoup.

Sophie haussa les sourcils et se concentra quelques secondes sur la fleur que lui tendait Gabi.

— Je ne vois pas en quoi…

— Mais si ! La rose coupée est capable de renaître, elle aussi.

— N'importe quoi ! Quand une fleur est coupée, elle est fichue !

Gabi sourit, victorieuse, parce qu'elle savait qu'elle allait vraiment surprendre Sophie. Le jeu consistait simplement à faire repousser la plante. Gabi avait sectionné la tige suffisamment bas pour qu'il subsiste trois yeux sur la branche. Il suffisait de tailler l'extrémité en biais, de retirer le bouton pour avoir une bouture bien forte et de replanter. Chez ses parents, la magie opérait à tous les coups, il n'y avait aucune raison pour que ça ne fonctionne pas ici.

— Donne-moi quelques minutes pour aller chercher du matériel et je te montrerai comment il faut procéder pour que ce soit possible. Dans quelques jours, tu comprendras.

Sophie pencha la tête sur le côté.

— Vous n'êtes pas en train de me raconter des bêtises ?

— Non, pas du tout.

Gabi vit naître l'ombre d'un sourire sur les lèvres de Sophie qui se reprit presque aussitôt.

— Très bien. Nous verrons. Mais en attendant, vous ne devez plus couper de fleurs ! Vous ne devez pas les tuer !

Gabi se baissa lentement pour se mettre à la hauteur de la fillette.

— Il y a des roses qui ne sont cultivées que pour ça, tu sais.

— Oui, mais pas celles-ci !

— Et pourquoi pas ?

— Ces rosiers appartenaient à ma mère !

Gabi se redressa d'un coup, comme si elle avait reçu une gifle.

Les yeux brûlants de colère et de tristesse mêlées, Sophie tourna les talons et se dirigea en courant vers la maison.

Un point pour Sophie…

Ce qu'elle pouvait être stupide ! Gabi s'en voulait beaucoup d'avoir autant manqué de discernement. Quel gosse d'à peine neuf ans aurait eu une réaction aussi disproportionnée au sujet d'une simple rose coupée, si ce n'est un enfant qui considérait ladite fleur comme un symbole sacré ? Bien sûr, il lui était impossible de tout prévoir, mais quand même… Elle espérait du fond du cœur que la petite Sophie ne lui en tiendrait pas rigueur trop longtemps. C'était d'ailleurs la raison pour laquelle elle allait réussir cette fichue bouture !

Secouée plus que de raison par cet épisode, elle s'éloigna d'un pas décidé vers la maison. Elle regagna la cuisine afin de récupérer le mug qu'elle avait laissé dans l'évier, il n'y était plus. Cette fois, elle n'hésita pas à ouvrir les placards à la recherche d'un quelconque récipient.

— Je peux vous aider ? demanda gentiment Rosa-Louise qui venait d'arriver derrière elle.

— Oui, j'aurais besoin d'un verre, répondit-elle sans se retourner.

— La porte tout au fond, en haut, à gauche.

— Merci.

Gabi s'empara du plus fuselé qu'elle trouva fit couler le robinet pour le remplir d'eau.

— Tout va bien ? Vous semblez nerveuse, s'inquiéta Rosa-Louise.

La jeune femme posa le vase improvisé et la rose dans l'évier et fit face à Rosa-Louise, la mine grave.

— Je ne suis pas ici depuis deux heures et on dirait que j'ai déjà fait une grosse bêtise.

Rosa-Louise fronça les sourcils.

— Le fait d'être arrivée en retard ?

— Non.

Gabi se décala sur la droite pour la laisser voir l'objet de sa faute.

— Vous avez coupé une rose, murmura la domestique.

— Oui. Et la petite Sophie m'a surprise, elle m'en veut beaucoup.

Avec un regard plein de compassion, Rosa-Louise tira une chaise de sous la table et invita Gabi à venir s'asseoir à côté d'elle. Quand elle fut installée, la gouvernante soupira longuement.

— Les enfants avaient tout juste un an lorsque Mme de Bérail est décédée ; ils ne l'ont, pour ainsi dire, pas connue. Elle aimait beaucoup les roses et prenait farouchement soin de celles de son jardin. Seul André est autorisé à s'en occuper depuis, ce qui leur confère un statut presque sacré. Vous pouvez les sentir, mais pas les toucher.

— Ah…

C'est tout ce que Gabi trouva à dire.

Rosa-Louise posa doucement sa main sur celle de la jeune femme et sourit.

— Je vais vous confier quelque chose, mademoiselle. Dieu sait que je l'aime de tout mon cœur, mais Sophie est loin d'être une petite fille facile.

Elle se fiche éperdument des règles de cette maison. Concernant les rosiers, elle est la première à en cueillir les fleurs, sachant parfaitement qu'elle n'en a pas le droit et que son père en serait très contrarié. Aujourd'hui, je crois qu'elle n'a tout simplement pas supporté que quelqu'un d'autre se permette de le faire à sa place. Il y a des choses supposées attirer l'attention de l'être qu'on aime le plus au monde, si vous voyez ce que je veux dire.

Gabi hocha doucement la tête.

— Oui, je vois.

— Je ne souhaite pas vous effrayer, mon petit, mais l'ombre de madame est encore très présente, ici. Il y a, par exemple, des pièces dans lesquelles vous ne pourrez pas entrer, parce qu'elles étaient les siennes, ou des objets que vous ne pourrez pas toucher. Sa mort a fait de cet endroit un sanctuaire que je ne perçois pas d'un bon œil, mais je respecte la volonté de monsieur.

— Je comprends, murmura Gabi. Merci de me l'avoir dit.

Gabi se retint de déglutir bruyamment. Elle était beaucoup plus désorientée qu'elle n'en avait l'air. Il était encore trop tôt pour se faire une idée de son employeur, mais il lui sembla qu'il devait être tourmenté bien au-delà des apparences. Il lui avait pourtant donné une impression bien différente et elle dut bien avouer qu'elle ne savait comment se comporter, désormais. Chaque chose en son temps, se dit-elle. Le plus important étant d'avoir appris que tout ce qui tournait autour de sa défunte femme était pour lui un sujet de névrose, ainsi, elle éviterait de faire des gaffes… dans la mesure du possible.

— Vous ne devriez pas laisser cette fleur ici, lui conseilla la domestique.

— Je... oui, bien sûr. Je comptais la replanter.

— Vous savez réaliser des boutures ?

Elle parut si étonnée que Gabi lui sourit largement.

— Aucune idée, mais j'ai vu ma mère le faire une centaine de fois. J'aurais aimé montrer à Sophie comment s'y prendre, mais étant donné les circonstances, je me demande si c'est une bonne chose.

Rosa-Louise secoua la tête.

— Il y a longtemps qu'elle a décidé de prendre en grippe tous les adultes de cette maison. Elle vous affirmera qu'elle s'en moque, alors qu'il n'en est rien.

— Je pourrais peut-être insister ?

— Comme vous voudrez, mais elle ne vous suivra pas. Elle doit être avec Paul, à présent.

Elle avait beau se dire qu'essayer de convaincre Sophie aurait pu constituer le premier défi de sa mission ici, elle n'était finalement pas sûre que faire du forcing soit le meilleur moyen pour s'attirer les bonnes grâces de la petite fille. Elle se leva et épousseta machinalement son pantalon qui n'en avait pourtant aucun besoin.

— Très bien. Alors dans ce cas je vais me dépêcher de la replanter. Pouvez-vous m'indiquer où sont les couverts ? Je n'ai besoin que d'un couteau.

— Bien entendu, dans le tiroir à gauche de l'évier.

La jeune femme alla le récupérer et referma soigneusement le meuble avant de s'apprêter à sortir de la cuisine.

— À tout à l'heure, mademoiselle, je viendrai pour servir le déjeuner.

— Merci, madame Moine, à plus tard.

Cette dernière l'interpella juste avant qu'elle ne disparaisse dans l'atrium.

— Vous verrez, en dépit des apparences, vous serez très bien ici.

Gabi opina sans dire un mot.

Pût-elle avoir raison ! C'est tout ce qui lui restait à espérer.

Si Adrien n'avait pas descendu les trois étages en trombe pour lui voler dans les plumes en la voyant farfouiller dans les rosiers, c'était uniquement parce qu'il avait conscience que personne ne l'avait encore avertie du règlement de la maison. Elle ne pouvait pas savoir. Quand elle le rejoindrait, il le lui expliquerait. Calmement, professionnellement, et elle écouterait. Il en allait de même pour chaque personne travaillant ici. Si elle ne le faisait pas, son insouciance et sa spontanéité pourraient la conduire à dépasser les limites qu'il avait lui-même fixées et, dans le propre intérêt de la jeune femme, il valait mieux qu'elle ne sache pas à quel point il pouvait être impitoyable avec ceux qui ne respectaient pas son autorité.

Pourtant, sans qu'il puisse exactement dire pourquoi, il y avait chez elle quelque chose qui lui donnait perpétuellement envie d'être provoqué. Il espérait qu'elle le défie juste pour le plaisir de la remettre à sa place. Ça n'avait aucun sens. En deux rencontres seulement, Mlle Géris avait fait resurgir en lui quelque chose qu'il avait cru mort depuis bien longtemps : le plaisir de jouer. Raison de plus pour garder un œil sur elle, il ne voulait pas voir son existence bouleversée par qui que ce soit. Il devait conserver le contrôle le plus total, ce qui impliquait qu'il devrait lui faire respecter les règles. Point.

Voilà des années qu'Adrien savait qu'il étouffait tout le monde avec sa liste de choses à faire ou à ne pas faire, mais c'était son devoir de protéger ce que Mathilde avait tellement aimé. Il ne la ramènerait pas à la vie, c'est vrai, mais ainsi, il donnait l'illusion qu'elle était encore là, quelque part, dans chaque pièce qu'elle avait décorée, dans chaque tableau qu'elle avait peint, dans chaque rosier qu'elle avait cultivé. D'aucuns auraient pu y voir une obsession morbide et psychotique, mais Adrien était certain qu'il offrait à ses enfants l'occasion de mieux connaître cette mère qui n'avait pu les tenir dans ses bras qu'une année seulement. C'était son unique moyen de faire perdurer sa mémoire, tout ce qu'il pouvait faire pour expier sa faute.

Une sensation douloureuse se répandit dans sa poitrine. Il ferma les paupières et se rappela les yeux profondément verts de Mathilde, ce soir-là, son regard noyé de tristesse et ses lèvres tremblotantes tandis qu'elle le suppliait de lui pardonner. Elle s'était jetée à ses pieds, elle avait pleuré, crié, elle avait juré de ne plus jamais recommencer. Jamais. Mais il ne lui avait pas pardonné et elle s'était tuée.

C'était sa faute.

Adrien secoua la tête pour se reprendre. Il ne voulait plus repenser à ça. Plus jamais.

Un jour. Oui, un jour, peut-être, il y parviendrait.

5

Lorsque Gabi décida de rejoindre son employeur, elle avait cinq bonnes minutes d'avance et pensait s'installer sur la terrasse en l'attendant. Avant de bifurquer vers l'atrium, son regard se posa sur l'immense porte d'inspiration orientale qui se trouvait au fond du couloir, perpendiculairement à sa chambre. L'un des battants était ouvert et les lampes allumées. Intriguée, et parce que chez elle la curiosité était presque maladive, elle s'approcha. La pièce paraissait carrelée du sol au plafond, luisant d'une propreté à faire fuir le plus petit microbe. Comme personne ne paraissait se trouver à l'intérieur, elle y entra.

D'un regard, elle fit rapidement le tour des lieux. Sur la gauche, elle repéra une série de casiers métalliques et juste devant ceux-ci, un long banc disposé en parallèle. À droite se dressait une cloison derrière laquelle, elle l'aurait parié, se trouvaient des douches.

Les vestiaires d'une salle de sport ! Elle sourit. Monsieur l'avocat entretenait donc sa ligne ? Bien qu'elle n'ait jamais vu Adrien de Bérail autrement qu'enfermé dans des vêtements, elle avait deviné qu'il était roulé comme une bagnole de course ; svelte, racé et élancé. Caractériel aussi. Ça, c'était l'option sous le capot. Amusée, elle continua son inspection et ce qu'elle vit la laissa bouche bée. Derrière le muret, au lieu de la série de douches auxquelles elle s'était attendue, se trouvaient deux vastes lavabos carrés, deux porte-savons antibactériens, une pompe de désinfectant pour les mains, ainsi qu'une armoire vitrée contenant une pile de serviettes en papier chacune séparée par une feuille de protection.

Incrédule, elle regarda autour d'elle. Ses yeux tombèrent alors sur une seconde porte dont elle s'approcha instantanément. Elle tenta de l'ouvrir et se heurta au verrouillage actionné par un code d'accès, à en croire le boîtier électronique installé au mur.

Qu'est-ce que tout ceci pouvait bien signifier ? À quoi servait cette pièce ?

Elle revint sur ses pas et regarda les casiers, songeuse. Qu'y avait-il dedans ?

En faisant le moins de bruit possible, elle ouvrit le premier vestiaire et trouva une housse transparente qu'elle se hâta de soulever. Gabi resta stupéfaite devant le vêtement qui se dévoila à elle. Elle tenait entre les mains une des tenues qu'utilisent les chirurgiens en bloc opératoire : casaque et pantalon en coton vert. Et dans le sachet sur l'étagère, elle trouva une paire de gants, un calot, un masque en papier, ainsi que des couvre-chaussures.

Son sang ne fit qu'un tour et son imagination aussi, par la même occasion.

En l'espace d'une fraction de seconde, elle se convainquit qu'elle était tombée dans le laboratoire secret d'un savant fou. Une espèce de cinglé qui tentait des expériences interdites sur les humains. Un désaxé qui embauchait des nourrices pour en faire des cobayes. Et pourquoi des nourrices d'ailleurs ? Parce que c'était un psychopathe fétichiste, pardi ! Petit, il avait été maltraité par une nurse, enfermé pendant des jours dans un placard, sans boire, ni manger, et depuis, il n'avait de cesse de vouloir se venger.

Il ne lui en fallut pas plus pour que tous les scénarios hollywoodiens y passent. Elle songea sans pouvoir se contrôler à *American Horror Story Asylum*, où un médecin complètement frappé inoculait des maladies aux résidents d'un asile pour tester leurs réactions. Il leur attachait les poignets, les chevilles, leur maintenait la tête avec un cerclage métallique, forçait leurs paupières à demeurer ouvertes à l'aide de pinces et…

— Je peux savoir ce que vous faites ici ?

Le hurlement que poussa Gabi retentit dans la pièce comme une sirène d'incendie alors qu'une peur irrépressible s'emparait d'elle. Adrien de Bérail fut si surpris qu'il sursauta aussi et resta pétrifié un instant devant la porte. Puis voyant que les cris ne cessaient pas – la jeune femme fermait les yeux avec force, et braillait plus efficacement qu'un hygiaphone –, il avança d'un pas dans sa direction pour la calmer, tout en faisant claquer ses talons sur le carrelage.

— Ne vous approchez pas ! réagit-elle vivement en levant le bras aussi franchement qu'un gardien de la paix. Ne me touchez pas ! Reculez ! Ne me touchez pas !

Il stoppa net et, incrédule, s'attarda à la dévisager.

— Mais enfin ! Je peux savoir ce qui vous prend ?

— Je vous ai à l'œil ! beugla-t-elle. Je vois très bien dans votre petit jeu pervers ! Vous ne m'aurez pas !

Et presque aussitôt, Gabi adopta une position de karatéka bien plus ridicule qu'impressionnante. La tête que fit Adrien de Bérail aurait pourtant dû la mettre sur la piste, à savoir qu'elle était totalement à côté de la plaque. Abasourdi, il n'aurait pas fait de mal à une mouche. Il la regardait plutôt comme s'il avait affaire à une aliénée – ce dont elle devait véritablement avoir l'air, commença-t-elle à se dire. Mais Gabi avait un autre gros défaut : quand elle était lancée, on ne l'arrêtait plus. Peu importe qu'elle se ridiculise ou non, il fallait qu'elle crache le morceau coûte que coûte.

— Qu'aviez-vous l'intention de me faire, hein ? Me tendre un piège ? M'endormir et me faire subir vos lubies de psychopathe ?

Ses sourcils frémirent. Clairement, il osait à peine croire ce qu'il entendait.

— Eh bien… puisque vous me posez la question… Il semblerait que vous m'avez percé à jour puisque vous faites mention de mes travers psychologiques. Je me dois donc de vous répondre avec franchise : j'ai failli laisser la folie qui m'habite vous demander de vous occuper de mes enfants, heureusement, vous venez de me remettre les idées en place. Avez-vous bu ?

Gabi se redressa lentement, ouvrit de grands yeux et battit plusieurs fois des paupières.

— Qu… quoi ? Mais… mais non ! Absolument pas ! Vous… vous me renvoyez ?

Un éclat de malice brilla dans les prunelles de son probable futur ex-patron, ce qui, au lieu de l'inquiéter, la rassura presque.

— Je ne me suis pas encore tout à fait décidé. J'hésite entre ça et vous faire subir mille tortures. Pourquoi réagissez-vous de cette manière si vous n'êtes pas ivre ?

— Mais c'est vous qui… qui…

Il croisa les bras sur sa poitrine pour la considérer avec ironie.

— Ah, non. Je vous assure que je suis totalement sobre.

— Oui, mais…

Elle s'interrompit et se mordit les lèvres. Elle avait craqué. Sévèrement craqué. Oh oui, c'était exactement ce qu'elle venait de faire, comme chaque fois qu'elle perdait pied, qu'elle était effrayée ou qu'elle n'avait pas le contrôle de la situation. Cela dit, cette pièce était remplie de vêtements médicaux et ce n'était, de toute façon, pas bien normal. Parce que, jusqu'à preuve du contraire, cette maison était supposée être celle d'un avocat renommé, pas d'un acrobate du bistouri !

— Qu'est-ce que vous mijotez, ici ? demanda-t-elle tout de go en empoignant l'une des manches de la casaque verte. C'est quoi tout cet attirail, hum ?

Adrien de Bérail fronça les sourcils et leva subitement les yeux au ciel en secouant la tête quand il réalisa ce qu'elle était en train d'insinuer.

— Vous n'allez pas me faire croire que vous m'avez pris pour la réincarnation du Dr Joseph Mangele[1], tout de même ?

— Quelque chose du genre, si, marmonna-t-elle en admettant intérieurement qu'elle avait peut-être réagi un peu vivement.

En revanche, lui qui faisait de l'ironie une minute avant était soudain clairement énervé. Elle vit ses narines se gonfler tandis qu'il l'étudiait, le regard noir comme les ténèbres. De Bérail savait réellement se rendre intimidant. Pour autant, elle décida de le fixer d'un air effacé. Gabi avait toujours le chic pour faire passer des vessies pour des lanternes.

— Quelque chose du genre ? répéta-t-il, atterré. Vous êtes folle à lier ! Cette pièce est une salle de prévention !

Elle fronça les sourcils, stupéfaite.

— De prévention ?

Elle était au comble de la honte, qu'elle ne montra pas, cependant.

Le visage de l'avocat se chargea si vite de colère que ses traits en furent presque défigurés. Gabi eut un geste de recul.

— Oui, de prévention ! Un sas !

Il respira par à-coups comme pour se calmer.

— Agir normalement est au-dessus de vos forces, n'est-ce pas ? Non… vous préférez vous surpasser et trouver un os à ronger ! Si j'avais voulu embaucher une fouine, je serais allé la chercher dans une animalerie !

---

1. Célèbre médecin nazi mort en 1979 et sinistrement connu pour ses expériences sur les humains dans les camps de concentration.

— Je ne vous permets pas ! s'étrangla-t-elle d'indignation.

— Et moi je ne vous permets pas d'entrer ici sans mon autorisation ! Sortez !

Gabi serra les poings.

— Est-ce que cela signifie que je suis renvoyée, monsieur ? lui demanda-t-elle pour la deuxième fois.

De Bérail tentait de dominer sa colère avec tant de force que cela aurait dû suffire à Gabi pour fuir de son propre chef, mais au lieu de ça, elle resta droite comme un *i* et attendit sa réponse.

— Dehors ! rugit-il en désignant la sortie de l'index.

OK, elle l'admettait, elle avait outrepassé les ordres de Sa Majesté et elle l'avait accusé de jouer au savant fou, il avait effectivement de quoi être furieux contre elle. Néanmoins, si elle obéissait – et qu'il ne la mettait pas à la porte après ce troisième et catastrophique tête-à-tête –, il ferait de sa vie un enfer. Il tâcherait par tous les moyens de lui faire comprendre qu'il était le plus fort, ce qu'elle voulait éviter à tout prix. Gabi connaissait bien ce genre d'homme : exigeant, intransigeant et dominateur. Un signe de faiblesse, un seul, de ses adversaires, et il en faisait de la purée. Hors de question ! Elle n'allait pas se laisser écraser par un tyran sous prétexte qu'elle avait besoin d'argent.

— Non, lui dit-elle simplement, avec le plus grand calme.

Il haussa les sourcils et pencha sensiblement la tête sur le côté.

— Je vous demande pardon ?

— Je me fiche de votre permission.

De Bérail sembla avoir pris un coup de massue, ce qui eut le mérite d'anéantir instantanément son accès de colère.

— Vous vous moquez de ma permission ?

— Totalement.

Il entrouvrit les lèvres afin de dire quelque chose et s'en abstint pour la regarder fixement. Estomaqué.

— Il n'en sera pas toujours ainsi, monsieur de Bérail, mais dans le cas présent, vous me devez quelques explications, et je nc sortirai pas de cet endroit tant que je n'en aurai pas eu.

Il rejeta les épaules en arrière, porta la main à son menton, et la détailla d'un air suspicieux.

— Rassurez-moi, mademoiselle Géris, vous avez décidé de m'honorer de toutes ces excentricités uniquement pour votre premier jour de travail, n'est-ce pas ? Vous n'avez pas vraiment l'intention de rendre extravagante chaque journée passée ici ?

Sa remarque aurait pu prêter à sourire, mais Gabi choisit de rester impassible et de conserver la tête haute.

— Espérons qu'il ne s'agit que d'un mauvais démarrage, mademoiselle Géris, car je n'ai pas pour habitude d'être très patient.

Il plongea ses yeux sombres dans ceux de Gabi, lui donnant un avertissement muet mais clair, puis il soupira longuement en secouant le menton de droite à gauche, résigné.

— Je savais que vous seriez insupportable à gérer.

Vous vous y ferez ! eut-elle envie de rétorquer, mais elle n'en fit rien, ne voulant pas pousser sa chance trop loin.

— Alors ? À quoi sert cette pièce ? insista-t-elle plutôt.

Il ignora totalement sa question et ouvrit la porte d'un des vestiaires. Il en ressortit un cintre qu'il débarrassa de sa housse.

— Mettez ça, lui intima-t-il en lui tendant blouse et pantalon.

Elle les prit du bout des doigts et posa sur son patron un regard hésitant.

— Vous m'emmenez dans une salle d'opération ?

Exaspéré, il leva les yeux au ciel et récupéra une seconde tenue, puis il commença à l'enfiler silencieusement par-dessus ses vêtements.

Gabi suivit ses gestes avec attention. En moins de deux minutes, il était couvert de la tête aux pieds. Il ne faisait aucun doute qu'il avait l'habitude de ce petit rituel, et plus que jamais, elle se demandait pourquoi. Le calot bleu qu'il s'était noué derrière la tête lui conférait un faux air de pirate. Un pirate aux cheveux courts, mais un pirate sexy. Oui, son employeur était sexy. Elle aurait beaucoup aimé le croiser dans une autre vie, dans d'autres circonstances, elle se serait arrangée pour n'en faire qu'une bouchée, et avec un peu de chance, il se serait laissé faire.

Quand il eut soigneusement refermé son casier, l'avocat s'adressa à elle, faisant montre de toute la patience dont il était capable.

— Habillez-vous, et rejoignez-moi pour vous laver les mains, je vous conduis en milieu protégé.

Puis il la planta là et disparut derrière la cloison.

Elle resta immobile de longues secondes tandis qu'elle entendait l'eau couler et le bruit moite du savon que l'on frotte énergiquement entre les doigts. Un milieu protégé ? Pour qui ? Pour quoi ? Une personne ? Un laboratoire ? Qu'est-ce qui pouvait bien motiver un avocat de renom à aménager un tel endroit chez lui ? Elle était si absorbée par ses questionnements qu'elle ne le vit pas arriver derrière elle et, quand il lui frôla l'épaule, elle sursauta et poussa un cri de surprise pour la deuxième fois.

— Par pitié, mademoiselle Géris, s'exaspéra-t-il. Je ne vais pas vous couper en morceaux ! Même si, en réalité, je commence à en avoir sincèrement envie. Vous voulez savoir ce qui se passe, oui ou non ?

Elle hocha la tête et passa rapidement les jambes dans le pantalon bien trop grand pour elle. Elle retourna la taille pour éviter de marcher dessus, enfila la casaque, les couvre-chaussures, coinça ses cheveux bouclés dans la charlotte et se dirigea vers les lavabos. Là, elle se lava méticuleusement les mains, les ongles, et les sécha avec tout autant d'attention.

— Mettez ça, lui ordonna de Bérail en lui tendant une paire de gants chirurgicaux.

Quand elle les eut ajustés, il l'invita à le suivre et composa le code d'accès qui déverrouilla la porte qu'elle avait essayé d'ouvrir un peu plus tôt. 362B. Elle avait la mémoire des chiffres, elle ne l'oublierait pas. Gabi retint sa respiration, et pénétra avec lui dans un hall d'entrée lumineux qu'une multitude de dessins d'enfants accrochés aux murs venait égayer. C'est à ce moment précis qu'elle comprit qu'il s'agissait du fils de Bérail. C'était à lui qu'était destiné l'espace confiné. Seigneur, il devait être sérieusement malade… Elle n'avait pas été préparée à ça, on ne lui avait jamais parlé de conditions particulières de travail. Personne ne lui avait indiqué qu'elle devrait s'occuper d'un enfant leucémique. Parce que c'était bien de ça qu'il devait être question. Quelle autre maladie aurait pu conduire à prendre des précautions aussi radicales ?

— Papa, papa !

Sophie accourait vers eux, emmaillotée dans une blouse bleue à capuche.

— Paul dit que je ne pourrai pas aller au parc d'attractions parce que lui non plus ne peut pas y aller. C'est pas vrai, dis ? C'est pas vrai ?

En face de son père, elle paraissait minuscule. Pourtant, la tête haute et les poings sur les hanches, elle lui faisait face avec un aplomb étonnant.

— Alors ? Il dit ça juste pour m'embêter, hein ?

— On a déjà eu cette conversation, Sophie, lui répondit de Bérail avec autorité.

La fillette gonfla les narines. Ses yeux, loin d'être larmoyants, semblèrent jeter des éclairs, puis elle partit au quart de tour.

— À quoi ça sert que tu embauches une nourrice si c'est pour que je reste enfermée ici toute la journée ? Une infirmière, ça suffit largement pour me garder prisonnière !

— Sophie…

— Je te déteste ! hurla-t-elle avant de détaler par une porte latérale. Et vous aussi !

Ah, ça, c'était pour Gabi…

Elle jeta un œil à son patron qui pinçait les lèvres pour éviter de dire quelque chose. Il semblait particulièrement contrarié, cependant il n'amorça pas le moindre geste pour tenter de retenir sa fille. Les traits du visage tendus à l'extrême, il se tourna vers la jeune femme et la saisit par le coude pour la faire avancer.

— Vous allez rencontrer mon fils Paul, ensuite nous prendrons le temps de déjeuner et je répondrai à toutes vos questions.

Gabi retint un juron et le força à s'arrêter en pilant au milieu du vestibule.

— Vous me mettez au pied du mur, monsieur de Bérail !

Il baissa la tête pour la considérer, faussement étonné.

— Vous auriez dû me parler de la situation de votre fils avant de me le présenter !

Lentement, il se redressa un peu plus pour la dominer de toute sa hauteur.

— Ne rejetez pas la faute sur moi, mademoiselle Géris, c'est vous qui avez choisi de pousser cette porte plutôt que de me rejoindre dans mon bureau comme prévu. Si vous n'aviez pas fouiné, nous n'en serions pas là !

Gabi serra si fort les poings qu'elle sentit ses ongles s'enfoncer dans ses paumes. Cet homme était insupportable.

— C'est dans votre cabinet que vous auriez dû me tenir informée, monsieur de Bérail ! Quand j'étais devant vous, à me ridiculiser en vous quémandant du travail !

Un léger sourire effleura les lèvres arrogantes de l'avocat. Elle n'eut qu'une envie : l'effacer d'un bon revers de la main.

— Vous admettez avoir eu l'air ridicule ?

— Là n'est pas la question ! s'énerva-t-elle. Il fallait me mettre au courant avant !

Très calmement, il croisa les bras sur sa poitrine.

— Si, à l'instar des autres candidates, vous étiez passée par les voies normales du recrutement, vous auriez eu toutes les informations nécessaires au préalable.

Elle rumina silencieusement. Il avait raison. Enfin, à moitié raison, parce qu'il aurait quand même dû mettre toutes les cartes sur la table !

— J'admets que tout cela n'était pas très orthodoxe, mais… Monsieur de Bérail, je me suis déjà installée chez vous. Que ressentira votre fils si, en le voyant, je vous annonce que je ne peux pas prendre cet emploi ? Que je n'en suis pas capable ?

La mine moqueuse de de Bérail s'assombrit et laissa place à une expression de lassitude, de vive amertume, presque.

— Il a l'habitude qu'on lui fasse faux bond, dit-il d'une voix monocorde qui ne parvint cependant pas à cacher de franches notes de dégoût.

Gabi n'y était pourtant pas pour grand-chose, mais elle éprouva une profonde culpabilité vis-à-vis de cet enfant qu'elle ne connaissait pas encore, un pincement au cœur, sournois. Ce genre de sensation qui la conduisait systématiquement à prendre des décisions sans réfléchir aux conséquences sur sa vie personnelle. Parce qu'elle en était certaine, elle n'avait pas encore croisé le regard de Paul de Bérail, mais elle n'aurait jamais la force de le laisser tomber. Ni lui, ni cette petite fille manifestement meurtrie et aigrie par la maladie de son frère.

Gabi regarda Adrien de Bérail droit dans les yeux et, pour la première fois, elle le vit tel qu'il était : un père de famille désemparé.

— Je ne lui ferai pas faux bond, lui promit-elle.

Il se pencha vers elle et, d'un geste qui les surprit tous les deux, il voulut remettre en place une mèche de cheveux qui s'était échappée de la coiffe de la jeune femme. Il referma les doigts dans son poing au dernier moment et recula en se composant cet air autoritaire et détaché qu'elle commençait sérieusement à avoir en horreur.

— Veillez à ce que rien ne dépasse, s'il vous plaît.

— Je… oui, s'empressa-t-elle de lui assurer en rajustant le calot. C'est une leucémie, n'est-ce pas ?

— Oui. Venez.

Cette fois, quand il prit son bras, elle se laissa guider sans résister, le cœur battant. Elle ne savait pas à quoi s'attendre, elle n'avait jamais rencontré personne d'hospitalisé à domicile et le fait que ce soit un enfant l'angoissait encore plus.

Elle pénétra avec lui dans une salle lumineuse et l'examina furtivement. Les murs, le plafond et les sols étaient entièrement blancs. Toutefois, la pièce était égayée par des jouets en tout genre, des peluches, des figurines et des posters de superhéros. Spiderman, pour la plupart.

En face d'eux, une large baie vitrée donnait sur le jardin et conférait à la pièce une luminosité revigorante. Sur leur droite, il y en avait une seconde, coulissante celle-ci. Elle séparait la salle d'une profonde véranda largement éclairée par des lampes au sol. Gabi s'y attarda discrètement pendant un moment et ouvrit la bouche de stupéfaction. Il s'agissait d'une piscine couverte. Le must des hôtels particuliers quand on en consultait les annonces immobilières. Elle détourna rapidement le regard, souhaitant rester discrète, et porta son attention sur une femme d'une quarantaine d'années, arborant la même tenue qu'eux, en train de ranger une grande table à tréteaux cachée sous les feuilles de papier et les crayons de couleur.

— Oh, bonjour, monsieur, l'accueillit-elle platement en l'apercevant.

— Bonjour, Becca, je vous présente Gabrielle Géris, la nouvelle baby-sitter de Paul et Sophie.

Puis il s'adressa aussitôt à Gabi.

— Becca est l'infirmière qui s'occupe de Paul chaque matin.

— Madame, la salua poliment Gabi.

L'infirmière vint à sa rencontre avec un sourire éclatant.

— Oh, pas de madame ! C'est Becca pour tout le monde. Je suis ravie de vous connaître, Gabrielle.

— Gabi, s'entendit-elle répondre, alors qu'elle n'avait pas du tout prévu qu'on la surnomme ainsi ici.

Elle dut se faire violence pour ne pas jeter un coup d'œil à de Bérail et lui donner l'occasion de prendre bonne note de cette information – bien qu'elle fût absolument certaine qu'à aucun moment il ne s'adresserait à elle de cette manière, ce n'était pas le genre. Hum… N'empêche qu'il appelait l'infirmière de son fils Becca, probablement le diminutif de Rebecca. Ce qui donna envie à Gabi de mieux l'observer.

C'était une très belle femme. Blonde, vu la couleur de ses sourcils, grande et élancée, avec de magnifiques yeux bleus. Gabi fronça les sourcils. Becca et de Bérail étaient sans aucun doute intimes pour qu'il l'appelle par son surnom. Oui, il couchait avec elle, dans cette maison et peut-être aussi ailleurs, chez elle. Le fantasme de l'infirmière, la blouse blanche, rien en dessous et…

Bon sang, mais qu'est-ce qui lui prenait ? Effarée par ce qu'elle était en train d'imaginer, elle se ressaisit et se concentra sur… sur… Ah ! Le feutre violet posé sur le bureau ! Elle avait toujours aimé le violet.

— Où est Paul ? demanda Adrien de Bérail en balayant la pièce des yeux.

— Il nage, monsieur.

— Seul ?

Le ton de son employeur s'était subitement durci, faisant se renfrogner Becca.

— Eh bien, oui. Il est très bon nageur, et il avait besoin de…

— Je vous ai dit mille fois de ne pas le laisser faire !

L'avocat ne lui laissa pas le temps de répondre. Il partit comme un dément en direction de la véranda et fit coulisser la porte vitrée d'un coup sec.

— Paul de Bérail ! Sors de cette piscine avant que je vienne te chercher !

Un puissant bruit d'éclaboussures retentit, puis une petite voix fluette et arrogante se fit entendre.

— Tu ne peux pas, tu n'as pas pris de douche désinfectante. Tu vas mettre des microbes dans l'eau et je vais être très, très, malade, ironisa le jeune garçon.

Gabi n'en revenait pas. Se détestaient-ils tous à ce point pour ne connaître aucun autre moyen de communication que les piques bien placées ? Gabi venait d'une famille où tout le monde s'entendait à merveille, alors ça la laissa sans voix.

— Tu sais parfaitement que tu n'as pas le droit de te baigner sans surveillance, Paul.

— Je n'ai le droit de rien, de toute façon ! rétorqua ce dernier en s'agrippant à l'échelle pour sortir de l'eau.

Au passage, il fit éclabousser l'eau énergiquement et son père se retrouva trempé.

De là où elle était, Gabi ressentit avec tant de force les tensions qui régnaient entre le père et le fils, qu'elle décida de les rejoindre pour se présenter et alléger l'atmosphère.

Le moins qu'elle pût dire était que Paul n'avait rien de l'image qu'elle s'était faite de lui en apprenant qu'il était leucémique. Il était énergique, portait une tignasse brune et épaisse, de grands yeux noirs et avait les joues bien roses d'un gamin en bonne santé. Surprise, mais loin d'être déçue de voir qu'il allait bien mieux qu'elle ne l'aurait imaginé, Gabi s'approcha en se composant une mine enjouée.

— Bonjour ! Je m'appelle Gabrielle et c'est moi qui vais…

— Ouais ! Je sais, je sais, vous êtes notre nouveau chien de garde.

— Paul ! s'étrangla son père.

Gabi lâcha un son étouffé à travers son sourire crispé. Les gosses de Bérail étaient charmants, vraiment…

— Présente immédiatement tes excuses à Mlle Géris ! exigea l'avocat.

— On ne demande pas pardon parce qu'on dit ce qu'on pense ! s'obstina-t-il.

Gabi étrécit les yeux et les planta dans ceux de Paul, le plus sérieusement du monde.

— Non, laissez, monsieur de Bérail. Plus les enfants sont impolis et ont mauvais caractère, plus je me plais avec eux. Ils me donnent ainsi une bonne raison de faire de leur vie un enfer ! C'est ce que je préfère, et votre fils me semble parfait, ajouta-t-elle avec un petit sourire sadique.

Paul se raidit, se demandant si c'était du lard ou du cochon.

Elle jeta un œil méfiant à son employeur, incertaine qu'il apprécie sa petite plaisanterie. Contre toute attente, il prit la perche qu'elle venait de lui tendre.

— Je vous ai embauchée pour ça, non ?

Il n'afficha pas l'ombre d'un sourire qui aurait pu démontrer à son fils qu'il n'était pas sérieux et ce dernier en resta pantois. Il ne pipa plus un mot.

— Tout à fait, monsieur ! renchérit Gabi.

— Alors c'est parfait. Maintenant que les présentations sont faites, mettons-nous au travail ! Commençons par aller signer ce contrat, j'ai hâte de vous voir à l'œuvre.

— Avec joie, monsieur de Bérail ! Vous avez prévu tout le matériel nécessaire, j'espère, car je n'ai rien pris avec moi.

Son patron s'efforça de paraître étonné.

— De quel matériel avez-vous besoin, précisément ?

— Eh bien, vous savez… martinet, trique, baguette souple…

Il haussa un sourcil, plus impressionné par le sérieux que conservait son employée que par l'énumération de ces objets de torture.

— À dire vrai, mademoiselle Géris, personne n'a jamais eu recours à ce genre de pratiques avec mes enfants.

D'un bref regard de côté, elle vit la lueur sarcastique dans les yeux du jeune Paul, convaincu que son père ne la laisserait jamais faire une chose pareille. Celle-ci s'éteignit complètement quand ce dernier ajouta :

— Néanmoins, c'est une excellente idée. Rien de tel que les vieilles méthodes pour forger le caractère. Je vous ferai apporter tout ça dès demain.

Puis il passa sa main derrière le dos de Gabi et l'invita à le suivre vers la sortie. Ils étaient presque arrivés vers la porte du sas quand le petit garçon se manifesta.

— Papa !

— Oui ? répondit ce dernier en faisant volte-face.

— C'était une blague, n'est-ce pas ?

— Laisse-nous réfléchir… Est-ce que nous plaisantions, mademoiselle Géris ?

Gabi releva le menton pour toiser Paul. En le voyant comme ça, les cheveux plaqués sur le front, arborant une expression horrifiée qu'il essayait de dompter, et les doigts crispés sur sa serviette de bain, elle eut envie de baisser les armes et d'éclater de rire. Mais elle résista.

— Qu'en dis-tu ?

Paul avait la lèvre tremblante et le regard affolé.

— Peut-être que si tu es gentil avec moi, je n'aurai pas besoin d'en arriver à de telles extrémités. Donc à toi de me le dire, Paul. Vas-tu être gentil ?

Il soutint son regard du mieux qu'il put.

— Oui.

Puis ses yeux se perdirent vers la porte que Sophie avait violemment claquée.

Gabi regarda derrière elle et devina que Paul était en train de penser à elle.

— À ton avis, ta sœur sera du même avis que toi ? Elle sera gentille elle aussi ?

— Oui, madame, j'en suis sûr !

— Qu'en pensez-vous ? demanda alors Adrien de Bérail.

Gabi fit mine de réfléchir quelques instants, puis son visage s'adoucit en observant le jeune garçon.

— Nous allons peut-être réussir à nous entendre, dans ce cas. Je vous retrouve au déjeuner, monsieur de Bérail.

Elle laissa le père et le fils seuls, puis, le sourire aux lèvres, elle composa le code du sas et referma la porte derrière elle.

6

Adrien se demandait comment un simple déjeuner professionnel pouvait autant le mettre sur les nerfs. Il ne s'agissait pas de refaire le match avec Gabrielle Géris et de l'auditionner une seconde fois, mais de la convaincre d'accepter les quelques *nota bene* de son contrat de travail. Ce n'était rien de plus qu'une formalité, et pourtant, il redoutait sincèrement qu'elle ne se rétracte au moment de signer. Oui, c'était bien ce qui le mettait dans ce désagréable état d'anxiété. Ce qu'il attendait d'elle n'était pas à prendre à la légère. La vie de son fils était en jeu, il était hors de question de voir le processus de guérison s'étioler. Cependant, si ce qu'il demandait restait facile à comprendre, il avait conscience que c'était dur à appliquer. Jusqu'alors, aucune nurse ne s'était trouvée capable de tenir plus d'un mois à ce poste, et pour cause : ses enfants étaient à passer à la moulinette. Les choix que leur imposait Adrien les rendaient particulièrement allergiques à l'autorité et pas une seule des nourrices qu'il avait embauchées n'était parvenue à saisir le fonctionnement singulier de Paul et de Sophie. Mais Adrien ne pouvait blâmer personne, lui aussi avait bien du mal à les cerner. Même s'il reconnaissait que son fils et sa fille avaient toutes les raisons du monde de se révolter, ces derniers mois, il avait vu leur esprit de rébellion s'amplifier et c'était devenu insupportable. Ils ne perdaient pas une occasion de le contredire, de le provoquer ou de lui montrer à quel point ils étaient en désaccord avec lui. Ils étaient perpétuellement en guerre contre Adrien et n'en démordaient pas.

Cette détermination, ils l'avaient héritée de lui. Mais Adrien était bien plus têtu que ses gosses ne le seraient jamais. S'il lui arrivait de fléchir ou de s'attendrir – après tout, n'était-il pas leur père ? –, il s'efforçait de ne plier sous aucun prétexte. Quoi qu'il advienne, il se tenait aux décisions qu'il avait prises, si douloureuses fussent-elles. Bon nombre de personnes ne comprenaient d'ailleurs pas qu'il ait recours à de telles extrémités, et c'était essentiellement la raison pour laquelle il ne fréquentait plus grand monde. Ses amis se comptaient sur les doigts de la main et aucun d'entre eux n'approuvait ses choix. Adrien admettait qu'ils puissent être effarés face à cette situation, mais au bout du compte, il se moquait bien de leur avis. Seule l'issue finale lui importait.

Il était résolu à atteindre le but qu'il s'était fixé, certes, mais il n'était pas sans cœur pour autant. Voir son fils enfermé des journées entières dans 110 m² et sa fille renoncer à toutes les formidables aventures qu'aurait dû vivre une gosse de son âge le rongeait. Le rendait malade, même. Mais c'était utile. Vital. Paul était sur la bonne voie, il ne fallait surtout pas abandonner maintenant.

Il avait conscience qu'à leur place, la majorité des enfants auraient supporté cette situation avec bien moins de courage. Bon sang, ce qu'il était fier de ses gamins !

Bientôt, tout cela ne serait qu'un mauvais souvenir, ils retrouveraient tous une vie normale et Adrien se ferait un honneur de rattraper tous ces longs mois de privations. En attendant ce jour béni, la personne qui s'occuperait de Paul et de Sophie devrait faire preuve de fermeté, d'affection et d'imagination pour rendre leur existence aussi saine et agréable que possible.

Il regarda par la fenêtre de sa chambre et observa Gabrielle qui patientait sur la terrasse. En serait-elle seulement capable ? Il avait envie de croire que oui, d'autant qu'il avait particulièrement apprécié sa manière de gérer la petite crise de Paul en sortant de la piscine. Elle avait réussi à laisser son fils muet comme une carpe et plus docile qu'un agneau, ce qui était loin, très loin, d'être donné à tout le monde. Parce que Paul était, pour la plupart des gens, un petit garçon fragile, il n'avait pas l'habitude qu'on lui tienne tête ou qu'on ose lui dire qu'il méritait une bonne correction. Son état de santé suscitait indulgence et compassion, ce dont il profitait parfois outrageusement. Il obtenait très souvent d'un adulte qu'il ne le réprimande pas, et surtout, qu'il ne rapporte pas ses bêtises à Adrien. Toutefois, ce dernier n'accepterait jamais que quiconque lève la main sur son fils pour l'obliger à obéir, ou pour n'importe quelle autre raison, mais il reconnaissait qu'être remis à sa place quand il fallait ne lui ferait aucun mal. De fait, Gabrielle Géris avait marqué un point.

Depuis quelque temps, Adrien avait l'effroyable sensation que plus grand-chose n'impressionnait Paul et que rien n'était capable de venir à bout de son irritante insolence. Or la jeune femme y était parvenue avec une facilité déconcertante. Rien que pour ça, même si elle le faisait sortir de ses gonds et qu'elle fourrait son nez où elle ne devait pas – nom d'un chien, il n'en revenait toujours pas qu'elle l'ait pris pour un psychopathe ! –, elle avait réussi à monter de façon spectaculaire dans son estime. Cependant, vu la manière dont elle se plaisait à enfreindre systématiquement les règles, si elle choisissait de rester, il avait quand même de quoi être inquiet.

Adrien retira sa chemise trempée et en enfila une autre. Il avait choisi la bleu ciel. D'après Rosa-Louise, cette couleur lui donnait un air plus avenant et adoucissait les traits de son visage. Paraître sympa, c'est tout ce dont il avait besoin pour convaincre Mlle Géris de rester.

Il passa une main dans ses cheveux, dans un geste machinal souvent signe d'inconfort chez lui, puis il regarda une nouvelle fois la future nurse de ses enfants. Elle s'était installée sous le parasol à la table que Rosa-Louise avait dressée pour deux. Elle avait choisi le fauteuil face au jardin et admirait les rosiers en fleurs. Elle les trouvait manifestement à son goût, alors qu'il ne pouvait plus les voir en peinture. Ce qui était paradoxal dans la mesure où ils faisaient partie du décor qu'il avait lui-même imposé après la mort de Mathilde. Farouchement, il veillait à ce que tout soit conservé ainsi.

Il se renfrogna.

Il vivait dans un mausolée. Il ne se passait pas une journée sans qu'il y pense.

Adrien soupira, se détacha de la fenêtre et jeta un ultime coup d'œil à son reflet avant de quitter sa chambre avec l'étrange impression d'être sur le point d'entrer dans une arène pour mener un combat sans merci – qu'il avait bien l'intention de gagner, du reste. Il fit un saut rapide dans son bureau pour attraper le contrat de travail de Gabrielle, puis il descendit l'escalier au pas de course.

Tout en sirotant paisiblement le verre de jus de pamplemousse que Rosa-Louise lui avait servi, Gabi repensait à sa rencontre avec Paul. Nonobstant son caractère bien trempé, elle l'avait trouvé adorable et elle était certaine qu'ils allaient s'entendre à merveille. Cependant, deux ou trois détails la tracassaient. Elle était loin d'être spécialisée dans le domaine, mais il lui semblait quand même que si un gosse se retrouvait confiné dans un environnement protégé, c'est qu'il devait être extrêmement fragile. Or, Paul n'en donnait absolument pas l'impression et c'est pourquoi Gabi se posait mille questions. L'espace qu'elle avait visité n'était pas totalement stérile. Elle n'avait remarqué aucun système d'assainissement de l'air, aucun panneau laminaire comme on en voit dans les films, et surtout, il y avait une piscine. Même purifiée, elle ne pouvait être totalement aseptisée. Ce qui prouvait bien que cet enfant était résistant, si malade fût-il. Alors, pourquoi diable le tenir à l'écart du monde extérieur ? Pour quelle raison Adrien de Bérail exigeait-il qu'on s'emmaillote dans des vêtements de protection ? Ce n'était pas logique. Elle ne doutait pas que Paul eût été gravement malade à un moment donné, mais aujourd'hui, ce n'était manifestement plus le cas. Il était en rémission, c'était évident.

Gabi était autant contrariée que perplexe. À quoi cette mascarade rimait-elle ? Elle avait beau se creuser les méninges, elle ne comprenait pas ce qui pouvait bien pousser un père à prendre des mesures aussi strictes. Lequel n'aurait pas d'autre choix que de répondre à quelques questions. Il allait notamment devoir lui expliquer pourquoi aucune nourrice n'avait voulu rester. Tenir son fils enfermé était-il seulement légal ? Quel médecin chapeautait tout ça ? Et depuis combien de temps Paul n'avait-il pas mis le nez dehors ?

Elle en était là de ses considérations quand Adrien la rejoignit.

— Mademoiselle Géris. Veuillez m'excuser de vous avoir fait attendre, il a fallu que je change de vêtements.

Gabi leva les yeux vers lui. Il avait troqué sa stricte chemise blanche contre un modèle bleu ciel qui, étrangement, le rajeunissait beaucoup, faisait ressortir le gris de ses yeux et lui donnait une mine excellente. Les deux premiers boutons étaient défaits et, sans qu'elle puisse rien faire pour s'en détacher, elle se retrouva immédiatement attirée par les quelques poils qui dépassaient. Une chance qu'elle ait décidé de porter des lunettes de soleil !

Elle finit par détourner difficilement le regard et se concentra sur le document qu'il tenait dans la main droite.

— Nous avons des tas de points à éclaircir, monsieur de Bérail, commença-t-elle sans préambule.

Il arqua un sourcil sans chercher à cacher son amusement.

— Mais je suis ici pour répondre à toutes vos questions, mademoiselle. Que souhaitez-vous savoir ?

Il prit place en face d'elle et s'arma d'un sourire éclatant. Gabi se retint pour ne pas plisser le front. Elle savait exactement ce qu'il était en train de faire : il essayait de la convaincre que tout se passerait bien et que les explications qu'il lui donnerait étaient limpides et satisfaisantes. Mais il en fallait un peu plus à Gabi pour se laisser amadouer. Il se passait des choses étranges dans cette maison et elle n'était pas certaine de les trouver totalement acceptables.

— Votre fils Paul est en rémission, n'est-ce pas ?

Le visage d'Adrien se figea brusquement sur une expression indéchiffrable, un peu comme si donner une réponse sans chichi relevait du défi. Il sembla même hésiter.

— C'est exact, finit-il par admettre, de façon simple.

— Je suis heureuse de l'apprendre, lui certifia-t-elle avec sincérité. Il m'a l'air d'être un petit garçon très courageux.

Adrien avait dû entendre ça des centaines de fois, et c'est sans doute pourquoi il resta de marbre. Cependant, il l'étudiait avec tant d'intensité que

Gabi dut boire une gorgée de jus de fruit pour cacher son malaise.

— S'il est en voie de guérison, pourquoi prendre des mesures aussi drastiques ?

Même s'il ne fronçait pas les sourcils ni ne pinçait les lèvres, cette question le braquait. Elle le comprit à l'éclat agressif de son regard qu'il tentait de dissimuler derrière un visage impassible. Cette fois encore, Gabi pressentait qu'on avait dû lui poser cette question très souvent, qu'il détestait avoir à se justifier, mais que c'était devenu tellement banal que la réponse l'était devenue tout autant.

— La réponse est dans votre question, mademoiselle Géris, dit-il d'un ton vif. Paul n'est pas encore guéri.

— Oui, mais…

— Puisque vous tenez vraiment à savoir où vous avez mis les pieds, laissez-moi vous résumer l'histoire de mon fils.

Gabi se renfrogna, mais ne dit rien.

— Paul est tombé malade il y a quatre ans. Après de nombreuses séances de chimiothérapie, il a reçu sa première greffe de moelle osseuse, et, au terme de l'aplasie, il a fait un rejet. Nous avons tenté une seconde greffe il y a six mois. Pour le moment, les cellules immunocompétentes du donneur se comportent normalement. Cependant, après un traitement aussi lourd, les patients atteints de leucémie ont besoin de plusieurs mois pour reconstituer leurs défenses immunitaires. Ils sont fragiles et demandent à être tenus éloignés des virus pendant deux à six mois durant lesquels toutes les précautions hygiéniques sont prises pour éviter la rechute. Paul ayant déjà eu des complications, la période est prolongée de deux mois minimum. Si tout va bien, il pourra sortir de son confinement dans neuf semaines.

Gabi fit un rapide calcul. Ça ramenait la date au 1er septembre.

Elle ouvrit la bouche pour laisser filer un « oh » muet, et vu la lourdeur de ce qu'il venait de lui apprendre, elle se garda bien de lui demander s'il aurait encore réellement besoin de ses services à l'issue de ce terme.

— Je ne détiens pas mon fils enfermé pour des raisons obscures, êtes-vous rassurée ? lui demanda-t-il d'une voix plutôt sèche.

Gabi refusait de lui donner l'impression d'être embarrassée, d'autant qu'elle ne l'était pas, ses questions et ses doutes étaient parfaitement légitimes. Par ailleurs, elle en avait encore une ou deux sous son chapeau. Elle regarda Adrien droit dans les yeux.

— Je le suis. Cependant, puisque Paul est encore si fragile, pourquoi n'est-il pas hospitalisé dans une structure adaptée ?

Gabi sentit la vague de colère qui s'empara subitement d'Adrien. Elle ne lui était pas destinée, la jeune femme le comprit très vite.

— Paul a passé presque la moitié de sa vie à fréquenter les hôpitaux. Quel père suffisamment riche ne ferait pas le nécessaire pour que son fils soit médicalement pris en charge dans sa propre maison ?

— Eh bien, je…

Adrien l'interrompit en se penchant exagérément en avant pour l'observer de plus près.

— J'ai beaucoup d'argent, mademoiselle Géris, mais mes enfants sont ce que j'ai de plus précieux. Je ne vous demande pas de discuter mes choix, ni de les juger, mais de faire ce pour quoi je vous paie : vous occuper de Paul et de Sophie. Si vous pensez ce cadre de travail impossible à supporter, c'est le moment de faire vos valises et de partir. Votre contrat n'est pas encore signé, lui rappela-t-il en tapotant les feuilles de papier du plat de la main.

Ce qu'il n'espérait sincèrement pas, elle en était absolument certaine. Ça sonnait plutôt comme un défi. Qui, après explications, ne présentait aucune raison de ne pas être relevé.

— Si ce qui se passe dans cette maison est légal, je suis parfaitement en mesure d'assumer mon rôle, monsieur de Bérail.

Adrien amorça un vague geste de recul en manquant de s'étrangler.

— Légal ? Mais bien évidemment ! Paul est suivi tous les matins par une infirmière qualifiée. Chaque vendredi, un médecin vient vérifier que tout est conforme au protocole thérapeutique. Je suis avocat en droit pénal, mademoiselle Géris, je sais parfaitement où se situent les limites définies par la loi.

Gabi s'efforça de lui sourire poliment.

— Dans ce cas, je ne vois aucune raison pour ne pas rester. J'ai d'ailleurs deux autres questions. Où dort Sophie et qui reste avec Paul la nuit ?

Adrien se concentra quelques secondes sur elle sans dire un mot, donnant concrètement l'impression de s'assurer du sérieux de sa première phrase. Elle ne lui parut pas plaisanter, alors il lui répondit.

— Sophie dort dans la chambre à gauche de la vôtre, et celle de Paul est sous surveillance, Rosa-Louise et André ont tenu à installer la leur à côté de la sienne. En cas de besoin, ils sont là.

— Pourquoi pas vous ? demanda-t-elle à brûle-pourpoint.

Adrien leva sur elle un regard indescriptible.

— Parce que mon fils n'en avait pas envie.

Il n'ajouta rien de plus et fit glisser le contrat devant Gabi.

— Au regard de la situation, vous comprendrez que de nombreuses clauses ont été ajoutées. J'exige qu'elles soient suivies scrupuleusement. Les outre-passer serait un motif de licenciement immédiat. Nous allons les lire ensemble, une par une, et éclaircir tout ce qui vous paraîtrait éventuellement flou. Je tiens absolument à ce que vous ayez toutes les cartes en main.

— Cette fois… ajouta-t-elle, l'air de rien.

Il claqua la langue d'agacement.

— Nous n'allons pas revenir là-dessus.

— Pourtant, ç'aurait été tellement plus simple de le faire dès notre première rencontre, lui rappela-t-elle.

Il s'accouda à la table pour appuyer sa bouche sur son poing en plissant les paupières d'un air railleur, puis il se redressa.

— Mettez ça sur le dos du pigeon.

Et Gabi ne put réprimer un sourire.

À l'issue du déjeuner, la jeune femme retenait trois choses essentielles : un, en plus de ne pas fumer sur son lieu de travail – ce qui tombait bien puisqu'elle n'avait pas ce penchant –, elle ne devrait jamais entrer dans la salle de vie de Paul sans avoir préalablement appliqué strictement le protocole du sas. Deux, elle pourrait utiliser la piscine pour ses besoins personnels, mais il lui faudrait obligatoirement prendre une douche désinfectante avant d'y pénétrer, une cabine était prévue à cet effet – elle songea d'ailleurs que si elle voulait en profiter, il lui faudrait récupérer son maillot de bain chez elle, un de ces quatre. Et enfin trois, sous aucun prétexte, jamais, elle ne devrait permettre à Paul de sortir de son lieu de confinement. Ce qui impliquait non seulement de ne pas l'emmener en promenade, mais également de veiller à ce qu'il ne se carapate pas lui-même.

Finalement, comme l'avait justement fait remarquer le petit garçon, Gabi se voyait attribuer le rôle de chien de garde, ce qui n'était pas pour lui plaire. La jeune femme saisissait mieux les raisons qui poussaient son employeur à agir de façon si stricte, mais elle n'en était pas moins révoltée. Ce petit garçon n'avait pas mis le nez dehors depuis des mois, c'était pire qu'un emprisonnement ! Gabi avait grandi à la campagne, libre comme l'air, alors elle imaginait très mal qu'un enfant puisse vivre dans une centaine de mètres carrés, à l'écart des fleurs, du ciel, de l'herbe, des insectes et des odeurs. Paris regorgeait d'endroits fantastiques à visiter. Paul les avait sous le nez et il n'en profitait pas. Pas plus Sophie que lui apparemment.

Pas besoin d'avoir une conversation avec son patron pour comprendre qu'il ne voulait pas créer d'inégalité entre son fils et sa fille, mais Gabi pensait qu'il commettait une grave erreur. Privée de sorties, la petite fille entretenait une rancœur manifeste. Son père creusait non seulement un fossé entre elle et lui, mais aussi entre elle et son frère. Nul doute que Sophie aimait profondément son frère et qu'elle était inquiète pour lui, mais elle avait aussi sûrement développé un sentiment de jalousie tout naturel. Paul était au centre de l'attention de tous et la vie entière de la famille avait changé à cause de lui, et pour lui. Ces sentiments contradictoires n'étaient finalement pas bien difficiles à comprendre. Sophie avait certainement besoin d'être valorisée pour ce qu'elle était, et non pour ce qu'elle serait capable de faire pour son frère.

Gabi poussa un profond soupir tandis qu'elle rangeait ses dernières affaires de toilette dans la salle de bains. Adrien de Bérail lui avait aussi interdit deux ou trois autres petites choses, comme monter à l'étage, ou pénétrer dans les pièces si elle n'y avait pas été conviée. Elle n'avait également pas le droit de toucher aux sacro-saints rosiers. Mais grand bien lui fasse, après la scène du matin avec Sophie, elle ne s'en aviserait plus. Concernant Sophie, justement, Adrien de Bérail préférait qu'elle ne prenne pas les transports en commun, alors comme il lui avait dit lors de leur premier entretien, Gabi disposerait d'une voiture pour se déplacer où bon lui semblerait et d'une carte de crédit afin de pourvoir aux besoins de sa fille. À ce sujet, son employeur lui avait fait part d'un dernier détail : elle pourrait sortir avec Sophie, mais rien lui proposer qui serait vraiment inéquitable pour Paul. Comme ce n'était pas précisément défini dans son contrat de travail, Gabi ferait ce qui lui paraîtrait le plus adapté. Mais priver une gosse d'activités extérieures originales et amusantes ne faisait justement pas partie de sa philosophie. Pour le bien-être de tout le monde, elle espérait bien qu'Adrien de Bérail mettrait de l'eau dans son vin. Et s'il ne le faisait pas, eh bien… elle l'y contraindrait habilement.

* * *

Le lendemain, Gabi commença son premier jour de travail sur les chapeaux de roue. Il était tout juste 7 h 30, elle était déjà lavée, coiffée et habillée, et profita de s'être levée tôt pour aller préparer quelques activités pour les enfants avant qu'ils ne se réveillent. Elle respecta scrupuleusement le protocole de sécurité du sas, composa le code d'accès et pénétra dans les appartements du petit garçon. Depuis l'entrée, elle fut surprise d'entendre déjà des éclats de voix, d'autant que ceux-ci ne présageaient rien de bien joyeux. Elle s'approcha lentement et vit Sophie en équilibre sur une chaise, les bras en l'air, essayer de tenir un ours en peluche bleu hors de portée de son frère.

— Ce n'est pas le tien ! cria-t-elle.

Paul sautillait pour tenter de l'attraper. Sophie faisait de même, ce qui s'avérait impossible.

— Rends-le-moi ! lui hurla-t-il dessus.

— Non !

— Je vais le répéter à papa !

— Ça m'est égal, c'est le mien ! Et papa ne dira rien.

— Tu sais bien que si, parce que c'est moi qu'il préfère !

— C'est pas vrai ! s'époumona Sophie.

Paul donna une impulsion et se projeta en avant pour s'emparer de l'ours. La chaise tangua dangereusement et le sang de Gabi se glaça dans ses veines. Elle traversa la pièce à toute allure et rattrapa de justesse Sophie alors qu'elle était déjà en train de tomber, puis elle la remit sur ses pieds, par terre.

— En voilà toute une histoire pour un ours en peluche, les morigéna-t-elle. À qui appartient-il ?

— À moi ! répondirent-ils en même temps.

Évidemment…

— Elle me l'a volé ! s'écria Paul. Elle fait ça tout le temps !

— Tu mens ! C'est le mien ! Tu veux toujours me prendre ce qui est à moi !

— Tu dis n'importe quoi ! Je l'ai depuis que je suis tout petit ! Le tien, tu l'as jeté à la poubelle !

— C'est pas vrai, c'est pas vrai, c'est pas vrai ! s'énerva encore plus Sophie.

— Ça suffit ! Taisez-vous ! leur ordonna Gabi d'une voix forte.

Les enfants obéirent aussitôt.

Gabi s'empara de la peluche que Sophie avait laissée tomber et s'assit sur la table derrière elle.

— Voyons voir…

Elle étudia l'objet du litige et chercha une idée. L'histoire du jugement du roi Salomon lui vint alors en tête.

— Paul, est-ce qu'il vous arrive de faire des travaux manuels ici ?

Il regarda sa nouvelle nourrice, perplexe.

— Euh… oui.

— Où est-ce que le matériel est rangé ?

Paul gratta sa tignasse brune sans comprendre et montra du doigt l'une des portes d'un immense buffet blanc situé sous les baies vitrées. Gabi l'ouvrit et fouilla à l'intérieur. Quand elle trouva ce qu'elle cherchait, elle se tourna vers les enfants.

— Voilà ! dit-elle en brandissant une paire de ciseaux. Puisque vous n'arrivez pas à vous départager, je vais couper l'ours en deux et vous en donner à chacun une moitié, qu'en pensez-vous ?

Les deux gosses la regardèrent, ahuris.

— C'est du sérieux ? demanda Sophie.

— Évidemment ! lui assura Gabi en ouvrant l'outil.

Le visage de Sophie s'affaissa tandis que Paul semblait avoir arrêté de respirer. Puis Sophie baissa la tête pour contempler ses pieds.

— C'est celui de Paul, avoua-t-elle. J'ai jeté le mien quand j'avais cinq ans.

Gabi croisa les bras sur sa poitrine, et fit mine de prendre un air sévère.

— Elle est jalouse parce que papa m'aime plus qu'elle, alors elle essaie toujours de m'embêter ! s'exclama Paul d'un air arrogant.

— Ce n'est pas vrai ! le contredit-elle.

Gabi se positionna entre eux.

— Ne recommencez pas !

De nouveau ils se turent et attendirent.

— Ton père vous aime tous les deux de la même manière, Paul. Ce n'est pas très gentil de dire des choses pareilles à ta sœur.

Puis elle se tourna vers la fillette.

— Et si on essayait de te trouver un ours qui lui ressemble, Sophie ?

Sophie leva les yeux vers Gabi, déconcertée.

— Vous n'allez pas me punir ?

Gabi s'agenouilla pour se mettre à sa hauteur et lui sourit.

— Non. Veux-tu, oui ou non, qu'on en achète un pour toi ?

Complètement déboussolée, la fillette acquiesça sans dire un mot.

— Très bien, nous nous occuperons de ça dès demain.

— Vous lui pardonnez, et en plus vous lui offrez un cadeau ! cracha Paul, amer.

Gabi posa sur Paul un regard bienveillant.

— Oui. Et je propose que tu aides ta sœur à le choisir.

— Et comment ? siffla-t-il. Je ne peux pas sortir d'ici !

Gabi se redressa et jeta un œil autour d'elle.

— Nous le commanderons sur le Net, décida-t-elle quand elle vit l'ordinateur sur le bureau au fond de la salle. Et tu auras droit à quelque chose toi aussi.

Paul sembla réfléchir, et acquiesça brièvement.

— Je ne veux rien. Ce que j'aimerais avoir ne me servirait à rien ici, mais c'est d'accord pour chercher avec ma sœur.

Gabi se promit que, tôt ou tard, elle lui demanderait à quoi il pensait.

Puis il posa sur sa sœur un regard compatissant quand il vit les larmes dans ses yeux.

— Je suis désolé d'avoir dit que papa me préférait.

— Pourquoi es-tu désolée, Paul ? demanda Gabi en faisant mine de ne pas comprendre.

— Parce que c'est pas vrai. Papa nous aime tous les deux.

Sophie baissa une nouvelle fois la tête.

— Et moi je suis désolée d'avoir voulu te voler ton ours.

— Pourquoi l'avoir fait, Sophie ? l'interrogea Gabi sur le même ton que pour Paul.

La petite fille se frotta le crâne exactement comme l'avait fait son frère un peu plus tôt.

— Parce qu'il l'aime plus que moi.

— Mais non. C'est pas vrai ! s'écria aussitôt Paul, alarmé.

Et pour le lui prouver, il s'approcha d'elle afin de l'embrasser furtivement sur la joue. Sophie sourit et Gabi aussi.

— Bon ! Maintenant qu'on a retrouvé un peu de calme, on va pouvoir passer aux choses sérieuses. Qui veut faire une partie de colin-maillard ?

— Moi, moi ! s'enjouèrent les enfants, en chœur.

Gabi plissa les paupières et étira les lèvres. La confrontation affective. Ça marchait à tous les coups. Et cette fois encore, elle était parfaitement satisfaite du résultat. Les enfants étaient parvenus à s'expliquer.

Et à en croire le regard admiratif qu'Adrien posait sur Gabi en l'observant, caché derrière l'encadrement de la porte, il l'était aussi.

7

Gabi n'arrivait pas à trouver le sommeil. L'air était moite, elle n'était pas dans son lit, et bien qu'elle essayât de se vider la tête pour s'endormir, son esprit ne cessait pas de cogiter. Elle repensait à la journée qui venait de s'écouler et se demandait sincèrement si elle saurait affronter les deux dragons qui occupaient cette maison. Ses démons de frères étaient tellement plus dociles en comparaison de Paul et de Sophie. Elle sentait qu'elle allait devoir réviser ses théories sur l'éducation si elle voulait apprivoiser les jumeaux. Fort heureusement, ce qui s'était passé dans la matinée lui avait montré qu'ils étaient d'une grande sensibilité et que tout était loin d'être perdu. Elle grincerait sûrement des dents plus d'une fois, mais elle parviendrait certainement à faire quelque chose d'intéressant avec eux.

Gabi se redressa et attrapa son téléphone sur la table de nuit. Il était presque 1 heure du matin.

Sans allumer, elle repoussa le drap et se dirigea vers la fenêtre pour l'ouvrir en faisant le moins de bruit possible.

Au loin, elle entendit vaguement les voitures qui circulaient toujours dans Paris, un peu comme si la maison tout entière était protégée par un écran acoustique. Elle ferma les paupières un instant et avala un grand bol d'air, appréciant le petit vent frais qui se faufila furtivement dans sa chambre et s'infiltra à travers le coton de sa nuisette. Elle mourait de chaud.

Lorsqu'elle rouvrit les yeux, elle remarqua que la terrasse à sa droite venait de s'éclairer. D'abord, elle s'immobilisa bêtement, comme prise en faute, puis, discrètement, elle se pencha pour passer la tête à travers l'embrasure et essayer d'apercevoir le noctambule. Vu l'heure, elle était presque certaine qu'il s'agissait de son employeur et elle ne se trompa pas. Quand elle parvint à se contorsionner suffisamment, elle vit qu'Adrien de Bérail s'était installé sur un des fauteuils de jardin. Il feuilletait les pages d'un magazine automobile, une paire de lunettes accrochée sur le nez. Il était pieds nus, en jean, une cheville posée sur la cuisse opposée, la chemise sortie de son pantalon et largement entrouverte. Gabi le trouva tellement sexy qu'elle en aurait sifflé. À la place, elle poussa un petit soupir de béatitude. Le dragon en chef avait peut-être mauvais caractère, mais il était fichtrement agréable à regarder. À se demander comment un homme tel que lui pouvait encore être célibataire. Gabi y réfléchit deux ou trois secondes et décida que c'était à cause de sa propension à tout vouloir diriger. N'importe quelle nana avec un peu de jugeote devait le fuir comme la peste.

Elle soupira et reconnut dans son for intérieur que ce n'était probablement pas la personnalité de l'avocat qui était remise en cause, mais sa situation familiale. Si riche fût-il, vivre avec un homme ayant une existence aussi compliquée devait être extrêmement effrayant pour une femme désireuse de mener une vie conjugale normale et… paisible.

Elle se redressa pour fermer la fenêtre et, maladroitement, le téléphone qu'elle tenait encore entre les mains lui échappa et alla s'enfoncer au beau milieu du rosier en contrebas.

— Oh merde ! s'écria-t-elle machinalement.

Aussitôt, un bruit de chaise qu'on pousse se fit entendre et, embarrassée, elle vit accourir son patron, bravant les gravillons de ses pieds nus.

— Je suis vraiment navrée, s'excusa-t-elle immédiatement. Je n'arrivais pas à dormir, j'ai voulu prendre l'air et… j'ai malencontreusement fait tomber mon portable de l'autre côté.

Dans la pénombre, elle ne remarqua pas qu'il levait les yeux au ciel, tout ce qu'elle voyait c'était son torse nu et offert à ses yeux stupéfaits. Elle se hâta de regarder ailleurs, tandis qu'il avançait.

— Ici ? demanda-t-il calmement en désignant l'arbuste.

— Il me semble, oui.

Il n'y avait guère plus d'un mètre cinquante entre le rebord de la fenêtre et le sol du jardin. Amorti par la végétation, son smartphone n'avait pas dû beaucoup souffrir. En tout cas elle l'espérait. Elle regarda son employeur fouiller dans le rosier en maugréant parce que les épines lui labouraient la peau.

— Tout va bien ? osa-t-elle lui demander.

Il releva la tête et, comme il était un peu plus près, elle put voir qu'il n'était pas particulièrement content.

— Si demain je donne l'impression d'avoir été griffé par un chat sauvage, vous allez m'entendre ! la prévint-il. Tenez. L'écran est brisé.

— Oh ! se désola-t-elle quand il fit le tour de l'arbuste pour lui rendre son téléphone.

Évidemment, vu le prix que ça coûtait et ses pauvres moyens, il ne lui était jamais venu à l'idée de prendre une assurance anticasse. Ses parents le lui avaient offert à peine trois mois plus tôt. Désemparée, elle se pencha largement en avant, tendit le bras et attrapa son portable du bout des doigts. Elle croisa le regard d'Adrien qui, furtivement, se perdit bien en deçà des yeux de Gabi. Elle baissa la tête et comprit. Non seulement l'une des brides de sa nuisette était tombée, mais, pour arranger les choses, le fin tissu de satin s'était largement ouvert sur sa poitrine, ne cachant rien de son 90C en pleine santé. Rouge de honte, elle se redressa précipitamment et se fit violence pour ne pas croiser les bras sur son buste et refermer la fenêtre avec fracas. Elle tenta de s'assurer qu'il n'y avait guère de différence entre ce qu'il exposait lui-même et ce qu'il venait d'apercevoir, ça ne la convainquit pas plus que ça. Son boss venait de reluquer ses seins !

— Eh bien, je vous remercie, lui dit-elle d'un ton qu'elle voulut le plus neutre possible.

Il abaissa les paupières et lui répondit très sereinement, une pointe d'amusement dans la voix qui, bien qu'elle ne le distinguât pas, permettait de deviner le sourire en coin qui avait pris naissance au coin de ses lèvres.

— Mais tout le plaisir était pour moi, mademoiselle Géris.

Sur quoi il fit demi-tour, laissant Gabrielle mortifiée devant la fenêtre.

Elle le suivit du regard jusqu'à ce qu'il disparaisse de sa vue.

— Idiote ! Idiote ! Idiote ! se morigéna-t-elle. Tu aurais tout aussi bien pu ouvrir torse nu, il n'en aurait pas vu davantage ! Tu n'en rates pas une !

Elle referma la fenêtre et se promit qu'à partir de maintenant, elle ne lui laisserait plus jamais l'occasion de croire qu'elle était d'une maladresse maladive.

Bon sang, ce gars-là parvenait systématiquement à lui faire perdre tous ses moyens. Comment s'y prenait-il, à la fin ? Exaspérée, Gabi jeta son portable sur la table de nuit et retourna se coucher.

Peu de temps avant de s'endormir, elle eut une pensée pour Martin qui passait sa deuxième nuit chez elle, dans son lit. Seul. Son Martin.

Que la vie était étrangement faite…

* * *

Après s'être démené plus de quatre heures non-stop à faire de l'encodage pour le site Internet d'une société de papeterie en ligne, Martin était lessivé. Il enregistra les dernières modifications, éteignit son ordinateur et étira ses longues jambes sous la table.

Il était 23 h 30, il n'avait pas vu le temps filer. Du dos de la main, il essuya son front perlé de sueur. Cet été, la température était caniculaire, pas moins de 31° C à l'ombre. Même la nuit, il faisait encore très chaud et l'appartement était si confiné qu'on y étouffait. À cause du bruit extérieur, impossible de compter sur les deux seules fenêtres de la pièce pour laisser passer un peu d'air. À partir de 19 heures, la rue piétonne était tellement fréquentée qu'on ne s'entendait plus parler. Martin bâilla, se malaxa les cheveux des deux mains pour se réveiller et se traîna vers le réfrigérateur. Une bonne bière, voilà ce qu'il lui fallait pour se rafraîchir !

Il décapsula une bouteille, la porta à ses lèvres et s'avachit sur le canapé, les yeux fermés, la tête en arrière. Il allait beaucoup mieux depuis deux jours. Ses côtes lui faisaient toujours un mal de chien, mais les plaies sur son visage avaient commencé à cicatriser. Il pouvait manger, et surtout, boire sans souffrir le martyre, ce qui, de son point de vue et étant donné son état d'esprit du moment, était bien plus important que se nourrir. L'alcool lui permettait d'oublier sa sordide situation et de travailler plus efficacement. En revanche, son nez était bel et bien cassé. Il avait l'air d'un rugbyman en fin de match. Le service des urgences avait pansé et gavé Martin d'analgésiques, mais par chance il ne subirait aucune intervention chirurgicale.

Ce n'était pas la première fois qu'il se fourrait dans un tel pétrin, mais il ne s'était encore jamais fait rosser de cette manière, et pour cause : il devait plus de 25 000 euros à ses créanciers, et il ne les avait pas. Il avait fourni les filières illégales pendant six ans, ça lui avait rapporté un bon petit paquet d'argent aussitôt dépensé, mais maintenant qu'il voulait se ranger, il devait d'abord passer à la caisse et contribuer au manque à gagner.

Martin avait commencé à déconner un peu avant la fin de sa thèse, dans les six mois précédant sa soutenance. Ses parents avaient soudain décidé de s'installer en Polynésie et lui avaient complètement tourné le dos pour vivre la grande aventure. Comme il avait contracté un prêt étudiant, et un autre pour s'offrir une voiture de mauvaise qualité, sans leur aide il s'était retrouvé considérablement endetté. Il avait sacrifié de longues années à l'université pour assouvir sa passion, c'est pourquoi il s'était refusé à faire autre chose que bosser dans son domaine, sauf que l'archéologie payait très mal et qu'il n'arrivait plus à joindre les deux bouts. Tout s'était précisément dessiné l'été 2007, en Autriche. Martin dirigeait un magnifique site archéologique, une tombe à char du premier Âge du Fer. Le mobilier princier était important et extrêmement bien conservé. C'est là qu'il avait fait la rencontre d'Antonio Fabrizio, un collectionneur d'art quadragénaire et trafiquant d'objets anciens à ses heures. L'Italien s'était joint à l'équipe et les deux hommes avaient rapidement sympathisé. Antonio avait vite compris que Martin avait le couteau sous la gorge. À l'époque, l'étudiant vivait des fonds attribués par son université et ça ne volait pas bien haut. En tant que responsable de fouilles, il avait tout juste de quoi continuer à honorer son loyer parisien, payer les frais de terrassement, nourrir et loger les bénévoles qui l'avaient suivi. Antonio lui avait alors proposé de lui glisser 12 000 euros sous la table pour récupérer le torque en or à tampons que Martin avait lui-même entrepris de dégager.

C'était une magnifique découverte telle qu'il n'en avait pas été faite depuis la tombe princière de Vix, en Bourgogne, en 1953. Le torque n'avait donc jamais été répertorié, pas même photographié, puisque Martin en avait fait la trouvaille à l'abri des regards indiscrets. C'était une somme dérisoire pour un tel objet, mais grâce à elle, le jeune archéologue avait pu régler un certain nombre de problèmes et commencer à souffler un peu, se jurant que ça ne se reproduirait jamais plus. Un an après, Fabrizio revenait à la charge et Martin entrait dans une spirale dont il fut éjecté lorsque le trafic fut démantelé et qu'Antonio Fabrizio se retrouva à fuir l'Europe avec l'argent de ses acquéreurs. Pour l'exemple, Martin s'était retrouvé interdit de chantiers de fouilles, mais dans le fond personne n'avait su apporter de preuves directes de sa responsabilité. Il aurait donc pu légalement contester cette décision, sauf que pour une fois il avait choisi d'être honnête en tirant sa révérence et en faisant une croix sur ce qui, et de loin, avait été la plus belle expérience de sa vie.

C'est avec amertume qu'il se remémora cette époque. Il avait vraiment tout foutu en l'air et il en payait désormais le prix. Cependant, ce qu'il considérait comme sa plus grande faute avait été d'embarquer Gabi dans cette histoire. C'était une jeune femme brillante et, à l'époque, son avenir était tout tracé. Ses recherches sur la période de Hallstatt[1]

1. Correspond au premier Âge du Fer en Europe et allant d'environ 800 à 400 avant J.-C.

étaient connues et reconnues par tous. En très peu de temps elle avait réussi à imposer son nom parmi les dinosaures de l'archéologie protohistorique. Or Martin avait ruiné sa carrière. Gabi n'avait jamais eu aucune espèce d'idée des magouilles de son petit ami, elle était tombée de haut et avait affronté cette désillusion la tête haute, mettant bien entendu une fin immédiate à leur relation.

Martin n'avait jamais été complètement fou d'elle, mais il n'en demeurait pas moins qu'il avait toujours eu beaucoup d'affection et de respect à son égard. La voir ainsi obligée de garder des enfants pour gagner sa vie le culpabilisait davantage encore. C'était une fille exceptionnelle. Même avec tout ce qu'il lui avait fait, elle trouvait le moyen de ne pas lui tourner le dos. Dieu sait qu'il l'aurait mérité.

Gabi et lui se connaissaient depuis longtemps. Ils avaient commencé leurs études en même temps. La première fois qu'il l'avait vue, elle avait tout juste dix-huit ans, et lui, vingt. C'était la mi-septembre, il faisait encore très chaud. Martin était installé dans un amphithéâtre sur les bancs du premier rang, il faisait partie des chanceux qui avaient pu trouver une place assise. C'était blindé de monde et l'air était irrespirable. Il n'avait qu'une envie : sécher le cours et aller boire une bière dans un troquet. Gabi était entrée dans la salle au moment où il s'était convaincu d'en sortir. Elle était vêtue d'une robe bleu ciel lui arrivant aux genoux et portait des ballerines plates de même couleur. Elle semblait légère comme une plume, on aurait dit une danseuse, et ne donnait absolument pas l'air d'être affectée par la chaleur. Martin l'avait détaillée comme s'il s'agissait d'une sucrerie et il n'avait certainement pas été le seul. Avec sa tenue et ses mèches blondes remontées en chignon, elle sortait clairement du lot. Elle n'avait rien du look habituel des jeunes Parisiennes de la filière archéologique. En général, ces filles-là vouaient un amour profond aux jeans, aux Kickers et aux foulards colorés dans les cheveux. Gabi paraissait aussi délicate qu'une fleur des champs. À compter de ce jour-là, Martin n'avait eu qu'un objectif : soulever ses jupes pour voir ce qui était caché dessous. Mais c'était tout de même un peu plus que ça. La jeune femme avait toujours représenté un sacré fantasme pour lui. Un rêve qu'on caresse et qu'on jurerait impossible à atteindre. Elle le fascinait autant par son intelligence que par sa beauté racée. Cependant, il avait dû prendre son mal en patience avant de la séduire et d'être en mesure de lui apporter autre chose qu'une simple partie de jambes en l'air. Parce que, au moment de leur rencontre, Martin faisait flamber les aventures de la même manière que l'argent.

Il but une gorgée de bière et secoua la tête en repensant à tout ça.

Aujourd'hui, il était toujours célibataire et fauché comme les blés. Le fric qu'il avait illégalement empoché lui avait littéralement brûlé les doigts. Il ne lui restait rien. Pas un kopeck. Ce qu'il gagnait avec la création de sites Internet ne suffirait jamais à éponger sa dette en un temps record. Il était dans la merde. Vraiment dans la merde. L'épée de Damoclès au-dessus de sa tête lui donnait l'impression de lui avoir déjà tranché la gorge, car la raclée qu'il avait reçue était un simple avertissement.

Il avait moins d'un mois pour réunir la somme. Encore trois minuscules semaines et la branche mafieuse avec qui il avait indirectement magouillé toutes ces années viendrait lui régler son compte. Définitivement.

Martin avait beau tourner le problème dans tous les sens, il ne voyait aucune solution. Les gens avec qui Antonio Fabrizio avait fait affaire n'étaient pas du genre à plaisanter. Comme leur principal interlocuteur s'était fait la malle avec leur fric, Martin devait payer les pots cassés. Littéralement. Il remboursait la facture, ou il fournissait les objets archéologiques commandés – plusieurs vases millefiori extrêmement rares –, ce dont il était désormais parfaitement incapable puisqu'il n'avait plus accès à aucune collection, ni aucun matériel fraîchement référencé. Parmi les quelques relations qu'il avait encore dans le milieu, pas une n'était suffisamment cinglée ou tout simplement malhonnête pour lui tirer cette épingle du pied. Non. Il ne savait vraiment pas comment se sortir de là et il commençait sérieusement à s'inquiéter.

Par chance – ou par désespoir – s'il lui arrivait quelque chose, il n'y aurait pas grand monde pour le pleurer. Ses géniteurs faisaient les morts depuis des années, il ne connaissait pas son unique sœur de six ans, il n'avait aucun oncle ni tante, pas le moindre cousin, et ses quatre grands-parents s'en étaient tous allés avant ses dix ans. Autant dire que passé cette époque, les fêtes de Noël n'étaient pas franchement spectaculaires. La plupart du temps, ses parents se contentaient d'un repas à peine plus élaboré que d'habitude, de deux ou trois babioles à offrir et tout le monde était au lit. M. et Mme Legrand n'avaient pourtant jamais manqué d'argent. Pendant vingt ans, ils avaient été propriétaires d'une épicerie fine dans le XVIe arrondissement de Paris et s'en étaient toujours bien sortis. Non. Ils étaient juste radins. C'était d'ailleurs la raison pour laquelle ils avaient choisi de s'installer en Polynésie, pour ne pas avoir à assumer davantage les études de Martin qu'ils trouvaient bien trop longues et sans intérêt.

Martin vouait une extrême rancœur à ses parents. Il s'était même juré qu'un jour il leur ferait payer leur égoïsme en leur montrant combien ils s'étaient trompés à son sujet. Au début, il recevait quelques cartes postales de leur part, auxquelles il répondait assidûment. Puis un jour, ils cessèrent tout contact avec lui. Martin avait leur adresse, il lui aurait suffi de prendre un billet d'avion et d'aller s'expliquer avec eux, mais il n'en avait rien fait. Il était absolument décidé à les oublier, lui aussi, mais il n'y était jamais parvenu. Ça faisait des années qu'il tentait de se persuader qu'ils ne représentaient plus rien pour lui, mais il pensait à eux souvent, et dans ces moments-là il finissait toujours par abuser de l'alcool. Il les détestait.

C'est d'ailleurs ce qu'il fit à cet instant en récupérant une deuxième bière dans le frigo. Il la décapsula et la vida presque d'une traite. L'illusion d'aller mieux ne dura que quelques secondes, le temps que la dernière gorgée soit avalée. Il n'en pouvait plus de cette chaleur, de cette situation et de cette vie de merde ! Ce soir particulièrement, il se sentait terriblement seul et aurait bien apprécié une compagnie féminine, l'unique remède qui était réellement capable de lui anesthésier l'esprit sans le faire rouler sous la table. Mais il n'était pas encore suffisamment désespéré pour s'offrir les services d'une professionnelle ni pour appeler une de ses ex afin qu'elle vienne le soulager de son malaise. Sans compter qu'il avait une bonne raison de s'ôter cette idée-là de la tête : il n'était pas suffisamment vaillant pour jouer à la bête à deux dos.

La tournure que sa vie avait prise était alarmante, mais elle était à l'image de qui il était devenu. Martin n'avait jamais aimé la monotonie, et faire comme tout le monde, encore moins. Tout ce qui lui arrivait, il ne le devait qu'à lui-même. C'est pourquoi il n'allait pas s'apitoyer sur son sort et affronterait la situation en homme responsable.

Restait à savoir comment.

8

Le vendredi suivant, pendant que Sophie terminait son petit déjeuner dans la cuisine et que Paul était ausculté par son médecin, Gabi décida de faire un brin de rangement sur la table d'activité qu'ils n'avaient pas pris le temps de mettre en ordre la veille. Elle tria les feuilles, remit les stylos et les feutres dans leur boîte, jeta les découpes de papier crêpon qu'ils avaient utilisé et passa un coup de chiffon sur le bureau. Elle ramassa deux trois bricoles qui traînaient par terre et prit sous le bras l'ours en peluche de Paul pour le remettre dans sa chambre. En mettant la main sur la poignée, elle se fit la remarque qu'elle n'avait pas encore eu l'occasion d'y mettre les pieds depuis qu'elle travaillait ici. Paul gardait son antre sous haute surveillance. Un écriteau « accès interdit, zone dangereuse et malodorante » accroché à la porte annonçait la couleur et jusque-là, amusée, Gabi l'avait respecté. Elle poussa le battant et découvrit que cette chambre était aussi grande que la sienne, aménagée d'une large fenêtre très certainement condamnée. Comme dans la salle principale, les murs étaient blancs et tapissés de posters. Seulement, ici, c'étaient les paysages marins qui prédominaient. Elle s'avança doucement et observa des dessins accrochés à un fil par des pinces à linge, tout au fond de la pièce, suspendus juste au-dessus du lit en forme de barque de Paul. Des baleines, des coquillages, des crabes, des algues et des couchers de soleil. Même la housse de couette en boule au milieu du matelas représentait des dauphins s'ébrouant dans l'eau. Paul semblait vouer une véritable passion pour la mer.

Une boule se forma à l'intérieur du ventre de Gabi. Le petit garçon l'avait-il seulement déjà vue de ses propres yeux ? Toute son enfance, Gabi avait assisté au spectacle des phoques qu'on remet en liberté, elle avait senti les galets rouler sous ses pieds et ses orteils s'enfoncer dans le sable humide quand elle se promenait sur la plage. Elle avait respiré l'odeur de la marée lorsqu'elle était basse, elle avait laissé les embruns soulevés par le vent à la crête des vagues lui caresser le visage. Gabi avait grandi au bord de la Manche, joué avec des cerfs-volants à la moindre occasion et dégoté des coques avec son père. Tous ces souvenirs faisaient partie des plus merveilleux de sa prime jeunesse. À cet instant, elle se dit qu'elle donnerait n'importe quoi pour que Paul et Sophie puissent à leur tour découvrir ces petits riens qui font la vie plus belle. Elle connaissait ces enfants depuis un peu moins d'une semaine mais, déjà, elle s'y était attachée.

Gabi soupira et regarda le linge sale de Paul négligemment jeté par terre. Sa chambre était sens dessus dessous. En attendant que le jeune garçon en ait terminé avec le médecin, elle commença à ramasser les vêtements qui traînaient çà et là et les déposa dans la corbeille en osier. Puis elle s'attela à remettre de l'ordre sur le bureau disposé sous la baie vitrée et pinça les lèvres de contrariété. Il y avait plusieurs autres dessins montrant un petit garçon jouant au football dans le jardin. Pas besoin de l'avoir parcouru en long, en large et en travers pour se rendre compte qu'il s'agissait de celui des de Bérail. Paul n'avait omis aucun des détails visibles depuis sa fenêtre, y compris la présence de sa sœur souvent penchée sur les rosiers pour en sentir les fleurs.

Gabi venait à peine d'arriver, et cette situation la mettait déjà dans tous ses états. Elle allait devoir faire particulièrement attention à la manière dont elle se comporterait avec Paul et ne pas lui donner l'impression qu'elle ressentait le protocole imposé comme une grande injustice. Le garçon risquerait d'en être davantage attristé. Car elle n'ignorait pas que les enfants dans son cas avaient désespérément besoin qu'on ne s'apitoie pas sur leur sort.

Gabi mit les boules de papier froissé à la poubelle, rangea les crayons dans leur pot, empila les feuilles A4 vierges, et glissa la chaise sous le bureau. Elle rassembla les livres éparpillés sur le sol et les remit sur l'étagère. Enfin, elle donna un coup d'œil sous les meubles pour récupérer ce qu'il y avait à jeter et entreprit de faire le lit. Elle déplia entièrement la couette, la secoua et la posa par terre de façon à tirer sur le drap-housse et à rendre sa forme initiale à l'oreiller. Quand elle souleva celui-ci, elle tomba sur un carnet ouvert dont elle s'empara. Elle n'avait pas l'intention d'en tourner les pages, puisque manifestement il s'agissait d'un journal intime, mais lorsqu'elle le prit un pétale de rose séché s'en échappa. Elle le coinça à l'intérieur et, ce faisant, quelques lignes écrites par Paul et datées du 30 juin lui sautèrent aux yeux.

Aujourd'hui, une nouvelle nourrice est arrivée. Elle s'appelle Gabi. Au début, j'ai cru que c'était une folle, mais elle a l'air d'être très gentille, même avec ma sœur. Pourvu qu'elle reste.

Le sourire aux lèvres, la jeune femme s'empressa de remettre le carnet à sa place. Son petit doigt lui soufflait que Paul détesterait savoir que sa folle et gentille baby-sitter avait pris connaissance de ses petits secrets. Elle étendit la couette sur le lit, coinça les bords sous le matelas et sortit de la chambre au moment même où le garçonnet réapparaissait. Dernière lui, Becca et le médecin.

Ce dernier devait avoir à peine quarante ans. Blond et de constitution solide, il possédait des mains deux fois plus grandes que celles de Gabi et des épaules faites pour défoncer les portes. Cependant, ce ne fut pas son physique imposant qui la laissa sans voix, mais sa tenue. Il ne portait aucun masque de protection, pas la moindre casaque, charlotte, ou paire de gants.

— Mademoiselle Géris, c'est ça ? l'apostropha-t-il. Je suis le docteur Saint-Armand, le médecin de Paul.

Gabi prit la grande paume qu'il lui tendait et lui rendit poliment son sourire.

— Enchantée, docteur.

Puis elle se tourna vers Paul.

— Bonjour, toi. Bien dormi ?

Le petit garçon lui répondit du bout des lèvres et haussa les épaules avant de se diriger dans sa chambre.

— Paul a l'air de beaucoup vous apprécier, lui affirma le docteur Saint-Armand. Il a parlé de vous tout au long de ma visite.

Gabi sourit.

— C'est réciproque. Il va bien ? Rien à signaler ?

— Eh bien… non, répondit cependant le médecin. L'examen clinique est parfait. Paul se porte comme un charme.

Gabi eut terriblement envie de lui demander ce que « se porter comme un charme » voulait dire exactement, mais elle n'osa pas approfondir ses interrogations dès leur première rencontre. Elle hocha la tête pour montrer qu'elle appréciait la réponse et pivota vers Sophie qui faisait son entrée dans la salle.

— Hé ! Comment va la petite princesse ! s'écria le praticien tandis que la fillette se jetait dans ses bras.

— Toto !

Au tour de Gabi d'être étonnée. Elle s'était imaginé une relation des plus conventionnelles entre le docteur Saint-Armand et les de Bérail. Manifestement, il était plus qu'un simple médecin de famille. Alors, subitement, l'idée de lui poser toutes sortes de questions sur les rapports houleux entre les deux enfants et leur père lui caressa l'esprit. Bien entendu, elle n'en fit rien et se contenta de l'observer.

— Papa a promis que je pourrais sortir avec Gabi ! Et tu sais, hier, elle m'a acheté un nouvel ours en peluche, et lundi, on a joué à colin-maillard, même que Gabi s'est cognée partout !

Saint-Armand jeta un regard amusé à la baby-sitter, tandis que cette dernière ne lâchait pas Sophie des yeux, se demandant comment une gamine d'à peine neuf ans pouvait avoir une personnalité si multiple. À son âge, être à la fois capable d'autant de maturité, de cynisme, que de candeur relevait de l'extraordinaire. Gabi ne se souvenait pas d'avoir déjà rencontré de jeunes enfants aussi contradictoires que Paul et Sophie. Par moments, ils laissaient exploser leur joie de gosses et ressemblaient à n'importe quel autre, et à d'autres, on avait l'impression qu'un adolescent s'était enfermé dans leur corps.

— C'est une très bonne nouvelle, surenchérit le médecin en faisant référence aux promenades dont parlait Sophie. Qu'avez-vous prévu de faire ?

Sophie se pinça les lèvres et fit mine de réfléchir.

— Je ne sais pas, je n'y ai pas encore réfléchi.

— Moi, j'ai plein d'idées, intervint Paul en surgissant de sa chambre, sauf que ce n'est pas moi qu'on va sortir, mais toi !

— Je l'ai mérité ! s'écria Sophie.

— Moi aussi ! répliqua violemment Paul.

— Allez, allez, tenta de les calmer Saint-Armand en souriant largement. Sophie partira en éclaireur, et comme ça, quand ce sera à ton tour, elle pourra te dire exactement où il ne faut pas aller. Plus que quelques semaines à tenir, mon bonhomme. J'ai conscience que tu trouves le temps long, mais c'est bientôt la fin.

— Tu sais très bien que ça peut durer plus longtemps ! s'écria rageusement Paul en claquant la porte derrière lui.

Gabi voulut le suivre, mais le médecin la retint gentiment par le bras.

— Crier et s'exprimer lui font du bien. Ne vous inquiétez pas. Dès qu'il est question de faire sortir sa sœur, il se met systématiquement dans cet état.

— C'est bien normal, plaida-t-elle. Sa situation n'est pas drôle.

Le médecin l'observa d'un d'air étrange.

— Mais tu vas quand même m'emmener avec toi, dis ? demanda Sophie à Gabi, incertaine, les traits déformés par l'inquiétude.

La jeune femme s'agenouilla devant elle et s'empara de ses mains.

— Oui. Nous en rediscuterons toutes les deux. Maintenant, tu devrais peut-être rejoindre Paul pendant que je raccompagne le docteur Saint-Armand. Tu veux bien ?

— Il s'appelle Antoine, l'informa-t-elle en redressant fièrement le cou. Mais moi je l'appelle Toto ! Et c'est le meilleur ami de papa.

Gabi lui fit un clin d'œil et se releva en la regardant courir dans la chambre de son frère.

— Je crois qu'ils sont entre de bonnes mains, lui dit-il avec sympathie.

— Je fais de mon mieux.

Il fouilla dans sa mallette et en ressortit une carte de visite.

— Si vous avez le moindre souci avec Paul et que Becca n'est pas là, téléphonez-moi, je viendrai.

— Merci, docteur.

Il lui sourit largement et lui tendit la main pour lui dire au revoir.

Elle sentait bien qu'il était à deux doigts de lui demander de l'appeler Antoine, et elle apprécia qu'il ne le fasse pas. Elle préférait rester professionnelle.

Gabi marcha à sa suite jusqu'au sas pour s'assurer qu'il refermait bien la porte derrière lui.

— À bientôt, mademoiselle Géris. Je rends visite à Paul tous les vendredis, nous aurons donc l'occasion de nous revoir.

— Bien entendu. Bonne journée, docteur.

Il la salua d'un hochement de tête et sortit.

Gabi alla retrouver Becca qui était repartie dans la salle d'examen pour faire du rangement.

— Vous avez tapé dans l'œil du médecin, lui dit-elle avec un air mutin.

— Il est simplement très souriant, lui fit remarquer Gabi.

Becca frotta la table d'osculation à l'aide d'une serviette en papier enduite de produit antiseptique.

— Justement, c'est rarissime.

Gabi n'ajouta rien de plus, elle n'avait pas envie d'avoir ce genre de conversation avec l'infirmière de Paul, de la même manière qu'elle voulait garder ses distances avec le médecin.

— Pourquoi ne portait-il pas de vêtements de protection ? demanda-t-elle.

Becca jeta un abaisse-langue en bois dans la poubelle, ainsi qu'un embout en plastique pour thermomètre auriculaire et se tourna vers elle.

— Parce qu'il n'en a nul besoin.

— J'ai peur de ne pas comprendre ? Qui n'en a pas besoin ? Le docteur Saint-Armand ou Paul ?

Becca regarda Gabi avec un petit sourire crispé.

— Les deux.

Puis elle poussa un long soupir et se gratta la tête à travers son calot.

— Ça fait plusieurs mois que la santé de Paul ne nécessite plus qu'on prenne autant de précautions avec lui. La casaque, les chaussons, les gants, les masques… tout cela est parfaitement inutile, désormais.

— Excusez-moi, mais je ne saisis toujours pas. M. de Bérail m'a tenu un tout autre discours.

Becca venait manifestement de jeter un pavé dans la mare puisqu'elle ne semblait pas très à l'aise, après coup.

— C'est une de ses lubies.

De plus en plus perplexe, Gabi fronça les sourcils.

— Comment ça ?

— Il est complètement obnubilé par l'hygiène et la sécurité médicale de son fils. Le docteur Saint-Armand refuse d'entrer dans cette mascarade, alors il ne se couvre pas. Mais moi, si je ne veux pas perdre mon travail, j'ai tout intérêt à faire ce qu'on me dit.

— Je ne comprends plus rien, répéta Gabi. Lors de notre entretien, Adrien de Bérail m'a expliqué que c'était le protocole et que ce dernier était plus long et plus strict à cause de la précédente rechute de Paul.

Becca secoua la tête de droite à gauche en fermant les paupières.

— Oui et non. Après la seconde greffe, à sa sortie de l'hôpital, Paul devait être éloigné des virus, mais pas confiné.

Gabi blanchit d'un seul coup.

— Attendez. Vous voulez dire que son enfermement est tout aussi inutile que la tenue qu'on nous oblige à porter ?

Becca acquiesça.

— Mais… même si Paul est en rémission, je pensais que tout cela était nécessaire. Qu'il y avait des risques qu'il rechute, dit Gabi.

Cette fois, Becca secoua la tête de gauche à droite.

— Non. Sous ordre médical, l'intervalle de précaution a été allongé par rapport au premier, c'est vrai, mais il n'a jamais été défini que Paul devait être en partie isolé. Adrien de Bérail est convaincu que si son fils est protégé d'un maximum de microbes, ses chances de guérison seront optimales.

— Et ce n'est pas vraiment le cas ? souffla Gabi, le cœur comme serré dans un étau.

— C'était le cas au début, mais depuis, Paul a passé avec brio la période la plus critique. Aujourd'hui, il est en excellente santé. Il n'a même plus besoin de prendre de médicaments, vous savez. Mais son père veut aller jusqu'au bout du processus de guérison. Paul pourra sortir dans un peu moins de neuf semaines, pas avant.

Elle était estomaquée.

— Et le médecin a donné son accord ?

— Adrien de Bérail ne va pas à l'encontre de ce qui a été décidé, donc oui. Mais il émet quand même quelques bémols. Pour lui, il est parfaitement inutile de pousser le vice jusqu'à s'accoutrer de la sorte, expliqua-t-elle en désignant la tenue de Gabi de la main. Même ma présence n'est plus nécessaire, c'est pour dire ! Oh, je ne m'en plaindrai pas, j'adore Paul et mon salaire est plus que gratifiant, mais je passe seulement deux heures par jour et je m'en vais. Je vérifie que rien de potentiellement dangereux ne traîne, que la femme de ménage a tout nettoyé correctement, je prends la température de Paul, son pouls, je veille que tout soit parfaitement normal, en somme. Et faites-moi confiance, il n'y a aucun problème !

— Paul sait que toutes ces restrictions ne sont plus nécessaires ?

— Évidemment ! Pourquoi croyez-vous qu'il en veut autant à son père ? Il en va de même pour la petite Sophie. Il n'y a bien que la piscine qui constitue une entorse à la règle ! La piscine et l'air ambiant.

— C'est-à-dire ?

— Vous l'avez remarqué, le système d'évacuation renouvelle l'air ambiant, mais ne le « stérilise » pas.

Gabi hocha la tête.

— Quant à la piscine, il oblige tout le monde à prendre une douche désinfectante avant d'y pénétrer, de se munir d'un bonnet de bain et d'un maillot adapté, mais personne ne porte de masque. Comme si les microbes étaient moins inoffensifs dans l'eau que dans l'air ! Quand Sophie chahute avec Paul dans le bassin, elle doit bien lui envoyer deux ou trois postillons à la figure et lui souffler dessus, non ? Le docteur Saint-Armand lui a certifié qu'il n'y avait aucun problème, alors il s'est laissé convaincre. Il considère cette entorse au règlement comme une marge de risques acceptables. Mais pour le reste, que dalle.

Cette fois, Becca semblait carrément en colère, et Gabi comprenait parfaitement pourquoi.

— Avez-vous essayé de lui en parler ?

L'infirmière éclata faussement de rire.

— Autant tenter de faire avancer une mule qui aurait décidé de ne pas bouger ! Il ne veut rien savoir ! Cela dit, si je m'avisais de faire remarquer que ses choix ne sont pas logiques, il interdirait sûrement à Sophie de se baigner, au cas où ! Alors non. Ces gamins sont privés de suffisamment de choses comme ça. Je vais vous dire, Gabi. Adrien de Bérail est un homme bon, intelligent et généreux, il aime profondément ses enfants, mais quand il s'agit de son fils, il manque totalement de discernement. Il y a des fois où je me demande s'il a la lumière à tous les étages !

Gabi ne put s'empêcher de sourire en coin.

— N'y a-t-il vraiment aucun moyen de le faire changer d'avis ?

Becca arqua un sourcil.

— Si vous le trouvez, je vous offre une bouteille de Champagne. Et si vous y parvenez, je me débrouillerai pour vous faire entrer dans le Guinness Book !

Des mains, elle lissa sa blouse, puis se frotta les sourcils.

— Bon. Il est 10 h 15, je vais devoir y aller. Si vous rencontrez le moindre problème, mon numéro de portable est affiché sur le mur, près du téléphone, dans le hall. N'hésitez pas.

— Très bien, je vous remercie.

Becca lui tendit la main pour lui dire au revoir et passa faire une bise aux enfants.

Quand elle fut partie, Gabi se demandait encore de quelle manière elle allait bien pouvoir toucher un mot de tout cela à son employeur. Mais une chose était sûre : elle le ferait.

* * *

À 20 h 15, alors que les enfants avaient déjà mangé et qu'ils regardaient un dessin animé à la télé – bien que ce terme-là ne lui semblât pas rendre hommage à l'écran plat 132 cm qui occupait tout un pan de mur –, Gabi sortit de sa chambre pour aller dîner avec le couple de domestiques. La maison embaumait l'ail grillé et la viande rôtie au four. En arrivant dans l'atrium, elle avisa la mallette de son employeur contre la table demi-lune à côté de la porte d'entrée et déglutit. Depuis qu'elle travaillait ici, Adrien de Bérail avait très peu eu l'occasion de partager leur repas – il commençait à travailler très tôt, et finissait généralement très tard –, mais les rares fois où ça s'était produit, leurs discussions avaient toujours été très cordiales, ce qui avait nettement contribué à effacer le mauvais départ qu'ils avaient pris. Or, ce soir, elle voulait lui parler de la situation de Paul et craignait que ça ne remette de l'huile sur le feu. Tant pis, elle n'était pas disposée à se taire, c'était bien trop important à ses yeux.

Gabi plaqua un sourire sur ses lèvres et entra dans la cuisine.

— Bonsoir, lança-t-elle en voyant Rosa-Louise aux fourneaux.

— Bonsoir, mademoiselle.

La jeune femme se détendit quand elle vit qu'elles étaient encore seules et s'approcha. Rosa-Louise découpait quelques tomates-cerises pour les préparer en salade.

— Vous avez besoin d'aide ?

La gouvernante la regarda en souriant.

— Avec plaisir ! Pouvez-vous mettre la table ?

— Bien entendu.

De sa main libre, Rosa-Louise ouvrit le placard contenant les assiettes et demanda gaiement :

— Alors, cette journée ?

Elle ne l'avait pas vue passer. À midi, les enfants et elle avaient pique-niqué dans la salle de vie. Un peu plus tard, ils avaient enrobé des fonds de bouteilles en plastique avec du papier mâché afin d'en faire des coupelles, ils s'étaient lancés dans une partie de Twister, avaient joué à plusieurs jeux de société, puis Paul et Sophie avaient voulu terminer l'après-midi à apprendre la chorégraphie de *Gangnam Style* à Gabi. Soit dit en passant, elle était absolument ravie que personne ne l'ait surprise dans une situation qu'elle qualifiait de parfaitement ridicule.

— Oui, excellente, répondit-elle néanmoins, et surtout, parce que c'était totalement vrai.

— C'est exactement ce qu'ils viennent de me dire, intervint Adrien de Bérail en pénétrant dans la pièce. Ils semblent même époustouflés par vos talents de... danseuse.

Les traîtres !

Prise de court et totalement subjuguée par le charisme qu'il dégageait dans son costume gris perle, elle ne sut quoi dire. La clarté du tissu venait rehausser le noir de ses cheveux et la couleur hâlée de sa peau. Cet homme savait-il être autrement que sexy ?

— Bonsoir, monsieur, le salua Rosa-Louise.

Il se renfrogna aussitôt, s'approcha d'elle et fit claquer une bise sur sa joue.

— Bonsoir, *madame* ! ironisa-t-il. Monsieur votre époux n'est pas encore parmi nous ?

La gouvernante gloussa et lui fit signe d'aller s'asseoir.

Gabi n'avait pas tout à fait terminé de mettre les couverts quand il s'installa en bout de table, si bien que, perturbée par son regard insistant, une fourchette lui échappa. Elle eut le réflexe de la rattraper en même temps qu'Adrien et leurs doigts s'agrippèrent. Elle le regarda furtivement et retira sa main.

— Vous êtes décidément très maladroite, mademoiselle Géris.

Il n'échappa pas à Gabi qu'il faisait clairement allusion au téléphone qu'elle avait laissé tomber dans le buisson.

— Uniquement pour vous ennuyer, répondit-elle alors du tac au tac en lui prenant la fourchette des mains.

Elle la disposa à la gauche d'Adrien qui s'empressa de la déplacer à droite. Gabi le considéra étrangement. Ainsi, il était gaucher… Elle n'y avait jamais prêté attention.

Puis une petite voix vint lui chanter à l'oreille : *Il joue peut-être aussi de la guitare…*

Elle se mit mentalement une gifle tant elle se trouva stupide et se redressa pour aller chercher les verres.

— Avez-vous pu sauver votre téléphone ? lui demanda l'avocat.

Elle secoua la tête.

— Hélas, non. Sans l'écran, je suis incapable de décrocher. Il est inutilisable.

— Je vous en procurerai un autre.

Gabi déposa sèchement les quatre verres sur la table et le regarda bien en face.

— Je vous remercie, mais ce n'est pas nécessaire, je m'arrangerai.

Il lui suffisait d'attendre son premier salaire pour s'en offrir un nouveau. Hors de questions d'accepter les faveurs de son patron.

Ce dernier se servit de l'eau et prit un air hautain.

— Je ne vous propose pas de vous faire un cadeau, mademoiselle Géris. J'ai besoin de vous joindre à n'importe quel moment si vous sortez avec Sophie, et pour ça, il vous faut un portable en état de marche. Vous le recevrez la semaine prochaine.

Gabi ouvrit la bouche pour dire quelque chose, mais finalement, elle s'abstint, convaincue que ce serait inutile. Adrien de Bérail était le genre de type à faire exactement ce qu'il voulait.

André Moine arriva sur ces entrefaites et prit place à gauche d'Adrien, Rosa-Louise, à droite. Il ne restait plus à Gabi qu'à s'asseoir en face de lui.

Ils commencèrent à dîner tranquillement, puis Rosa-Louise interrogea Adrien sur sa journée. Gabi se contenta d'écouter, picorant dans son assiette tout en réfléchissant à la manière d'aborder la situation de Paul avec son employeur.

— Vous ne mangez pas beaucoup, lui fit remarquer Rosa-Louise au bout de quelques minutes. Vous n'aimez pas ?

— Oh si, c'est très bon ! lui assura Gabi. J'avoue avoir grignoté quelques biscuits avec les enfants peu de temps avant le dîner, ils m'auront coupé l'appétit.

— Antoine est-il venu faire sa visite ? demanda soudain Adrien à la gouvernante.

— Comme toujours !

Puis Adrien leva les yeux vers Gabi.

— C'était la première fois qu'il venait depuis que vous travaillez ici ; l'avez-vous rencontré ?

Adrien attendit la réponse de Gabi, mais il y eut un blanc de quelques secondes. Gênée, elle avala sa salive.

— Oui. Il s'est présenté.

— Ils sont allés à l'école ensemble ! lança soudain André Moine. Jusqu'à ce qu'ils se rendent à l'université, ils étaient inséparables.

— Ça, c'est sûr ! renchérit son épouse en regardant Adrien avec tendresse. Vous avez fait les quatre cents coups !

Ce dernier se gratta l'arrière de la tête, amusé. Puis il s'adressa à Gabi.

— Antoine est aussi l'oncologue qui a pris en charge Paul quand il a été diagnostiqué. Il connaît parfaitement son dossier médical, ajouta-t-il comme s'il voulait que la jeune femme comprenne bien que son fils était entre de bonnes mains.

Elle s'accrocha à son regard, et alors qu'elle s'était juré qu'elle prendrait des gants pour lui parler, elle fit tout l'inverse.

— J'imagine que c'est la raison pour laquelle il ne porte aucun vêtement de protection, fit-elle remarquer, l'air de rien, en avalant une gorgée d'eau. Il sait ce qu'il fait.

Gabi savait qu'elle venait de tirer sur une corde sensible et que l'allusion à l'inutilité du protocole du sas serait évidente. Cependant, elle voulait croire que, devant André et Rosa-Louise, son employeur n'oserait pas faire autrement que répondre avec tact et honnêteté, mais le couple ne semblait guère de cet avis. L'homme et la femme se concentrèrent sur leur assiette, donnant clairement l'impression d'avoir envie de disparaître.

En l'espace d'une demi-seconde, elle devina à l'expression d'Adrien de Bérail qu'elle venait de le mettre dans un état d'énervement extrême. Son visage encore si détendu la minute d'avant se crispa au point de presque déformer ses traits. Il posa sèchement sa fourchette, braqua les yeux sur la jeune femme et l'envoya en enfer d'un simple regard qui la fit frémir.

— Je vais être direct avec vous, mademoiselle Géris. Ce que vous imaginez ou non m'importe peu. Je n'ai aucun compte à vous rendre. Sous mon toit, je prends les décisions qui me siéent et je n'attends pas que vous trouviez à y redire. Vous vous sentez manifestement très bien ici, et je m'en réjouis, mais ne prenez pas vos aises jusqu'à oublier que le patron, c'est moi. Je vous paie pour vous occuper de mes enfants et rien d'autre. Est-ce que j'ai été suffisamment clair ?

André Moine se pinça le nez d'un air gêné et Rosa-Louise se mordit les lèvres de compassion en voyant le malaise de Gabi qui avait bien du mal à avaler sa salive. La jeune femme sentit d'ailleurs ses joues s'enflammer. Elle avait commis une grossière erreur en pensant pouvoir se cacher derrière les domestiques. Maintenant, elle le saurait : Adrien de Bérail ne craignait rien ni personne et disait ce qu'il avait à dire, et quelle que soit la situation dans laquelle il se trouvait.

— Est-ce clair ? répéta-t-il avec autorité.

— Très clair, monsieur, parvint-elle à articuler.

— Parfait !

Il jeta sa serviette sur la table et se leva d'un mouvement brusque.

— Je vous souhaite un bon appétit.

Puis il quitta la cuisine aussi vite qu'un courant d'air.

9

Gabi s'était pétrifiée devant son assiette. Elle était aussi furieuse que gênée de s'être donné en spectacle devant Rosa-Louise et André.

— Je… je suis désolée, bégaya-t-elle.

— Ne vous en faites pas, ça va aller, tenta de la rassurer André Moine en posant une main sur son bras. C'est un sujet sensible, et il est d'un naturel très emporté.

Rosa-Louise soupira et sourit timidement à Gabi.

— Nous savons tous que Paul n'a pas besoin d'être autant protégé, mais si nous respectons le choix d'Ad… de M. de Bérail, c'est parce que la situation est très difficile à vivre pour lui aussi. Il l'aime sincèrement, vous savez.

— Je m'en doute, mais Becca m'a certifié que le risque était passé et que Paul pouvait retrouver une vie normale. Même vous, vous venez de me le confirmer. Écoutez, au dire de M. de Bérail, je pensais sincèrement que Paul avait besoin qu'on prenne autant de précautions, d'où ma surprise.

La gouvernante se servit un verre d'eau et but lentement une ou deux gorgées.

— André et moi avons presque élevé Adrien, vous savez. Nous n'avons jamais pu avoir d'enfant, alors nous l'aimons comme un fils.

— Vous ne l'appelez jamais par son prénom, lui fit-elle remarquer.

— C'est parce que nous sommes ses employés et que malgré l'immense affection que nous lui portons, nous tenons à rester à notre place. Nous l'avons vu grandir, lutter, se battre contre ses démons et aussi parvenir à d'importantes réussites. La plus belle de sa vie, ce sont ses enfants. Mais leur maman, Mathilde, est morte, alors qu'ils avaient tout juste un an, et Adrien a dû combler le vide de son absence du mieux qu'il le pouvait, sachant pertinemment qu'il ne pourrait jamais remplacer leur mère. Quand Paul est tombé malade, il venait d'avoir cinq ans. Adrien était anéanti. Il ne comprenait pas pourquoi le destin frappait aussi durement la vie d'un être si jeune et si innocent. Nous avons tous été considérablement ébranlés et notre existence à tous a changé.

— Il avait beaucoup misé sur la première greffe de son fils, expliqua André. La récidive l'a fortement diminué.

Puis Rosa-Louise reprit.

— Lorsque Paul a quitté l'hôpital la première fois, tout portait à croire qu'il allait s'en sortir comme un chef. Quand il est revenu à la maison, son père a fait tout ce qu'il pouvait pour rattraper le temps perdu, lui apportant de bons moments, lui offrant des souvenirs qui viendraient effacer les autres. Il a sacrifié de nombreuses heures de travail pour être avec ses enfants et profiter d'eux au maximum, car la maladie de Paul lui avait hélas fait comprendre combien la vie était fragile. Il savait qu'il devait rester loin de la foule pour éviter les virus, alors en l'espace de quelques semaines il a fait des choses insensées. Par exemple, il a emmené Paul et Sophie au ski en payant la station pour qu'ils activent les télésièges une heure avant l'ouverture afin qu'ils soient les seuls à les utiliser. Croyez-moi, il n'a pas regardé à la dépense pour les rendre heureux. Jamais. Et pourtant, malgré toutes les précautions qu'il a prises, Paul a rechuté. Tous les espoirs qu'il avait fondés se sont brisés, et il a vu son fils refaire une descente aux enfers, car même lorsqu'on a beaucoup d'argent, les greffes de moelle osseuse sont difficiles à obtenir. Paul aurait pu attendre encore des mois pendant lesquels il aurait dû subir d'autres traitements chimiothérapiques, alors qu'il avait si mal vécu les précédents. Paul a beaucoup pleuré, il n'était pas prêt pour tout recommencer depuis le début, c'est pourquoi son père s'est résolu à faire ce qu'il avait refusé la première fois.

Gabi avala sa salive et se mordit le coin de la lèvre inférieure.

— Quoi donc ?

C'est André qui lui répondit :

— Il a accepté que la petite Sophie fasse un don à son frère.

La jeune femme ne sut quoi dire tant elle fut surprise.

Rosa-Louise soupira profondément.

— Ils ont un système HLA[1] identique, ce qui a permis à Sophie de sauver son frère. Sophie a beaucoup changé depuis. Il est certain qu'elle est heureuse et fière d'avoir pu aider Paul, mais elle lui en veut aussi terriblement de lui avoir imposé ça. Les restrictions hygiéniques, l'hospitalisation, l'opération… C'était dur.

— Sans compter le fait qu'elle soit privée de beaucoup de choses pour être sur un pied d'égalité avec son frère, ajouta Gabi dans un murmure.

— Leur père ne supporte pas l'injustice, ajouta André Lemoine. Il ne faut pas lui en vouloir pour ça. Il détesterait que l'un de ses enfants se sente désavantagé par rapport à l'autre, donc, moins aimé.

Gabi étudia la sincérité qui brillait dans les yeux du septuagénaire sans rien dire. Ce couple aimait tellement l'irascible Adrien de Bérail ! Elle ne savait pas à quel point ce dernier le méritait, mais c'était réellement touchant à voir.

— Tout s'est compliqué après la seconde greffe de Paul, reprit la gouvernante. Son fils avait déjà beaucoup subi, sa fille, beaucoup sacrifié… C'est la raison pour laquelle il est devenu si déterminé, si strict. Peut-être aurait-il été moins sévère si Sophie n'avait pas permis cette seconde intervention ? Nous ne le saurons jamais, mais notre Adrien a conscience que les possibilités de guérison ne sont pas infinies. Alors bien sûr, tout cela peut vous paraître bien

1. De l'anglais *Human Leucocyte Antigens,* le système HLA est le principal système faisant intervenir des antigènes dont dépend le succès d'une greffe.

exagéré maintenant que la santé de Paul s'est améliorée, mais Adrien refuse de prendre le risque que tout ait été fait en vain. Et bien que je n'approuve pas complètement les méthodes, je le comprends.

Gabi ne put que hocher la tête ; au fond d'elle, elle comprenait aussi.

— Bah ! Je suis comme vous ! la rassura André. Ça me rend malade de voir ces gamins comme ça.

Puis il se pencha en avant comme s'il était sur le point de lui dire quelque chose d'important.

— Vous savez quoi ? On est bien contents que vous soyez là. Vous semblez leur plaire, à ces deux chenapans.

Gabrielle rit doucement.

— C'est parce qu'ils n'ont pas encore vu le dragon qui se cache en moi.

Rosa-Louise lui sourit affectueusement.

— Il ne doit pas être bien méchant, votre dragon.

— Ont-ils toujours eu des nourrices ? demanda Gabi.

André Moine secoua la tête.

— Non. Quand ils étaient plus petits, on s'en occupait avec ma Rosa. Maintenant qu'ils ont grandi, nous ne sommes plus capables d'en faire autant qu'avant. C'est qu'il faut avouer qu'on était quand même moins fatigués. Maintenant, ils nous vident de toute énergie après une seule partie de cache-cache !

Puis il éclata de rire, redonnant un peu de gaieté à l'air lourdement chargé.

— Je vais vous dire, lui annonça-t-il sur le ton de la confidence. Je serais prêt à parier que votre venue ici va changer bien des choses ! Pas vrai, Rosette ?

— Rhooo, André ! le sermonna son épouse en lui jetant sa serviette à la figure. Tu sais bien que je déteste quand tu m'appelles comme ça !

— Hein, ma p'tite rose d'amour ? se reprit-il avec un air taquin.

Et Rosa-Louise rougit comme une jouvencelle.

Les voir s'aimer de cette manière fit largement sourire Gabi qui, soudain, retrouva tout son appétit. Elle vida son assiette de salade, se resservit deux fois du rôti et prit une belle part de tarte aux pommes que Rosa-Louise avait confectionnée. À la fin du repas, elle était certaine qu'elle ne pourrait plus se déplacer qu'en roulant. Elle aida les domestiques à débarrasser la table, remercia la gouvernante pour le repas, et juste avant de retrouver les enfants pour leur coucher, elle s'adressa à la gouvernante.

— Madame Moine ?

— Oui, mon petit ?

Gabi poussa un profond soupir.

— Je n'aurai sans doute pas l'occasion de revoir M. de Bérail, ce soir, puisqu'il préfère s'isoler. Si vous le voyez, vous voudrez bien lui dire que j'ai manqué de tact et que je suis désolée ?

La domestique sourit.

— Je le lui dirai, ne vous en faites pas.

Gabi la remercia d'un hochement de tête et sortit.

Lorsque sa cuisine fut propre, Rosa-Louise prépara un plateau à Adrien. Elle garnit une assiette de roast-beef froid et de pommes de terre sautées, elle versa son vin favori dans une carafe en cristal, et remplit une coupelle de salade de fruits frais.

Son estomac devait crier famine, mais la septuagénaire le savait boudeur et orgueilleux. Il aurait préféré se trancher un membre plutôt que de reconnaître qu'il avait été impulsif et revenir s'installer avec eux à table. Il était comme ça déjà tout petit et l'esclandre de ce soir lui rappela la fois où, alors qu'il avait tout juste six ans, son père lui avait demandé de se taire, et de ne pas couper la parole aux grandes personnes pour un oui ou pour un non. Il s'était scotché la bouche avec du ruban adhésif pendant trois jours et avait refusé de prononcer un seul mot. Pierre de Bérail avait donc été convoqué par la directrice. Le garnement était allé raconter, en larmes, que le scotch était le moyen que son père avait trouvé pour lui interdire de parler et qu'il n'avait pas le droit de le retirer sans son autorisation. La responsable de l'établissement avait été à deux doigts d'appeler les services sociaux. Rosa-Louise se souviendrait toujours de l'expression horrifiée de Pierre de Bérail à ce moment-là.

Bien qu'il ne l'eût jamais vraiment dit à Adrien, son fils était la prunelle de ses yeux et rien ni personne ne le rendait plus fier. Pour rien au monde il ne lui aurait fait du mal. Il l'avait élevé seul, puisque la mère d'Adrien les avait abandonnés tous les deux quelques mois après la naissance du petit garçon. Michelle de Bérail était une brillante danseuse et se produisait sur les plus prestigieuses scènes new-yorkaises. Rosa-Louise n'avait toujours entendu qu'une version de cette triste histoire, mais la jeune maman aurait choisi sa vie d'artiste plutôt que d'assumer son rôle de mère, en quittant le domicile conjugal pour ne plus jamais donner de nouvelles.

Rosa-Louise soupira profondément. Adrien avait terriblement souffert de ce manque. C'était même ce qui lui avait forgé une personnalité dure, combative et déterminée. Peu de gens pouvaient se vanter d'être parvenus à le faire changer d'avis quand il avait décidé quelque chose. Ah ça ! Lorsqu'il avait une idée dans la tête, il ne l'avait pas au derrière !

Ce qu'elle avait dit à Gabi était vrai, il était le fils qu'elle n'avait jamais eu. André et elle s'étaient pourtant démenés pour essayer d'avoir des enfants, mais la science était bien moins avancée qu'aujourd'hui et ils n'avaient jamais bénéficié du coup de pouce qui aurait pu faire leur bonheur. C'est pourquoi ils avaient reporté toute leur affection sur Adrien, qui la leur avait si généreusement rendue. Il pouvait bien avoir un sale caractère, Rosa-Louise était extrêmement fière de lui. Il avait tellement cravaché pour en arriver là où il était. Car être un de Bérail n'aurait pas suffi pour être à la hauteur et reprendre le flambeau après la mort de son père. Il fallait avoir un sacré tempérament pour réussir à tenir les rênes comme il le faisait, à mener efficacement deux cent cinquante personnes qui, pour certaines, étaient bien plus âgées que lui et travaillaient chez *de Bérail et fils* depuis plus de vingt ans. Le cabinet d'avocats fondé en 1965 par Pierre de Bérail était l'un des plus réputés de Paris et Adrien mettait un point d'honneur à ce qu'il reste au rang des plus prestigieux. Entre la disparition de Mathilde, les nouvelles responsabilités qu'il avait acquises au décès de son père, et la maladie de Paul, Adrien n'avait pas été épargné, et c'est pourquoi Rosa-Louise lui pardonnait ses sautes d'humeur, ses excentricités et ses débordements d'émotions.

Car ça, oui, Adrien en était rempli. De bonnes, comme de mauvaises, et c'était bel et bien les mauvaises qui tenaient Paul enfermé dans cette maison. Mais pour rien au monde elle ne serait revenue sur ses décisions. Elle voulait qu'il se sente soutenu dans ses choix et qu'il se rende compte par lui-même de son égarement. La vie avait appris à Rosa-Louise que nul n'était parfait, mais que n'importe qui était capable du meilleur s'il faisait face à ses erreurs. Concernant Adrien, elle était certaine qu'il était sur le point de s'en apercevoir, et à l'instar de son mari elle aurait mis sa main au feu que les bouleversements futurs portaient un charmant prénom : Gabrielle.

Et en attendant ce moment béni, Adrien était sûrement en train de ruminer, enfermé dans son cabinet de travail. C'est donc en souriant que Rosa-Louise emporta le plateau avec elle et se dirigea vers l'ascenseur pour monter au premier. Cet aménagement très pratique avait été installé lorsque Pierre de Bérail s'était retrouvé dans l'incapacité de gravir les marches sans souffrir le martyre. Bien qu'elle fût elle-même en excellente santé, elle appréciait pleinement ce petit luxe très salvateur pour ses vieux os.

Quand elle frappa à la porte, c'est une voix bourrue qui lui répondit.

— Oui ?

Rosa-Louise ne prononça pas un mot et pénétra dans son antre. À part elle et la femme de ménage, personne d'autre que lui n'y mettait jamais les pieds. C'était un espace très vaste dont les volets étaient presque toujours entrouverts, ce qui plongeait la pièce dans une pénombre quasi permanente. Entièrement meublé de style Louis XVI, cet endroit était sans aucun doute le plus époustouflant de toute la maison. Adrien avait toujours vécu ici, et à la mort de son père il avait entièrement revu la décoration intérieure de tous les étages, mais il n'avait pas touché au bureau. Rosa-Louise se souvenait que Pierre de Bérail lui avait même dit que rien n'avait été modifié depuis son premier aménagement, plus d'un siècle et demi plus tôt. À l'exception peut-être du fauteuil pivotant mis au point par un tapissier-décorateur renommé qui avait respecté le style d'origine. Adrien se plaisait au milieu du modernisme, pourtant ce mobilier correspondait tellement mieux à son caractère racé et authentique.

La gouvernante approcha et remarqua que la cave à cigares était ouverte. Adrien y avait rangé quelques Churchill qu'il ne dégustait que lorsqu'il avait un besoin manifeste de se détendre. Il avait dû hésiter, parce qu'il n'en avait allumé aucun. Rosa-Louise se fraya un passage entre le bureau et la bibliothèque et déposa le plateau devant Adrien.

— Mademoiselle Géris souhaite que je vous dise qu'elle est désolée pour cet incident.

— Elle est terriblement agaçante, répliqua-t-il hargneusement.

Rosa-Louise sourit et lui versa un verre de vin.

— Mais aussi très efficace. Elle fera du très bon travail.

Il déplia la serviette blanche disposée devant lui et la glissa sur ses genoux.

— Elle fouine partout ! Et elle est toujours là avec ses questions…

— Embarrassantes ? suggéra Rosa-Louise d'un air faussement innocent.

— Elle m'exaspère !

— Mais vous lui faites confiance, n'est-ce pas ?

Adrien leva les cils sur la femme qu'il avait eu tant de fois envie d'appeler maman, et plissa les paupières.

— Mes enfants semblent l'apprécier.

La domestique recula, s'essuya les mains sur son tablier à carreaux et contourna la table pour se placer en face d'Adrien.

— Quand on sait qu'elle est là depuis moins d'une semaine, ça relève du miracle, non ? Combien de nurses n'ont même jamais pu prétendre à l'adjectif « satisfaisant » aux yeux de Paul et de Sophie ?

— Toutes… grommela-t-il. Mais pourquoi faut-il qu'elle soit si curieuse ? Les autres ne se posaient pas autant de questions !

— Peut-être parce qu'elles se moquaient bien de ce qui se cache sous les apparences et que Gabi, elle, non ?

Il l'observa en essayant de déchiffrer ce que ça pouvait bien vouloir dire.

— Je vous souhaite un bon appétit, monsieur, lui dit-elle Je viendrai récupérer le plateau plus tard.

— Ne vous embêtez pas avec ça, je le descendrai moi-même. Merci, Rosa-Louise. Et par pitié, arrêtez de me donner du « monsieur » !

La vieille dame pouffa discrètement et s'éloigna pour sortir.

— Uniquement si vous décidez de devenir une femme. Bonne soirée, monsieur.

Et elle referma la porte derrière elle.

« Peut-être parce qu'elles se moquaient bien de ce qui se cache sous les apparences et que Gabi, elle, non ? » Cette phrase résonnait dans la tête d'Adrien. Depuis qu'il l'avait rencontrée, Gabrielle Géris l'obnubilait. Qu'il l'admire à certains moments ou la secoue comme un prunier à d'autres, elle occupait toutes ses pensées et ça ne faisait que l'irriter davantage. Bien qu'elle ne parût pas si différente de tout un chacun, elle ne ressemblait en rien aux gens qu'il avait fréquentés. Il ne semblait pas l'intimider le moins du monde, et ça, clairement, il n'y était pas habitué. Cela avait même tendance à l'angoisser de n'avoir aucune prise sur les réactions de cette femme. Il avait parfois l'impression qu'elle pouvait être capable de tout et n'importe quoi. Bien sûr, quand il la blâmait, elle acquiesçait par un « oui, monsieur » efficace, mais ça relevait plus de la politesse que d'une réelle capitulation. Il avait parfaitement conscience qu'elle se fichait éperdument de ce qu'il pouvait bien penser. Elle n'en ferait toujours qu'à sa tête, autant qu'il s'enfonce ça dans le crâne dès maintenant.

Une subite montée de colère lui brûla les joues. De quel droit sous-entendait-elle que ses décisions étaient mauvaises ? Comment osait-elle remettre en question ses choix alors qu'elle en savait si peu sur lui, sur sa vie et celle de ses enfants ?

Il pouvait toujours s'enflammer et mépriser sa réaction, le fait qu'elle vienne grossir la liste des gens le pensant totalement dingue lui était particulièrement désagréable. Depuis des mois, il n'avait de cesse d'affronter les remarques acerbes des uns et les conseils aussi hypocrites qu'inappropriés des autres. Il ne tolérerait pas que l'un de ses employés se permette d'agir de la même manière, ne serait-ce que parce qu'il les payait !

Rageusement, il repoussa son assiette et s'empara d'un cigare qu'il étêta à l'aide d'une guillotine d'un geste sec. Ces petites choses étaient hors de prix et il ne les consommait que très occasionnellement. Ce soir, il avait fichtrement besoin de se vider l'esprit. Il tira à cru sur l'épais havane pour en percevoir les premières notes aromatiques et actionna son briquet à torche. Sans le remettre entre ses lèvres, il alluma le Churchill en le faisant doucement rouler entre ses doigts, et enfin, il prit tranquillement quelques bouffées. D'une main, il desserra le nœud de sa cravate et s'empara du verre de vin que sa providentielle Rosa-Louise lui avait servi. Le Château Margaux n'était pas, à proprement parler, adapté à la dégustation d'un bon havane, mais ce cru était un péché mignon qu'il pouvait consommer sous n'importe quel prétexte. Il se cala contre le dossier, fit pivoter son fauteuil face à la fenêtre et, savourant les parfums épicés de son cigare, il ferma les yeux, perdu dans les volutes de fumée.

Peu à peu, l'irritabilité fit place au plaisir et Adrien eut la nette impression d'être plus serein. Il parvint même à se sentir ridicule d'avoir quitté la table comme un gosse pris en faute. Mais n'était-ce pas précisément le cas ? Oui, ça ne faisait aucun doute. À trente-six ans, on évitait ce genre de tapage. Cependant, il avait conscience que, s'il en était arrivé là, c'était parce qu'il était à fleur de peau et qu'au fond de lui il assumait très mal ses choix, tout du moins ces dernières semaines. Il savait pertinemment que son fils était désormais suffisamment solide pour mettre le nez dehors sans risquer de tomber gravement malade, mais sa névrose était plus forte que lui. Il était capable de combattre bien des choses, un homme à mains nues, un chien enragé, une porte qui faisait de la résistance, mais jamais, jamais il ne pourrait faire face à un second échec.

Il tira encore plusieurs fois sur son cigare et finit par l'écraser avant de l'avoir terminé.

Gabrielle Géris n'avait pas conscience de ce qui le poussait à être aussi déterminé. Elle était bien loin d'imaginer que les raisons de son entêtement ne relevaient ni de l'absurdité ni de l'inconscience. S'il voulait pouvoir continuer à collaborer avec elle, il se devait d'avoir une petite explication avec elle afin qu'elle y voie plus clair. Calmement, il termina son verre et décida de la retrouver au rez-de-chaussée pour lui parler. Avec un peu de chance, elle ne se serait pas encore retirée dans sa chambre. Car, pour une raison qu'il avait encore beaucoup de mal à définir, il voulait absolument éviter d'avoir à la chercher là-bas.

Quand il descendit à la cuisine avec son plateau qu'il avait à peine touché, Rosa-Louise l'informa que Mlle Géris était en train de raconter une histoire aux enfants avant qu'ils aillent se coucher. Il regarda sa montre, surpris. Les aiguilles affichaient presque 21 h 30, il n'avait pas vu le temps passer. Pendant les vacances, Paul et Sophie avaient le droit de veiller plus tard que d'habitude, et souvent Adrien en profitait pour être avec eux. Son petit accès de colère lui avait fait rater le coche. Il se précipita dans le couloir pour gagner le sas et se prépara rapidement. Quand il poussa doucement la porte de la chambre de Paul, il assista à la scène la plus poignante qu'il lui eût été donné de voir dans cette maison depuis des années. Paul et Sophie étaient emmitouflés sous la couette, Gabi couchée entre eux, une marionnette représentant les personnages de l'histoire dans chaque main : un cochon bien gras, et un loup.

Adrien éprouva une émotion comparable à celle qu'il ressentait à l'époque où Mathilde était en vie et que Paul et Sophie étaient encore de très petits bébés. Sa femme les contemplait avec amour et admiration. Tant de douceur passait dans son regard. Il était alors gonflé de fierté et de ravissement. Ce soir, si étonnant que cela puisse paraître, face au spectacle qu'une parfaite étrangère lui offrait, il était exactement dans le même état d'esprit. Mais bien qu'il fît tous les efforts possibles pour tâcher d'ignorer ce sentiment, ça le perturbait.

— Ces cochons ont l'air d'être bien appétissants, dit Gabi en imitant la voix du grand méchant loup. Je vais aller jusque chez eux et, lorsqu'ils m'ouvriront, je les mangerai ! Pensant être à l'abri dans sa maison, le premier petit cochon ne s'inquiéta pas quand le loup s'approcha de la cabane en paille. Mais soudain, il l'entendit frapper à la porte.

Adrien se laissa prendre au jeu et tapa volontairement à celle de la chambre.

— Petit cochon, ouvre-moi !

Ils levèrent tous la tête, surpris par la présence d'Adrien qu'ils n'avaient pas encore remarqué. On aurait même dit que ses mômes étaient complètement sonnés et il savait exactement pourquoi. Ça faisait une paye que Paul et Sophie ne s'amusaient plus ainsi avec leur père. Alors, il adressa un clin d'œil éloquent à Gabi qui entra dans son jeu en lui jetant la marionnette du loup. Il l'enfila et s'approcha aussi lentement que l'aurait fait un prédateur.

— Petit cochon, ouvre-moi ! répéta-t-il.

— Jamais ! cria Gabi à la place du cochon.

— Dans ce cas, je vais souffler, souffler, et ta maison va s'envoler !

Absolument ravis, Sophie et Paul firent mine de pousser des cris de frayeur.

Adrien gonfla les joues et souffla, souffla de toutes ses forces, faisant enfler son masque de protection de la façon la plus étrange qui soit. Les enfants éclatèrent de rire et Gabi continua de lire l'histoire. Arriva le moment où le premier petit cochon qui était parvenu à s'enfuir rejoignit son frère dans la cabane en bois peu de temps avant que le loup ne revienne à la charge.

— Petits cochons, ouvrez-moi !

— Jamais tu n'entreras, vilain méchant loup, le provoqua Gabi.

Et le loup souffla et… s'étrangla avec sa salive. Littéralement.

Il s'étrangla si sévèrement, que Gabi sauta du lit pour lui taper dans le dos.

— Monsieur de Bérail, tout va bien ? Vous voulez un verre d'eau ?

Il fit oui de la tête et se mit à tousser de plus belle.

Elle revint avec un gobelet en plastique qu'elle lui tendit.

Le grand méchant loup but tout d'une traite.

— Vous allez mieux ? s'enquit-elle en fronçant les sourcils.

Ses enfants s'étaient également approchés et le regardaient avec inquiétude, quand soudain, il éclata de rire, faisant sursauter Paul et Sophie de surprise.

Bon sang ! Il semblait ne plus pouvoir s'arrêter, et dans les yeux de la jeune femme, il vit qu'elle se demandait sincèrement si c'était du lard ou du cochon, justement. Il essaya de se calmer tant bien que mal, et d'un geste aussi chaleureux qu'inattendu il attrapa ses gosses par le cou pour les presser contre lui. Dieu que c'était bon !

Gabi donnait l'impression ne pas trop savoir comment se comporter. Cela dit, Adrien n'allait pas lui jeter la pierre. D'abord, il avait failli s'étouffer, ensuite, il avait ri à leur en éclater les tympans, et maintenant, il était plus silencieux qu'une carpe, les dents serrées pour éviter de pleurer devant sa fille et son fils somme toute, plus éberlués que leur nourrice.

Il se détacha finalement de ses enfants et les regarda avec tout l'amour du monde.

— La prochaine fois, je prendrai moins de risques et je ferai le cochon ! clama-t-il de bonne humeur. Allez ! Il est l'heure de vous coucher.

— Papa ? demanda Sophie.

— Oui ?

— Je peux rester dormir avec Paul ? Tu sais, il y a un matelas sous son lit et…

Sa fille se tut, persuadée qu'il dirait non, mais il sourit et hocha la tête.

— Ouais ! s'écrièrent en chœur les enfants en sautant partout.

— Mais tu devras porter ton masque, ajouta-t-il. Et ne pas te lever en pleine nuit parce que tu veux retourner dans ta chambre.

— D'accord, d'accord, d'accord ! Merci, merci, merci !

Adrien regarda ses gosses transportés de joie grâce à trois fois rien. Alors, quelque chose céda en lui. Un petit espace rassurant. Une certitude. Il savait les rendre heureux.

Il en était certain. Cette soirée venait de mettre un terme à une longue période de vaches maigres entre lui et ses mômes, car à cet instant, il prit la décision que ce bonheur pur retrouvé n'était qu'un début. À partir de maintenant, il redeviendrait leur ami.

10

— Je vous dois des excuses, lui annonça Adrien alors qu'ils sortaient tout juste du sas.

Gabi leva les yeux vers son employeur, incertaine d'avoir bien entendu.

— Je regrette de m'être emporté. Votre remarque était judicieuse, mademoiselle Géris. La santé de Paul ne nécessite plus autant de rigueur, mais je souhaite quand même aller jusqu'au bout.

Elle discerna dans son regard une contrition si sincère que, l'espace d'un instant, elle ne sut comment réagir et baissa les cils.

— Je comprends, dit-elle simplement.

— Vous comprenez ?

Elle acquiesça.

— J'avais beaucoup de mal à saisir votre façon de penser vis-à-vis de Paul. André et Rosa-Louise m'ont tout expliqué.

— J'aurais dû le faire avant eux, admit-il d'une voix vibrante.

Gabi haussa les épaules et pinça les lèvres.

— Le jugement de l'autre n'est jamais facile à accepter.

Il la considéra sans dire un mot, puis son regard s'illumina d'une lueur indéchiffrable.

— Me jugez-vous, mademoiselle ? Vous me trouvez trop dur ? Sans cœur ? Fou, peut-être ? Soyez franche.

Se demandant s'il était en train de lui tendre un piège, Gabi secoua prudemment la tête.

— Vous n'êtes ni fou, ni sans cœur.

Elle en avait eu la preuve, ce soir. Elle ne savait pas précisément quoi, mais il s'était passé quelque chose d'important dans la chambre de Paul. À un moment, pendant qu'il serrait ses enfants contre lui, elle l'avait vu fermer les yeux comme pour éviter de pleurer. Non, il n'était pas sans cœur. Il aimait sincèrement Paul et Sophie. Il n'était pas non plus fou, il mesurait méthodiquement chaque situation avant d'entreprendre quoi que ce soit.

— Mais vous avez mauvais caractère ! ajouta-t-elle spontanément.

Le visage de l'avocat se fendit d'un sourire en coin que Gabi trouva totalement irrésistible.

— C'est vrai.

Il laissa passer quelques secondes de silence puis il reprit sérieusement.

— J'ai réalisé quelque chose d'important, ce soir.

Gabi l'observa sans lui demander de quoi il s'agissait. Elle attendit.

— J'ai compris que pour être juste avec Paul, j'ai été injuste avec Sophie. Je l'ai privée de beaucoup trop de choses. Ma fille a besoin de respirer, de voir du monde, de s'amuser. Vous l'emmènerez au bal du 14 juillet.

Gabi pencha la tête, désorientée.

— Au bal ?

Gabi trouva ce revirement très chouette, mais un bal…

— Chaque année, *de Bérail et fils* organise un bal masqué pour les employés et leur famille. Les enfants y sont également conviés. Sophie n'y est jamais allée.

— Masqué ? répéta Gabi, prise au dépourvu.

Il paraissait soudain follement amusé.

— Masqué, oui.

— Quelle date, précisément ?

— Le 13 au soir.

Gabi soupira.

— Très bien. Nous sommes le 5, ça nous laisse un peu de temps pour lui fabriquer un costume.

— Vous le lui achèterez. Et vous en profiterez pour en choisir un pour vous. Il va de soi que vos frais ne sont pas engagés, vous utiliserez la carte bancaire que je vous ai remise.

— Mais…

— Vous vous rendrez à l'*Arlequin bleu*, ils disposent d'un très grand stock de vêtements et le propriétaire est de bon conseil.

Oui, chef ! Bien, chef ! À vos ordres, chef ! eut-elle envie de crier, soudain terriblement agacée qu'il prenne tout en main sans même lui demander son avis.

— Suis-je vraiment obligée de me costumer aussi ? grommela-t-elle à la place.

— Tout à fait.

— Pourquoi ?

De Bérail lui jeta un coup d'œil amusé.

— Parce que, sinon, les regards seront braqués sur vous. Je suis sûre que vous détestez ça.

— En effet, admit-elle d'un ton pincé.

Puis elle lui lança un regard soupçonneux.

— Quel est le thème ?

— Aucun, mademoiselle, vous ferez selon votre inspiration !

— Vous y serez également ?

Il hocha la tête.

Elle le dévisagea sans rien dire et s'évita de sourire. Elle n'avait aucune envie d'aller faire le pitre dans un bal masqué au milieu d'une tripotée de gens qu'elle ne connaissait pas, mais voir son patron déguisé en gentilhomme de la cour de Louis XIV ou en superhéros à collants devait quand même valoir le détour !

— Et où ce bal aura-t-il lieu ?

— En périphérie de Paris. Je vous donnerai toutes les informations nécessaires.

— Qu'allez-vous dire à Paul ? s'enquit-elle, prise d'un subit sentiment d'inconfort vis-à-vis du petit garçon qui serait privé de ce plaisir.

Il se pinça l'arête du nez et fronça les sourcils.

— J'aviserai.

Il n'était pas plus à l'aise qu'elle, manifestement.

— Si vous voulez bien m'excuser, finit-il par dire. Je dois vous laisser, je me lève aux aurores demain matin. Je vous souhaite une bonne soirée, mademoiselle Géris.

Elle abaissa le menton et sourit poliment.

— Bonsoir, monsieur de Bérail.

Songeuse, elle le regarda s'éloigner jusqu'à ce qu'il disparaisse au bout du couloir.

Un bal masqué…

Bon sang ! Mais en quoi allait-elle bien pouvoir se déguiser ?

* * *

Le jeudi matin de la semaine suivante, juste avant d'emmener Sophie à l'*Arlequin bleu*, Gabi récupéra le nouveau téléphone qu'Adrien de Bérail lui avait fait livrer. Un smartphone dernière génération avec double carte SIM. De cette façon, elle pourrait continuer à recevoir des appels de son répertoire personnel. Elle le mit en charge un moment, le fourra dans son sac, et partit avec la fillette.

La jeune femme était toute retournée. Car si Sophie se réjouissait des emplettes qu'elles allaient faire, Paul était furieux. Il n'avait pas pleuré ni crié lorsque son père lui avait appris la nouvelle, mais depuis le samedi précédent, il ne lui adressait plus la parole et refusait catégoriquement de jouer avec sa sœur. Il s'était plongé dans un mutisme alarmant que même Gabi n'arrivait pas à dompter. Elle était terriblement inquiète pour Paul. Elle le savait particulièrement émotif, mais elle se demandait jusqu'où il serait capable d'aller pour manifester son mécontentement.

La jeune femme conduisit sans cesser d'y penser et finit par se garer dans un parking souterrain proche de la place de l'Odéon. Elles prirent le chemin de la boutique, tandis que Sophie, son petit sac à main rose en travers des épaules, sautillait comme une puce.

— Tu crois qu'ils auront des vêtements de princesse ? Et toi, tu aimerais porter quoi ? Je te verrais bien en fée. En fée Clochette ! C'est la première fois que je vais à un bal costumé, tu sais. J'ai tellement, tellement hâte ! Je vais choisir du violet. Non, du rose ! Et puis non, du bleu. Et tu penses qu'ils auront des chaussures scintillantes si je décide de me déguiser en Cendrillon ? Et des masques, ils en auront ?

— Sophie, respire, s'amusa Gabi. Regarde, on est arrivées.

Elle désigna une vitrine somptueuse dans laquelle on avait disposé des mannequins pour mettre en scène les trois mousquetaires entourant le cardinal de Richelieu.

— Oh, s'exclama Sophie, déçue. Mais c'est des trucs de garçons !

— Mais non, ne t'inquiète pas. Tu vas trouver ton bonheur.

Elles pénétrèrent dans la boutique et furent aussitôt accueillies par le responsable, un homme d'une bonne soixantaine d'années, sec comme un coucou, et affublé d'une fine moustache qui n'était pas sans rappeler celle de Salvador Dalí.

— Bienvenue à l'*Arlequin bleu* ! Qu'est-ce qu'un modeste costumier de théâtre peut faire pour deux si ravissantes demoiselles ?

— On veut des déguisements ! s'écria Sophie. Une belle robe de princesse pour moi, et un habit de fée pour Gabi !

Ainsi, c'était acté.

Le gérant sourit, leur servit encore quelques gentilles phrases, et les conduisit au fond du magasin, là où étaient stockés une quantité inimaginable de vêtements d'époque. Il y avait tant de choix que Gabi et Sophie se retrouvèrent vite dans l'incapacité d'en faire un. Finalement, leur interlocuteur les étudia, et proposa à chacune ce qu'il pensait leur convenir le mieux.

Sophie sortit de la cabine habillée d'une splendide robe soleil et ivoire agrémentée d'une paire de gants, d'un diadème et d'une baguette magique scintillante. Très fière de sa tenue, la fillette avança royalement de quelques pas en tirant avec elle une longue traîne parsemée d'une multitude de papillons cuivrés.

— Comment suis-je ? demanda-t-elle.

— Magnifique, lui affirmèrent Gabi et le gérant.

— Toi aussi ! s'extasia Sophie en étudiant sa nourrice.

Gabi avait enfilé une robe très courte en satin vert. Le bustier brodé de dorures faisait discrètement remonter sa poitrine et soulignait la ligne délicate de ses clavicules, quant à la jupe, elle était découpée de telle manière qu'on aurait pu la croire composée d'immenses feuilles d'érable.

Le costumier contourna Gabi et la considéra d'un air satisfait.

— Nous pourrions améliorer votre déguisement avec des oreilles d'elfe, une perruque rousse que vous coifferez en chignon désordonné, quelques rubans assortis dans les cheveux et, le clou du spectacle, ceci !

Le costumer sortit un loup d'un sac en toile. C'était une merveille finement dorée, décorée d'arabesques en relief et surmontée de charmantes petites plumes couleur sapin qui finissaient de cacher entièrement le front.

— Il vous suffira de laisser tomber quelques mèches sur le visage, d'adapter votre maquillage et vous serez parfaite !

— Et les chaussures ? demanda Sophie.

L'habilleur acquiesça et termina de parfaire leur tenue avec de ravissantes ballerines or pour Sophie et une paire d'escarpins verts pailletés pour Gabi, si haut, qu'elle crut qu'elle ne parviendrait jamais à marcher avec. Mais finalement, quand elle quitta la boutique avec Sophie, elle avait sur les lèvres un sourire banane éloquent.

— Il fait chaud ! se plaignit Sophie avant d'arriver au parking.

Gabi leva le nez pour regarder le ciel, le temps était orageux, l'air lourd et humide. Piquer une tête dans l'après-midi leur ferait le plus grand bien. Puisqu'elles étaient de sortie, Gabi proposa à Sophie de passer chez elle afin qu'elle puisse récupérer un maillot de bain. Par la même occasion, elle vérifierait de quelle manière Martin s'en tirait.

Elles reprirent donc la voiture et s'engouffrèrent dans les rues de Paris, direction le Quartier latin.

Quand Martin entendit la porte de l'appartement s'ouvrir, il fit un bond prodigieux sur son lit et s'empara de la première chose qu'il avait sous la main : le pied de la lampe de chevet. Il sauta comme un dément et fit face aux intrus, convaincu de tomber sur ses créanciers qui avaient décidé de venir le trouver plus vite que prévu. Sophie poussa un hurlement de frayeur en voyant ce fou furieux à la chevelure hirsute et au visage abîmé.

— Martin ! s'écria alors Gabi. Je pensais que tu n'étais pas là !

Ce dernier laissa pendre ses bras le long de son corps et soupira de soulagement.

— Tu m'as foutu une de ces frousses ! Tu n'aurais pas pu frapper ?

— Mais c'est ce que j'ai fait. Plusieurs fois, tu ne répondais pas !

Martin se passa la main dans les cheveux qu'il frotta énergiquement en bâillant, puis il consulta sa montre. Il était presque midi.

— Je dormais, j'ai rien entendu jusqu'à ce que tu ouvres. Je me suis couché tard et… Qui est-ce ? s'interrompit-il en désignant Sophie du menton.

Sophie se crispa, elle n'avait pas encore déterminé si sa nourrice et elle étaient en sécurité ou non. Gabi lui entoura les épaules d'un geste rassurant et s'efforça de sourire.

— Sophie est la petite fille dont je m'occupe. Sophie, je te présente Martin, l'ami qui habite mon appartement pendant que je suis chez vous.

La gamine fronça les sourcils et considéra Martin de la tête aux pieds d'un œil suspicieux.

C'est là que le jeune homme se rappela sa tenue. Il ne portait qu'un boxer rouge ultramoulant et un bandage autour des côtes, puisqu'il s'était enduit d'un cataplasme aux plantes, la veille. Avec sa gueule de boxeur sur le retour, il ne devait pas paraître très avenant à cette petite toute mignonne.

— Pourquoi tu es tout cabossé ? l'interrogea-t-elle avec le naturel implacable des enfants. Tu as eu un accident de voiture ?

Martin se retint de rire et attrapa le tee-shirt qui traînait sur une chaise.

— Je suis passé sous un rouleau compresseur. Pourquoi êtes-vous ici ? Il y a un problème ? demanda-t-il à Gabi.

— Non, aucun. J'ai besoin de récupérer quelques affaires. Nous n'en avons pas pour très longtemps.

Et elle se dirigea vers son lit pour tirer le panier en osier rangé dessous.

Pendant ce temps-là, la gosse observait l'appartement avec un mélange de curiosité et de stupéfaction.

— C'est chez toi, ici ? demanda-t-elle à Gabi.

— Eh oui.

— Mais c'est tout petit ! s'exclama-t-elle spontanément. Je crois que ma chambre est plus grande !

Gabi lui sourit et retourna à sa recherche.

— Ça ne fait aucun doute.

Sophie se tourna vers Martin.

— On va se baigner ! l'informa-t-elle subitement en redressant noblement son cou délicat.

L'enfant paraissait enchantée. Avec ses yeux brillants, elle lui donna l'impression d'avoir gagné une entrée gratuite à Disneyland.

— Quelle chance ! fit-il mine de s'extasier.

Puis il observa Gabi du coin de l'œil.

— Tu fréquentes les piscines municipales, toi ?

Gabi se retourna en fronçant les sourcils. Elle n'eut pas le temps de lui demander ce que cette réflexion était supposée vouloir dire que Sophie avait déjà répondu à sa place.

— Non ! Celle qui est chez moi, dans ma maison ! Et elle est couverte !

Martin écarquilla les yeux. Chez elle ? Couverte ? En plein Paris ?

— Vraiment ? fit-il mine d'être intéressé.

— Oui ! Et elle est très grande ! Mais on n'a jamais le droit d'inviter de copains. De toute façon, on n'en a pas, on ne va pas à l'école.

— Sophie et Paul ont un précepteur, lui précisa Gabi.

Martin plissa les paupières.

— Je vois...

Puis il s'adressa à Sophie.

— Vous devez avoir une maison bien grande pour posséder une piscine intérieure.

— Oh oui ! Mais ce n'est pas une maison, c'est un hôtel particulier ! La demeure des de Bérail ! répondit-elle fièrement en paraphrasant Rosa-Louise qui avait l'habitude de parler ainsi.

Cette fois, Martin émit un sifflement strident.

— Eh bien, ma vieille, dit-il à l'intention de Gabi, tu ne t'en fais pas !

Gabi se sentit irritée par cette remarque, Martin le vit à la manière dont elle pinça les lèvres. Elle faisait toujours ça lorsque quelque chose la contrariait. Martin n'ayant jamais roulé sur l'or, il l'avait souvent charriée parce qu'elle avait eu une enfance sans problème et des parents prêts à se couper en quatre pour qu'elle ne manque de rien. Gabi s'en était perpétuellement défendue en disant que rien n'avait été facile pour eux, et que pour joindre les deux bouts, elle avait dû faire comme tout le monde et travailler comme équipière dans un fast-food pendant presque toute la durée de ses études. Martin regarda les paupières de son ancienne petite amie se plisser et il sourit en coin. Il attendait la réplique.

— Je ne suis pas en vacances, Martin, je travaille !

— Dans un palace !

Gabi haussa les épaules.

— Oui, et alors ?

Et d'un coup de pied, elle remit en place le panier sous le lit.

— Est-ce que tu as soif, Sophie ? lui demanda-t-elle.

— Oui, un peu.

Martin se gratta la tête et jeta un coup d'œil navré vers son frigo.

— Je n'ai que de la bière.

— On t'a coupé l'eau ? ironisa Gabi. Si tu ne l'as pas bu, il doit rester du sirop de grenadine dans le placard sous l'évier.

Martin arqua les sourcils d'un air moqueur.

— Je ne risque pas de toucher à ça. Je t'en prie, fais comme chez toi !

Pendant que Gabi servait Sophie, la fillette alla s'installer à côté de Martin sur le canapé, il était en train d'enfiler une paire de jeans.

— Tu es boxeur ? Cascadeur ? Tu t'es battu ? Pourquoi tu as le nez cassé ? Ça fait mal ? On t'a opéré ? Moi, j'ai été opérée une fois et je n'ai rien senti du tout et j'étais sous ecstasy générale !

Martin explosa de rire et Gabi dut se retenir pour ne pas en faire autant.

— Anesthésie générale, Sophie.

Elle secoua ses cheveux bruns pour les rejeter orgueilleusement en arrière.

— Mais je sais ! Ma langue a fourchu. Alors, on t'a opéré ?

Martin fit non de la tête.

— On m'a donné des tonnes de médicaments et j'ai moins mal depuis.

Sophie s'empara du verre que Gabi lui tendait et poussa un petit soupir.

— Mon frère aussi, il en a pris beaucoup. Il était très malade et il a passé beaucoup de temps à l'hôpital. Mais ça va mieux, maintenant.

Martin fronça le front.

— Ah bon ? Qu'avait-il ?

— Une leucémie, lui expliqua-t-elle avec beaucoup de sérieux. Et je lui ai donné un peu de moelle osseuse pour qu'il aille bien. Papa dit que je lui ai sauvé la vie !

Le visage de Martin se referma malgré lui.

— Tu es une petite fille très courageuse.

Sophie aspira une longue gorgée de sirop avec sa paille et tourna ses grands yeux bleus vers Martin.

— Et toi, alors ? Pourquoi tu es comme ça ? Tu as sauvé quelqu'un toi aussi ?

Martin se renfrogna.

— Ouais. Ma peau.

Sophie plissa les paupières et se raidit, tandis que le jeune homme coulait un regard inexpressif à Gabi. La gamine allait finir par poser des questions de plus en plus embarrassantes. Il se frappa les cuisses des deux mains, se leva d'un bond avant la nouvelle salve de « qui, pourquoi, comment ? » et désigna discrètement la porte à Gabi d'un mouvement de sourcils démonstratif. Elle réagit au quart de tour en enfournant son maillot de bain dans son sac.

— Bon, eh bien, nous allons te laisser ! Sophie ?

La fillette termina son verre d'une traite, quitta le canapé et considéra Martin d'un air désolé.

— J'espère que tu guériras.

— Sans aucun doute, je suis solide comme un lion !

Il lui fit signe d'avancer et les accompagna jusque sur le palier.

— Tu te sens vraiment mieux ? s'inquiéta quand même Gabi à voix basse.

— Impeccable !

Gabi arqua un sourcil tant elle était dubitative.

— Tu as réglé tes petits ennuis ?

Martin lui fit un large sourire – bien trop éclatant pour être honnête – et lui dit :

— C'est en cours ! Ne te fais aucun souci pour moi. Tu récupéreras ton appartement avant la fin de l'été, comme prévu !

Dans la mesure où on allait lui tirer une balle entre les deux yeux dans moins de trois semaines, c'était d'une totale évidence.

— Prends soin de toi, lui souffla-t-elle avec sincérité.

— Du mieux que je le pourrai. Ravi de t'avoir rencontrée, Sophie.

La fillette exécuta une révérence improbable, mais ne répondit rien.

— Au revoir, Martin, lui dit Gabi.

— Ciao !

Il referma la porte derrière lui et se frotta les paupières. Sa situation n'avait pas évolué d'un iota et il était en train de se demander s'il ne devait pas faire comme l'autre faux jeton de Fabrizio et quitter le pays dare-dare. Il n'arrivait pas à s'y résoudre. Pour aller où ? Pour faire quoi ? Personne ne l'attendait nulle part et il n'attendait plus rien de personne. Il en avait ras la casquette de réfléchir en permanence. Alors, il fit ce qu'il avait de mieux à faire ces temps-ci : il ouvrit le frigo et décapsula une bière. De l'orge, de l'eau, de la levure… au petit déj, qui y trouverait à y redire ? Il vida presque sa bouteille devant l'évier, il s'essuya la bouche du revers de la main et se dirigea vers la salle de bains.

Tandis qu'il glissait son corps sous l'eau, après avoir retiré ses bandages, il eut un sourire amer. Si seulement le nombre de douches qu'il prenait par jour avait le pouvoir de laver son cerveau encrassé. Il se rappela le jour où il avait dit à ses parents qu'il était suffisamment intelligent pour réussir dans la vie et il eut envie de se taper la tête contre le carrelage. Sa précieuse matière grise lui avait joué un sacré tour. Il n'avait jamais pris aucune bonne décision, et si c'était à refaire, il n'était même pas sûr d'agir autrement. Quel débile il faisait ! Rageusement, il termina de se laver, enroula une serviette autour de sa taille et alla finir sa bière sur le canapé. La tête rejetée en arrière, les yeux fermés, il ne remarqua pas immédiatement l'intrus. C'est quand il s'étira et que sa main gauche toucha un tissu rêche et inhabituel qu'il rouvrit les paupières et vit le sac de Sophie.

Machinalement, il prit son téléphone et composa le numéro de Gabi pour l'avertir. Elle répondit presque aussitôt.

— Allô ?

— C'est Martin. La petite a oublié son sac rose.

— Ah, mince ! Sophie, tu as laissé ton sac chez moi, lui répéta-t-elle en se tournant pour la regarder.

Instinctivement, la fillette inspecta l'espace autour d'elle pour voir si elle le trouvait et fit la moue.

— Il a des choses dont tu as besoin à l'intérieur ? lui demanda Gabi.

Sophie secoua le menton.

— Donc, ça ne te dérange pas qu'on aille le récupérer plus tard ?

Elle fit encore non de la tête, mais Gabi sentait bien que ça la contrariait. Cela dit, la jeune femme n'était pas particulièrement motivée pour faire demi-tour avec la circulation qu'il y avait. Comme Sophie commençait à bouder, elle lui caressa doucement la joue.

— Donne-moi l'adresse, je vous le ramène d'ici ce soir, proposa Martin.

Gabi se raidit. Son petit doigt lui disait que faire venir Martin chez les de Bérail n'était pas franchement une riche idée. Elle préféra refuser.

— Non. Inutile de te déranger, Martin, je te remercie. J'essaierai de venir le récupérer dimanche dans la journée, je serai en congé.

— Comme tu voudras, acquiesça-t-il en haussant les épaules.

— Merci de nous avoir prévenues. À bientôt.

— C'est ça. À plus.

Martin serra les dents en raccrochant. Gabi était finaude. Elle n'avait pas dédaigné son aide pour lui éviter un déplacement, mais simplement parce qu'elle ne souhaitait pas qu'il mette les pieds chez son patron. Elle avait sûrement de bonnes raisons et c'est exactement ce qui venait d'attiser sa curiosité et… son avidité.

Pour vivre dans un hôtel particulier parisien et engager une nurse à domicile, c'est que son boss devait être plein aux as. Et des as, Martin en avait justement besoin. Sympathiser avec quelqu'un comme lui pouvait être la solution à son problème. Sauf qu'il devrait la jouer serré, puisqu'il ne lui restait qu'une poignée de jours. Au point où il en était, il ne risquait rien à tenter le tout pour le tout et le jeune homme comptait bien sur son légendaire bagout pour parvenir à approcher l'employeur de Gabi. Du temps où il vivait chez ses parents, sa mère criait sur tous les toits qu'il aurait été capable de vendre des glaçons à un Esquimau, alors le convaincre de lui filer un petit coup de main était peut-être de l'ordre du réalisable.

Déjà, il allait commencer par chercher où il habitait. La gamine avait dit « la demeure des de Bérail ». L'adresse ne devait pas être si compliquée à dégoter. Quant à y être invité, il n'en avait nul besoin. Son nouveau meilleur ami avait un poney pailleté brodé sur le devant. Ouais, cette petite chose toute mignonne était le prétexte tout trouvé pour une visite de courtoisie. Car après tout, quel adulte bien-pensant dépouillerait une pauvre petite fille riche de ses effets personnels ?

Pas Martin.

Il observa le sac en toile et sourit perfidement.

Il allait juste dépouiller son père.

11

Le vendredi matin, Gabi était plus contrariée que jamais. Elle venait pour la énième fois de se faire rabrouer par Paul qui refusait de participer aux activités qu'elle avait organisées. Depuis six jours, il passait le plus clair de son temps enfermé dans sa chambre à dessiner des paysages marins et des scènes où son héros, Spiderman, s'enfuyait par la fenêtre d'une maison. Gabi avait le cœur serré. Elle ne comprenait que trop bien la colère et la révolte qui sévissaient dans l'esprit de l'enfant. Même si Sophie avait sagement évité de parler de cette sortie, Paul ressassait encore et encore ce qu'il ressentait comme une terrible injustice. Son père avait bien essayé de l'apaiser, de lui expliquer les motivations de son choix, il n'y avait rien eu à faire, pas plus lui que Gabi n'étaient parvenus à lui faire entendre raison. Paul n'avait pas l'habitude d'être désavantagé. Les lèvres pincées, les mâchoires crispées et les paupières mi-closes, il ne décrochait pas un mot et semblait ne rien vouloir entendre des arguments qu'on lui présentait.

Abattue, Gabi referma doucement la porte de la chambre. Que pouvait-elle bien faire ? Elle n'était même pas certaine que Paul revienne à de meilleurs sentiments après le bal. Elle soupira profondément et se tourna vers Sophie avec un sourire forcé.

— Je suis désolée, il ne veut toujours pas se joindre à nous.

La fillette regarda ses pieds et fit la moue.

— J'ai tellement envie d'y aller.

— Oh, Sophie ! s'exclama Gabi en s'agenouillant devant elle pour se mettre à sa hauteur. Personne ne te demande de faire le sacrifice de rester ici.

— Paul a l'air si triste.

— Oui, ma chérie. Il l'est. Mais ne te sens pas coupable pour autant, d'accord ?

Sophie ouvrit de grands yeux, surprise que sa nourrice lui donne un surnom si affectueux.

Becca arriva au même moment d'une démarche assurée, Gabi se releva pour l'accueillir.

— Bonjour, Becca.

— Bonjour, Gabi ! Bonjour, Sophie ! Je suppose que le petit prince refuse toujours de sortir de sa chambre ?

Le cynisme dont faisait preuve l'infirmière aurait dû choquer Gabi, mais la jeune femme savait que Becca ne vivait pas ce genre de situation pour la première fois et qu'elle commençait à être sérieusement exaspérée. Au demeurant, elle était certaine qu'elle en voulait bien davantage à son employeur qu'à Paul. Rosa-Louise avait expliqué à Gabi que Paul agissait toujours ainsi lorsqu'il n'obtenait pas ce qu'il souhaitait. Toutefois, qui aurait osé le traiter d'enfant gâté ? Personne. Paul avait matériellement ce qu'il désirait, certes, mais pas l'essentiel : la liberté. Le refus de communiquer était bien tout ce qu'il possédait pour exprimer son mécontentement. Le jeune garçon n'était pas le genre de gosse à se rouler par terre. Ses réactions étaient intérieures, mais pas moins impressionnantes.

Gabi leva les paupières vers Becca et hocha la tête.

— Toujours pas, non. Ses dessins sont de plus en plus explicites, expliqua-t-elle sans s'inquiéter de ce que Sophie les écoute. Il est malheureux.

Gabi tenait absolument à prendre sa défense. C'était d'ailleurs tout ce qu'elle pouvait faire pour lui. L'infirmière considéra la jeune femme quelques secondes sans rien dire, puis son visage s'adoucit et ses yeux se posèrent sur Sophie.

— J'aimerais parler à Gabi un moment, tu veux bien nous laisser une minute ?

La fillette adressa un regard interrogateur à sa nourrice.

— Pourquoi ne demanderais-tu pas à Rosa-Louise de nous préparer un plateau avec des biscuits et une boisson fraîche ? Nous avons déjà pris notre petit déjeuner, mais la piscine, ça creuse.

— Nous allons nous baigner ? s'exclama-t-elle.

Gabi acquiesça d'un clin d'œil. Elle savait que Sophie adorait ça.

— Ouaaiiiis ! s'écria Sophie avant de filer comme une fusée.

Elle la suivit des yeux, puis se tourna vers l'infirmière qui soupirait.

— Ça ne peut plus durer. Depuis des mois je vois ces enfants se morfondre et subir une situation pour laquelle ils ne sont pas responsables. Je suis ravie que M. de Bérail ait finalement décidé de donner du lest à la petite Sophie, mais ça ne suffit pas, il est temps qu'il lâche prise avec son fils. Ce gamin se porte comme un charme, désormais. Je vais appeler le docteur Saint-Armand pour avoir une discussion avec lui. Soit il fait quelque chose, soit je fais un rapport à la Protection de l'enfance, au président du Conseil général s'il le faut, et tant pis pour mon travail !

— Vous n'êtes pas sérieuse ? fit Gabi, horrifiée.

— Oh, que si ! lui assura Becca. Vous rendez-vous compte de ce qu'il est en train de faire ? Il les détruit à petit feu ! Oh, il les aime, ça ne fait aucun doute, mais il les aime mal !

— Et vous pensez que lui coller une enquête qui risquerait d'aboutir au retrait de ses enfants pourrait améliorer la situation de Paul et Sophie ? demanda Gabi très calmement. Ils ont besoin de leur père. Ils ont besoin qu'il change, et je crois que c'est en train de se produire.

Becca considéra Gabi silencieusement, puis soupira.

— Je l'ai remarqué et je suis certaine que c'est en partie grâce à vous, mais combien de temps encore avant qu'il ne comprenne ?

— Un peu moins de deux mois, murmura Gabi tout en sachant que cette réponse n'était pas valable, puisque, en substance, elle ne voulait rien dire ; dans deux mois, Paul serait libre.

— Il n'en peut plus ! plaida Becca en jetant un œil à la chambre du petit garçon. Il faut trouver une solution. Écoutez, Gabi. Je me rends bien compte que vous mettez beaucoup de cœur à l'ouvrage et que vous aimez énormément ces enfants, mais je travaille ici depuis plus longtemps que vous et je les ai vus passer par tous les états possibles. Déprime, joie, déception, mélancolie… Il est temps que ça cesse. Si je vous en parle, c'est parce que vous m'êtes sympathique et je ne veux pas que vous soyez prise au dépourvu. Je vais aller faire ces simulacres de soins à Paul et j'appelle le docteur Saint-Armand. La comédie a assez duré !

— Becca… tenta de la retenir Gabi en lui posant la main sur le bras, ne faites pas ça.

Elle savait pourtant que c'était inutile. Simplement parce que l'infirmière avait parfaitement raison. Seulement, Gabi aurait aimé que ça se passe autrement. Pour Paul, pour Sophie et… pour Adrien. C'était un père en souffrance, et même si elle n'approuvait pas ses méthodes, elle le comprenait.

— C'est décidé ! affirma Becca. Je vous conseille d'assurer vos arrières, Gabrielle. Car il est fort possible que tout se fasse très rapidement et que vous vous retrouviez au chômage.

Pour l'heure, c'était le dernier de ses soucis.

Gabi se demandait pourquoi l'infirmière craquait maintenant. Un trop-plein, ou existait-il une situation sous-jacente que Gabi ne connaissait pas ? Le cœur serré, elle regarda Becca frapper à la porte de Paul et, horrifiée, elle vit que le petit garçon se tenait debout derrière, les bras croisés. Il avait tout entendu.

— C'est ma maison ici, dit-il d'une voix sèche.

Les premiers mots qu'il prononçait depuis deux jours.

— Paul... murmura Becca, déroutée.

— Si vous m'enlevez de ma maison, on m'enfermera dans un hôpital en attendant de savoir où me mettre. Je ne veux pas aller à l'hôpital, et je vous déteste !

Puis il lui claqua la porte au nez.

Becca se retourna pour chercher de l'aide auprès de Gabi qui était tellement stupéfaite qu'elle ne trouva rien à dire. Son cœur battait à tout rompre.

Becca se ressaisit et rajusta sa charlotte et son masque.

— Regardez-nous ! cria-t-elle en désignant sa tenue. Nous sommes ridicules !

Et, d'un pas déterminé, elle quitta la salle de vie.

Gabi demeura immobile plusieurs secondes, totalement bouleversée par ce qui venait de se produire. Puis elle entendit des sanglots provenant de la chambre de Paul, alors elle y accourut.

— Paul... chuchota-t-elle en le voyant à plat ventre sur son lit.

— Laisse-moi !

Gabi eut un moment d'hésitation, puis elle s'approcha.

— Non. Je reste avec toi.

Délicatement, elle s'assit à côté de lui et posa une main réconfortante sur sa tête pour lui caresser les cheveux.

— Ne t'inquiète pas. Tout se passera bien, j'en suis sûre. Becca était en colère, elle va réfléchir.

— Ça m'étonnerait ! sanglota Paul, la bouche collée à son oreiller. Elle a toujours détesté travailler ici, alors elle essaie de trouver un moyen pour partir !

— Pourquoi dis-tu ça, Paul ? essaya-t-elle de savoir.

— Elle se dispute toujours avec papa à propos de moi. Il dit qu'elle fait mal son travail et ça la met en colère.

— Je comprends, murmura Gabi en se rappelant son premier jour, lorsque Adrien de Bérail avait reproché à Becca d'avoir laissé Paul se baigner seul.

— Mais tu sais, elle s'inquiète pour toi.

— Eh bien, moi, je veux qu'on me laisse tranquille ! s'écria-t-il en relevant brusquement la tête. Elle n'a pas le droit de me faire enfermer dans un hôpital !

— Ce n'est pas ce qui se passera, Paul. Écoute-moi. Je vais téléphoner au docteur Saint-Armand, tu es d'accord ? Il réglera le problème. C'est lui qui décide des choses, tu sais ?

Il hocha le menton en reniflant.

— Elle va revenir, Becca ?

— Je ne sais pas, Paul.

Cela dit, elle en doutait fortement. L'infirmière semblait avoir définitivement rendu son tablier.

— Et toi, tu vas partir ?

— Bien sûr que non ! s'écria-t-elle.

Puis elle se radoucit et lui sourit.

— Non, Paul. Je reste ici. Avec vous.

Pendant un instant, le petit garçon parut rassuré, puis il se jeta une nouvelle fois sur son oreiller, et se remit à pleurer.

* * *

Le docteur Saint-Armand arriva en fin d'après-midi. Au téléphone, Gabi lui avait déjà fait un résumé de la situation, c'est pourquoi il ne perdit pas de temps et alla immédiatement frapper à la porte de Paul. La jeune femme préféra rester à l'écart avec Sophie en attendant que Paul et lui aient une conversation d'homme à homme. Elle lui proposa de donner un coup de main à Rosa-Louise qui concoctait le repas du soir, ce que la fillette accepta avec joie.

— Quand papa saura que Becca veut nous envoyer dans une autre maison, il ne va pas être content ! affirma-t-elle pendant qu'elle écossait un petit pois. J'espère qu'il la mettra dehors !

Lorsque Sophie l'avait rejointe avec la collation que leur avait préparée Rosa-Louise, elle avait demandé pourquoi son frère pleurait à chaudes larmes. Gabi avait sagement évité de lui exposer le problème dans les détails, toutefois Paul s'était chargé de tout lui expliquer.

— Ce sont des histoires de grandes personnes, Sophie, la morigéna Rosa-Louise en fronçant les sourcils. Par ailleurs, je pense que Becca ne reviendra pas et de son propre chef.

Sophie pinça les lèvres et redressa le menton d'un air de défi.

— Tant mieux ! Et même que si elle revient, je ne lui dirai pas bonjour !

Rosa-Louise s'essuya les mains dans son torchon et posa les poings sur ses hanches.

— J'aimerais bien voir ça !

Sophie se renfrogna et replongea la tête dans le sac de petits pois.

Gabi et Rosa-Louise s'observèrent d'un regard entendu et évitèrent de proférer la moindre remarque sur le sujet.

Lorsque Antoine Saint-Armand revint, une demi-heure plus tard, Sophie lâcha ce qu'elle faisait et s'empressa d'aller rejoindre son frère pour tout savoir. Rosa-Louise offrit une chaise au médecin et lui proposa une tasse de café.

— Merci, Rosa-Louise. Sans sucre, s'il vous plaît, dit-il en s'installant en face de Gabi.

— Comment va-t-il ? s'enquit-elle.

Le praticien étira les doigts devant lui et s'empara du mug que la gouvernante lui tendait.

— Mieux. Pour l'instant.

Gabi plissa le front.

— Cet enfant a besoin de sortir, dit-il sans prendre de gants. Ces prochaines semaines vont lui sembler interminables.

— Il n'y a aucun moyen d'y déroger ? hasarda Gabi qui connaissait pourtant déjà la réponse. Vous êtes le médecin de Paul. Je suppose que vous êtes en mesure de réduire la durée du protocole si vous le jugez nécessaire.

— Oui, je le peux, mais je ne le ferai pas.

Gabi réprima un hoquet de stupéfaction.

— Pour quelle raison ?

— Parce que je veux qu'ils se retrouvent. Tous les trois. Et pour cela, Adrien a besoin de faire face à ses responsabilités, à ses erreurs. La décision doit venir de lui.

Gabi fut plutôt surprise que l'ami de son employeur se laisse aller à des réflexions si intimes à son sujet.

— Je suppose que vous savez ce que vous faites, lui dit-elle en haussant les épaules.

Il lui adressa un regard d'une intensité troublante.

— En effet.

Il but une gorgée de café et s'accouda à la table pour étudier Gabi d'un peu plus près.

— Je sais ce que vous êtes en train de penser, mademoiselle Géris.

Elle arqua un sourcil interrogateur.

— Vous vous imaginez que parce que Adrien et moi sommes amis, je lui permets d'agir à sa guise. Eh bien, vous vous trompez. Je suis convaincu que si je lui force la main, la situation sera bien plus désastreuse, ensuite. Une fois Paul prématurément libéré du protocole, Adrien sera dans l'incertitude en permanence, n'aura confiance en rien, en personne. Pas même en son fils, et c'est exactement ce que je veux éviter. Mademoiselle, entendons-nous bien. Chaque membre de cette famille mérite une vie meilleure, de la paix et une part de bonheur. Si jamais vous en doutiez, sachez qu'ils ont tous énormément d'importance pour moi et que je ne ferais jamais une priorité des caprices d'un vieil ami aux dépens de mes obligations professionnelles ou du bien-être de Paul, ajouta-t-il, les yeux brillants de sincérité.

— Je ne remets pas en cause votre intégrité, docteur, lui affirma Gabi, sur la défensive. Vos méthodes sont somme toute peu orthodoxes, mais je ne me permettrais pas de vous donner des leçons.

Satisfait que la jeune femme soit sur la même longueur d'onde que lui, il hocha la tête.

— Que va-t-il se passer avec Becca ? demanda Rosa-Louise. Est-elle réellement décidée à avertir la Protection de l'enfance ?

— Non. Elle ne le fera pas. Et il faudrait de toute manière que le protocole médical ne soit pas respecté pour qu'on vienne reprocher quoi que ce soit à Adrien, et jusqu'à preuve du contraire, je suis le médecin en charge du traitement imposé.

— Toto, Toto ! s'écria Sophie en faisant irruption dans la cuisine. Regarde-moi !

La fillette avait revêtu la robe qu'elle porterait pour le bal et faisait des tours et des tours sur elle-même pour qu'on l'admire.

— Tu es magnifique, princesse, lui certifia le praticien avec un clin d'œil malicieux. Tu seras la plus belle de toutes, ça ne fait aucun doute.

Sophie sourit et fit une révérence.

— Tu y seras toi aussi ?

— Non, mon poussin, pas cette année. Mais tu me raconteras tout, d'accord ?

— Tout, tout, tout, tout ! lui assura-t-elle en riant.

— Bien ! lança-t-il en se levant. Je dois y aller. Je m'arrêterai au bureau d'Adrien sur le chemin pour lui toucher un mot de la situation et j'essaierai de le convaincre que la présence d'une nouvelle infirmière est parfaitement inutile. Merci pour le café, Rosa-Louise.

Il se pencha vers elle et l'embrassa sur la joue.

— Mademoiselle Géris, dit-il en la saluant d'un hochement de tête.

Elle se leva de sa chaise et lui rendit la politesse.

— Merci d'être venu, docteur.

Puis elle se tourna vers la fillette.

— Sophie ? J'aimerais que tu te changes, s'il te plaît, nous allons retrouver Paul.

— Mais je veux garder ma robe !

Gabi lui fit signe que non.

— Sois gentille. Je préfère que Paul ne te voie pas dans cette tenue.

Sophie soupira et lâcha un « c'est nul » entre ses dents avant de partir.

— Je sais à quel point vous trouvez la situation cruelle, mademoiselle Géris, se crut obligé de dire Antoine Saint-Armand en remarquant que Gabi fronçait les sourcils.

La jeune femme leva les yeux sur lui.

— Mais elle l'est. Pour Paul. S'il existait un moyen, un seul pour lui faire plaisir, je m'y plierais volontiers. Mais je doute, à l'heure actuelle, que rien ne lui fasse vraiment envie.

— Je suis absolument convaincu de votre sincérité, mademoiselle.

Gabi lui adressa un signe de tête et lui tendit la main.

— Je vous souhaite une excellente soirée, docteur. À bientôt.

Il serra sa main, puis il quitta la cuisine pour traverser l'atrium. Elle fit de même, en direction du couloir qui menait au sas. Le praticien la héla subitement.

— Mademoiselle !

Elle se retourna, stupéfaite.

— Oui ?

Il avança de quelques pas, de façon à se retrouver tout près de la porte d'entrée puis il lâcha :

— Ce que j'ai toujours aimé avec les costumes de Spiderman, c'est qu'on ne sait jamais qui est caché dessous.

Il lui sourit, tourna les talons, actionna la poignée, et sortit.

Devant la cuisine, Rosa-Louise semblait tout aussi abasourdie que Gabi.

Avaient-elles bien compris ce qu'il y avait à comprendre ?

Oui. Ça ne faisait aucun doute. Antoine Saint-Armand lui proposait d'emmener Paul en douce au bal masqué.

— Si je m'y attendais… murmura la gouvernante.

Le temps de franchir les quelques mètres qui les séparaient, Gabi visualisa cent fois Paul déguisé en superhéros.

— Oserais-je ? demanda-t-elle à Rosa-Louise. Je veux dire… Comment pourrais-je faire une chose pareille ?

La septuagénaire haussa les épaules.

— Pouvoir n'est pas le problème. Oser est tout autre chose.

Gabi avala sa salive bruyamment.

— Je risque mon poste.

— Oh, peut-être même plus que ça, mon petit, l'avertit-elle très sérieusement.

Elle s'essuya les mains dans son tablier et sourit à la jeune femme.

— Vous n'avez qu'à oublier ça.

Gabi fronça férocement les sourcils. Oublier ça ? Le médecin de la famille de Bérail, l'ami d'enfance de son employeur, le garant de la santé de Paul, celui en qui elle pouvait avoir une confiance aveugle à son sujet venait de désigner une éclaircie dans le ciel orageux du petit garçon. Comment pourrait-elle faire comme si elle n'avait rien entendu ?

— Allez, ne vous en faites pas. Antoine dit ce qu'il sait, mais il ne sait pas ce qu'il dit, plaisanta Rosa-Louise avec tant de désinvolture que Gabi douta furieusement de sa sincérité.

— Vous êtes sérieuse ?

Elle lui adressa un clin d'œil mutin.

— Non. Absolument pas. Sachez qu'Antoine ne parle jamais pour ne rien dire et qu'il mesure chaque mot prononcé.

Elle soupira.

— Écoutez, Gabi. Il vous a suggéré de tricher et j'en suis la première étonnée. Toutefois, s'il en vient à de telles extrémités c'est qu'il pense d'une part que Paul ne sera pas mis en danger, et d'autre part que lui faire plaisir est largement réalisable. J'ajouterais que s'il s'est permis de faire mention de cette possibilité devant moi, c'est qu'il envisage que je pourrais vous apporter mon aide dans le cas où vous décideriez de prendre cette responsabilité. Cependant…

La vieille dame la fixa droit dans les yeux.

— Personne ne vous force la main. Si vous n'êtes pas à l'aise avec l'idée de passer outre aux recommandations d'Adrien, nul ne vous en voudra et vous n'aurez effectivement qu'à faire comme si vous n'aviez rien entendu.

En lui donnant son point de vue, Rosa-Louise semblait si détendue qu'on aurait presque dit qu'elle attendait l'occasion de faire échapper Paul depuis des lustres !

— Vous êtes prête à faire évader Paul ? lui demanda sérieusement Gabi.

Rosa-Louise pouffa de rire.

— Tout de suite les grands mots ! Gabi, vous avez toute la soirée et toute la nuit pour y réfléchir ! Quant à moi, je file. Mes petits pois carottes ne vont pas se cuire tous seuls !

* * *

Eh bien justement, Gabi ne dormit presque pas de la nuit, et la veille, durant le dîner, à peine avait-elle osé croiser le regard de son patron, persuadée que la trahison qu'elle pourrait commettre se lisait en elle comme dans un livre ouvert. Elle détestait se dire qu'elle pourrait bafouer la confiance qu'Adrien de Bérail lui avait accordée, mais elle abhorrait tout autant voir souffrir Paul. Maintes fois, elle avait essayé de se convaincre que le petit garçon finirait par oublier cette énième déception, et qu'une fois l'événement terminé, tout rentrerait dans l'ordre. En vain. Il avait suffi qu'elle l'observe à plusieurs reprises au cours de la soirée pour se rendre compte que chaque privation venait s'ajouter à la longue liste des vexations qu'il emmagasinait depuis des mois, et que les répercussions laisseraient probablement des traces. Elle avait tellement envie de lui faire plaisir. Son cœur balançait dangereusement vers le côté obscur. Gabi y avait cependant grandement réfléchi. Emmener Paul en douce n'était pas seulement une faute grave qui pourrait lui coûter son job, elle avait également conscience qu'elle pourrait envenimer une situation déjà très largement houleuse. En passant outre les recommandations – les ordres – d'Adrien de Bérail, elle le décrédibiliserait totalement aux yeux de ses enfants. Et c'était probablement ce qui la perturbait le plus. Bien davantage que de courir le risque de se retrouver au chômage une nouvelle fois. Avec ses parents, Gabi avait toujours entretenu une relation fondée sur le respect mutuel et l'honnêteté. Bien sûr, il lui était arrivé de leur mentir, comme n'importe quel gosse, mais uniquement sur des sujets bénins et sans conséquence. Il ne lui serait jamais venu à l'idée de les trahir vraiment. Et c'est pourquoi elle avait bien du mal à se positionner dans cette affaire.

Gabi connaissait la famille depuis trop peu de temps pour accepter ce que lui avait suggéré le médecin. Elle ne pouvait pas faire une chose pareille. La mort dans l'âme, elle trempa mollement sa tartine beurrée dans son café au lait et poussa un long soupir.

— Bonjour, mademoiselle, la salua André Moine. Bien dormi ?

Elle leva la tête et lui sourit.

— Bonjour. Disons que j'ai connu des nuits meilleures.

André tira une chaise et s'installa en face d'elle.

— Je sais ce qui vous travaille, dit-il simplement. Ne vous inquiétez pas et pensez à autre chose.

Il n'ajouta rien de plus et se servit une tasse de café qu'il commença à boire silencieusement.

— Bonjour ! lança Rosa-Louise en pénétrant dans la pièce.

Elle avait revêtu une robe liberty fuchsia qui lui donnait une mine superbe. Gabi détailla son visage, elle semblait s'être bien mieux reposée qu'elle. Elle la salua d'un timide sourire que Rosa lui rendit franchement en lui touchant l'épaule d'une main rassurante.

— Nous avons beaucoup discuté avec André, hier soir. Personne ne peut vous demander de prendre une telle responsabilité, annonça-t-elle sans faire référence à quoi que ce soit, tant c'était évident. Je m'occupe de tout.

Gabi ouvrit de grands yeux.

— Vous vous occupez de tout ?

— Tout à fait. Si ça ne vous ennuie pas, reparlons-en un peu plus tard, les murs ont des oreilles.

Gabi hocha la tête et, au même instant, elle vit les oreilles en question traverser le hall d'entrée dans une démarche énergique et un costume noir trois-pièces parfaitement taillé.

— Bonjour, je ne prendrai pas de petit déjeuner ce matin, lança Adrien en leur faisant un signe de la main. Mademoiselle Géris, nous nous retrouvons ce soir au château, j'ai remis l'adresse exacte à Rosa-Louise. Les festivités commencent à 20 heures, je vous ai fait commander un taxi pour 19 heures. Bonne journée !

Et il sortit.

Gabi cligna les paupières. Il lui donnait le tournis à toujours être si pressé, si organisé, lui distillant des ordres entre deux minutes de temps libre, sans presque jamais lui laisser l'occasion de répondre. Irritée, elle secoua le menton et se replongea dans son café. Rosa-Louise prit place à côté d'elle.

— Nous viendrons nous aussi en taxi et ferons en sorte d'arriver en même temps que tout le monde. Il y aura une salle réservée aux enfants du personnel, nous nous y rendrons directement.

— Très bien, acquiesça Gabi. Allez-vous le dire à Sophie ?

Rosa-Louise prit un sucre qu'elle déposa dans sa tasse de thé qu'elle remua aussitôt.

— Oui, parce que je suis définitivement certaine qu'elle peut garder un secret. Quoi qu'il en soit, comprenez bien que s'il devait y avoir une fuite, André et moi assumerions complètement nos actes. Et pour vous rassurer, sachez que nous ne risquons pas grand-chose.

Gabi en était tout aussi convaincue.

Rosa-Louise but une longue gorgée de son breuvage fumant et leva les yeux sur Gabi.

— Vis-à-vis des enfants, je pense qu'il serait préférable que vous fassiez comme si vous n'étiez au courant de rien. Ce sera entre eux et nous, ajouta-t-elle en regardant son mari.

Gabi hocha la tête, sincèrement perturbée. Elle n'aurait jamais imaginé pareille situation en venant travailler ici.

— Si je peux me permettre, dit-elle à la gouvernante. Qu'est-ce qui vous a amenée à prendre cette décision ?

— Vous, lui répondit-elle. Sur le moment, vous étiez prête à courir de gros risques pour le bonheur de Paul, alors que vous le connaissez depuis tout juste une semaine. André et moi avons, pour ainsi dire, élevé ces enfants. La responsabilité d'une telle décision nous incombe plus qu'à vous.

— Mais… comment allez-vous présenter les choses aux enfants ? Comment allez-vous justifier le fait de mentir à leur père et… ?

— Ne vous inquiétez pas pour ça, l'interrompit Rosa-Louise. J'en fais mon affaire.

Gabi hocha la tête.

— Je suis très touchée que vous vous inquiétiez autant du sort de cette famille, poursuivit la gouvernante d'une voix douce. Vous êtes quelqu'un de bien, Gabrielle Géris. Vous avez du cœur.

— Eh bien, je…

— N'essayez pas de me contredire, vous n'y parviendriez pas. J'ai vu passer bon nombre de nourrices, et pas une ne s'inquiétait vraiment de savoir ce qu'il était bon de faire ou non. Elles exécutaient les ordres, touchaient leur salaire et c'est tout.

— J'aime beaucoup Paul et Sophie, dit doucement Gabi.

— Ça se voit.

Les deux femmes se sourirent.

Gabi fut soulagée que Rosa-Louise et André comprennent sans qu'elle leur dise le dilemme qui l'avait tenue éveillée une bonne partie de la nuit. Toutefois, elle n'était pas disposée à faire comme si elle n'était au courant de rien. Dans le cas où le pot aux roses serait découvert, elle affronterait les foudres d'Adrien de Bérail autant que les deux domestiques, et tant pis si elle risquait de perdre son travail. Ce qui revenait à dire que jusqu'à ce que le jeune Paul soit revenu du bal, et jusqu'à ce qu'elle ait l'assurance que son père ne se soit rendu compte de rien, elle resterait en apnée.

Gabi termina sa tasse de café, prit une profonde inspiration et, bon gré mal gré, se prépara à être complice de la plus grosse filouterie de toute sa vie.

12

Comme chaque année, la décoration du château de Santeny était somptueuse. L'immense buffet avait été dressé entre deux hautes pyramides de verres en cristal, chaque chaise était rehaussée de petits bouquets de fleurs champêtres et chaque table drapée de pur lin blanc damassé. Pour la circonstance, les baies vitrées donnant sur la terrasse avaient été habillées de lourdes tentures rouges et chatoyantes nouées à l'aide de masques vénitiens.

Adrien fit volte-face et embrassa des yeux avec un sourire satisfait la salle de bal bondée de monde. Une fois encore, la soirée était très réussie.

Cet événement ne faisait pas seulement office de *team-building*, mais c'était aussi l'occasion de remercier ses employés pour leur travail et de rencontrer leur famille. Son père avait institué cette tradition et, depuis qu'Adrien avait repris la tête de la société, huit ans plus tôt, il n'y avait jamais dérogé.

Si, devant tout ce faste, Adrien prenait plaisir à voir des sourires fendre le visage de ses collaborateurs et celui de leurs enfants, sa plus grande satisfaction était nettement plus personnelle – perfide, d'après sa chère assistante. Elle avait peut-être raison, car ce qu'il aimait par-dessus tout, c'était circuler anonymement parmi les invités pour surprendre des bribes de conversations dont il était régulièrement le principal sujet. Personne, jamais, ne savait qui se cachait sous le masque qu'il portait. C'était ainsi qu'il avait appris qu'on l'appréciait autant qu'on le détestait. On le disait juste, tempérant, généreux et conciliant, mais également impitoyable, vil, calculateur et implacable. Parfois, au cours de ces soirées, Adrien était affublé de plus de qualificatifs qu'on ne comptait de jours dans une année. Puis au moment du sempiternel discours de minuit, il se changeait et revêtait son armure de chevalier. Il en allait ainsi chaque 14 juillet depuis cinq ans, si bien que désormais, on l'appelait Adrien le Prévisible. Ce qui le faisait toujours autant sourire, car s'il n'avait encore jamais perdu un seul procès, c'était justement parce qu'il était tout le contraire : impénétrable et déroutant.

Un serveur passa devant lui avec un plateau rempli de coupes de champagne, Adrien en attrapa une au vol et la but cul sec pour la reposer aussitôt. Ce soir, il avait besoin d'oublier. Oublier qu'il était un père cruel et inébranlable et qu'en ce moment même, un petit garçon de tout juste neuf ans était en train de le maudire pour les cent années à venir.

En allant dans la salle réservée aux enfants pour rendre visite à sa fille – sublime et radieuse dans sa tenue de princesse –, il était tombé sur cinq garnements déguisés en Spiderman et son cœur s'était douloureusement serré. Chacun d'entre eux aurait pu être Paul. Mais son fils était enfermé dans sa chambre et il le haïssait. Comme il avait hâte que tout cela soit terminé. Comme il était pressé de pouvoir jouer au ballon avec lui, parcourir les rues de la ville et l'emmener se balader au bord de la mer. Tout ça, ils le feraient ensemble. Un jour. Lorsque Paul lui aurait pardonné. Quand il aurait arrêté de le détester.

Le serveur croisa une nouvelle fois Adrien, lequel s'empara d'un autre verre pour le vider aussi vite que le précédent, puis il en prit un troisième sous l'œil consterné du jeune homme.

Adrien ne faisait jamais d'excès d'alcool, alors que lui arrivait-il ? Ras-le-bol ? Désespoir ? Culpabilité ? Probablement tout à la fois. Il était fatigué et désirait ardemment retrouver une vie normale, paisible, entouré de sa famille pour partager de bons moments.

Il fit la grimace. De réels bons moments, insouciants et généreux, depuis quand n'en avait-il pas vécu, exactement ? Il était incapable de le dire, mais ça faisait un bail. Le sport, les sorties, les femmes, il s'en privait depuis longtemps, se noyant volontairement dans le travail, alignant les affaires, multipliant les dossiers. Il avait besoin de souffler. Merde, il en avait vraiment besoin !

Il liquida sa troisième coupe et fonça tout droit vers le buffet. Il allait manger quelque chose avant d'être complètement soûl. Son choix se porta sur un canapé au foie gras qu'il engloutit en une seule bouchée, puis, pendant qu'il mâchait, il se tourna pour contempler la salle. La plupart des femmes étaient masquées, enveloppées dans des robes d'époque qui avantageaient leur silhouette. Les plus minces s'étaient déguisées en Marilyn Monroe, Josephine Baker ou Betty Boop. Les hommes n'avaient pas non plus manqué d'originalité en se cachant derrière des vêtements de zombies, de gardes de l'armée des clones, de pirates ou de nobles aristocrates français. Les plus audacieux, si maigrelets fussent-ils, s'affichaient même dans des tenues de gladiateurs. Quant à Adrien, il n'était pas en reste, puisqu'il avait laissé son costumier le convaincre de porter un habit d'officier napoléonien. Veste de basin bleue, épaulettes à franges, hausse-col, épée, bottes en cuir et bicorne à plume rouge. Il avait trouvé l'uniforme « claquant » sur son cintre, mais si on lui avait dit que la culotte blanche lui moulerait autant les valseuses, il aurait arrêté son choix sur un ample déguisement de castor. C'était bien parce qu'il ne voulait pas se faire remarquer qu'il faisait l'effort de marcher droit.

Il était là, à admirer les costumes des invités, quand son regard se posa sur le fessier délicieusement rebondi d'une espèce de fée des bois en minijupe. Sa chevelure rouge remontée en chignon était presque plus affreuse que les paillettes vertes qui lui couvraient les jambes, les bras ou tout autre espace de chair visible à l'œil nu. L'elfe sexy s'était cachée derrière un masque vénitien de toute beauté et avançait en direction du buffet aussi légèrement et gracieusement qu'une ballerine. Adrien ne la quitta pas des yeux tandis qu'elle passait devant lui comme s'il n'existait pas. L'alcool qu'il avait ingurgité aidant, il la détailla fixement sans en éprouver la moindre gêne.

Quelle paire de fesses ! Bon sang, il ne voyait que ça ! Il aurait pu se concentrer sur sa taille fine, ses cuisses fuselées ou le décolleté plongeant de son bustier, mais non, c'étaient ses miches qui retenaient toute son attention. Et pour cause, il ne lui semblait pas en avoir reluqué d'aussi appétissantes depuis des lustres ! En fait, depuis Jane, sa dernière maîtresse, dix mois plus tôt, et encore, elle ne les avait pas si alléchantes.

Quand elle se mit de profil, il étudia la délicatesse de son cou, de ses épaules, et le modelé charnu de ses lèvres peintes en rouge sang. Quel dommage qu'elle se soit tartinée de cette ignoble substance verte. Elle n'avait vraiment pas l'air mal, mais comme ça, cette fille ressemblait à un gros ver luisant ! Un ver luisant ultrasexy, cela dit.

Il la regarda s'emparer d'un radis qu'elle fit disparaître dans sa bouche et tomba définitivement sous le charme. Discrètement, elle essayait de cracher les paillettes qui s'étaient collées à sa langue, ce qui la rendait plus provocante encore. Bon Dieu, mais qui était cette femme ? Parmi les quatre cents invités dont presque la moitié était constituée de dames masquées, il n'aurait su dire à qui il avait affaire. Sans compter qu'il n'était pas particulièrement physionomiste. Enfin, c'était surtout qu'il ne s'amusait pas à passer ses employées aux rayons X pour mémoriser leur silhouette dans les moindres détails. Cette fille hissée sur des talons de bien dix centimètres pouvait être n'importe qui. Tout du moins, n'importe qui de suffisamment jeune pour avoir des jambes aussi galbées et des seins aussi haut perchés. Il s'agissait peut-être même de la compagne d'un de ses collaborateurs, sauf qu'il n'y avait aucune trace de l'idiot qui laissait seule cette déesse à l'adorable fessier. Toutefois, s'il existait, tant pis pour lui. Adrien venait de trouver la distraction dont il avait fichtrement besoin. Ce soir, il prendrait du plaisir. Éphémère, sans doute, mais il ne serait pas exigeant.

Pour se donner du courage, et parce qu'il n'avait pas l'habitude d'agir ainsi, il se servit un quatrième verre de champagne et, tandis que les premières notes d'une authentique valse viennoise retentissaient, il posa une main gantée sur l'épaule du ver luisant.

Gabi poussa un petit cri de surprise. Bien sûr, elle avait remarqué ce type qui la reluquait depuis dix bonnes minutes, mais elle ne s'était pas imaginé qu'il puisse la toucher. Silencieusement, elle tourna la tête vers lui et attendit qu'il s'adresse à elle, mais pas un son ne franchit ses lèvres. Déconcertée, elle l'observa un peu mieux.

Caché sous un masque rouge et or, elle devina qu'il possédait de très beaux yeux bleus, presque gris, lui conférant une assurance manifeste. Elle se fixa ensuite sur l'épaisse moustache artificielle lui mangeant la moitié de la bouche. Elle trouva ce choix d'apparat plus que dommage, parce que ça lui donnait vraiment l'air idiot, alors qu'elle aurait parié que ce n'était pas le but recherché. Le dragueur était grand, même sans son chapeau ridicule, et ses épaules semblaient plutôt imposantes sous les fanfreluches à franges qu'il portait. Ses jambes étaient moulées dans un de ces pantalons permettant d'apprécier d'un premier regard si oui ou non la marchandise était intéressante. À vue d'œil, elle l'était, mais quelque part, Gabi espéra sincèrement que cette culotte n'était pas un signe ostentatoire volontaire. Son buste était coincé dans une veste cintrée bleu marine boutonnée jusqu'au cou, lui donnant l'impression d'être aussi raide qu'un piquet. Malgré tout, il n'avait vraiment pas l'air mal, mais comme ça, ce type ressemblait à un soldat de plomb ! Un soldat de plomb très sexy, cela dit.

Silencieusement et subitement, l'inconnu s'empara de la main de Gabi et la porta à ses lèvres pour y déposer un baiser. La jeune femme frissonna et dut prendre sur elle pour ne pas le montrer, d'autant qu'il s'y attardait et que ses poils synthétiques la chatouillaient un peu. Quand il abandonna finalement ses doigts, quelques paillettes vertes s'étaient collées à sa moustache, contraignant Gabi à ne plus voir que ça.

Elle allait dire quelque chose, mais il lui ferma aussitôt la bouche de l'index pour lui signifier de se taire. Prise au dépourvu, elle observa la main que lui tendait l'inconnu. Devinant qu'il était en train de l'inviter à danser, elle jeta un bref coup d'œil à la piste. Elle revint vers lui, croisa son regard clair et accepta d'un hochement de tête. Tranquillement, il la conduisit au milieu des couples tournoyants et se positionna pour la guider.

Gabi n'avait pas valsé depuis une éternité et elle devait reconnaître que son partenaire était un excellent danseur. Elle se sentait étrangement légère entre ses bras. La main calée au creux de ses reins la maintenait fermement mais délicatement, faisant courir dans ses veines une chaleur étonnante. Gabi s'enivra du rythme de la musique et savoura l'instant. Il lui sembla avoir de nouveau vingt ans. Elle n'avait pas été aussi ouvertement draguée depuis une bonne décennie et elle trouva ça terriblement excitant.

Quand l'inconnu la serra un peu plus contre lui en plaquant ses seins contre son torse, elle tressaillit et s'empêcha de glousser nerveusement. Elle leva les paupières et ses yeux tombèrent juste au niveau de la bouche de son cavalier qu'elle étudia sans même essayer de le cacher. Elle remarqua une fine cicatrice qui lui barrait la commissure gauche des lèvres. Elle fronça les sourcils, animée d'une irrésistible envie d'y mettre un petit coup de langue. Elle détourna aussitôt le regard et se concentra sur ses pas qu'elle allait finir par manquer tant elle était désorientée. Ça tournait, tournait…

Prise d'un léger vertige, sa main imprima un peu plus de pression à l'épaule de son cavalier. Il faut dire qu'avant de se rendre au buffet, Gabi s'était laissé tenter par un mélange de vin rosé et de pamplemousse – l'unique verre d'alcool qu'elle boirait de la soirée – et celui-ci commençait sérieusement à lui donner le tournis. Son partenaire perçut sa faiblesse et resserra aussitôt sa poigne autour de ses doigts et de sa taille.

Rassurée, Gabi s'abandonna davantage et n'émit aucune objection quand elle sentit l'index de l'inconnu voler le long de sa colonne vertébrale et s'arrêter juste sur le point central de son coccyx. Incapable de retenir le frisson qui la parcourut, elle laissa un soupir de plaisir franchir la barrière de ses lèvres. Celles de son cavalier s'étirèrent sur un sourire discret, puis il continua de la faire tournoyer comme si de rien n'était.

Gabi ferma les paupières jusqu'à ce que les dernières notes de musique s'évaporent, et quand elle les rouvrit, son partenaire l'avait guidée devant les portes-fenêtres menant à la terrasse. Il s'écarta lentement d'elle, l'enveloppa d'un regard à faire flamber le château tout entier et se pencha pour lui murmurer à l'oreille :

— Je t'attends…

Il tourna les talons et sortit, laissant Gabi toute pantelante, dans un état proche de l'apoplexie.

Absolument incertaine de ce qu'elle devait faire, elle jeta un œil autour d'elle et aperçut Sophie au fond de la salle qui lui faisait de grands signes. Elle s'empressa de la rejoindre. La fillette tenait son masque à la main, elle avait les joues toutes roses. Gabi se dit qu'elle devait probablement être dans le même état et sourit.

— Tu t'amuses bien ?

— Génial ! Tu as vu mon père ?

Gabi secoua la tête.

— Non. En quoi est-il déguisé ?

— Quand il est venu tout à l'heure, il m'a dit qu'il porterait un costume de chevalier.

— Je n'ai vu aucun chevalier, lui affirma-t-elle en repensant à l'officier napoléonien.

La petite fille fit la moue.

— Tu as besoin de quelque chose ? s'inquiéta Gabi.

— Non, non. Je surveille.

La jeune femme savait exactement de quoi elle parlait, mais elle fit comme si elle n'avait pas compris, conformément à ce que lui avait recommandé Rosa-Louise.

— Si tu le vois, tu viendras me le dire ? demanda Sophie.

— Mais bien sûr.

— Alors, merci !

Elle allait s'éloigner, mais elle eut un temps d'hésitation.

— Je suis avec d'autres enfants, mais tu peux m'accompagner, si tu veux. Il y a aussi quatre baby-sitters, comme toi.

Gabi lui fit une mine attendrie.

— Je te remercie pour ton invitation, Sophie, et j'accepte avec joie.

Finalement, la fillette tordit les lèvres.

— En fait, je préfère que tu restes ici et que tu viennes me dire si tu as vu mon père.

Sa propension à donner des ordres était impressionnante. Gabi sourit de plus belle.

— Très bien, chef ! lui certifia-t-elle en se mettant au garde-à-vous.

Sophie pouffa et repartit dans la salle réservée aux enfants.

Hum… un chevalier, donc ? Gabi se souvenait d'avoir imaginé son employeur ainsi en entendant son nom, la première fois. Elle scruta attentivement les alentours dans l'espoir de le repérer, mais elle ne décela pas la moindre cotte de mailles. Déçue, elle grimaça. Ne sachant pas lui-même de quelle manière était déguisée Gabi, quand elle le verrait elle pourrait se moquer de lui à loisir. Cette perspective la réjouissait particulièrement.

Elle en était là de ses plans machiavéliques quand elle aperçut au loin son soldat de plomb. Paniquée, elle décida de disparaître en vitesse avant qu'il ne la remarque. Elle s'élança dans le couloir longeant la salle de bal et se faufila comme une ombre dans les toilettes. Elle s'enferma dans une cabine, retira son masque et respira un grand coup pour tenter de calmer ses palpitations.

Ce gars-là avait réussi à la mettre en ébullition. Toutefois, même si l'idée lui paraissait plutôt séduisante, elle trouvait l'occasion bien mal choisie pour s'envoyer en l'air avec un inconnu. Étant donné qu'elle n'avait jamais fait un truc pareil et qu'elle n'était pas certaine d'avoir envie d'ajouter cette prouesse à la liste des choses inavouables qu'elle avait faites. Gabi s'assit sur la cuvette et vida sa vessie. Elle ne se releva que lorsque les battements de son cœur furent plus calmes.

Elle finit par se laver les mains soigneusement, rajusta sa coiffure, remit quelques paillettes sur ses doigts et sortit des toilettes, bien décidée à rejoindre les enfants.

Au premier pas qu'elle fit dans la direction de leur salle, elle poussa un cri en sentant des bras se refermer autour d'elle. Des bras emprisonnés dans une jaquette bleu marine.

— Tu m'as oublié, petit ver luisant, lui souffla son soldat de plomb à l'oreille.

Elle demeura immobile, consciente qu'elle était prise au piège.

Il la fit pivoter face à lui et la regarda dans les yeux plusieurs secondes, un peu comme s'il cherchait à y lire l'autorisation de la conduire dans un coin plus discret. Gabi se mordit les lèvres en clignant les cils. L'inconnu considéra qu'elle venait de lui dire oui et sourit en coin. Il agrippa son poignet et l'attira avec lui à travers le couloir. Une poignée de secondes plus tard, ils s'engouffrèrent dans une pièce manifestement vide et à peine éclairée par la lumière extérieure. L'officier referma la porte derrière eux, tourna la clé dans la serrure, appuya sur l'interrupteur pour mieux la voir, et plaqua Gabi contre le battant, la privant de tout air. Son haleine chaude et légèrement alcoolisée vint caresser la joue de la jeune femme. Elle sentit ses jambes se dérober sous elle et son bas-ventre irradier d'excitation.

— Je… commença-t-elle.

— Chut… chuchota-t-il d'une voix sourde. Pas un mot. C'est toi qui tiens les rênes, petit ver luisant. Secoue la tête pour dire non, et je m'en vais.

Gabi leva les paupières et l'observa à travers son masque.

Voulait-elle qu'il s'en aille ? Non.

Souhaitait-elle découvrir qui et ce qui se cachait sous son costume ? Oui.

Avait-elle bien conscience de ce qu'elle faisait ? Non.

Cela avait-il une quelconque importance ? Aucune.

Gabi avait toujours été une jeune femme raisonnable. Elle avait mesuré chacune de ses décisions en tenant compte de son intérêt et des conséquences. Or, ce soir, elle refusait de réfléchir et s'apprêtait à vivre l'expérience la plus folle de son existence : se donner à un parfait inconnu contre cette porte ou le support de son choix. Que la sagesse à laquelle elle aurait dû se vouer lui pardonne, elle s'en réjouissait. D'un hochement de menton, elle lui signifia qu'elle était d'accord et, à en juger par l'érection qui tendait la toile de sa culotte blanche, il était plus que prêt.

Adrien était excité. Excité comme un fou et terriblement surpris d'avoir réussi à embarquer cette femme ici avec autant de facilité. Il était loin d'être un saint, mais il n'avait jamais fait ça de toute sa vie, il n'en revenait pas lui-même. Toutefois, il n'avait pas l'intention de se défiler au dernier moment ou de lui faire le coup du timide touche-pipi. Non. Il était à la diète depuis trop longtemps, presque un an, il avait un peu trop bu, et il comptait bien aller jusqu'au bout, d'autant que son petit ver luisant n'avait pas l'air farouche. Elle faisait preuve d'une certaine retenue, certes – d'intimidation, elle mordillait sans cesse ses lèvres charnues –, pourtant, elle venait de dire oui. Avec quelques caresses étudiées, il espérait l'aider à se laisser submerger par la folie de cet instant. Il avait envie d'elle. Monstrueusement envie d'elle, et ce pantalon de malheur commençait à le rendre cinglé.

Délicatement, il posa un majeur ganté sur le sillon qui séparait ses seins, s'enfonça à l'intérieur de son bustier et remonta jusqu'au creux de son cou. Il la sentit frissonner et sourit. Sans la quitter des yeux, il passa une main derrière sa nuque et pencha doucement sa tête en arrière. Là, à l'aide de ses dents, il retira son gant droit et, d'une pression appuyée, il fit courir son pouce sur les lèvres de la jeune femme, étalant volontairement son gloss autour de sa bouche pulpeuse. Elle soupira et se donna un petit coup de langue. Il crevait d'envie de l'embrasser mais, pour ça, il aurait fallu qu'il ôte son masque, ce qu'il ne pouvait pas se permettre. Déjà qu'il avait pris soin de s'adresser à elle en chuchotant de manière qu'elle ne reconnaisse pas sa voix, au cas où, il ne prendrait pas le risque de se griller pour un baiser.

À la place, il introduisit lentement son majeur dans la chaleur brûlante et humide de sa bouche et mima érotiquement les va-et-vient de l'acte sexuel, ce qui la fit réagir agréablement. Elle lécha son doigt et gémit. Encouragé, il remonta un genou entre ses jambes contre lequel elle frotta son pubis presque naturellement.

Bon Dieu, il allait devenir dingue ! Sans cesser de supporter sa tête, il se détacha sensiblement, tira sur le tissu de son bustier pour admirer ses seins. Il les découvrit petits, blancs et adorablement rebondis. Il en engloba un de sa paume et le pressa doucement. À cet endroit-là, elle ne s'était pas enduite de crème pailletée, alors il put apprécier pleinement le grain de sa peau qu'elle avait soyeuse et ferme.

Elle redressa la nuque et, du bout des doigts, elle effleura la moustache artificielle d'Adrien, puis ses lèvres. Il ouvrit la bouche, les lécha, puis les suçota lentement, tandis qu'il faisait rouler l'un de ses mamelons entre son pouce et son index, elle soupira de plus belle, laissant échapper quelques râles discrets. De plus en plus excité, Adrien remonta la jupe de la jeune femme jusqu'à la taille. Se donnant à peine le temps d'admirer ses cuisses blanches et délicatement musclées, il écarta un pan de sa culotte en dentelle rose et, d'un doigt, il se fraya un chemin en elle. Il la sentit frissonner tandis qu'il la caressait lentement.

Éprouver du plaisir dans les bras d'un inconnu devait la rendre honteuse, puisqu'elle tenta de cacher son visage contre son épaule. Il l'en empêcha, il voulait qu'elle s'assume, et, tandis qu'il se débattait pour ouvrir les boutons de son pantalon, il ne lâcha pas ses grands yeux marron du regard.

Soudain, elle se déroba pour fouiller dans sa minuscule besace. Déconcerté, il fronça les sourcils sans qu'elle le remarque et finit par comprendre lorsqu'elle en sortit un préservatif. Bon Dieu ! Excité comme il l'était, il s'était trouvé à mille lieues de penser à ça ! Il s'empara du sachet doré – pas de première jeunesse à en croire le papier un peu usé –, et se reconcentra sur sa braguette. Quand il réussit à se libérer, il était sur le point d'exploser.

Il dut faire preuve de toute la volonté du monde pour ne pas se comporter comme un adolescent boutonneux lors de sa première partie de jambes en l'air. Il aurait suffi qu'il imagine un peu trop les chairs de son ver luisant refermées autour de son sexe pour que tout se termine avant que ça n'ait commencé. C'était un homme. Un mâle expérimenté, voilà pourquoi il était hors de question que ça lui arrive à lui, et encore moins parce qu'elle venait d'empoigner sa verge tendue à l'extrême. Elle lui reprit le préservatif des doigts, l'ouvrit, et se chargea de le lui enfiler. Il ferma les yeux et retint sa respiration. Dieu que c'était bon !

Quand elle eut terminé, il la souleva par la taille pour la pousser davantage contre le mur.

— Enroule tes jambes autour de moi, chuchota-t-il à son oreille.

Ce qu'elle fit sans se faire prier et, tout en la soutenant, il en profita pour pétrir ses fesses sur lesquelles il avait monstrueusement fantasmé.

Il écarta de nouveau la dentelle de son slip, dirigea son membre d'une main et la pénétra d'un coup de reins si puissant qu'elle se mordit les lèvres pour s'empêcher de crier. Réalisant qu'il n'avait pas fait dans la douceur, il eut un instant d'hésitation et se retira légèrement mais, encouragé par les gémissements de la jeune femme, il rajusta la position de ses hanches et reprit ses assauts. Quand il la sentit sur le point de décoller, alors qu'il en était à peine venu aux choses sérieuses, il redoubla d'intensité au risque de se perdre, lui aussi, plut tôt que prévu. Elle se mordait les lèvres, secouait la tête de droite à gauche et couinait de la façon la plus érotique qu'il soit. Cette fille le rendait complètement fou.

Au moment où il comprit qu'elle était en train d'atteindre le sommet de la vague et qu'il était lui-même à une poignée de secondes de voler en éclats, il accentua une dernière fois le rythme et serra les dents.

— Oh, mon Dieu ! cria-t-elle en rendant les armes.

Le sang d'Adrien accélérait sa course dans ses veines, et alors qu'il relâchait la pression de tous ces mois d'abstinence, que la jouissance le balayait comme jamais auparavant, un doute qui n'allait pas tarder à devenir une certitude le submergea. Il lui sembla reconnaître cette voix.

D'un geste brusque, toujours ancré entre les cuisses de la jeune femme et à peine remis du cataclysme qui l'avait secoué, il retira brusquement le masque de sa partenaire et blanchit instantanément en contemplant le visage empourpré de plaisir de la baby-sitter de ses enfants.

Il manqua de s'étrangler, et voulut se dégager immédiatement, mais avant d'avoir pu tenter quoi que ce soit, elle aussi l'avait mis à découvert.

— Oh, mon Dieu, souffla-t-elle, en le regardant, mais plus du tout sur le même ton que précédemment.

Elle commença à agiter énergiquement les jambes pour qu'il la lâche et, en cinq secondes, il se retrouva pantelant devant elle.

— Je veux mourir, murmura-t-elle en rajustant tant bien que mal ses vêtements. Je veux mourir ! Vous deviez être déguisé en chevalier, pas en soldat de plomb ! C'est… c'est… c'est affreux !

Refusant de perdre la face devant elle et parce que la situation était effectivement très ennuyeuse, il se défit calmement de son préservatif, le jeta dans la poubelle derrière lui et rebraguetta son pantalon sous les yeux horrifiés de son employée.

— C'est un reproche ? lui demanda-t-il sereinement.

— Oui ! s'écria-t-elle ! Évidemment ! Je n'aurais… je n'aurais… Ohhhh ! Je ne me serais jamais envoyée en l'air avec vous si j'avais su qui vous étiez !

Adrien haussa un sourcil, perplexe.

— Mais avec un inconnu, oui ? Est-ce dans vos habitudes ?

— Je pourrais vous retourner la même question ! répliqua-t-elle.

— Non.

Elle plissa le front.

— Non quoi ?

— Non. Ce n'est pas dans mes habitudes. Est-ce donc dans les vôtres ?

— Bien sûr que non ! Oh, mon Dieu ! répéta-t-elle, réellement sous le choc.

Oh, il l'était tout autant, sauf qu'il n'allait certainement pas le lui montrer. Il redressa la tête pour remettre tranquillement en place son rehausse-cou et la toisa de haut.

— Arrêtez de m'appeler comme ça, ça commence à devenir gênant.

— Oh, mais je ne vous… fulmina-t-elle avant de s'interrompre. Écoutez, je suis sincèrement désolée pour ce qui vient de se passer. Par pitié, dites-moi que vous l'êtes aussi.

Adrien la considéra avec un regard indéchiffrable.

— Remettez votre masque, mademoiselle Géris, éluda-t-il en le lui tendant. Et faites comme si tout cela n'était jamais arrivé.

— C'est ce que vous ferez également ? l'interrogea-t-elle, suspicieuse.

Il contempla la jeune femme qui se tenait en face de lui. Elle avait les lèvres gonflées, les yeux encore brillants de plaisir. Ses joues étaient rosies de révolte et d'indignation, sa poitrine se soulevait irrégulièrement et sa perruque rousse menaçait de s'effondrer d'un moment à l'autre. Il s'attarda sur ses longues jambes qu'elle avait enroulées autour de lui quelques minutes plus tôt et plissa les paupières.

— Du mieux que je le pourrai.

Puis il sortit.

13

— C'était la soirée la plus merveilleuse de toute ma vie, s'extasia Sophie en s'enfonçant dans le fauteuil du taxi.

C'était une catastrophe, pensa Gabi.

— J'aimerais recommencer encore, encore, encore et encore !

Oh non, Seigneur, pas moi ! Pas avec lui ! Pas comme ça !

— J'ai tout, tout, tout, tout adoré !

Hélas, moi aussi.

— Et puis tu sais, les macarons étaient super bons !

Tout comme ses mains.

— J'aurais tellement aimé que Paul voie ça, soupira Sophie.

Gabi coula un regard en biais à la fillette. Elle mentait particulièrement bien, c'était effrayant. La jeune femme saurait-elle en faire autant à propos de ce qui s'était passé ce soir et, à la demande de son soldat de plomb, agir comme si rien n'avait jamais eu lieu ? Elle en doutait sérieusement. Bon sang, comment avait-elle pu se mettre dans pareille situation ? C'était la première – et l'unique fois de sa vie, elle se le promit – qu'elle se laissait aller à un tel débordement, et sur qui elle tombait ? Adrien de Bérail ! Son employeur ! Ça n'aurait pas pu être pire. Elle n'oserait plus jamais le regarder en face.

Gabi soupira et appuya sa tête contre la vitre.

Comment devait-elle se comporter à présent ? Fallait-il qu'elle démissionne ? Bon Dieu ! Gabi ne savait plus où elle en était. Ce qui aurait dû être une soirée délicieuse, centrée sur la première sortie de Paul et Sophie depuis des mois, avait tourné au désastre. Si elle n'avait pas dû raccompagner la fillette, elle aurait pris un billet d'avion pour la Papouasie-Nouvelle-Guinée sur-le-champ.

— Et toi, tu t'es bien amusée ? demanda Sophie.

Gabi eut envie de bêler de nervosité.

— C'était… sympa.

— Et tu as vu tous ces beaux déguisements ? Papa m'a à peine reconnue ! Et toi, quelqu'un a deviné qui tu étais ?

Par pitié, faites que cette conversation s'arrête ! Je déteste mentir !

— Eh bien… je…

— De toute manière, tu ne connaissais personne ! l'interrompit Sophie.

Elle serra les deux mains contre sa poitrine et soupira profondément.

— Je n'oublierai jamais, jamais, ce bal !

Puis elle bâilla.

Gabi regarda furtivement le tableau de bord : 23 h 50. Cendrillon ne serait pas rentrée avant minuit, avant d'être transformée en souillon. Exactement la manière dont se sentait déjà Gabi, cela dit. Elle se mordit les lèvres et ferma les paupières.

Adrien de Bérail était, et de loin, le plus merveilleux coup de toute sa vie.

Elle fit la grimace. Pourquoi lui ?

Le bip de son téléphone retentit dans son sac, elle s'empressa de le récupérer, elle savait qu'il s'agissait d'un message de Rosa-Louise.

Nous sommes arrivés à la maison. Paul est déjà en train de se changer.

Je vous attends. Bipez-moi lorsque vous avez couché Sophie.

Lorsque Gabi et Sophie passèrent la porte de l'hôtel particulier, il y régnait un calme assourdissant. Paul devait être en train de dormir, et Rosa-Louise faisait probablement comme si elle n'attendait personne. La jeune femme accompagna la fillette dans sa chambre pour qu'elle se change et se débarbouille dans la salle de bains avant de la mettre au lit. Elle se débarrassa de son déguisement, se démaquilla, prit une douche rapide et alla se préparer une tisane à la cuisine. Seulement après, elle fit sonner le téléphone de la septuagénaire. Rosa-Louise, vêtue d'une chemise de nuit bleue et d'une robe de chambre vert pomme, la rejoignit presque aussitôt et prit place à côté d'elle.

— Tout s'est bien passé ? lui demanda Gabi, qui ne l'avait pas vue de la soirée.

— Parfaitement bien, Paul était aux anges, il n'a pas arrêté d'en reparler sur le chemin du retour.

Gabi sourit en songeant à Sophie qui en avait fait tout autant.

— Il était comme un poisson dans l'eau, ajouta Rosa-Louise. Ça lui a fait un bien fou, vous savez. Je crois qu'il a sincèrement rechargé les batteries et il n'est pas près d'oublier ce moment.

— En quoi étiez-vous déguisée ?

La gouvernante émit un rire léger.

— En jardinier ! J'ai fait avec les moyens du bord ! André a cependant pensé à m'offrir un masque en allant acheter le costume de Paul. Et vous ? demanda-t-elle en l'étudiant comme si elle portait encore son costume.

Les joues de Gabi prirent feu, alors elle plongea la tête dans la vapeur de sa tasse pour donner une excuse à ses rougeurs.

— En elfe.

Rosa-Louise la considéra un instant sans rien dire, puis finalement, elle soupira.

— Tout s'est parfaitement bien déroulé, je suis soulagée.

Gabi grinça des dents. Ce n'était vraiment pas le cas pour tout le monde.

— Je n'ai pas non plus aperçu Adrien. Lui avez-vous parlé ? continua Rosa-Louise.

La gorge serrée, la jeune femme lutta pour que ses lèvres ne tremblent pas, prit une courte inspiration et se força à se détendre.

— Je l'ai croisé. Il ne s'est rendu compte de rien.

— Dieu soit loué !

— Et les enfants ? demanda Gabi. Ont-ils fini par comprendre que j'étais au courant ?

Rosa-Louise secoua la tête.

— Absolument pas. Vous n'aurez qu'à continuer à faire comme si de rien n'était. Bien. Si vous n'y voyez pas d'inconvénient, je vais vous laisser. Je n'ai plus l'habitude de me coucher aussi tard, je tombe littéralement de sommeil.

Gabi acquiesça.

— Demain vous êtes de repos, lui rappela la gouvernante. Profitez-en pour dormir un peu.

— Je pense rendre visite à mes parents, l'informa-t-elle alors qu'elle venait tout juste de le décider.

L'air iodé lui ferait un bien fou et l'aiderait à réfléchir à ce qu'elle devrait faire vis-à-vis d'Adrien de Bérail. C'était toujours dans les moments de troubles que Gabi avait besoin de se ressourcer auprès de sa famille. Même si elle ne leur dirait pas ce qui était arrivé ce soir, leur présence suffirait à lui faire oublier un moment ses déboires.

— C'est une excellente idée ! Habitent-ils près d'ici ?

— À deux heures et demie de route, au bord de la mer.

— En Picardie ?

Gabi hocha la tête en souriant.

— C'est ça.

— Vous avez bien raison ! Alors, je vous souhaite une bonne nuit. Et merci encore pour ce que vous avez fait pour Paul.

La jeune femme battit plusieurs fois des paupières.

— Mais je n'ai rien fait du tout, Rosa-Louise, c'est vous qui…

— Tut, tut, tut, l'interrompit-elle. Vous auriez pu tout simplement ne pas me mettre en confiance, me faire sentir que vous ne prendriez pas part à cette escapade en gardant le secret, et je n'aurais jamais osé pareille bêtise.

— Pensez-vous vraiment que c'en soit une ? la taquina Gabi.

Rosa-Louise la gratifia d'un clin d'œil.

— Pas le moins du monde !

Et elle quitta la cuisine avec un rire léger.

Gabi resta encore quelques minutes pour finir sa tasse, puis elle décida de laisser un message à son employeur afin de s'assurer qu'elle pourrait prendre la voiture pour ses déplacements personnels. Indirectement, elle lui faisait comprendre qu'elle ne serait pas là de la journée et qu'ils n'auraient donc pas à faire l'impossible pour s'éviter. Parce que concrètement, c'était exactement ce que Gabi comptait faire : le fuir comme la peste !

Elle rejoignit sa chambre, arracha une page de son bloc-notes et écrivit plutôt que d'envoyer un texto qu'il risquait de ne pas lire avant le lendemain, et elle voulait partir tôt pour parcourir les 217 km qui séparaient Paris du Tréport.

Je souhaiterais m'absenter toute la journée de demain pour rendre visite à mes parents. Je partirai au petit matin. M'autorisez-vous à utiliser le véhicule que vous avez mis à ma disposition pour les déplacements de Sophie ?

Gabrielle Géris

Elle reboucha son stylo et réfléchit à l'endroit où mettre le mot en évidence. Pas dans la cuisine, il ne le trouverait probablement pas avant l'heure du petit déjeuner.

Elle n'avait jamais posé un seul pied à l'étage et n'avait aucune idée du lieu exact où se situait le bureau ou la chambre de son patron. Elle soupira et gravit les marches deux à deux. Arrivée au premier palier, elle bifurqua à gauche, parce qu'elle se souvenait que c'était toujours de là qu'il venait quand il descendait l'escalier. Elle poussa la première porte, appuya sur l'interrupteur et examina la pièce. C'était une chambre, mais d'inspiration bien trop féminine pour être celle de son employeur. Elle jeta un œil un peu plus poussé et comprit vite qu'il s'agissait certainement de celle de sa défunte épouse, Mathilde. Un portrait d'elle était accroché au mur, sur lequel elle porta son attention. C'était une belle femme. Blonde avec de grands yeux marron, un petit nez droit et un visage souriant. À vue de nez, elle devait avoir entre vingt-cinq ans et vingt-huit ans sur la photo, un cliché sans doute pris peu de temps avant sa mort. C'est tout du moins ce que déduisit Gabi, puisqu'elle était décédée huit ans plus tôt et qu'elle avait cru comprendre que son mari et elle avaient approximativement le même âge. C'était d'ailleurs à peu près tout ce qu'elle savait d'elle. Rosa-Louise l'avait avertie que le souvenir de Mathilde était partout dans cette maison, et que son époux avait bien du mal à se remettre de sa disparition.

Tout en se rappelant cette conversation, Gabi fronça les sourcils et se demanda comment, à notre époque, un homme habité à ce point par le souvenir de sa femme, et donnant l'impression de l'avoir aimée passionnément, avait-il pu accepter de faire chambre à part. Tout ici paraissait corroborer cette thèse. Le cadre, les parfums encore présents sur la coiffeuse, l'unique table de chevet, le peignoir pendu au portemanteau dans un coin du mur… Gabi était intriguée. Ce soir, Adrien de Bérail lui avait démontré qu'il n'était pas aussi guindé que les apparences avaient semblé le montrer, alors que s'était-il passé dans leur couple pour qu'ils se soient éloignés ?

Gabi laissa échapper un soupir, puis elle sortit.

Elle continua d'avancer dans le couloir et poussa encore trois portes derrière lesquelles les chambres ne paraissaient pas être occupées, puis elle tenta d'en ouvrir une autre fermée à clé. Enfin, la dernière était la bonne. Elle appuya sur l'interrupteur et comprit qu'il s'agissait de la chambre de son employeur, spacieuse, moderne, épurée et exempte de toute décoration murale. Au lieu de poser le mot par terre en faisant mine de l'avoir glissé sous la porte, elle fut prise de l'irrésistible envie d'y entrer. Elle fit quelques pas sur le parquet acajou et respira profondément l'air ambiant. Ça sentait le bois ciré et le parfum frais du linge de maison, rien d'autre, comme si son patron n'y dormait jamais, alors qu'elle était sûre du contraire. Il n'y avait qu'à voir le flacon d'eau de toilette, la brosse à dents et le dentifrice posés sur l'étagère de la salle de bains attenante, et dont la porte était grande ouverte. La jeune femme avança un peu plus et toucha du bout des doigts le couvre-lit brun tiré au carré sur le matelas d'au moins deux mètres de largeur. Elle connaissait peu Adrien de Bérail, mais cet endroit lui ressemblait : élégant, ordonné, attirant.

Gabi eut quelques flashs de leurs ébats et ferma les paupières. Elle sentait encore ses mains posées sur elle, son souffle chaud contre sa joue, la fraîcheur du bois de la porte dans son dos. Il s'était révélé sauvage, pressé, mais désireux de la conduire jusqu'au plaisir. Et il l'avait fait. Si elle avait dû imaginer cette scène avec lui avant de la vivre, elle l'aurait décrite exactement comme ça. Tout avait été parfait.

Seigneur… elle n'allait plus jamais pouvoir le regarder en face.

Le feu aux joues et le bas-ventre encore frémissant, elle posa le papier sur le sol et sortit en prenant soin de bien refermer derrière elle. Avec la mention « je partirai au petit matin », Gabi espérait trouver un mot sous sa porte en se réveillant. Et c'est exactement ce qui se produisit. Quand elle se leva vers 6 h 30, une petite carte blanche l'attendait sur le parquet.

Vous pouvez utiliser cette voiture comme bon vous semble.

A. de Bérail

Elle respira un grand coup, le souffle heurté. Inconsciemment, si contradictoire que cela puisse paraître dans la mesure où elle aurait donné n'importe quoi pour qu'il oublie ce qui s'était passé, elle aurait voulu y lire autre chose : *Ne partez pas. Restez avec moi.*

Mais il ne mangeait pas de ce pain-là. Elle n'avait été qu'une erreur. Agréable, mais une erreur quand même. Elle était l'employée, lui, le patron, et finalement, c'était très bien comme ça. Gabi prit une douche, s'habilla, et s'en alla sans même avaler la moindre tasse de café.

* * *

Gabi arriva chez ses parents sur le coup de 10 heures. Le temps était à l'orage, mais il ne pleuvait pas encore. Le grand portail était fermé à clé, alors elle gara la voiture sur le trottoir et pénétra dans la propriété fleurie de toutes parts en longeant le chemin de terre menant à la vieille maison de brique rouge.

Rien que le fait de fouler le sol et elle se sentait mieux. En sécurité. Loin de toutes les complications du monde. Gabi aimait être ici. À bien des égards, cet endroit représentait pour elle un havre de paix. Peu de circulation, de la verdure à foison, une cabane dans les arbres, des baies sucrées au fond du jardin. C'était toute son enfance qui lui revenait en mémoire quand elle venait ici. Et son enfance avait été belle. Joyeuse et insouciante.

Elle passa la porte d'entrée grande ouverte et cria :

— Il y a quelqu'un ? C'est moi !

Gabi sentit la bonne odeur du pain grillé et du café, ce qui la mit d'excellente humeur.

— Gabi ! s'écria Élisabeth Géris en sortant de la cuisine. Mais tu ne nous avais rien dit !

Elle fondit sur sa fille et la serra fort contre elle.

— Bonjour, maman. J'avais très envie de vous voir.

— Tu en as fait de la route. Tu n'es là que pour la journée ?

— Oui, je repars dans la soirée.

Sa mère fit la moue.

— C'est court.

— Je travaille demain.

Gabrielle leva le nez pour humer l'air.

— J'ai une faim de loup, je suis partie sans manger.

Élisabeth lui passa un bras autour de l'épaule et la conduisit dans la cuisine.

— Viens, j'ai préparé une belle brioche pour Thomas qui dort encore, elle sort tout juste du four.

— Benjamin et Rémy ne sont pas là ?

— Chez des amis pour le week-end, ils ne rentrent que demain.

Gabi posa son sac par terre et s'installa à l'immense table en chêne qui trônait au milieu de la pièce. Ici, tout était très rustique. Ses parents aimaient l'authenticité des meubles anciens.

— Et papa ?

Élisabeth ne répondit pas et se concentra sur la tranche qu'elle était en train de couper.

— Thé ou café ?

— Comme d'habitude.

Gabi laissa filer quelques secondes, puis revint à la charge.

— Maman, tu ne m'as pas répondu. Où est papa ? À la pêche ?

Élisabeth avala sa salive sans se retourner.

— Oui, c'est ça. À Joli Mont.

Joli Mont était la petite cabane de chasse en bois que son père avait achetée vingt ans plus tôt. Elle se situait au bord d'un étang et disposait de toutes les commodités. Il adorait y passer de longues journées depuis qu'il était à la retraite.

— Écoute, lui dit-elle en la regardant enfin. Ton père et moi nous sommes disputés au sujet de Mme Ruiz. Je l'ai fichu dehors. Il est là-bas depuis cinq jours.

Gabi ouvrit tout grand les paupières.

— Tu l'as mis dehors ?

Élisabeth s'installa en face de sa fille, très gênée.

— Je lui ai dit de partir, que ça me ferait de l'air et… il m'a prise au mot.

— Mais…

Gabi était soufflée. D'aussi loin qu'elle s'en souvienne, ses parents n'avaient jamais atteint de tels extrêmes dans leurs disputes.

— Que s'est-il passé ? voulut savoir Gabi. Qu'est-ce que Mme Ruiz vient faire là-dedans ?

La jeune femme vit sa mère serrer les dents.

— Elle ne le lâche plus depuis qu'il s'est coincé le dos en lui coupant du bois. Vas-y que je te prépare un gâteau, que je te fais la conversation, les yeux doux, que je me confonds en excuses, me parfume, papillonne des cils, m'habille comme une… Oh, et ne me regarde pas comme ça ! l'avertit-elle. Je n'invente rien !

Gabi secoua vivement la tête. Elle n'allait sûrement pas s'amuser à la contrarier.

— D'accord, lui dit-elle, mais pourquoi vous êtes-vous disputés, exactement ?

— C'est très simple. Monsieur n'avait pas autant mal au dos qu'il le prétendait. Mais comme se faire dorloter par Mme Ruiz lui plaisait bien, il a fait tout comme !

Elle avait l'air très en colère, mais Gabi comprit qu'elle était surtout très triste et son cœur se serra.

Sa maman était une femme solide, elle ne faisait jamais aucun chichi et il fallait aller très loin pour parvenir à réellement l'affliger.

— Maman…

— Gabrielle Géris, ne t'avise pas de remettre en question ce que je dis !

Une nouvelle fois, Gabi lui fit énergiquement signe que non. Ce n'était pas du tout ce qu'elle voulait faire.

— Je les ai surpris en train de s'embrasser.

— Quoi ? s'écria Gabi, un peu trop fort.

Son père et elle étaient fous l'un de l'autre. Ça s'était toujours vu comme le nez au milieu de la figure. Bon sang, que se passait-il ?

— Tu en es sûre ?

Élisabeth haussa les épaules.

— J'en mettrais ma main au feu. Je suis entrée dans le salon et ils se sont vivement séparés, comme pris en faute.

Elle ferma les paupières.

— Je ne devrais pas parler de ça avec toi. C'est ton père.

— Mais justement ! déclara Gabi. Que t'a dit papa, il s'est expliqué ?

Élisabeth eut un rire mauvais.

— Que ce n'était pas ce que je croyais ! Tous les mêmes !

Gabi tenta de la calmer

— Mais non, maman. Il y a sûrement une explication.

— Ah oui, et laquelle ? Elle serait tombée dans ses bras par inadvertance ? Laisse-moi rire ! Tous les mêmes, je te dis ! Cite-moi le nom d'un seul homme qui ne sauterait pas sur la première occasion qui se présente ?

Sur ce point, elle n'allait rien dire du tout, puisque son expérience de la veille tendait effectivement à le prouver.

— Et quelle occasion ! ajouta Élisabeth. Carrosserie pimpante et airbags géants compris !

C'était effectivement de quoi avait l'air Mme Ruiz. Des seins énormes et volontairement exposés à tout bout de champ, ainsi qu'un corps plutôt agréable à regarder. Cela dit, sa mère n'était pas en reste. C'était encore une femme magnifique qui n'avait rien à envier à personne. Elle était petite et frêle comme un oiseau, certes, Mme Ruiz était grande et élancée, mais sa mère avait quelque chose que leur voisine n'avait pas : quatre enfants et un mari qui la rendaient si fière qu'elle n'avait pas besoin d'artifices particuliers pour rayonner. Elle était aussi agréable à regarder que le lever du jour.

— Papa t'aime, essaya-t-elle de la convaincre.

— Oh, mais je l'aime aussi, Gabi, n'en doute pas un instant. Ton père est l'homme de ma vie, le seul que j'aie connu, mais je refuse que ce genre de simagrées se passe sous mon toit ! Ni même ailleurs ! Il m'a trompée !

— Gabi ! T'avais pas dit que tu venais, s'écria Thomas, son plus jeune frère, en entrant dans la pièce.

Élisabeth s'éjecta de sa chaise de peur que son fils n'ait entendu leur conversation, mais vu sa mine ensommeillée, ça ne devait pas être le cas. Il se frotta les yeux et fonça tout droit sur sa sœur.

— Hé ! dit-elle en le serrant contre elle. Tu as encore grandi !

Il fit un petit sourire en coin, très heureux qu'elle l'ait remarqué.

Il alla vaguement embrasser Élisabeth et se dirigea tout droit vers le placard pour en sortir une boîte de céréales.

— Alors, ces vacances ? lui demanda Gabi tout en coulant un regard discret à sa mère.

Cette dernière était manifestement soulagée de cette interruption.

— Impeccable ! Il faut que je te montre l'arc en noisetier que j'ai fabriqué !

Gabi sourit, croqua dans sa tranche de brioche et, le temps du petit déjeuner, elle tâcha d'oublier que ses parents étaient en pleine crise… et bien d'autres choses.

* * *

Juste après le repas de midi, la jeune femme décida de rendre une petite visite à son père. Elle se gara à l'entrée du chemin de terre pour éviter de salir la carrosserie en roulant dans les flaques d'eau boueuse et continua à pied. Ici, il ne se passait presque jamais une semaine sans qu'il pleuve, ce qui rendait l'endroit aussi vert que difficilement praticable. Par ailleurs, le ciel orageux était désormais très bleu. Au bord de la mer, on avait l'habitude de dire que le temps pouvait changer quatre fois dans une journée. Sur les côtes picardes, c'était vraiment le cas.

Elle suivit le sentier jusqu'à la maisonnette et trouva Fabrice Géris confortablement assoupi dans un hamac installé entre deux cerisiers sauvages, un chapeau de chasse abaissé sur son front pour lui cacher les yeux.

— Hé, ho ! lança-t-elle d'une voix contenue pour ne pas l'effrayer.

Il se redressa d'un coup pour s'asseoir et se tourna vers sa fille.

— Oh ! Princesse. Ça, c'est une surprise !

Elle s'approcha de lui et se pencha pour déposer un baiser sur sa joue rugueuse. Il ne s'était manifestement pas rasé depuis des jours.

— Je suis venue passer la journée à la maison et... maman m'a dit que je te trouverais ici.

— Ah... fit-il en se frottant le front. Elle n'a toujours pas décoléré ?

Gabi secoua la tête et prit place à côté de lui, faisant davantage plier la toile de coton.

— Non. Elle est même furieuse. Et blessée. Tu n'es pas un peu trop vieux pour ce genre de bêtise ? le morigéna-t-elle gentiment.

Son père fit mine d'être outré d'être repris comme un gosse, puis il sourit quand il vit que sa fille lui adressait un clin d'œil.

— Bah... ta mère a raison, je suis un idiot.

Gabi secoua la tête de droite à gauche.

— Je ne suis pas venue pour te faire la morale, papa. Mais que se passe-t-il ? Vous vous aimez, maman et toi. Et puis d'abord, qu'est-ce que tu lui trouves à Mme Ruiz ? Elle n'est pas aussi jolie que maman et elle jacasse comme une pie !

Son père pouffa de rire.

— Ta mère est à mes yeux la plus belle femme du monde, lui assura-t-il.

Son père n'était pas mal non plus. Mince, grand, brun, d'un genre ténébreux avec un sourire qui laissait muettes la plupart des représentantes de la gent féminine.

— Alors pourquoi tu fricotes ailleurs ?

Fabrice Géris se mit sur ses pieds et se dirigea tout droit vers la table de jardin pour s'allumer une cigarette. Une brune. Il ne fumait que ça, et un peu trop ces temps-ci à en croire le cendrier plein.

— Nous ne sommes pas supposés avoir ce genre de conversation, tu sais ça ? feinta-t-il en tirant une longue bouffée.

Gabi sourit.

— Ça, c'est vrai dans un monde idyllique, papa. Mais dans la réalité, les parents vieillissent, font des bêtises, et les enfants leur tombent dessus à bras raccourcis. Raconte-moi ce qui t'est passé par la tête. Maman est persuadée que Mme Ruiz te tourne autour et que tu as répondu à ses avances. Elle dit que vous vous êtes embrassés. J'ai du mal à le croire.

Il tira une chaise et s'assit.

— Hélas, elle a raison.

— Sur quel point ?

— Tous.

Gabi fut incapable de cacher sa déception et son visage s'affaissa.

— Pourquoi ? murmura-t-elle.

Il soupira et écrasa sa cigarette sans l'avoir terminée.

— Ta mère ne me regarde plus comme avant. En fait, je crois qu'elle ne me voit plus. Elle s'occupe des enfants, de la maison, de ses œuvres caritatives, mais de son mari, non. Je suis devenu un simple compagnon de route. Je lui suis si peu utile que je suis ici depuis cinq jours et qu'elle n'a pas essayé de me contacter une seule fois.

— Elle est très en colère, plaida Gabi. Mais elle est triste, papa. Tu lui manques.

— Elle te l'a dit elle-même ?

Gabi pinça les lèvres.

— Tu vois ? Angélica Ruiz me regarde, elle s'occupe de moi, se soucie de moi. Je suppose que ça compte et que… c'est la raison pour laquelle j'ai perdu la tête.

Sa fille se retint d'éclater de rire, mais laissa filer un gloussement indiscret.

— Quoi ? se renfrogna son père.

— J'ai cru que tu avais passé la crise de la cinquantaine haut la main, papa. Bon sang ! Tu ne vois que ce que tu veux voir ! Bien sûr que Mme Ruiz te chouchoute ! Elle n'est pas mariée, elle n'a jamais eu d'enfant. Toute sa vie, elle n'a fait que s'occuper d'elle-même. Elle arrive à cinquante ans et se rend compte à quel point elle est seule. Pas besoin d'être psychologue pour s'en apercevoir. Je ne nie pas qu'elle te trouve intéressant et séduisant, tu l'es vraiment, papa, et peut-être même qu'elle est amoureuse de toi, mais penses-tu vraiment que le vernis dont elle brille soit aussi étincelant que tu le crois ?

Il baissa les yeux sur l'une des quinze bouteilles de bière vides qui ornaient la table.

— Je vais te dire. Maman t'a donné quatre enfants en pleine santé, elle a rendu ta vie plus douce comme toi tu as embelli la sienne. Vous avez toujours agi main dans la main, dans la même direction, d'une même voix, mais finalement, depuis ma naissance, vous n'avez jamais rien fait d'extraordinaire ensemble. Tous les deux, juste tous les deux. Vous avez besoin de vous retrouver.

— Je doute qu'elle veuille essayer.

— Je pense tout le contraire. À moins que vous ne m'ayez pas tout dit. As-tu une aventure avec Mme Ruiz ?

Il redressa la tête pour regarder Gabi avec sincérité.

— Grands dieux, non ! C'est une belle femme, mais comme tu le dis si bien, c'est une véritable pipelette. Je suis sûr qu'elle doit jacasser non-stop y compris sur l'oreiller !

Gabi rit de bon cœur avec son père.

— Je l'ai embrassée, Gabi. Tout seul, comme un grand, ce n'est même pas elle qui a amorcé le geste. Je voulais savoir quel effet je pouvais encore faire à une femme.

Gabi leva les yeux au ciel.

— Et tu n'as pas trouvé mieux que d'en faire l'expérience à la maison ! C'est vrai que tu es un peu idiot ! gloussa-t-elle.

Il se gratta la tête, honteux.

— Ce n'est pas si grave, papa. Tout le monde fait des erreurs. Si tu penses que continuer ta route avec maman est vraiment ce que tu souhaites, alors tu trouveras un moyen pour la convaincre que c'est la meilleure chose pour vous deux, puisque vous vous aimez. Mais… mon petit doigt me dit que ce ne sera pas bien compliqué.

Son père leva le menton et la regarda avec intensité.

— Quand exactement es-tu devenue une femme, ma princesse ? Je ne t'ai pas vue grandir.

— Pouh ! plaisanta Gabi. Ça fait un bail, mais parlons d'autre chose, je ne voudrais pas prendre le risque de te choquer !

— Tu as raison, épargne ton vieux père. Raconte-moi plutôt comment se passe ton travail. Les enfants dont tu t'occupes sont sympas ?

— Adorables, dit-elle sans entrer dans les détails. Nous nous entendons très bien.

— Tu te plais là-bas ? Et ton patron, il est comment ?

— Riche, beau, intelligent et doté d'un caractère épouvantable, répondit-elle sans réfléchir.

Son père fit une drôle de tête et haussa un sourcil.

— Vraiment ? Beau et intelligent ?

— Euh… ce que je voulais dire c'est que…

— Tu en pinces pour lui.

— Non ! nia-t-elle en bloc.

Son père tendit le bras et lui grattouilla affectueusement la joue.

— Alors, pourquoi tu rougis ?

— Je ne rougis pas ! insista-t-elle en regardant ailleurs.

Il éclata de rire si bruyamment qu'un couple d'oiseaux s'envola d'un des cerisiers.

— Tu n'as jamais su mentir, princesse !

Gabi soupira et, à son tour, elle baissa les paupières.

— Qu'est-ce qui te tracasse ? s'enquit son père.

— Rien, je… Papa, je ne peux pas te dire quoi, et ne me pose pas de questions, mais… disons que… il s'est passé quelque chose qui fait que M. de Bérail et moi n'avons pas tellement envie de nous croiser et… je me demande si je n'aurais pas intérêt à démissionner.

Fabrice Géris fronça les sourcils.

— Quelque chose de grave à ce point ?

— Pas tant que ça, mais…

Il leva la main pour l'interrompre.

— Ne me dis rien. Indépendamment de cet… incident, souhaites-tu rester au service des enfants que tu gardes ?

Oh, que oui. Elle se demandait d'ailleurs de quelle manière elle avait pu s'attacher autant à eux en si peu de temps.

Elle hocha la tête.

— Alors, c'est tout ce qui compte, Gabi, parce que c'est eux que tu côtoies chaque jour, pas leur père. Ta mère m'a dit qu'il était avocat, c'est ça ?

— C'est ça.

— Dans ce cas, je suppose qu'il doit avoir un emploi du temps bien chargé et que vous ne devez pas vous croiser si souvent.

Elle acquiesça.

— Princesse, travailler avec quelqu'un ne signifie pas qu'on est obligé d'avoir une…

Il parut chercher ses mots.

— … une relation avec lui, reprit-il. Vis ta vie. Et si résider sous son toit devient réellement compliqué, tu aviseras.

Gabi cligna les paupières pour lui indiquer qu'elle était d'accord.

— Princesse, tu as besoin de ce job et tu l'apprécies. Ne démissionne pas pour une raison qui n'en est pas vraiment une. Ne mélange pas tout. Sans compter que tu ne sais pas de quoi sera fait l'avenir. Crois-moi sur parole, tu pourrais être surprise.

À cet instant, la jeune femme aurait juré que son père avait compris ce qui la rongeait. Il n'ajouta rien de plus toutefois et, le visage désormais détendu, il lui proposa de rejoindre sa moitié. Ce dont Gabi se réjouissait. Et pendant qu'ils se réconcilieraient – tout du moins, elle l'espérait –, elle irait tirer à l'arc au bord de la mer avec son frère.

Lorsque, en fin de journée, elle dit au revoir à ses parents, son père avait posé un bras autour des épaules de sa femme qui se serrait contre lui. Gabi sourit.

Non. Décidément, elle n'était pas venue pour rien.

* * *

Sur le chemin du retour, Gabi s'arrêta à la station-service pour mettre de l'essence et faire un tour aux toilettes. Juste avant de remonter dans la voiture, son portable sonna. Il s'agissait de Martin. Comme il commençait à pleuvoir, elle s'engouffra dans l'habitacle et décrocha.

— Allô ?

— Salut, Gab, c'est Martin.

— Salut, Martin. Un souci ?

Elle l'entendit se renfrogner.

— Un vieil ami ne peut pas te téléphoner sans qu'il y ait un problème ?

Gabi se retint de rire.

— Martin, il se trouve que tu es le genre d'ami qui a toujours des problèmes.

— Eh bien, pas cette fois, mademoiselle je sais tout ! Tu n'es pas venu récupérer le sac de la gamine dont tu t'occupes.

— Oh, c'est vrai ! s'exclama-t-elle. Ça m'est complètement sorti de la tête. J'ai passé la journée avec mes parents et j'arriverai trop tard sur Paris pour faire un saut chez toi. Tu peux le garder jusqu'à dimanche prochain ?

— Ne t'embête pas, j'ai l'adresse du palace de Bérail, ironisa-t-il. J'irai le déposer moi-même.

— Quoi ? Quand ? paniqua Gabi qui, pour une raison qu'elle n'essaya pas de déchiffrer, n'avait pas du tout envie de voir Martin sur son lieu de travail.

— Eh bien, là, dans une heure.

Elle regarda sa montre, il était 19 heures et elle avait fait la moitié du chemin.

— C'est un peu tard pour les de Bérail, Martin, essaya-t-elle de le convaincre. Mais si tu y tiens vraiment, je te téléphone quand je suis sur le point d'arriver et on se retrouve sur le trottoir.

— Sur le trottoir ?

Elle avala sa salive.

— Oui. Devant chez eux. Je préfère.

— Dans ce cas… J'attends ton coup de fil.

— Merci pour tout ! fit-elle mine de s'enjouer avant de raccrocher.

Non, vraiment, elle ne voulait pas que Martin mette les pieds chez Adrien.

Puis elle retint sa respiration.

Depuis quand pensait-elle à lui en l'appelant Adrien ? La réalité la troubla tellement qu'elle démarra, passa la première, et fit crisser les pneus : malgré elle, elle commençait à s'attacher.

Ce qui, elle en était certaine, était une très mauvaise idée.

Bon sang, Gabi était vraiment fine ! Heureusement que Martin était plus malin qu'elle. S'il avait prévenu Gabi qu'il connaissait l'adresse de son employeur, ce n'était nullement pour lui demander l'autorisation de venir, mais parce qu'il ne voulait pas faire n'importe quoi. Il allait lui donner l'impression d'être totalement détaché de la fortune de son patron, et ensuite, lui rendre une visite-surprise afin d'évaluer ce qu'il y avait à prendre chez ce richissime avocat.

Le plan était simple comme bonjour, Martin s'adonnerait à ce genre de civilités encore une ou deux fois, et lors d'un petit tour aux toilettes, ni vu ni connu, il extorquerait à de Bérail ce qu'il avait repéré plus tôt. Le tout, en veillant à ce que personne ne se rende compte que quelque chose manquait, et surtout, à ce que Gabi soit au-dessus de tout soupçon. Ensuite, il rembourserait sa dette et envisagerait enfin de devenir un homme honnête. Il n'y avait personne à qui il pouvait l'affirmer, mais il s'en fit la promesse.

14

Au cours de la semaine qui suivit, Gabi s'efforça de ne pas songer à ce qui s'était passé dans le château. Par chance, la nouvelle bonne humeur de Paul et Sophie lui permit de s'occuper l'esprit – il n'y avait bien que dans l'obscurité de sa chambre qu'elle se laissait aller à se remémorer cette fameuse nuit. Les batteries rechargées à bloc, les enfants étaient motivés pour faire toutes sortes d'activités et Paul proposa même qu'ils préparent une pièce de théâtre. C'est ainsi que la jeune femme s'improvisa metteur en scène et ne vit pas le temps passer. Cela dit, ne pas croiser Adrien l'aidait aussi sûrement à se sentir mieux. L'avocat n'avait pas montré le bout de son nez depuis qu'elle était rentrée de chez ses parents, et pour cause : il avait prétexté un déplacement imprévu à Washington. Gabi n'en croyait pas un mot. Certes, il était bel et bien parti, mais elle aurait mis sa main au feu que c'était pour mieux la fuir, et étant donné les circonstances, ça l'arrangeait bien. Seule ombre au tableau, elle n'avait aucune idée de quand il reviendrait.

Le dimanche matin, Gabi dormait profondément au fond de son lit lorsqu'elle entendit qu'on frappait à la porte. Elle s'appuya sur ses bras et regarda l'heure sur la table de chevet, il était tout juste 8 heures. Les yeux encore lourds de sommeil, elle se leva et alla ouvrir.

— Sophie ? dit-elle en étudiant la petite fille aussi fraîche qu'un gardon.

— Je sais qu'on est le week-end et que normalement, tu ne travailles pas, mais il pleut et, avec Paul, on meurt d'envie de nous baigner. Tu pourrais venir nous surveiller ? Rosa-Louise n'a pas le temps, elle prépare le repas pour midi.

Gabi plissa les paupières et soupira.

— Maintenant ?

— Han, han, on t'attend !

Et elle sortit de la pièce comme une tornade, sans attendre sa réponse.

Mollement, Gabi se rendit dans la salle de bains pour s'asperger le visage d'un peu d'eau. Elle se lava brièvement les dents et enfila un peignoir par-dessus son maillot une pièce.

Elle attrapa une serviette et, sans prendre de petit déjeuner, rejoignit Paul et Sophie à la piscine après un passage obligé dans le sas et sous la douche désinfectante. Se baigner elle-même ne lui ferait pas de mal, finalement.

Quelle ne fut pas son étonnement d'y découvrir Adrien en train d'abattre puissamment des longueurs au crawl.

— Surprise ! s'exclamèrent les enfants avec un sourire radieux. Papa est revenu !

Gabi en demeura sans voix.

— Il a dit qu'il serait à la maison demain toute la journée ! eut l'air de se réjouir Sophie.

Super…

Sur le coup, elle eut envie de rebrousser chemin, puis ne trouvant aucune raison valable à donner à Paul et Sophie, elle prit sur elle et décida de rester. Lorsqu'il la vit, pétrifiée, les cheveux humides et tenant sa serviette collée contre sa poitrine, elle crut déceler sur son visage l'ombre d'un sourire. En deux brasses, il rejoignit l'échelle et sortit de l'eau.

— Mademoiselle Géris ! s'exclama-t-il en s'emparant d'un drap de bain. Vous êtes bien matinale.

Muette comme une carpe, elle contempla ce corps que, jusqu'à présent, elle n'avait fait qu'imaginer sous ses vêtements. Elle avala sa salive le plus discrètement possible pendant que sa gorge s'asséchait. Soit, il portait un bonnet de bain, ce qui ne le rendait pas particulièrement sexy, mais elle le trouvait tout de même magnifique. Il avait l'habitude de faire du sport et ça se voyait. Ses abdominaux étaient si bien dessinés que ç'aurait presque refilé des complexes à Gabi tant les siens étaient lamentablement invisibles. Et puis ses jambes… longues et discrètement musclées. Non. Vraiment. Il était à tomber. Toutefois, Gabi remarqua qu'il n'était pas rasé et qu'il avait de grosses valises sous les yeux, ce qui lui permit de rebondir sans perdre la face.

— Et vous, à en croire votre mine, vous n'avez guère dormi.

— En effet, je suis rentré de Washington il y a à peine deux heures, expliqua-t-il tout en plaçant un masque en papier sur son visage.

Dans la mesure où elle avait prévu de se rendre sous la douche désinfectante, Gabi n'avait pas pris cette peine, elle s'étonna donc que son employeur ne s'en offusque pas.

Ce qu'elle regretta aussitôt d'avoir pensé quand il lui dit :

— J'aimerais vous entretenir cinq petites minutes.

La jeune femme pinça les lèvres.

— Si c'est à propos du masque…

Du plat de la main, il la fit taire et désigna les bancs installés au bord de la piscine.

— Nous en profiterons pour surveiller Paul et Sophie.

Lesquels venaient tout simplement de se jeter dans l'eau. Adrien les observa un moment, puis son regard se porta sur la bouche de Gabi, et il plissa les paupières.

— Écoutez, commença Gabi, j'avais prévu de le mettre lorsque…

— Les enfants ont l'air d'aller bien, l'interrompit-il une nouvelle fois.

Gabi ne s'attendait pas à cette remarque, elle cligna les yeux.

— Oui, ils ont passé une excellente semaine.

— Votre visite chez vos parents était-elle agréable ? demanda-t-il comme si elle s'y était rendue la veille.

Gabi le considéra, interloquée par cette subite civilité entre eux.

— Eh bien, oui, je vous remercie. Écoutez, embraya-t-elle sans même réfléchir. Malgré cette… malencontreuse erreur, nous devrions être capables de nous côtoyer normalement, ne croyez-vous pas ?

Il fronça les sourcils.

— Normalement ?

Gabi tourna son regard vers lui. La lumière distribuée par les baies vitrées derrière elle élargissait les pupilles d'Adrien et rendait son regard plus intimidant encore.

— Je veux dire… Agir comme si nous… nous…

— … n'avions pas fait l'amour ? suggéra-t-il à sa place d'une voix sourde.

Malgré elle, Gabi sentit ses joues s'enflammer et le rythme de son cœur accélérer. Incapable de refréner ses pensées, elle songea à la manière dont il l'avait plaquée contre cette porte pour lui faire vivre l'un des moments les plus intenses de sa vie. Gabi n'arrivait toujours pas à réaliser que cet homme impétueux, passionné et si scandaleusement délicieux était son patron. Pour échapper à ses souvenirs, elle se concentra sur la petite tache rouge qu'il avait sur le cou, essayant de deviner de quelle façon il se l'était faite. Piqûre d'insecte, griffure, allergie ? Suçons ? Elle se retint de grogner.

— Eh bien, je… oui, bégaya-t-elle.

— N'y pensez-vous donc pas ? l'interrogea-t-il en haussant un sourcil dubitatif.

Cette fois, elle tâcha de ne pas détourner les yeux, d'affronter son regard inquisiteur et ne battit pas des cils quand elle lui répondit.

— Étant donné les circonstances, je ne préfère pas, monsieur, lui mentit-elle.

Gabi eut l'impression que ce n'était pas exactement la réponse qu'il attendait. Mais que voulait-il, précisément ? Qu'elle lui avoue que leurs ébats hantaient ses nuits et qu'elle avait bien du mal à envisager de ne plus jamais revivre pareille expérience avec lui ? Jamais de la vie !

Piqué au vif, il redressa la nuque et fronça les sourcils.

— Parfait, je tenais à m'assurer que nous étions sur la même longueur d'onde.

Mon œil ! Arrêtez de fixer ma bouche comme ça, et je vous croirai peut-être !

— J'aimerais cependant que les choses soient claires entre nous, ajouta-t-il d'un ton impérieux. Je n'ai pas l'habitude de m'envoyer en l'air avec mes salariés et je ne voudrais pas que vous pensiez que parce que ça nous est arrivé… fortuitement, votre rôle ici s'en trouve bouleversé. J'attends toujours de vous que vous vous occupiez correctement de mes enfants et que nos rapports restent strictement professionnels.

Gabi cligna les paupières, tandis qu'elle redescendait du nuage romantique sur lequel Adrien avait été sur le point de déclarer que lui non plus ne se remettrait jamais de cet instant.

— Je suis ravie de voir que nous sommes également d'accord sur ce point, tenta-t-elle de faire bonne figure.

Puis elle se leva. Elle aurait sincèrement aimé se baigner avec les enfants, mais cet individu arrogant qui leur servait de père avait besoin d'une petite leçon.

— Par ailleurs, pour vous montrer combien je prends mon rôle très au sérieux, je vous rappelle que nous sommes dimanche et que je suis en congé. C'est pourquoi je vais vous laisser pour aller avaler mon petit déjeuner avant de vaquer à mes propres occupations. Bonne journée, monsieur de Bérail.

Nonobstant le fait qu'elle était en petite tenue et qu'elle était persuadée qu'il aurait les yeux rivés sur ses fesses, elle lui tourna le dos et fit une sortie digne de ce nom.

Quand elle regagna sa chambre, elle se sentait de si mauvaise humeur qu'elle hésita à se recoucher. Finalement, elle décida de prendre une douche et de s'habiller.

Lorsqu'elle entra dans la cuisine, il était tout juste 9 heures. Quelle ne fut pas sa surprise d'y trouver Martin attablé avec une jeune femme rousse, grande et extrêmement maigre, qu'elle ne connaissait pas.

— Martin ? s'étonna Gabi, tandis que Rosa-Louise servait un café au jeune homme.

— Salut, mon cœur ! l'accueillit-il d'une voix douce comme le miel.

Gabi évita de lui rétorquer devant tout le monde qu'elle n'était plus son cœur depuis longtemps et s'approcha.

— Que fais-tu ici ? Sophie a oublié autre chose chez toi ?

Il lui sourit chaleureusement.

— Je suis venu te rendre une petite visite, mon ange.

— Bonjour ! la salua la rouquine à côté de lui avec un accent américain à couper au couteau. Je suis Jane Stewart, l'amie d'Adrien. Vous devez être Gabrielle, la nouvelle… comment vous dites chez vous ? Ah oui ! Nourrice !

Gabi aurait juré qu'elle avait volontairement ripé sur le dernier mot, parce que, en réalité, son français était impeccable.

— Nous revenons tout juste de Washington où nous avons passé une merveilleuse semaine, continua-t-elle comme si elle s'adressait à une de ses copines. Comme chaque fois que je pars avec Ad' quelque part. Les enfants ne vous en font pas trop voir ?

Ad' ? Gabi trouva ce surnom presque plus ridicule que l'air possessif que se donnait cette femme. Elle aurait levé la jambe pour pisser partout que ç'aurait été tout aussi clair. Il s'agissait de sa maîtresse, c'était évident. Et contrairement à ce qu'elle avait pensé, il ne s'était pas du tout absenté pour le travail, mais simplement pour le plaisir d'être avec cette femme. Un sentiment de jalousie inhabituel l'envahit alors. Elle fit appel à toute sa volonté pour éviter de lui vomir une réplique cinglante. Elle jeta un œil à Rosa-Louise pour se modérer, ce qui ne l'encouragea guère à rester sage. La gouvernante coulait un regard furieux à l'Américaine.

— Non. Ils sont parfaits, répondit cependant Gabi en s'efforçant de sourire.

— Gabi a toujours détesté les gosses, alors on va dire qu'elle a de la chance ! lança Martin en pouffant.

Gabi l'aurait étripé sur place et même davantage lorsque la grande tige rousse se mit à rire avec lui. Comment osait-il faire comme s'il se trouvait chez des amis ?

— Venez vous asseoir, proposa Rosa-Louise pour calmer le jeu en tirant une chaise à côté de Martin. Je vais vous servir une tasse de café au lait.

— Café au lait ! répéta l'Américaine avec dégoût. Le mélange est très mauvais pour le foie, vous savez ?

Vous devriez boire des infusions, comme moi, c'est bien meilleur et ça permet de garder la ligne.

De quoi je me mêle ?

— Et encore ! s'esclaffa Martin en passant une main autour des épaules de Gabi. Fut un temps où elle avait l'habitude de tremper des tartines de *Vache qui rit* dedans !

— De la *Vache qui rit* ? répéta Jane d'un air suffisant. Qu'est-ce que c'est ?

— Du fromage, répondit à sa place Adrien qui venait d'entrer dans la cuisine.

Il avait revêtu un polo bleu à manches courtes et un jean. Cette tenue le rajeunissait considérablement. Il s'était rasé de frais et ses cheveux humides frisottaient sur ses tempes, ça le rendait sexy en diable. Gabi baissa les yeux sur sa tasse.

— Du fromage ! s'exclama l'Américaine en agitant la main devant sa bouche. Mais c'est absolument dégoûtant ! Et ensuite, vous allez dire que ce sont les Américains qui ont des goûts étranges ?

— Tu en parleras quand tu auras goûté, trancha Adrien en avisant le bras de Martin toujours enroulé autour du cou de Gabi. Qui êtes-vous ?

Gabi se sentit rougir jusqu'aux oreilles et se dégagea prestement de son ancien petit ami.

— Monsieur de Bérail, je vous présente Martin Legrand. Martin, voici mon employeur. Martin est venu me rendre une visite… surprise, ne put-elle s'empêcher de grincer sur le dernier mot.

L'ex-archéologue se leva et lui tendit la main, un sourire avenant accroché aux lèvres.

— Enchanté ! Gabi m'a beaucoup parlé de vous et de vos enfants.

— Vraiment ? fit Adrien avec un air dubitatif.

Et pour cause, c'était totalement faux !

— Assurément ! Elle adore son travail.

Gabi lui coula un regard assassin, lui signifiant qu'à partir de maintenant, il ferait mieux de se taire. Au lieu de ça, il insista.

— J'ai d'ailleurs eu l'occasion de rencontrer votre fille, Sophie.

Adrien plissa les yeux d'un air interrogatif.

— Elles sont passées chez moi avec Gabi.

Gabi faillit s'étrangler et ne trouva pas mieux que de dire pour se justifier :

— Je suis allée récupérer mon maillot de bain, Sophie voulait aller se baigner.

Puis, devant la flamme hostile qui brillait dans ses iris, elle se concentra sur ses ongles.

— Vous avez une demeure exceptionnelle, monsieur de Bérail, déclara Martin. Vous devez en être très fier. Je suis moi-même archéologue, je suis donc très sensible à l'architecture.

Ce dernier hocha la tête poliment mais, en réalité, il ne semblait nullement intéressé par les considérations du jeune homme, il ne quittait pas Gabi des yeux.

— Désirez-vous du café, monsieur ? lui demanda Rosa-Louise.

Il avança de quelques pas vers elle et lui fit une bise sur la joue.

— Avec plaisir.

Puis il s'installa en bout de table, presque à côté de son amie.

— Vous disiez être archéologue, nota-t-il à l'intention de Martin.

Martin termina sa tasse et repassa un bras autour du cou de Gabi qui dut se retenir de ne pas l'éjecter violemment.

— C'est exact. Gabi et moi avons fait nos études ensemble.

Adrien la regarda en plissant les yeux puis, simultanément, il observa la main de Martin qui venait de se poser sur l'épaule de la jeune femme pour la caresser.

— Ex-collègues, donc ?

Martin se donna un air supérieur en pouffant du nez.

— Oh… un peu plus que ça.

— Martin ! s'exclama Gabi. Je ne crois pas que notre vie privée intéresse M. de Bérail.

Il se pencha vers elle et, horrifiée, Gabi reçut un bisou mouillé sur la joue.

— Tu as raison, princesse. Il vaut mieux ne pas tout mélanger.

Elle tourna la tête vers lui et murmura vaguement à son oreille un « tu me le paieras » bien senti.

— Ad' et moi sommes aussi collègues de travail ! renchérit l'Américaine en posant ses longs doigts vernis de rouge sur son bras. Je suis avocate à Washington. Et comme vous, nous sommes « un peu plus que ça » !

Et elle se mit à rire niaisement.

Gabi fronça les sourcils. Qu'avaient-ils tous à glousser comme des dindes ? Elle ne trouvait rien d'amusant à cette situation. Martin et Jane se plaisaient à agir en terrain conquis comme si Adrien et Gabi constituaient un danger pour eux. Lorsqu'elle se retrouverait seul avec Martin, il allait l'entendre !

Son regard croisa celui d'Adrien, il semblait encore plus furieux qu'elle. Ses yeux bleu-gris lançaient des éclairs qui ne présageaient rien de bon. Elle décida donc de mettre fin à cette plaisanterie, elle se tourna vers Martin.

— Nous avons suffisamment abusé de l'hospitalité de M. de Bérail. Que dirais-tu de faire une petite balade ? lui proposa-t-elle affablement.

Bien trop pour être honnête.

Martin montra toutes ses belles dents blanches.

— En amoureux ? Avec plaisir, mon ange !

Elle se mordit la langue pour ne rien rétorquer, prit une profonde inspiration, sourit exagérément et adressa un hochement de tête au couple d'avocats.

— Bonne journée, mademoiselle Stewart. Monsieur de Bérail…

En guise de réponse, il plissa les yeux d'un air qui voulait tout dire, mais surtout quelque chose du genre : « Profitez-en, car ensuite, vous et moi, nous aurons une petite conversation. »

Gabi déglutit, tandis que Martin saluait poliment tout le monde. Aussitôt les civilités terminées, elle le traîna de force jusqu'au-dehors sans même prendre son sac à main.

— Eh ben ! Il est gracieux comme une porte de prison, ton boss, fit remarquer Martin.

— Que fais-tu là ? lui lança-t-elle en serrant les dents.

Martin passa les doigts dans ses cheveux blonds et épais.

— Je te l'ai dit, trésor, je suis venu te faire un petit coucou.

— Je ne veux plus que tu mettes les pieds ici !

Il porta la main à sa poitrine dans un geste théâtral.

— Bébé, tu me brises le cœur !

Elle avança d'un pas d'un air menaçant.

— Et je te briserai bien davantage si j'apprends que tu prépares un coup fourré.

Martin recula, faisant mine d'être choqué.

— Je ne vois pas pourquoi tu dis ça.

— Pourquoi ? Pourquoi ? s'écria-t-elle en levant les yeux au ciel. Parce que je suis certaine que tu as une idée derrière la tête, et que tes idées sont toujours mauvaises ou malhonnêtes ! Voilà, pourquoi !

Martin fronça subitement les sourcils en se donnant un air grave.

— Ne t'est-il pas venu à l'esprit que j'essayais tout simplement de te reconquérir ?

Gabi manqua de s'étrangler. Il n'était pas sérieux ?

— Me reconquérir ? Tu es tombé sur le crâne, ou quoi ? Dois-je te rappeler que, par ta faute, j'ai perdu l'emploi que j'adorais ? Mes études ne me servent plus à rien parce que je suis désormais définitivement sur la touche ! À cause de toi, Martin ! Toi ! Tu mériterais que je t'étripe ! Alors, non. Ce n'est pas la peine d'essayer de me reconquérir, ni même de revenir ici !

Furieuse, elle le planta sur le trottoir, tapa le code pour ouvrir la double porte sculptée. D'une allure énergique, elle traversa la première entrée et pénétra dans la maison en oubliant qu'elle venait d'annoncer à tout le monde qu'elle sortait se promener. Eh bien, tant pis ! Elle préférait avoir l'air de quelqu'un qui ne sait pas ce qu'il veut plutôt que de passer une minute de plus avec Martin. Mais elle n'avait pas fait trois pas que son patron lui barrait la route.

— Vous ! Dans mon bureau tout de suite, j'ai à vous parler !

Le ton de sa voix pétrifia Gabi sur place. Pour autant, elle ne se laissa pas démonter.

— Nous pourrions peut-être voir ça lundi, pendant mes heures de travail ?

— Maintenant ! gronda-t-il.

Elle fit la grimace et se contraignit à le suivre dans l'immense escalier qui menait au premier étage, sous les yeux effarés de l'Américaine et de la gouvernante. Là, ils bifurquèrent à gauche et Adrien poussa la porte que Gabi avait essayé d'ouvrir en vain une semaine plus tôt. Son bureau privé.

— Asseyez-vous ! lui ordonna-t-il en prenant place sur son fauteuil.

Gabi obtempéra et se tint le dos bien droit.

Il prit un air sévère.

— Lorsque je vous ai engagée, j'ai pensé que vous étiez non seulement une jeune femme intelligente, mais que vous aviez également du savoir-vivre. Or, vous possédez l'un, mais pas le second.

— Je vous demande pardon ? s'étouffa Gabi.

— Il ne m'a pas paru nécessaire d'indiquer dans votre contrat qu'il ne vous était pas permis d'inviter des étrangers sous mon toit, tant cela coulait de source, ni même d'embarquer ma fille avec vous dans une garçonnière. Manifestement, je me trompais.

Une garçonnière ? Son appartement ? Gabi sentit le rouge lui monter aux joues, mais celui de la colère qui était en train de l'envahir complètement.

— Monsieur de Bérail, commença-t-elle. Je vais tâcher de vous répondre sans vous manquer de respect, mais il me semble qu'en termes de savoir-vivre, nous avons tous nos failles. La vôtre est indéniablement de ne donner le bénéfice du doute à personne, d'accuser pour gagner. Défaut professionnel, me direz-vous. Il n'empêche que c'est pour le moins désagréable. Je n'ai pas demandé à Martin de me rendre visite, je ne lui ai même jamais laissé entendre que c'était possible. Il est venu de son propre chef. Par ailleurs, je n'ai pas emmené Sophie chez lui, mais dans mon propre appartement que je sous-loue à Martin.

— Qui est votre petit ami, précisa-t-il sèchement. Sachez que j'apprécie très moyennement que mes employés roucoulent dans ma maison.

— Je n'ai pas roucoulé dans votre maison, s'insurgea-t-elle. Et ce n'est pas mon petit ami.

Il se pencha un peu en arquant un sourcil.

— « En amoureux ? Avec plaisir, mon ange ! » cita-t-il en imitant la voix de Martin.

Gabi gonfla les narines et respira un grand coup.

— Je déteste devoir me justifier, mais puisque vous avez l'air d'y tenir… Martin et moi sommes restés ensemble pendant six mois, jusqu'à ce qu'il me fasse virer de mon poste d'archéologue et que je me retrouve au chômage. Martin n'est *pas* mon petit ami, articula-t-elle, et je n'envisage pas qu'il le redevienne un jour.

Adrien serra les mâchoires, si fort qu'elle aurait juré les entendre craquer.

— Ce jeune coq n'a pas l'air de le savoir.

— Ce jeune coq n'a surtout aucun compte à vous rendre quant à la nature de sa relation avec moi, répondit-elle du tac au tac.

De plus en plus énervée, elle fit reculer sa chaise et se leva.

— Je pense que cette conversation est finie, monsieur de Bérail. Nous avons largement dépassé le cadre des rapports strictement professionnels que vous exigez. Si vous voulez bien m'excuser.

Elle tourna les talons et se dirigea vers la porte. En deux enjambées, Adrien l'avait rejointe et l'attrapait par le bras.

— Non, je ne vous excuse pas et cette discussion sera terminée quand je l'aurai décidé ! gronda-t-il.

La colère fondit sur elle. Elle pivota brutalement et le fusilla du regard.

— Pour qui vous prenez-vous ? explosa-t-elle. Le fait de me payer un salaire ne vous permet pas d'agir en seigneur et maître. Je ne suis pas votre esclave. Nous ne sommes plus au Moyen Âge, monsieur de Bérail ! Lâchez-moi !

Elle imprima un geste sec à son bras et recula d'un pas.

— N'amenez plus jamais une de vos conquêtes sous mon toit ! l'avertit-il d'une voix menaçante en levant l'index devant elle.

— Vous êtes grossier ! Martin n'était pas une conquête, mais celui que je pensais être l'homme de ma vie. Et jusqu'à preuve du contraire, le seul capable de prétendre au titre de conquête, c'est vous. Et je vous rappelle que vous êtes chez vous ! Cela signifie-t-il que je doive vous mettre dehors ?

Adrien redressa la tête, stupéfait, et ne trouva rien à redire.

— Si vous avez terminé, j'aimerais pouvoir disposer de mon jour de congé ailleurs qu'enfermée dans votre bureau, ajouta-t-elle. L'air y est irrespirable !

Elle le regarda une dernière fois dans les yeux avec humeur et lui tourna le dos. Subitement, il l'attrapa par les deux épaules et la plaqua dos contre la porte.

Ça commençait à devenir une habitude…

Gabi se sentit suffoquer quand il lui glissa à l'oreille d'une voix rauque :

— L'envie de vous y garder prisonnière risque fort d'avoir raison de vos projets.

Et sans autre forme de procès, il l'embrassa.

15

— Lâchez-moi, votre maîtresse attend dans la cuisine, lui dit-elle tout contre sa bouche d'une manière si peu convaincante qu'Adrien ne risquait pas de prendre sa résistance très au sérieux.

— Ce n'est pas ma maîtresse, murmura-t-il en lui mordillant la lèvre inférieure. Et je me moque comme d'une guigne qu'elle m'attende.

Elle tenta de le repousser, mais il ne lui laissa pas la moindre chance d'y parvenir. D'une main, il emprisonna ses poignets et les fit passer au-dessus de sa tête.

— Vous êtes en train de faire tout le contraire de ce que vous aviez décidé, haleta-t-elle.

Il la butina sur toute la longueur du cou et finit son ascension en donnant un petit coup de langue sur sa veine la plus palpitante. Elle frissonna.

— Je suis le patron, c'est moi qui définis les règles.

Il libéra ses bras et fit courir ses doigts le long de ses côtes.

— Vous… vous n'avez pas déterminé celle-ci. Celle où vous faites ce que vous êtes en train de faire.

— Je détermine exactement ce que je veux.

Et pour mieux le lui prouver, il glissa un genou entre ses jambes pour l'immobiliser complètement.

— Êtes-vous toujours aussi autoritaire ? gémit-elle tandis qu'il pétrissait doucement ses hanches.

— Horriblement.

Et il lui envoya son souffle chaud à l'oreille.

Elle empoigna le col de son polo et réussit à le faire brusquement pivoter contre le battant. Là, elle prit ses joues entre ses paumes, se dressa sur la pointe des pieds et l'embrassa elle-même à pleine bouche, enroulant sa langue autour de la sienne pour le goûter profondément. Elle adorait la douceur et le parfum de sa peau. N'y résistant pas, elle abandonna ses lèvres et mordit tendrement la chair fine de la gorge.

— Dominatrice ? demanda-t-il en emprisonnant ses fesses entre ses mains pour l'appuyer contre son érection.

— Pas le moins du monde.

— Tant mieux.

En moins de temps qu'il n'en fallut pour le dire, Adrien avait fait basculer Gabi sur le tapis et recouvrait son corps du sien. Ses doigts se glissèrent immédiatement sous le chemisier de la jeune femme pour envelopper ses seins. Il les pressa doucement et titilla les pointes qui durcirent aussitôt. Gabi soupira, cambra les reins et ouvrit les cuisses afin de lui permettre de se frotter davantage contre elle.

D'un geste impatient, il déboutonna le jean de Gabi et l'obligea à soulever les fesses pour le faire descendre jusqu'à mi-cuisse. Naturellement, il glissa la main entre ses jambes et commença à la caresser à travers la mince dentelle de sa culotte. À son contact, elle gémit de plus belle et se mordilla les lèvres pour faire moins de bruit. En la voyant faire, il se pencha sur elle et prit sa bouche passionnément. Leur baiser devint dur, sauvage et presque douloureux. Adrien la dévorait littéralement, l'enflammait, la contraignait à s'abandonner complètement. Gabi ne savait plus où elle en était. Totalement consumée de désir, elle empoigna les pans du polo d'Adrien pour le soulever et glisser ses mains sur sa peau douce et brûlante qu'elle gratifia de légers coups de griffes. Il réagit par un grondement sourd et sa langue replongea entre les lèvres de Gabi. Il se retira, les mordit, les aspira, puis il enfouit la tête dans son cou pour respirer profondément son odeur.

— Adrien, chuchota-t-elle, tandis que ses doigts imprimaient toujours de délicieuses pressions contre son sexe brûlant et humide.

Stupéfait qu'elle l'appelle par son prénom, et parce qu'elle le faisait pour la première fois, il se redressa et s'immobilisa au-dessus d'elle pour la contempler. Déconcertée, Gabi ouvrit les paupières. Ils s'observèrent un instant sans rien dire, puis il lui sourit.

— Tu me rends fou, Gabrielle, murmura-t-il de son timbre grave et chaud.

Et tout s'arrêta. La voix de l'Américaine retentit derrière la porte.

— Adrien, *honey* ? Est-ce que tout va bien ?

L'avocat ne quitta pas Gabi du regard et fronça les sourcils.

— Nous en avons pour une minute, Jane, attends-moi dans le petit salon.

Revenue brutalement à la réalité, Gabi le repoussa, glissa sur le côté, puis se redressa, remonta maladroitement son pantalon et se remit sur ses pieds. Là, elle rajusta son chemisier et passa nerveusement une main dans ses courtes boucles blondes pour se recoiffer.

Ses yeux croisèrent les iris enflammés d'Adrien et elle se sentit prise de vertiges. Bon sang, mais qu'est-ce qui ne tournait pas rond chez elle ? Une nouvelle fois elle avait été sur le point de s'envoyer en l'air avec son patron !

— Je suis désolée, lui dit-elle, alors qu'elle n'avait pas de raison particulière de s'excuser. Ça n'aurait pas dû se reproduire et je… je…

Adrien s'avança et posa doucement l'index sur ses lèvres, puis il lui sourit en coin.

— Ne le soyez pas. Nous finirons bien par nous entendre.

Gabi cligna les yeux, ça sonnait comme une promesse et elle en fut ravie.

— Ne tarde pas ! lui cria l'avocate d'un ton impatient.

Il lui avait affirmé que non, mais Gabi était presque certaine que la rouquine et lui couchaient ensemble, ou tout du moins que ça s'était produit un jour. L'agacement qu'elle ressentit fut tellement fort qu'elle dut se pincer les lèvres pour ne pas grogner. Du plat de la main, elle lissa son chemisier pour se donner de la contenance et redressa fièrement la tête.

— Votre amie vous attend, lui dit-elle d'un ton plus sec qu'elle ne l'aurait voulu.

Adrien arqua un sourcil d'amusement.

— La jalousie serait-elle en train de vous étouffer, Gabrielle ?

— Non, mentit-elle effrontément. La frustration.

Rieur et plutôt satisfait de l'effet qu'il lui faisait, de l'index il toucha le bout du nez de Gabi et lui adressa un clin d'œil complice.

— La frustration vous rend terriblement appétissante. Je vous promets que nous reprendrons nos ébats là où nous les avons laissés.

— Vous devez y aller, soupira-t-elle en regardant la porte. Devons-nous sortir en même temps ?

Il hocha la tête.

Elle crevait d'envie de l'embrasser une dernière fois, et sûrement que lui aussi, mais au lieu d'amorcer un geste dans sa direction, elle lui tourna le dos et mit la main sur la poignée.

— Une minute, l'arrêta-t-il.

Elle s'immobilisa, le souffle court.

— Trempez-vous réellement des tartines de fromage dans votre café au lait ?

Déconcertée, Gabi fit volte-face.

— De la crème de gruyère, oui, répondit-elle, incertaine. Enfin, quand il y en a.

Il s'approcha d'elle lentement.

— Et c'est bon ?

— Eh bien… de mon point de vue, oui.

Il avança un peu plus et cette fois, instinctivement, elle recula jusqu'à ce que sa tête cogne le battant. Il se positionna si près d'elle qu'elle dut lever le menton pour continuer à le regarder dans les yeux.

— Je veux vous voir en manger.

Elle était de plus en plus déroutée.

— Euh… Très bien…

— Veillez à ce qu'il y en ait dans le frigo.

Et sur cet ordre pour le moins étrange, il ouvrit la porte et rejoignit Jane comme s'il ne s'était rien passé.

Lorsque Gabi descendit l'escalier, les jambes en coton et le cœur bizarrement lourd, une question lui revenait sans cesse : dans quelle galère s'était-elle fourrée ?

Adrien était conscient d'avoir totalement perdu le contrôle de la situation. Une semaine de travail intense à Washington n'avait pas suffi à calmer ses ardeurs. Gabrielle Géris le rendait totalement dingue. Si Jane n'avait pas frappé à la porte, il aurait possédé la jeune femme à même le sol. C'était la nourrice de ses enfants, bon sang ! Où pourrait bien mener une telle relation si ce n'était à la catastrophe ?

Le sexe, il faisait ça pour le sexe et elle aussi. Il n'arrêtait pas d'essayer de s'en convaincre. Mais si cette petite aventure plaisante tournait mal, qui allait payer les pots cassés ? Ses gosses. Parce que, en l'espace de trois semaines, Paul et Sophie s'étaient vraiment attachés à elle. Ils avaient tellement changé depuis que la tornade Gabi s'était introduite dans leur vie. Ils souriaient tout le temps, paraissaient heureux et déterminés à le demeurer. Oui. Leur Gabi avait fait des miracles que même Adrien ne pouvait nier. Paul semblait mieux vivre sa guérison – ce qui était indispensable pour les quelques semaines de protocole qui lui restaient – et Sophie n'avait plus désobéi ou tenu tête à son père depuis des lustres. Le phénomène Gabi en était la cause et Adrien était probablement en train de tout gâcher.

Fort de cette considération, il aurait pu décider sur-le-champ de tout arrêter, mais la vérité était qu'il s'en trouvait incapable, parce qu'elle avait une réelle influence sur lui. Bien qu'elle et son corps occupent la majeure partie de ses pensées ces derniers temps, il n'avait jamais été aussi serein. Il était rempli de l'intérieur. Cette délicieuse créature avait sur lui un pouvoir réparateur. En réalité, ça faisait des années qu'il n'avait pas éprouvé pareille fascination pour une femme. Depuis la mort de Mathilde, il avait pourtant eu quelques aventures, mais elles lui avaient toutes suscité autant d'indifférence qu'un repas pris sur le pouce. Bien que courte et sulfureuse, sa relation avec Jane avait été la plus poussée. Ils se connaissaient depuis des années, leurs pères respectifs étaient devenus amis lors d'un procès qu'ils avaient mené de front, ensemble. C'est ainsi que Jane et lui s'étaient naturellement rapprochés, sans compter qu'ils faisaient le même métier à présent. Mais son aventure avec elle l'avait laissé plus vide qu'une coquille d'œuf. Il était honnête en y repensant, ça ne lui avait rapporté rien de plus que quelques dîners aux chandelles suivis de nuits torrides, mais sans importance.

Jane et lui avaient toujours été sur la même longueur d'onde : elle cherchait un divertissement entre deux affaires, il voulait prendre du bon temps. La rechute de Paul avait mis un terme à leur relation.

Cela n'avait rien de très étonnant, Jane était sa cadette de sept ans, elle aimait s'amuser et n'était pas du genre à se sentir concernée par les ennuis des autres. La maladie de Paul était bien trop lourde à supporter pour ses frêles épaules de fragile petite fille riche. Elle l'avait congédié gentiment, mais efficacement, prétextant préférer ne pas lui voler les moments trop courts qu'il passait avec Paul. Adrien et elle étaient restés bons amis. Ils se rencontraient régulièrement et partageaient parfois les mêmes affaires. C'est d'ailleurs ce qui s'était passé durant la semaine qui venait de s'écouler.

Jane était une séductrice, et maintenant que Paul était sur le point de retrouver une vie normale, Adrien voyait qu'elle revenait prudemment à la charge. Elle gardait du reste pour lui tout un tas de surnoms affectueux qu'il trouvait parfaitement ridicules. Elle en usait particulièrement lorsqu'elle voulait faire planer le doute sur leurs rapports, ce qui était souvent le cas en présence de femmes au moins aussi jolies qu'elle. Adrien s'en amusait beaucoup, d'autant que cette fois, face à l'appétissante Mlle Géris, Jane avait mis le paquet.

Le sourire aux lèvres, il la rejoignit dans le petit salon. Elle était en train de siroter un café que Rosa-Louise lui avait servi.

— Il fait chaud dans ton bureau ? lui demanda-t-elle d'un accent traînant.

Adrien arqua un sourcil interrogatif.

— Pas particulièrement, pourquoi ?

Elle s'appuya confortablement contre le dossier du canapé double place beige et croisa ses longues jambes nues devant elle. Jane portait une robe vert pomme soulignant son teint hâlé tout en rehaussant la couleur fauve de ses cheveux et le doré singulier de ses yeux. Adrien avait toujours trouvé qu'elle avait un charme fou. Un peu maigrichonne à son goût, mais belle quand même. Jane ramena ses longues mèches rousses sur ses épaules et battit des cils innocemment.

— Ta baby-sitter avait les joues roses quand elle en est sortie, et toi aussi.

Adrien s'installa en face d'elle, sur un fauteuil en cuir, et plissa les paupières.

— Et ?

— Et rien. C'était juste une constatation. Elle est plutôt jolie.

— C'est vrai.

— Et bien faite.

— Aussi, confirma-t-il d'un air détaché en se versant un verre d'eau.

— Tu couches avec elle ? lui demanda-t-elle avec un regard incisif.

Jane était une avocate brillante. Inutile de lui mentir. D'une manière ou d'une autre, elle parvenait à savoir ce qu'elle voulait. C'est pourquoi Adrien choisit d'édulcorer sensiblement la réalité.

— Je ne l'ai pas encore mise dans mon lit, si telle est ta question.

La jeune femme s'humecta les lèvres en prenant une moue aguicheuse.

— Tu as toujours préféré les blondes, mais tu sais aussi que le feu n'existe pas chez ces créatures fades et dénuées d'originalité.

Adrien émit un petit rire discret.

— Tu trouves les blondes dénuées d'originalité ? Madame l'avocate à la cour, sur quels critères vous appuyez-vous pour affirmer une chose pareille ?

Elle haussa nonchalamment les épaules et posa sa tasse sur la table basse devant elle.

— C'est simple. Le fait qu'elles soient blondes et constituent les fantasmes de presque tous les hommes font qu'elles… comment vous dites chez vous ?… dorment sur leurs lauriers ? Elles n'ont pas besoin de faire preuve de beaucoup d'imagination pour attirer les mâles. Oui. Elles manquent cruellement d'originalité et de combativité.

— Et toi, non ? s'amusa-t-il.

Lentement, elle décroisa délibérément les jambes et les repositionna de telle façon que l'intérieur de ses cuisses était parfaitement visible. Jane ne portait pas de culotte.

Adrien y jeta un œil attentif et éclata de rire.

— C'est sûr que comme ça, tu anéantis la concurrence, mais c'est déloyal !

Elle se leva en douceur et vint se positionner devant lui en plaçant ses mains sur ses hanches. Juchée sur ses talons de dix centimètres, elle donnait l'impression d'avoir des jambes interminables. Naturellement, Jane mesurait plus d'un mètre soixante-quinze.

— En amour comme en affaire, je n'ai aucune pitié.

Ça, il le savait mieux que personne. Elle était redoutable.

Après quoi, elle commença à remonter délicatement les pans de sa robe jusqu'à sa taille, révélant un pubis intégralement épilé, puis elle enjamba les accoudoirs du fauteuil d'Adrien et posa ses fesses sur ses cuisses. Ainsi offerte, elle ne laissait aucun doute sur ses intentions.

— Baise-moi, maintenant, lui chuchota-t-elle tout simplement en souriant.

Adrien plissa les paupières.

— Je n'en ai pas envie, Jane.

— Tu en as *toujours* envie, insista-t-elle en se trémoussant contre sa braguette.

Elle ronronna et se caressa la poitrine langoureusement.

— Allez, *honey*, sur ce point-là, on s'est toujours bien entendus, toi et moi.

Il la regarda s'agiter, puis il empoigna vigoureusement ses hanches.

Convaincue d'avoir gagné, elle poussa un petit cri, mais il la souleva pour la remettre sur ses pieds en même temps qu'il se levait. Il lui abaissa la jupe de force et la repoussa gentiment.

— Adrien... se plaignit-elle.

— On est dimanche, chérie, c'est *father/kid's day*[1]. Dommage.

Il lui adressa un dernier coup d'œil et la laissa pantelante et insatisfaite dans la pièce.

— Si tu ne prends pas ce que je t'offre, je vais aller voir quelqu'un d'autre ! le prévint-elle, fulminante de colère.

— Ne te gêne surtout pas ! lança-t-il le plus sérieusement du monde en disparaissant.

1. Journée père/enfant.

Et dire que devant cet étalage de chair, son lubrique compagnon de toujours n'avait pas pris un centimètre. Il commençait à se faire vieux.

Ravi du coup pendable qu'il venait de faire à Jane, Adrien sourit et traversa la maison afin de se diriger vers la salle de vie. En passant devant la chambre de Gabrielle, quelques sulfureuses visions l'assaillirent, lui enflammant le bas-ventre en un dixième de seconde. Immédiatement, un afflux de sang spectaculaire se concentra dans la zone de son épicentre.

Ce n'était pas de sa faute si Gabrielle Géris était fraîche, insolente et terriblement bandante ! Sans la moindre honte, il réalisa que c'était en ces termes qu'il pensait à elle le plus souvent. Alors, il sourit de plus belle et baissa les yeux sur son entrejambe.

Vieux, mon cul !

* * *

Martin avait eu le temps de repérer ce qu'il cherchait. Dans la vaste entrée de l'hôtel particulier des de Bérail, un magnifique vase Ming était posé sur un guéridon dans un coin de mur. Cette petite merveille devait bien valoir 30 000 euros au bas mot. Ce n'était pas exactement ce qu'avaient commandé ses créanciers mafieux, mais Martin était presque certain que vu la délicatesse et la rareté de l'objet, ils n'allaient pas chipoter, d'autant que ça leur rapporterait plus que ce que Martin leur devait. L'ex-archéologue ne pouvait de toute manière pas se permettre de le vendre lui-même sans être démasqué, les pièces de ce genre étaient systématiquement numérotées et répertoriées. Son réseau de revendeurs clandestins n'était pas suffisamment important pour traiter les œuvres d'art de ce type.

Il en avait aperçu un deuxième, tout aussi gros et de forme presque identique, mais qui devait avoir un peu moins de valeur compte tenu de l'aspect plus terne de la céramique. Il était plus ou moins caché derrière une immense plante dans un angle du salon. Il n'aurait qu'à le mettre à la place de celui qu'il comptait subtiliser pour qu'à vue d'œil l'absence du premier ne se remarque pas. Bien sûr, il ne pourrait pas faire passer des vessies pour des lanternes bien longtemps, mais une journée ou deux suffirait à le refourguer aux Italiens et à se mettre en dehors de tout soupçon.

Restait à trouver le moment idéal pour rendre visite à cette charmante famille, celui où Gabi serait de sortie avec la gosse, et de Bérail, au bureau. Martin saurait convaincre la brave Mme Moine de le faire entrer pour attendre sa merveilleuse « petite amie ».

Avachi sur le canapé, Martin se décapsula une bière et s'empara de la petite carte qu'il avait fourrée dans sa poche.

Jane Stewart

Lawyer associate at Stewart & Swain

(202) 725-1031 / International: +1 202-725-1031 – Washington DC

Il songea à la rouquine et sourit.

C'était un beau petit paquet suffisamment excité par son côté Indiana Jones pour lui avoir laissé ses coordonnées. Elle manquait de formes, mais elle était quand même tout à fait à son goût. À l'occasion, il lui montrerait l'outil favori de l'archéologue en action. Mais chaque chose en son temps. D'abord, le vase Ming d'Adrien de Bérail.

Il se leva, alla chercher son mini-agenda dans le tiroir de la table de nuit et le consulta. Vendredi prochain, un de ses amis organisait une visite privée du chantier de fouilles sur lequel il était en train de travailler. Il s'agissait des vestiges d'une église médiévale au cœur de l'île de la Cité, les couches stratigraphiques avaient révélé une présence gallo-romaine tout à fait inattendue. La découverte était suffisamment importante pour intéresser Gabi et attiser la curiosité d'une fillette d'à peine neuf ans. C'était l'occasion rêvée d'occuper la jeune femme pendant deux bonnes heures. Martin n'aurait qu'à passer un ou deux coups de fil, et deux places supplémentaires se libéreraient.

Ravi de son stratagème, il liquida sa bouteille de bière d'une traite et sourit.

Demain, il téléphonerait à Gabi.

* * *

Le lundi suivant, Gabi était en train de se brosser les dents lorsque son portable sonna. Sa montre n'affichait pas encore 9 h 30. Elle se rinça en vitesse, accourut dans la chambre et décrocha sans même vérifier le numéro entrant.

— Allô ?

— Salut, bébé, c'est Martin.

— Quelle bonne surprise ! ironisa-t-elle.

Elle sentit qu'il hésitait, alors elle soupira.

— Que me vaut l'honneur de ton appel, Martin ? Je te préviens, si c'est pour me demander en mariage, je ne suis pas disponible avant l'été 2085. Il faudra que tu patientes encore un peu.

— Je n'en ai pas après ta vertu, trésor, tout du moins, pas cette fois. Est-ce qu'une petite visite privée des fouilles de l'île de la Cité vous intéresserait, toi et la gamine ?

Il y eut un blanc, démontrant certainement à Martin qu'il avait fait mouche.

— Ce serait une bonne idée, lui concéda-t-elle. Quand est-ce ?

— Vendredi prochain, à partir de 10 heures. C'est un de mes amis qui organise ça, alors j'ai pensé à toi. Je n'y suis pas forcément le bienvenu, puisque les responsables de la DRAC[1] seront présents, mais je me suis dit que ça te ferait plaisir.

— C'est gentil, le remercia-t-elle, touchée par sa proposition. Je suis sûre que Sophie adorerait voir ça. J'en parle à son père et je te rappelle.

— Pas de problème.

D'où elle était, Gabi comprit qu'il souriait.

— On se tient au courant, termina-t-elle.

— Je t'embrasse, bébé.

Et elle raccrocha.

Elle retourna dans la salle de bains pour finir de se préparer, enfila une petite jupe bleu marine et un tee-shirt blanc, puis elle rejoignit les enfants.

— Hello ! lança-t-elle en entrant.

Surprise, elle trouva Adrien et la grande rousse qui, pour le coup, avec sa charlotte sur la tête, avait

1. Direction Régionale des Affaires Culturelles.

vraiment l'air d'un coton-tige, en train de faire un puzzle géant avec Paul et Sophie. Quand elle avisa la main de Jane posée sur la cuisse de son employeur sous la table, son sourire retomba.

— Gabi ! s'écria Paul. C'est Jane qui m'a ramené ça des États-Unis. C'est l'Atlantide ! Une cité disparue enfouie sous la mer. On dit que des gens continuent à y vivre ! Regarde ça ! C'est génial !

Gabi sourit sans vraiment en avoir envie.

— Et moi j'ai eu ça ! renchérit Sophie en montrant une poupée qui lui ressemblait étrangement. C'est une *American Girl* et elle est presque comme moi ! Regarde ! On a les mêmes yeux et la même couleur de cheveux !

Jane gloussa.

— Chez nous, elles font fureur. Toutes les petites filles en veulent.

Gabi haussa un sourcil de perplexité. Elle n'aurait jamais cru cette bonne femme capable de savoir ce qui plairait à Sophie et à Paul. Manifestement, elle s'était trompée, et pour une raison totalement injustifiée, ça l'énerva.

— Bonjour, mademoiselle Géris, la salua Adrien. Bien dormi ?

C'était bien la première fois qu'il lui posait la question. Elle remarqua la lueur d'amusement qui brillait dans ses yeux et comprit qu'il essayait de l'embarrasser.

— Parfaitement, et vous ? répondit-elle, tout sourire.

Jane se colla à Adrien et sourit de toutes ses magnifiques dents blanches.

— Comme des loirs ! Cette maison a beau être au centre de Paris, il y règne un calme extraordinaire !

Gabi serra les mâchoires, les poings, les fesses et tout ce qu'elle put pour éviter de lui sauter à la gorge. À la place, elle lui adressa un regard courtois.

— Alors, tant mieux. Vous allez pouvoir commencer cette semaine en pleine forme. Comptez-vous rester longtemps à Paris ?

Elle surprit le sourire en coin d'Adrien qui, amusé, avait compris que Gabi voulait seulement s'assurer qu'elle dégagerait au plus vite d'ici.

L'Américaine posa un index sur son menton et fit mine de réfléchir.

— Je ne sais pas encore.

Puis elle se tourna vers Adrien en battant des cils.

— Ça ne dépend pas de moi, susurra-t-elle.

— Nous sommes sur une affaire commune, expliqua Adrien. Nous devons rencontrer notre client cette semaine, c'est lui qui motivera le retour de Jane au bercail.

Puis, par pure provocation, il passa un bras par-dessus les épaules de l'avocate pour la ramener contre lui. Gabi retint sa respiration.

— En attendant, ajouta-t-il en souriant largement, Jane restera avec nous.

La grande tige roucoula et Gabi frissonna.

Partager le même toit que cette créature pendant plusieurs jours ferait sûrement partie des expériences les plus pénibles de sa vie.

— Qu'allons-nous faire aujourd'hui, *honey* ? lui demanda-t-elle, mielleuse.

Adrien se détacha d'elle et lui coula un regard d'une telle indifférence que Gabi n'y comprit plus rien du tout.

— Tu feras tout ce que tu voudras, mon chou. Ce matin, j'ai à faire, et ensuite, je passe l'après-midi avec mes enfants.

— Ouais ! s'écrièrent en chœur Paul et Sophie en s'excitant comme des puces.

Jane fit une moue si ridiculement boudeuse que Gabi faillit éclater de rire.

— Et Mlle Géris se joindra à nous, bien entendu, précisa-t-il.

Gabi se mordit les lèvres, car cette fois, c'était elle qui avait envie de sauter partout.

Dignement, Jane se mit debout et épousseta sa casaque bleue.

— Dans ce cas, puisque je n'ai pas toute ma paperasse avec moi, je sors faire du shopping ! Oh, et puis, je trouverai bien une âme charitable pour me faire visiter Paris !

Adrien hocha la tête et se leva à son tour.

— Je vous retrouve après déjeuner, informa-t-il Gabi.

Il commença à s'éloigner avec l'Américaine, Gabi leur emboîta le pas.

— Monsieur de Bérail, le héla-t-elle avant qu'il ne passe la porte du sas.

Il se retourna et fixa sa bouche, si bien que Gabi dut faire un effort colossal pour ne pas oublier ce qu'elle voulait lui dire.

— Oui ?

— J'aimerais vous demander l'autorisation d'emmener Sophie visiter un chantier de fouilles sur l'île de la Cité vendredi matin.

— Qui organise ça ? s'étonna-t-il.

Elle fronça le nez.

— Votre petit ami ? devina-t-il.

— C'est lui qui nous le propose, mais il ne fera pas partie de la visite. Laquelle durera deux heures, du reste. Et il n'est toujours pas mon petit ami.

Il hocha le menton tout en souriant en coin.

— Si Sophie est d'accord, vous avez mon aval.

— Je vous remercie.

— Les enfants ont émis le désir de se baigner cet après-midi, vous joindrez-vous à nous ?

Et pendant que Jane était déjà en train de se changer, il se pencha légèrement vers Gabi et ajouta avant que cette dernière n'ait répondu :

— Je meurs d'envie de revoir votre petit corps en maillot de bain.

Il lui sourit malicieusement et se redressa.

— Tant que je n'aurais pas défini la nature de votre relation avec Jane Stewart, vous ne verrez rien du tout, monsieur de Bérail. Bonne matinée.

Et elle tourna les talons.

16

Gabi ne pouvait plus voir Jane en peinture. Maintes fois, au cours des jours qui suivirent, elle eut envie de lui arracher les yeux et de la noyer dans la cuvette des toilettes. Cette femme agissait comme une chatte en chaleur dès qu'Adrien était dans les parages. Elle minaudait, ronronnait et cambrait les reins de façon si irritante que Gabi en arrivait à se dire que c'était tout simplement pitoyablement ridicule, et concernant Adrien, elle ne savait que penser. Tantôt il mettait de la distance entre Jane et lui, tantôt il était à la limite de la prendre sur ses genoux. La jeune femme était incapable de définir s'il se passait réellement quelque chose entre eux, ce qui l'énervait peut-être mille fois plus. C'est d'ailleurs la raison pour laquelle elle les évita scrupuleusement toute la semaine, allant jusqu'à ne pas dîner avec eux, prétextant avoir tellement faim qu'elle préférait manger plut tôt avec les enfants. Quant au jour où Adrien proposa de se joindre à eux, Gabi s'excusa et leur expliqua qu'elle se sentait barbouillée et qu'il valait mieux qu'elle saute le repas. De toute façon, Adrien était bien trop occupé à regarder et écouter l'Américaine faire son petit numéro pour se soucier de l'absence manifeste de Gabi.

Pendant qu'il était à son cabinet, la grande tige rousse disparaissait dans les rues de Paris. Personne ne la voyait de la journée, et lorsque l'avocat rentrait, elle racontait s'être terriblement ennuyée et avoir besoin de toute son attention. Cette femme était une manipulatrice hors pair. Gabi avait surpris deux ou trois fois ses conversations avec Adrien, et ça lui avait purement et simplement donné envie de vomir. D'autant que, dans ces moments-là, Adrien ne semblait pas perturbé le moins du monde d'être attendu chez lui comme le messie. Elle aurait même dit que ça semblait lui plaire.

Quoi qu'il en soit, lorsque le vendredi arriva et que Rosa-Louise lui apprit que l'Américaine prenait un avion le matin même pour Washington, Gabi dut se retenir de ne pas faire une danse de la joie autour de la table du salon.

Il était tout juste 9 heures et Sophie patientait sagement dans la cuisine que Gabi l'emmène visiter les fouilles de l'île de la Cité. Elles avaient rendez-vous à 10 heures précises. Paul faisait la tête. L'euphorie du bal masqué était déjà loin derrière et, de nouveau, il se renfermait sur lui-même. Il aurait adoré être de la partie.

Gabi supportait de plus en plus mal le malaise du petit garçon. Il lui arrivait même de penser sérieusement à le faire sortir en douce quand, comme aujourd'hui, elle le voyait s'éteindre de l'intérieur. Elle se promit que, d'une manière ou d'une autre, et quels que soient leurs différends, elle parlerait à Adrien pour tenter d'écourter de manière significative la durée du protocole. Elle n'était franchement pas certaine d'y parvenir mais, si elle n'essayait pas, elle ne pourrait plus jamais se regarder dans une glace.

Gabi noua les lacets de ses Converse, enfila sa besace et traversa l'atrium pour rejoindre Sophie. Machinalement, elle leva la tête sur les balcons métalliques et surprit Jane appuyée contre la rambarde en train de soulever sa jupe graduellement en direction de la chambre d'Adrien. L'avocate gloussa subitement et déboula dans l'escalier comme si elle avait le diable aux trousses. Lequel la suivit sans tarder, la valise de Jane à la main, un pantalon à pinces beige et un polo blanc sur le dos. Manifestement, c'était *Friday wear*[1].

L'Américaine passa à côté d'elle en la saluant du bout des lèvres, et Adrien vint à sa rencontre en lui adressant un sourire poli.

— Bonjour, mademoiselle Géris. Vous partez sous peu ?

— D'ici un quart d'heure, monsieur, Sophie m'attend dans la cuisine.

— C'est parfait.

Mademoiselle, monsieur… Leurs échanges étaient aussi froids que pourrait l'être une discussion entre deux étrangers. Soit. Elle y était pour quelque chose. En disparaissant comme elle le faisait, il ne pouvait en être autrement. Mais ça la

1. Littéralement, vêtement du vendredi. Traditionnellement, le vendredi permet de relâcher la pression de la semaine liée aux codes vestimentaires d'une entreprise. Ainsi, quelqu'un qui viendrait habituellement travailler en costume adopterait une tenue plus décontractée ce jour-ci.

rendait malade. Elle s'était tout de même attendue à ce qu'il insiste pour avoir une conversation avec elle à ce sujet. Eh bien, rien. Ça lui apprendrait à entretenir des idées stupides à propos de ce qui ne serait rien d'autre qu'une aventure éclair.

Amèrement, Gabi pensait que ce comportement en disait long sur la personnalité d'Adrien, qu'il était ce genre d'homme à vouloir le beurre, l'argent du beurre et les fesses de la crémière et donc, par définition, Gabi et Jane en même temps.

La jeune femme n'avait jamais porté de jugement sur les relations libres que pouvaient avoir les gens, c'est juste que ce n'était pas pour elle, ça ne correspondait pas aux ambitions qu'elle avait pour sa vie amoureuse. Alors, si en l'ignorant totalement Adrien lui faisait comprendre que c'était ça ou rien, eh bien, tant pis. Elle n'était pas suffisamment désespérée pour se lancer dans ce genre d'histoire, à plus forte raison avec son patron.

— Veillez à ne pas vous laisser aller avec votre petit ami devant Sophie, s'il vous plaît, lui recommanda-t-il d'un ton qui frôlait le mépris.

Elle crut s'étouffer. Mais pour qui la prenait-il ? Bon sang ! Il savait vraiment se faire détestable quand il voulait ! Elle respira un bon coup avant de répondre.

— Monsieur de Bérail, je vous ai déjà dit que Martin ne serait pas là.

Il se pencha vers elle en arquant un sourcil, circonspect.

— C'est donc votre petit ami ?

Il avait parlé si doucement que personne d'autre que Gabi n'avait pu l'entendre, ce qui obligea la jeune femme à garder son sang-froid. Elle fit mine de soupirer de lassitude et leva les deux mains en l'air en secouant la tête.

— OK. C'est bon. Vous m'avez percée à jour. Martin et moi avons effectivement remis le couvert. Je l'ai dans la peau, que voulez-vous, il est irrésistible. Cela dit, je vous promets que je ne me ferai pas culbuter sur la banquette arrière de la voiture devant votre fille.

Elle vit les narines d'Adrien frémir et ses mâchoires se crisper.

Touché !

Finalement, elle étira faussement les lèvres et tourna les talons pour rejoindre Sophie. Comme Jane avait observé la scène du coin de l'œil, Adrien n'osa pas la rattraper.

— Sophie, choupette, tu es prête ? l'interrogea Gabi, désireuse de filer au plus vite.

La fillette se leva de sa chaise comme un ressort, un sourire radieux plaqué sur le visage.

— Youpi ! On pourra prendre des photos ? J'ai mis un appareil dans mon sac à dos !

— On demandera l'autorisation.

— Nous partons aussi, lança Adrien à l'intention de Rosa-Louise et André. Exceptionnellement, je rentrerai à midi.

Sur cette dernière phrase, il jeta un regard appuyé à Gabi. Ce qui, en somme, revenait à dire qu'il avait le projet d'avoir une petite conversation avec elle.

La jeune femme garda la tête haute et tâcha d'ignorer le nœud qui se formait dans son estomac. Poliment, elle souhaita un bon voyage à Jane, puis elle s'empressa de partir avec Sophie. Dans moins de trois heures, elle ferait moins la fière.

* * *

Martin regarda sa montre, il était 10 h 20. Il termina son café en deux gorgées, enfila son gros sac à dos noir, attrapa la boîte de macarons de chez Pierre Hermé qu'il avait achetée et sortit de l'appartement avant de fermer la porte à double tour.

Il avait commandé un taxi pour se rendre chez les de Bérail. Il se voyait mal prendre le métro et revenir avec un objet de plusieurs milliers d'euros planqué sous le bras. Il se dépêcha de descendre l'escalier et s'engouffra dans la rue piétonne. Le chauffeur l'attendait un peu plus loin.

— 47, avenue Foch, s'il vous plaît, lui dit-il.

Il lui avait donné une adresse bidon pour plus de discrétion, il ferait le reste du trajet à pied et, au retour, il procéderait de la même manière.

Il y avait encore pas mal de circulation, ils arrivèrent approximativement une demi-heure plus tard. Martin régla sa course et se dépêcha de longer l'artère. Quand il atteignit l'hôtel particulier des de Bérail, il était en sueur, mais bien davantage à cause de ce qu'il s'apprêtait à faire que parce qu'il avait marché énergiquement. Du bout des doigts, il se recoiffa sommairement, prit une profonde inspiration, se positionna devant l'œil de la caméra et sonna à l'interphone, un sourire plaqué sur les lèvres. C'est André Moine qui répondit.

— Bonjour, monsieur Moine. C'est Martin Legrand, l'ami de Gabrielle. Je viens voir si elle est ici.

— Ne bougez pas, j'arrive.

Martin patienta quelques secondes et l'immense porte sculptée s'ouvrit.

— Bonjour, monsieur Legrand, le salua le septuagénaire. Je suis sincèrement désolé, Mlle Géris n'est toujours pas revenue de la visite du site archéologique.

Martin fit mine de jeter un œil à sa montre.

— Ah. J'ai donc mal évalué la durée. Ce n'est pas grave. Tenez, ajouta-t-il en lui tendant la boîte de macarons. C'est pour votre femme. Pouvez-vous le lui remettre ? Je repasserai un peu plus tard, lorsque Gabi sera rentrée.

Incrédule, André Moine prit le paquet.

— Eh bien, c'est très gentil à vous. Mon épouse sera enchantée, elle les adore.

Martin hocha la tête.

— Vous m'en voyez ravi. Je vous dis à plus tard, monsieur Moine.

— Oh, mais non ! s'exclama le domestique. Vous n'allez pas repartir pour revenir dans une heure. Vous pouvez l'attendre ici.

Martin pinça les lèvres.

— Je ne voudrais pas déranger, fit-il mine d'être embarrassé.

Comme pour mieux lui prouver que ce n'était pas le cas, André ouvrit un peu plus la porte.

— Je vous assure que vous ne gênerez personne, mon garçon ! Alors, à moins que vous ayez une course à faire et que ça vous arrange de repasser, j'insiste pour que vous dégustiez un café avec nous et partagiez ces macarons !

Cet homme était naïf, mais charmant. Martin s'en voulut presque d'avoir réussi à la manipuler si facilement.

— Eh bien, dans ce cas, c'est d'accord !

Ils entrèrent ensemble et la première chose que Martin fit en pénétrant dans l'atrium, fut de vérifier que le vase Ming était toujours bien là. Il n'avait pas bougé.

— Rose ! Nous avons de la visite. L'ami de Mlle Géris.

La gouvernante sortit de la cuisine, un torchon à la main.

— Ah ! Bonjour, monsieur Legrand. André vous a expliqué qu'elle n'était pas encore rentrée ?

— Oui, oui ! l'interrompit son époux. Tiens, il t'a apporté des macarons.

— Oh ! s'extasia-t-elle. Comme c'est gentil à vous !

Martin s'approcha et lui tendit la paume.

— Mais je vous en prie. Bonjour, madame Moine.

— Venez ! lui dit-elle en désignant la cuisine du plat de la main. Je vous sers un café, un thé ?

— Café, s'il vous plaît.

Le jeune homme prit place à table et se donna un air admiratif en regardant le petit jardin paysagé aménagé pile sous la verrière.

— C'est vraiment une belle maison.

Rosa-Louise mit une capsule dans la machine à expresso et actionna le bouton marche.

— Oui. M. de Bérail l'a revisitée complètement à la mort de son père. André et moi aimons beaucoup cet endroit.

La gouvernante posa une tasse pleine devant Martin et son époux et s'assit en bout de table. Avec une gourmandise non dissimulée, elle ouvrit la boîte de macarons et attendit que tout le monde se serve avant d'en choisir un également.

Martin sourit quand il la vit croquer dedans.

— Ils sont délicieux ! s'exclama-t-elle. Mlle Géris a bien de la chance d'avoir un ami aussi prévenant que vous.

— Ah ! Il faudra le lui dire, plaisanta-t-il, elle ne s'en rend pas toujours compte !

Puis il prit l'air de quelqu'un sur le point de faire des confidences.

— Je voulais savoir… J'ai cru comprendre que l'un des enfants dont s'occupe Gabi est très malade ?

— Était, répondit André en terminant sa pâtisserie. Paul est manifestement guéri.

— C'est une très bonne chose, fit mine de se réjouir Martin. Gabi se plaît-elle, ici ? Nous n'avons pas encore eu l'occasion d'en discuter vraiment.

— Il me semble que oui, supposa Rosa-Louise. Et, jeune homme, contrairement à la boutade faite à son sujet la dernière fois que vous êtes venu, sachez que Mlle Géris adore les enfants.

Martin émit un rire discret.

— Rien ne me plaît plus que de l'embêter. Oui, elle les aime. Elle a trois frères bien plus jeunes qu'elle, alors les gosses, elle s'y connaît !

L'heure tournait. Ils continuèrent à discuter un moment, puis Martin demanda s'il pouvait utiliser les toilettes.

— Mais bien sûr, lui dit Rosa-Louise. André, je vais commencer à faire ma pâte, tu veux bien montrer à M. Legrand où elles se trouvent ?

Martin prit soin de garder son sac à dos avec lui lorsqu'il suivit André. Ils passèrent devant le vase Ming tant convoité et, par chance, le jeune homme comprit que la salle d'eau se situait juste à côté, à deux pièces de la cuisine, sur le même côté. La céramique du XVe siècle était sagement exposée dans l'angle, contre le pan de mur qui se terminait sous l'escalier menant à l'étage. Il n'aurait aucun mal à s'en emparer discrètement. Cependant, pour le remplacer par celui qui se trouvait dans le salon, il lui faudrait traverser tout l'atrium sur lequel la cuisine donnait.

— Voilà, c'est ici, l'informa André. Si vous voulez bien m'excuser, j'ai encore deux ou trois choses à faire dans l'atelier avant midi. Vous n'aurez qu'à rejoindre ma femme pendant qu'elle prépare le repas.

Martin acquiesça.

— Pas de problème. Je vous remercie, monsieur Moine.

Il s'enferma dans les cabinets, attendit quelques secondes et rouvrit aussi doucement que possible. Il passa discrètement la tête dans l'entrebâillement et vit le septuagénaire disparaître derrière une porte à côté de l'ascenseur. Sans perdre de temps, il enfila les gants de soie qui se trouvaient dans ses affaires, parcourut les quelques pas qui le séparaient du vase, et l'enfouit délicatement et sans bruit dans son sac à dos.

Bon sang ! Il avait le cœur qui battait à dix mille à l'heure ! Voler sur un chantier de fouilles, ce n'était vraiment pas la même chose puisqu'il les dirigeait à chaque fois et que personne ne se serait permis de lui faire remarquer quoi que ce soit lorsqu'il s'approchait un peu trop près d'un objet. Mais là… Il n'avait carrément pas l'âme d'Arsène Lupin !

D'où il était, il entendit la gouvernante chantonner. Il laissa son sac devant la porte des toilettes et, à pas de loup, il longea le mur perpendiculaire à la cuisine. Quand il vit Rosa-Louise de dos en train de pétrir sa pâte, il s'élança aussi silencieusement que possible de l'autre côté de l'atrium. Il disparut derrière le pilier de l'un des arcs en plein cintre et se faufila dans le salon. Le second vase Ming était presque à portée de main. Il lui suffisait de faire trois pas et…

— André ? André ! J'ai besoin de ton aide ! cria Rosa-Louise par la fenêtre de la cuisine.

— J'arrive ! entendit-il de loin.

Merde ! Le domestique allait surgir d'une minute à l'autre.

Sans perdre plus de temps, il jeta un œil à la gouvernante qui s'était remise à l'ouvrage, et sauta presque littéralement sur la céramique. Il n'avait jamais été du genre maladroit, mais là, dans la précipitation, il shoota dans la console moderne sur laquelle elle était posée. Il la rattrapa de justesse et vérifia que Rosa-Louise avait toujours le dos tourné. Alors, il fit le chemin inverse et, juste avant de glisser discrètement ses gants dans sa poche, il disposa le vase à la place de l'autre au moment où André revenait.

— C'est une superbe pièce, dit Martin, l'air de rien.

— Oh, malheureux ! Ne le touchez pas, M. de Bérail y tient comme à la prunelle de ses yeux, il appartenait à sa grand-mère. Seule Rose a le droit de poser le doigt dessus, et uniquement pour le nettoyer !

Martin leva les deux mains devant lui et sourit.

— Houla ! Dans ce cas, je m'abstiens.

Il se baissa pour ramasser son sac.

— En tout cas, cette famille a très bon goût. C'est un vase Ming, n'est-ce pas ?

André haussa les épaules.

— Ming, Mong, je n'en ai aucune idée ! Mais tout ce que je sais, c'est qu'il vaut mieux éviter de tourner autour. Un geste malheureux, et c'est la foudre qui s'abattra sur cette maison.

Martin recula et prit un air sérieux.

— Alors, n'attirons pas les problèmes.

Puis ils rejoignirent Rosa-Louise.

— C'est pas trop tôt ! s'exclama-t-elle. Tu veux bien me faire passer le mixeur tout en haut du placard. Si je monte sur une chaise, je vais encore me casser la figure !

Martin se força à rire du nez.

— Voyons, madame Moine, vous auriez dû me demander de vous aider. Regardez…

Il se dressa sur la pointe des pieds et attrapa le robot.

— Je n'ai pas besoin de tabouret.

— Merci beaucoup ! Je vous ressers un café ?

— Non, je vous remercie.

— Prenez au moins un deuxième macaron, insista-t-elle en souriant.

Il savait que tout le monde les aimait, mais lui, il les avait en horreur. Il se servit pour ne pas la contrarier et se rassit à table.

Il allait vraiment falloir qu'il s'en aille.

Pendant qu'André Moine retournait dans son atelier et que Rosa-Louise mettait tout un tas d'ingrédients dans son mixeur, il s'empara de son téléphone portable, chercha les diverses sonneries et fit mine de recevoir un appel.

— Allô ? répondit-il dans le vide. Oui… oui… Ah ? En effet, c'est ennuyeux. Non, je ne suis pas disponible immédiatement. Hum… Je comprends.

Il laissa passer quelques secondes et reprit.

— Écoutez, je vous retrouve dans une demi-heure, trois quarts d'heure, ça ira ? Je ne peux pas faire mieux. Mais je vous en prie, à tout à l'heure, monsieur Rodriguez.

Puis il se leva et s'adressa à la gouvernante qui s'était tournée pour l'observer.

— Je suis désolé, madame Moine. J'ai une urgence, je ne vais pas pouvoir attendre le retour de Gabrielle. Vous voudrez bien lui dire que je suis passé ?

Elle s'essuya les mains dans son chiffon.

— Oui, bien sûr. Rien de grave, j'espère ?

— Non. Un client qui a quelques ennuis avec le serveur.

N'ayant aucune idée de quoi il parlait, elle se contenta de hocher poliment la tête.

— Merci pour le café. Vous saluerez votre époux de ma part ?

— Je n'y manquerai pas. Je vous raccompagne.

Et en moins de deux minutes, il se retrouva sur le trottoir, le précieux vase Ming sur le dos. S'en emparer avait été plus facile qu'il ne l'aurait cru.

Tout était parfait. Il ne lui restait plus qu'à appeler un taxi.

* * *

Adrien rentra chez lui vers midi et demi. La première chose qu'il remarqua en pénétrant dans l'atrium fut l'odeur délicieuse qui sc dégageait de la cuisine. Quand il était irrité, il n'y avait rien de mieux que la nourriture de Rosa-Louise pour le calmer, et Dieu sait qu'il en avait besoin ! Jane l'avait usé toute la semaine, il n'était pas mécontent de l'avoir mise – ou plutôt quasiment jetée – dans l'avion.

La jeune Américaine était déterminée et plus têtue qu'un cheptel de cent mules. Lui avoir avoué à demi-mot qu'il avait un faible pour Gabi l'avait rendue aussi revancharde qu'un athlète manquant de peu la médaille olympique. Tenues affriolantes, maquillage sophistiqué, postures suggestives... l'attendre nue comme un ver sur son lit ne lui avait pas fait peur non plus. Elle n'avait lésiné sur rien. Cela dit, Adrien n'avait pas été tout à fait honnête avec elle. Pour provoquer Gabrielle qui avait fait de son mieux pour l'éviter toute la semaine, il s'était laissé aller à un double jeu dont il n'était pas particulièrement fier. Il n'avait pas repoussé systématiquement Jane, ce qui avait eu pour effet de lui donner des espoirs infondés. Pourtant il était totalement sûr de lui : il ne voulait plus d'elle depuis longtemps. Sous aucun prétexte. Quant à Gabi, il était presque certain qu'elle le prenait pour un véritable salaud. Ce qu'il n'était pourtant pas. C'est pourquoi il mettrait les choses à plat avec elle, ce midi même.

Son histoire de *bis repetita* avec l'archéologue blondinet était forcément du flan. En tout cas, il allait en avoir le cœur net.

Adrien n'essayait plus de comprendre pourquoi il faisait une fixation sur Gabrielle. En l'espace de quelques semaines, il avait eu le temps d'y réfléchir sérieusement : il la voulait dans son lit, c'était un fait, mais aussi de bien d'autres manières. Contrairement à ce qu'il s'était dit, ce n'était peut-être pas uniquement pour le sexe. Il n'avait même jamais prétendu en être amoureux, mais il reconnaissait humblement que sa fraîcheur, son naturel et son tempérament de feu le faisaient littéralement craquer et lui apportait un souffle nouveau. Et puis, ses enfants ne l'adoraient-ils pas ? Elle était saine de corps et d'esprit, c'était une femme cultivée et intelligente, peut-être était-il temps pour lui de reconstruire quelque chose qui en valait vraiment la peine ? Alors, fini les conneries ! Essayer de la rendre jalouse était si parfaitement stupide et immature, qu'à froid, il en avait presque honte. Ce n'était pas la meilleure façon de procéder et il allait y remédier. Soit, ils se côtoyaient depuis peu, tout cela pourrait sembler prématuré à n'importe qui, mais il fallait bien commencer par quelque chose. Donc, si la jeune femme avait besoin de quelques garanties pour se laisser séduire et lui permettre de mieux la connaître, il y consentirait bien volontiers, dans la mesure du raisonnable. Il n'était pas non plus prêt à bouleverser sa vie entière.

En attendant qu'elle revienne avec Sophie et qu'ils puissent s'isoler un moment, il ne se gênerait pas pour entrer dans la cuisine et chiper une boulette de viande. Son nez ne lui faisait pas défaut : Rosa-Louise avait préparé des spaghettis à la tomate. Déterminé, il avança de quelques pas, mais juste avant de pénétrer dans la pièce, il fronça les sourcils. Quelque chose clochait.

— Il y a un problème ? lui demanda Rosa-Louise qui avait remarqué la tête qu'il faisait.

Il marmonna quelque chose qu'elle ne dut pas comprendre et recula pour inspecter le vase Ming de sa grand-mère. Tout du moins, celui qui le remplaçait. Pourquoi diable Rosa-Louise – qui demeurait la seule à avoir le droit d'y toucher à part lui – avait-elle mis la céramique du salon à la place de celle-ci ? Ce n'était pas que ça le dérangeait particulièrement, mais depuis sa naissance, pas un des deux n'avait été changé d'endroit.

— Rosa-Louise ?

— Oui, monsieur ?

Il souffla du nez d'agacement.

— Par pitié, nous sommes entre nous ! Arrêtez de m'appeler monsieur !

La septuagénaire ne prit pas la peine de lui répondre et s'approcha de lui.

— Que se passe-t-il ?

— Pourquoi avez-vous changé de place le vase de ma grand-mère ?

— Changer de place ? répéta-t-elle, visiblement perdue.

— C'est le Ming du grand salon qui se trouve ici.

La gouvernante plissa le front.

— Vous en êtes sûr ?

— Évidemment ! insista-t-il d'un ton sec.

Rosa-Louise s'approcha et… constata.

— Je ne comprends pas…

Ni une ni deux, elle se rendit dans ledit salon et poussa un cri d'effroi.

— Mon Dieu, Adrien, il a disparu !

Avant de la rejoindre, il ne put s'empêcher de se dire que c'était bien dommage que ce soit dans un moment pareil qu'elle ose de nouveau l'appeler par son prénom.

— Bordel de merde ! jura-t-il.

— Attendez, tenta de le calmer la vieille dame. C'est peut-être André qui… Ne bougez pas.

Elle s'élança dans la cuisine et ouvrit la fenêtre.

— André ! Tu peux venir une minute, s'il te plaît. On a un petit souci.

Le majordome arriva séance tenante.

— Que se passe-t-il ?

Rosa-Louise avait la mine grave.

— Le vase Ming dans l'entrée a disparu. Il a été remplacé par celui du salon. Tu y es pour quelque chose ?

Le septuagénaire fronça les sourcils en secouant la tête.

— Absolument pas.

— Que s'est-il passé ? marmonna-t-elle, vraiment ennuyée. Sophie l'aurait cassé sans oser nous le dire et…

— Pourquoi aurait-elle fait une chose pareille, la coupa Adrien, la colère enflant comme un ballon de baudruche. Quand elle fait une ânerie, elle est plutôt contente de venir nous le dire, en temps ordinaire ! Qui est venu ici ?

Rosa-Louise blanchit d'un seul coup.

— Eh bien, je…

— Le salopard ! s'écria soudain André d'une voix tonitruante. J'aurais dû m'en douter !

— Quoi ? s'énerva Adrien.

Rosa-Louise était en train de passer par toutes les couleurs.

— Oh, Seigneur… non, ce n'est pas possible, oh !

Adrien lui posa une main ferme sur l'épaule pour qu'elle se ressaisisse.

— Calmez-vous, Rosa-Louise. Que s'est-il passé ?

— L'ami de Mlle Géris…

— Eh bien ?

— Il… il est venu lui rendre visite pendant qu'elle était absente. Nous lui avons ouvert et… il a dit qu'il avait une urgence, puis il est parti, et… Ohhh, se lamenta-t-elle. Nous n'y avons vu que du feu !

Rosa-Louise se tut quand elle vit le visage d'Adrien se décomposer de fureur.

— Elle a osé ! éructa-t-il.

Les yeux de la domestique s'agrandirent d'incompréhension.

— Mais… de qui parlez-vous ?

— À votre avis ? gronda-t-il.

— Mlle Géris ? demanda André. Gabrielle ? Mais non, monsieur, vous vous trompez.

Adrien n'eut pas le temps de leur vomir le fond de sa pensée, la porte de l'entrée venait de claquer.

— C'est nous ! lança Sophie d'une voix joyeuse en pénétrant dans la maison. On est revenues !

Adrien fonça comme une torpille sur Gabrielle, si bien qu'elle s'arrêta tout net au beau milieu de l'atrium, tétanisée de surprise.

— Vous ! hurla Adrien. Vous êtes virée !

17

Gabi était sous le choc, incapable de proférer un son. Dans un silence subitement devenu assourdissant, ce que venait d'annoncer Adrien pesait de tout son poids au-dessus d'eux.

Il la renvoyait ? Mais pourquoi ?

— Papa, murmura Sophie, interloquée. Gabi n'a rien fait…

— Rosa-Louise ! tonna-t-il. Allez faire déjeuner Paul et Sophie, Mlle Géris et moi avons quelques formalités à régler avant qu'elle ne s'en aille.

Gabi demeurait bouche bée, n'osant croire ce qu'il était en train de dire. Il la virait bel et bien !

— Papa ! protesta davantage Sophie.

Il se pencha vers Rosa-Louise qui hésitait et lui jeta un regard noir.

— Faites ce que je vous demande.

La gouvernante bouillonnait, mais elle resta calme et acquiesça en faisant un signe discret à son mari pour qu'il la suive aussi.

— Viens avec moi, Sophie, lui intima-t-elle gentiment en lui tendant la main.

— Mais…

— Plus tard. Laissons ton père et Mlle Géris s'expliquer.

Ce qu'espérait bien Gabi, parce qu'elle avait clairement l'impression que le ciel venait de lui tomber sur la tête, et elle aurait bien voulu en connaître la raison.

— Je suggère que nous allions discuter de tout ça dans mon bureau, dit-il froidement en commençant à se diriger vers l'escalier.

Le cœur de Gabi battait à tout rompre. Ses pieds semblaient pris dans une chape de béton, si bien qu'elle crut ne jamais pouvoir faire un pas. En revenant de sa sortie avec Sophie, elle savait qu'Adrien et elle auraient une petite conversation, mais pas ça. Pas ça, nom d'un chien !

— Je vous attends, s'impatienta-t-il.

Elle serra les dents et le suivit, s'efforçant de garder les yeux fixés sur le dos d'Adrien en s'imaginant lui lancer des fléchettes, des centaines de fléchettes ! Mais pour qui se prenait-il à la fin ? Comment osait-il la traiter avec si peu de considération ? Était-ce là sa réponse à sa soi-disant relation avec Martin ? C'était totalement disproportionné ! Adrien de Bérail pouvait agir comme un connard quand il le voulait. Non. Comme le prince des connards !

— Entrez ! ordonna-t-il en ouvrant la porte de son bureau.

Pour la peine, elle faillit rester sur le palier, mais Rosa-Louise et Sophie auraient entendu tout ce qu'ils allaient se dire, et contrairement à Adrien, Gabi n'était pas du genre à se donner en spectacle. Elle pénétra dans la pièce assombrie par les volets partiellement clos, évitant de poser les yeux sur le tapis qui avait accueilli leur bref instant de folie, puis elle attendit qu'Adrien referme le battant derrière lui pour lui faire face.

— Comment avez-vous osé ? gronda-t-il férocement.

Toujours dans l'idée qu'il lui reprochait d'avoir remis le couvert avec Martin, elle fronça les sourcils.

— Ça ne vous regarde absolument pas !

L'espace d'un instant, elle eut l'impression qu'il allait devenir tout bleu tant il était furieux.

— Ça ne me regarde pas ? Ça ne me regarde pas ? Vous et votre petit ami mettez au point un plan pour me voler et ça ne me regarde pas ? Savez-vous seulement ce que vous risquez, mademoiselle Géris ? Cinq ans d'emprisonnement et 75 000 euros d'amende pour vol en réunion ou complicité de vol. Ce vase n'en vaut même pas le tiers !

Le visage de Gabi s'affaissa sur une expression d'ahurissement. Elle tombait des nues.

— Mais… de quoi parlez-vous ?

— Ne jouez pas à ce petit jeu-là avec moi, mademoiselle Géris ! Vous le savez pertinemment.

Gabi secoua la tête, définitivement perdue.

— Je vous assure que non.

Adrien grogna amèrement.

— Quelle superbe comédienne vous faites ! Le vase Ming ! Envolé ! Vous allez me faire croire qu'il a disparu comme par enchantement ?

— Le vase… Ming ? Celui qui se trouve dans l'atrium ?

— Se trouvait, mademoiselle Rapetou. Il y était encore avant que vous ne mettiez la main dessus !

— Ça suffit ! se fâcha-t-elle vraiment. C'est ridicule, je n'ai rien volé du tout !

Adrien s'approcha, plus menaçant qu'un fauve, mais Gabi resta campée sur ses pieds.

— Je vais vous dire ce qui est ridicule, mademoiselle Géris. C'est que vous ayez considéré que j'étais suffisamment stupide pour ne pas me rendre compte qu'il avait été remplacé par celui qui se trouvait dans le salon ! Vous voulez connaître l'ironie du sort ? Vous faites une piètre voleuse, celui que vous avez pris a deux fois moins de valeur que l'autre !

Gabi recula d'un pas. La tête lui tournait. Tout ce qu'elle comprenait, c'était que son patron était hors de lui et qu'on lui avait subtilisé cette maudite céramique. Pour le reste, elle nageait en eaux troubles. Elle fronça les sourcils comme une forcenée et secoua la tête.

— Bon sang ! C'est un dialogue de sourds, monsieur de Bérail. Je n'ai aucune idée de ce dont vous parlez ! Quand suis-je censée avoir volé ce vase ? Et comment ?

Cette fois, il éclata sournoisement de rire.

— Vous êtes incroyable ! Je vous prends la main dans le sac et vous continuez à nier ?

Gabi se tint le plus droite possible pour le regarder de haut.

— Seigneur ! C'est comme ça que vous gagnez vos affaires ? Par des suppositions bidon sans aucune preuve à l'appui ? Je n'ai rien volé, monsieur de

Bérail, alors je ne vois pas comment je pourrais avoir été prise la main dans le sac ! Jusqu'à preuve du contraire, lorsque j'ai quitté votre maison, ce matin, le vase était toujours à sa place ! Je n'ai pas le don d'ubiquité, figurez-vous. Je me trouvais avec votre fille à plusieurs kilomètres d'ici quand il a manifestement disparu.

Bon sang, elle avait l'impression d'être en train de participer à une sordide partie de Cluedo. Il ne manquait plus qu'on l'accuse de meurtre. Ce qui ne tarderait pas à arriver si ce bougre d'âne ne se calmait pas. Elle allait finir par le trucider sur place !

Les yeux d'Adrien se plissèrent.

— Je vais vous rafraîchir la mémoire, mademoiselle, et ensuite, pendant que vous réfléchirez à la manière de me rendre ce vase, vous bouclerez vos valises pour quitter cette maison. Si je ne le récupère pas, c'est la police qui vous escortera dans votre nouveau logement, tous frais payés. Pour trois jours minimum, j'y veillerai.

— Une… garde à vue ? s'horrifia Gabi.

Elle eut l'impression de le voir sadiquement claquer des dents.

— Tout juste.

— Mais… puisque je vous dis que je n'ai rien fait du tout !

— Arrêtez de me prendre pour un con ! Vous avez tout manigancé ! Vous avez organisé une sortie avec Sophie, et pendant ce temps, votre petit ami s'est introduit chez moi pour s'emparer du vase Ming, ni vu ni connu.

— Ma… Martin ? bégaya-t-elle, n'osant croire ce qu'elle venait d'entendre.

Gabi était en plein cauchemar, Martin faisait des conneries et c'est elle qu'on accusait de complicité ! Encore ! Ce n'était pas possible, elle allait se réveiller !

— Oui ! gronda-t-il, à bout de nerfs. N'essayez pas de jouer à la plus maligne avec moi ! Il est venu ici pour vous rendre soi-disant visite, profitant de la gentillesse de Rosa-Louise et d'André, et vous, de la mienne, par la même occasion !

Gabi crut qu'elle allait s'étrangler.

— Votre gentillesse ? Laissez-moi rire ! Quand avez-vous été gentil avec moi, précisément ? Lorsque vous m'avez ignorée pendant une semaine après m'avoir culbutée contre un mur ? Le jour où vous m'avez accusée d'amener mes conquêtes sous votre toit ? Ou quand vous m'avez prise pour une imbécile en batifolant avec cette rouquine obsédée par votre pénis, alors que vous étiez sur le point de me faire l'amour ici même, quelques heures plus tôt ? Et pour votre gouverne, je n'ai rien organisé du tout avec Martin.

— Je n'en crois pas un mot ! éructa-t-il.

— Ça m'aurait étonnée ! lança-t-elle en levant les yeux au ciel. Vous êtes plus têtu qu'un poney en rut ! Quoi qu'il en soit, vous m'avez insultée une fois de trop. Je me fiche que vous retrouviez ce maudit vase ou non. Vous ne me virez pas, monsieur, je démissionne ! Quant à vos menaces, allez-y ! Appelez la police. Je l'exige même ! Ils seront assurément moins stupides que vous et démontreront en moins de deux que je n'y suis pour rien.

Elle tourna les talons pour sortir au plus vite de cet endroit.

Refusant de lui laisser le dernier mot, il la retint par l'épaule.

— Je vous interdis de me toucher ! hurla-t-elle en se dégageant.

Il obtempéra et gonfla les narines, à deux doigts de la secouer comme un prunier.

— Tout était organisé depuis le début, n'est-ce pas ? Vous vous arrangiez pour vous faire embaucher par un riche avocat et, pendant que j'aurais le dos tourné, votre petit ami viendrait piquer deux ou trois bricoles à revendre ?

— Vous êtes complètement parano !

Bon sang, cette histoire était complètement dingue. Elle allait le tuer. Cette fois, elle allait tuer Martin !

Les yeux d'Adrien s'étrécirent.

— Vous croyez ? Vous ne savez pas à qui vous avez affaire, mademoiselle Géris.

Elle le fusilla du regard.

— Oh que si ! À un butor sans cervelle qui ne doit sa notoriété qu'à celle de son père !

Il blanchit d'un seul coup.

Intérieurement elle regretta aussitôt ses paroles qu'elle ne pensait sincèrement pas. Mais il avait mérité qu'elle s'en prenne à lui de cette manière. Elle n'allait pas s'excuser. Hors de question.

— Dehors, articula-t-il en lui montrant la sortie du doigt.

Sans crier gare, les larmes de Gabi affluèrent. La jeune femme, les joues rouges de colère et d'humiliation, ne se fit pas prier. Elle claqua la porte derrière elle et disparut avant qu'il ne la voie vraiment pleurer.

Adrien lâcha une bordée de jurons. Il n'avait jamais été violent avec une femme, mais il avait failli l'étriper ! Bon sang ! Elle semblait si sûre d'elle et réellement hors de tout soupçon. Il était même certain qu'elle avait été sur le point de se mettre à pleurer. Quelle comédienne ! Quelle manipulatrice ! Et dire qu'il lui avait fait confiance !

L'esprit déchaîné par une flopée de visions épouvantables, il abaissa la tête et appuya les doigts sur ses yeux. Il se sentait tellement trahi qu'il avait envie de lui courir après pour l'achever psychologiquement. C'était quelque chose qu'il faisait très bien. Mais tandis qu'il était en train de se refaire la scène en la maudissant et en l'accablant de tous les torts, une suggestion insidieuse s'imposa à son esprit : et s'il se trompait sur toute la ligne ? Adrien n'avait pas le moindre doute quant au fait que ce morveux de Martin Legrand y était pour quelque chose, mais Gabrielle… Quelques heures plus tôt, il avait souhaité mieux connaître cette femme afin, éventuellement, d'entreprendre quelque chose de sympa avec elle…

Bon sang ! Il commençait à remettre en cause l'idée de la déclarer coupable aussi vite que sa colère avait flambé. Il lui manquait vraiment une case !

Amèrement, il se dit que, parfois, il agissait vraiment comme le roi des cons. Comme toujours, il était incapable de se maîtriser lorsqu'il s'agissait de sa vie personnelle. Déterminé à lui cracher sa haine et sa colère, il ne lui avait pas laissé le plus petit bénéfice du doute, ni même l'occasion de se justifier correctement, alors que, jusqu'à présent, il n'avait jamais rien eu de très important à lui reprocher. La situation l'avait rendu fou de rage, et quand il était dans cet état, il n'y avait pas moyen de le faire réfléchir convenablement. Merde ! Il n'avait pourtant plus vingt ans !

Sur la défensive, elle l'avait rabroué à juste titre. Et elle avait raison, il n'avait jamais été gentil avec elle. Il avait mérité de se faire traiter de butor sans cervelle. Mais ce que Gabrielle ne savait pas, et qui avait mis en banqueroute le peu de sang-froid qui lui restait, c'est qu'en l'accusant de surfer sur la vague de la réussite de son père elle avait touché un point très sensible. Toute sa vie, on lui avait reproché de faire dans le tout-cuit, d'être un gosse de riche n'ayant jamais eu à se battre pour obtenir quoi que ce soit. Adrien avait pourtant dû faire ses preuves, bosser comme un fou pour en arriver là où il en était, et deux fois plus que ses collaborateurs. Son père ne lui avait jamais facilité la tâche, et avait menacé à plusieurs reprises de passer la main à quelqu'un d'autre si son fils ne démontrait pas qu'il était le meilleur. Malgré ça, à trente-six ans, l'avocat n'était pas encore venu à bout des racontars propulsés par les mauvaises langues, et le fait que Gabrielle pense la même chose que ces ignorants lui tordait franchement les tripes. Cela dit, ce n'était pas en agissant comme il l'avait fait qu'il allait entrer dans ses bonnes grâces. Son comportement était inexcusable. Il n'aurait pas dû la traiter ainsi sans chercher à savoir.

En mettant un violent coup de pied dans la corbeille à papier, il se promit que ce petit merdeux ne s'en tirerait pas comme ça, à plus forte raison s'il s'était servi de Gabrielle.

Il n'avait aucun plan d'action précis, mais il allait retrouver Martin Legrand chez Gabrielle, récupérer son vase, et avant de prévenir la police, lui donner la plus belle dérouillée de toute sa vie.

Il sortit de son bureau en trombe, descendit quatre à quatre les marches d'escalier, ignorant la jeune femme encore sous le choc et immobilisée contre la rambarde. Un seul objectif en tête, il quitta la maison.

* * *

— J'ai ce que vous voulez, dit Martin.

— C'est parfait, monsieur Legrand, le félicita une voix au fort accent italien au téléphone. Nous nous retrouverons à l'endroit habituel. Je me réjouis de votre sérieux, nous allons pouvoir envisager une prochaine collaboration.

— J'en doute. C'est terminé pour moi. Vous allez devoir trouver quelqu'un d'autre.

— Vraiment ? ironisa son interlocuteur comme s'il l'avertissait qu'il ne le lâcherait pas comme ça.

— Oui. Vraiment. Je ne suis plus dans le circuit. Je me retrouve dans l'incapacité de vous fournir quoi que ce soit de plus.

— C'est vraiment dommage, répliqua l'Italien, mielleux. Vous avez quelqu'un à me recommander, peut-être ?

— Non. Je ne connais personne de suffisamment fou pour verser dans des magouilles qui m'ont valu mon boulot, un nez et des côtes cassés.

Le gars éclata de rire.

— Nos méthodes sont parfois extrêmes, mais il faut savoir être persuasif. On ne nourrit pas son compte en banque en faisant faire des heures de colle. Eh bien, monsieur Legrand, un deal est un deal. Si vous avez rempli le vôtre, nous vous laisserons tranquille. Dans le cas contraire, nous reviendrons.

— Ne vous inquiétez pas, tout est en règle.

— Quand ? l'interrogea le mafieux d'une voix qui camouflait à peine son excitation.

— Le plus tôt possible.

— Ce soir, 20 heures.

Martin secoua la tête pour lui-même.

— Non. Avant. Cet après-midi, 15 heures.

Le Sicilien fit mine de réfléchir pour la forme.

— Ça ira. À tout à l'heure, monsieur Legrand. Et n'oubliez pas : ne nous faites pas faux bond.

Martin raccrocha, le cœur au bord des lèvres rien qu'à l'idée de rencontrer une nouvelle fois ces types. Ces gars-là n'étaient pas des petites frappes.

— Tu paies ou tu meurs, se dit-il à voix haute.

Il se dirigea vers la table basse et caressa la panse du vase Ming du bout de ses doigts gantés.

— Eh bien, je paie !

Il serait bientôt 13 h 30, il ne lui restait plus beaucoup de temps pour le céder à ses créanciers. Quant au dénouement de l'histoire, ça lui faisait presque autant grincer les dents que l'épée de Damoclès qu'il avait sur la tête depuis quelques semaines. Lorsque de Bérail se rendrait compte de l'absence de son bien, il ne mettrait pas longtemps à remonter jusqu'à lui. Martin s'en était toujours douté, au demeurant. Quoi qu'il en soit, il allait devoir faire montre de toute l'imagination et la perfidie dont il était capable pour lui faire croire qu'il n'y était pour rien. Ce ne serait pas une mince affaire devant un éminent avocat tel que lui. Mais Martin n'était pas non plus un débutant, il avait su déjouer bien des accusations pour lesquelles les preuves de sa culpabilité étaient encore plus évidentes. Et une fois le vase disparu, de Bérail n'en aurait plus aucune. Ses empreintes n'étaient sur aucune des deux céramiques qu'il avait touchées et les téléphones qu'il utilisait pour appeler les Italiens étaient à cartes prépayées, anonymes, il les jetait aussitôt. Impossible de remonter la filière. Sans compter que ce coup-ci, il ne tirerait pas un sou de cette transaction.

Fort de ces déductions qu'il espérait réalistes, il sortit une bière du réfrigérateur. Bientôt, tout serait terminé. Bientôt, il recommencerait tout à zéro. C'est pourquoi, lorsque quelqu'un frappa à la porte, confiant en l'avenir, il ouvrit sans réfléchir et reçut en pleine figure le coup de poing le plus phénoménal de toute sa vie.

— Espèce de fils de pute ! gronda Adrien en avisant le vase Ming sur la table, tandis que Martin gisait par terre. Debout !

Martin essaya de se relever tant bien que mal, le nez comme un chou-fleur pour la deuxième fois en trois semaines, alors que celui-ci n'était pas encore tout à fait remis. Il porta la main à son visage, ouvrit la bouche pour respirer et s'étrangla avec le sang qui s'y infiltra.

— Ça va, ça va, réussit-il à dire d'une voix nasillarde.

Adrien se baissa pour l'empoigner par le col et le remettre sur ses pieds.

— Petit bouseux ! Qu'est-ce que tu croyais ?

Et bam ! Martin encaissa un crochet du droit à la mâchoire et s'effondra sur la console devant la fenêtre. Le pot de fleurs posé dessus se fracassa, parsemant le sol de terreau.

À nouveau, Martin demeura par terre, mais il tendit un bras devant lui pour éviter de se faire cogner une troisième fois.

— Debout ! lui ordonna Adrien.

Martin secoua la tête. Adrien s'avança, prêt à le frapper un peu plus fort.

— Arrêtez !

L'avocat se retourna et vit Gabrielle dans l'encadrement de la porte, les joues roses et le souffle court. Adrien fronça les sourcils.

— Je ne crois pas, non !

Et il asséna un coup de pied bien placé dans les côtes de Martin qui gémit en serrant les dents.

— Ça suffit ! ordonna la jeune femme en se positionnant entre eux. Regardez l'état dans lequel vous l'avez mis !

Puis elle s'agenouilla devant Martin.

— Sombre crétin ! C'est moi qui devrais t'étriper pour ce que tu as fait.

Elle se dirigea finalement vers le meuble sous l'évier et en tira un rouleau de papier essuie-tout. Elle en détacha plusieurs feuilles et se rassit en face de son ami pour les lui appliquer sur le nez.

— Pourquoi as-tu fait une chose pareille ? Pourquoi ? lui demanda-t-elle d'un ton si lourd de reproches qu'Adrien n'aurait pas voulu qu'elle s'adresse à lui.

Le jeune homme se redressa, s'assit à même le sol et s'appuya contre le mur.

— Laisse tomber, marmonna-t-il. J'ai perdu.

— Tu ne crois pas si bien dire ! renchérit Adrien d'une voix empreinte de colère.

Gabi se tourna vers Adrien.

— Récupérez votre satané vase et fichez le camp.

Il eut l'impression d'avoir mal entendu.

— Que je m'en aille ? Vous n'avez pas l'air de bien comprendre ce qui va suivre. La police sera prévenue et votre ami se retrouvera en cellule.

Elle lui jeta un regard assassin.

— Il pourrait porter plainte contre vous pour coups et blessures ! l'avertit-elle.

Il était sûr qu'elle réagirait comme ça, et ce, juste pour le punir de l'avoir accusée à tort, mais Adrien s'esclaffa.

— La belle affaire !

— Et violation de domicile ! ajouta-t-elle.

Adrien fit mine de siffler d'admiration.

— Mais c'est que vous pourriez presque me remplacer au barreau, mademoiselle Géris. Allez, assez joué !

Il sortit son téléphone portable de sa poche et commença à pianoter.

— Non ! s'écria Gabi en se levant. Non… ne faites pas ça. S'il vous plaît.

L'avocat haussa un sourcil.

— Donnez-moi une seule bonne raison de ne pas faire en sorte que ce minable ne puisse plus nuire à personne ?

Adrien soutint le regard de la jeune femme avec une insistance tranquille, ce qui eut l'air de la mettre particulièrement mal à l'aise. Pourtant, elle ne détacha pas ses yeux de lui et affronta l'indifférence qu'il tentait de se composer.

— Parce que… je vous le demande.

Il aurait voulu comprendre pourquoi elle protégeait un type qui aurait pu la faire virer et la mettre dans une situation grave. Sans doute devait-elle encore avoir de profonds sentiments pour lui et il en éprouva même un pincement de jalousie qui lui fut difficile de nier.

— Il m'a volé.

Gabi tourna la tête en direction du vase Ming et revint vers les yeux d'Adrien.

— Vous n'avez qu'à le prendre, partir et faire comme si rien ne s'était passé.

— Gab, souffla Martin. Tu sais que je ne mérite pas ta sollicitude.

— Tu ne l'as pas, espèce d'imbécile ! s'empressa-t-elle de le contredire. J'essaie juste de…

Puis sa voix s'étrangla avant qu'elle ne reprenne d'une voix vibrante d'émotion, car elle était au bord des larmes :

— Au fond de toi, il… il y a quelqu'un de bon. Règle tes problèmes, Martin, et redeviens qui tu étais, s'il te plaît… Tu es jeune, brillant… Tu peux tout recommencer.

Adrien ne sut dire ce qu'il ressentit en l'écoutant. Gabrielle Géris n'était pas n'importe quelle femme. C'était celle qui avait sauvé un pigeon avant de venir à un entretien d'embauche et qui, pour qu'il ne meure pas, l'avait pris avec elle au risque de perdre ses chances d'obtenir le poste, alors qu'elle avait désespérément besoin de travail. C'était en elle qu'il y avait du bon, pas en ce petit connard qui en profitait.

— Je suis dans la merde, Gabi. Une grosse merde… Si je ne suis pas à 15 heures à mon rendez-vous pour payer ma dette, je suis un homme mort.

La jeune femme devint plus blanche qu'un linge.

— Une dette ? Quelle dette ? Ce sont ceux qui te sont tombés dessus la dernière fois ?

— Taisez-vous ! gronda Adrien avant que Martin réponde. Ne dites rien. Elle n'a pas besoin de savoir dans quelle situation vous vous êtes fourré. Si vous avez un tant soit peu d'honneur et de respect pour elle, ne la mêlez pas à ça.

Martin l'observa quelques secondes, puis il hocha la tête pendant que Gabi, stupéfaite, levait les yeux vers Adrien.

— J'aimerais avoir une petite discussion avec votre ami, mademoiselle Géris. Pouvez-vous nous laisser quelques minutes ?

Elle secoua le menton de droite à gauche.

— Non.

Adrien perdit patience.

— Bon sang ! Je ne vais pas le frapper. Juste lui parler.

Gabi considéra Martin qui clignait des paupières pour lui signifier son accord. À regret, elle se leva et passa devant Adrien sans lui concéder un seul regard, puis elle sortit.

— Combien ? demanda simplement Adrien.

Martin comprit immédiatement à quoi il faisait allusion.

— 26 000 euros.

Adrien consulta sa montre.

— Il est 14 heures, où avez-vous rendez-vous ?

Martin se redressa avec difficulté.

— Pourquoi souhaitez-vous le savoir ?

— Où ? répéta Adrien avec plus de conviction.

Martin renifla en grimaçant de douleur.

— Jardin des Plantes.

— Décalez votre rendez-vous de quarante-cinq minutes.

L'ex-archéologue pencha la tête, indécis.

— Où voulez-vous en venir ?

Adrien fronça les sourcils et étira la nuque pour l'observer froidement.

— 26 000 euros cash et vous disparaissez de la vie de Gabrielle. 5 000 de plus si c'est dans l'heure.

Le visage de Martin se décomposa de stupéfaction.

— Vous plaisantez ?

— Pas le moins du monde.

— Vous ne porterez pas plainte contre moi ?

— Non. Et estimez-vous heureux. Je devrais vous péter toutes les dents pour avoir mis Gabrielle dans une telle situation.

— Je tiens à elle, osa-t-il à peine murmurer.

— Vous avez une drôle de manière de le lui prouver. Que décidez-vous ?

Celui qu'Adrien considérait comme une raclure parut sincèrement réfléchir, et finalement, il hocha la tête.

— Très bien. J'accepte.

Adrien lui tourna le dos, pianota sur son téléphone et donna quelques directives à son banquier, puis il s'adressa de nouveau à Martin.

— UBS vous attend dans une demi-heure. Présentez-vous, remettez votre carte d'identité, prenez ce qu'ils vous donnent et disparaissez. Si jamais j'apprends que vous êtes encore ici ou que vous rôdez toujours autour de Gabrielle, vous aurez davantage à vous inquiéter de moi que de ceux à qui vous devez de l'argent. Ramassez vos affaires maintenant et fichez le camp.

Martin se le tint pour dit. Il se leva difficilement et commença à réunir ce qu'il avait emmagasiné en trois semaines. Pas grand-chose, au bout du compte. Pendant tout ce temps, Adrien l'observa sans ciller. Gabi rouvrit la porte avant qu'il ait terminé.

— Que se passe-t-il ? demanda-t-elle en voyant Martin boucler ses valises. Tu t'en vas ?

— Oui, lui répondit-il sans même la regarder.

Gabi entra et considéra Adrien d'un drôle d'air.

— Où vas-tu ? Que t'a-t-il dit ?

Martin s'arrêta et se posta face à elle.

— Tout va bien. Ton boss ne porte pas plainte, quant à moi j'ai assez profité de ton hospitalité. Je te rends ton appartement.

Adrien regarda de nouveau sa montre.

— Vous avez terminé ?

— Presque.

Martin finit par la salle de bains qu'il vida rapidement, il retira les clés de la serrure de la porte d'entrée et les tendit à Gabi.

— Mais… bredouilla-t-elle.

Le jeune homme se pencha, lui embrassa la joue en essayant de ne pas se faire mal et sourit faussement.

— Ne t'inquiète pas pour moi et prends soin de toi.

Puis il disparut.

Désemparée, Gabi posa les yeux sur Adrien et fronça les sourcils.

— À quoi ça rime ? Que lui avez-vous dit ?

Adrien se tourna vers le vase Ming et avisa la nappe jetée sur la table.

— Vous permettez ?

Elle acquiesça, tandis qu'il l'emballait soigneusement.

— Que lui avez-vous dit ? Répondez-moi.

— Rien de très inquiétant, mademoiselle Géris.

Le front de Gabi se barra d'un pli sévère.

— Venant d'un type qui lui a refait le portrait, laissez-moi en douter !

La céramique sous le bras, il fit face à Gabi.

— Comment êtes-vous venue jusqu'ici ?

— À vélo, pour aller plus vite, grommela-t-elle.

Adrien se dirigea vers la porte qu'il ouvrit en grand afin d'inviter Gabi à sortir.

— Nous le mettrons dans ma voiture. Rentrons à la maison.

La jeune femme marqua un temps d'arrêt.

— La maison ? Vous voulez dire *votre* maison.

Il la regarda avec toute l'intensité dont il était capable et hocha tristement la tête.

Gabi attendait des excuses, mais elles ne venaient pas. Cependant, elle était décidée à ne pas passer l'éponge. Elle voyait les choses de cette façon-là : soit Adrien était sincèrement désolé, auquel cas elle lui dirait quand même ce qu'elle pensait de sa manière d'agir et ils repartiraient sur de bonnes bases ; soit il ne jugeait pas utile de montrer des regrets, et là, elle ferait ce qu'elle avait annoncé, elle démissionnerait. Devant le silence d'Adrien, c'est donc d'un pas lourd qu'elle quitta son appartement avec lui. Il avait jusqu'à ce soir pour se décider.

18

— Adrien Pierre Louis de Bérail ! gronda Rosa-Louise en fonçant droit sur lui lorsque Gabi et lui pénétrèrent dans l'hôtel particulier.

Adrien eut l'air d'être aussi surpris que Gabi qui n'avait jamais entendu Rosa-Louise l'appeler par son prénom et encore moins lui crier dessus. Cela dit, l'effet escompté fut manifestement atteint, puisque l'autoritaire et intransigeant avocat baissa les yeux en donnant l'impression de se tasser sur lui-même. Gabi en aurait presque applaudi la septuagénaire pour cette extraordinaire performance.

— Personne ne vous a élevé comme un malotru dans cette maison ! J'espère que vous avez présenté des excuses à cette jeune femme ! continua-t-elle, les poings sur les hanches.

Adrien marmonna quelque chose d'inintelligible dans sa barbe, passa devant elle et remit le vase sur son socle. Puis il se tourna vers Gabi pour la considérer vaillamment alors qu'il savait qu'il aurait dû se faire minuscule.

— C'est ce que je vais faire de ce pas, s'engagea-t-il avec résolution. Auriez-vous la gentillesse de nous préparer de quoi boire et grignoter ? Mlle Géris doit mourir de faim, et j'avoue que moi aussi. Nous serons dans le petit salon, à l'étage.

Gabi haussa un sourcil. Les intonations aristocratiques d'Adrien dénotaient un réel malaise. Se composer un air solennel était sans doute supposé lui donner l'illusion de maîtriser parfaitement la situation – ce qui, en temps ordinaire, devait s'avérer utile lorsqu'il avait quelque chose à se reprocher –, mais avec Gabi, ça ne prenait pas. Elle pressentait qu'il reconnaîtrait ses torts plus difficilement qu'il ne le pensait.

D'un signe de la main, il lui fit signe de le suivre à l'étage. Elle hocha la tête, jeta un coup d'œil à Rosa-Louise qui la regardait avec inquiétude et grimpa l'escalier.

— Je vous en prie, asseyez-vous, l'invita-t-il en désignant un canapé double du plat de la paume.

Il s'installa sur le fauteuil en cuir en face d'elle et l'observa un moment sans rien dire. Gabi essaya de paraître la plus détendue possible, elle n'y parvint pas franchement. Pour éviter à ses mains de trembler nerveusement, elle les cala entre ses cuisses et attendit.

— Je suis sincèrement désolé de vous avoir accusée, commença-t-il d'une voix bien trop maîtrisée. Il semblerait que vous ayez raison et que j'aie effectivement du mal à laisser le bénéfice du doute à qui que ce soit.

— Ce sont des excuses officielles ?

Il acquiesça d'un bref mouvement de tête.

— C'en est.

C'était maigre, mais la jeune femme s'en contenterait. Elle soupira et se cala contre le dossier en croisant les bras sur sa poitrine.

— Très bien, je vous remercie. Toutefois, pour être tout à fait honnête avec vous, j'en suis à me demander si, à l'avenir, je ne vais pas être montrée du doigt à la moindre fourchette manquante, au plus petit paquet de céréales vidé, au rouleau de papier toilette non remplacé. Sincèrement, vos réactions sont effrayantes. Vous m'avez incriminée en un tour de bras, secouée et jugée sans savoir. Un peu plus, et vous me convainquiez moi-même d'avoir volé ce vase.

— Je suis avocat, se défendit-il comme si ça suffisait à tout expliquer.

Gabi plissa les paupières.

— Je suis très sérieuse. Si je dois rester votre employée, j'attends un minimum de respect et de considération de votre part. Vous m'avez engagée pour m'occuper de vos enfants, pas pour vous servir de souffre-douleur ou d'éponge à libido.

Adrien écarquilla les yeux, stupéfait, tandis que Gabi le fixait sans ciller.

— C'est ce que vous pensez être ? Un tranquillisant qui modérerait mon appétit sexuel ?

— L'idée a fait plus que m'effleurer l'esprit, avoua-t-elle.

Adrien écarta les jambes, posa ses avant-bras sur ses genoux et avança le buste pour la considérer de plus près, les yeux brillants de malice.

— Vous faites erreur, mademoiselle Géris. Vous êtes loin de calmer mes ardeurs, vous les attisez, et ce, depuis le jour où vous avez mis les pieds dans mon bureau, accompagnée de ce maudit pigeon. Je ne parviens pas une seconde à m'ôter de l'esprit la douceur de votre peau, le goût de votre bouche et la chaleur accueillante de vos cuisses. Je suis faible, je l'admets. Je ne pense qu'à ça, à vous, et au moment où je pourrais prendre, et vous donner, du plaisir.

Sur cette déclaration pour le moins directe, Gabi s'humecta les lèvres.

— Le pigeon ne vous a pas… calmé ? demanda-t-elle d'une toute petite voix.

Il n'eut pas le temps de répondre, Rosa-Louise poussa la porte du pied, chargée d'un large plateau de nourriture. Elle le posa sur la table basse et darda un regard sévère sur Adrien.

— Vous a-t-il présenté ses excuses ? s'assura-t-elle auprès de Gabi.

Adrien émit un léger rire du nez.

— Tout à fait, madame Moine. Et de façon… acceptable, ajouta la jeune femme d'un ton égal.

— Peu importe la manière, seul le résultat compte. Maintenant, mangez ! Et qu'il n'en reste pas une miette.

Adrien se leva et alla déposer un baiser sur la joue de sa gouvernante.

— Que ferais-je sans vous ?

— Uniquement des bêtises, assurément ! lâcha-t-elle avant de les abandonner.

Pendant qu'Adrien refermait soigneusement la porte derrière elle, les yeux de Gabi s'étaient fixés sur les portions triangulaires de crème de gruyère recouvertes de papier aluminium trônant dans une coupelle : de la *Vache qui rit*.

Adrien les avisa aussi et sourit.

— Faisons d'abord honneur au rôti froid, dit-il en laissant entendre à Gabi qu'elle n'allait pas y couper : ce fromage, elle en mangerait devant lui.

Il se réinstalla en face d'elle et déplia méthodiquement une serviette qu'il posa sur ses genoux. Il lui tendit une assiette, des couverts, et lui servit un verre de rosé.

— Votre... ami. Martin. Dans quel genre d'histoire baigne-t-il ? l'interrogea-t-il avant d'enfourner un morceau de viande dans sa bouche.

Gabi piqua une tranche de pain et commença à en picorer la mie. Elle n'avait pas vraiment faim.

— Vol d'objets archéologiques. Il a commencé il y a quelques années, et récemment le trafic a été démantelé. D'après ce que j'ai cru comprendre, ses derniers créanciers n'ont pas reçu leur commande et c'est à Martin qu'on a demandé de rembourser.

— Vous connaissez des gens très bien, ironisa-t-il.

Piquée au vif, Gabi redressa la tête.

— Oui, et même des avocats qui ne font marcher leur jugeote qu'à temps partiel !

Adrien pouffa et glissa une main dans ses cheveux.

— C'est mérité.

— Adrien... Puis-je vous appeler par votre prénom ?

— Gabrielle, je crois que nous avons largement dépassé les limites nous contraignant à ne pas le faire. Toutefois, seulement lorsque nous serons seuls, si vous n'y voyez pas d'inconvénient. Dans… l'intimité, hésita-t-il.

Mais, contre toute attente, la jeune femme lui fit signe que oui d'un geste du menton.

— C'est justement ce dont je voudrais vous parler… de l'intimité.

Il posa son verre sur la table, se cala contre le dossier et attendit, les yeux brillants.

— Enfin une conversation qui promet d'être intéressante !

Gabi avala sa salive et demanda :

— Où en sommes-nous, Adrien ?

— Où aimeriez-vous que l'on en soit ? répondit-il du tac au tac.

Elle dut faire un effort incommensurable pour ne pas fixer la pointe de ses chaussures et le considérer sans ciller.

— Je pense qu'il serait raisonnable que nous ne couchions plus ensemble. Que nous gardions des rapports strictement professionnels.

Elle l'avait dit d'une toute petite voix et, à sa grande stupéfaction, Adrien éclata d'un rire sonore.

— Gabrielle… vous en parlez comme si ça nous était arrivé des centaines de fois !

— Non, bien sûr que non, mais…

— Mais vous pensez comme moi qu'il suffirait d'un rien, termina-t-il à sa place, le regard si chaud qu'elle sentit très nettement les papillons s'envolant dans son ventre. Et c'est loin de vous déplaire, sinon vous ne m'auriez pas demandé où nous en sommes. Vous avez envie de moi autant que moi, de vous, Gabrielle. Où est le problème ? Ne sommes-nous pas deux adultes consentants et bien assez intelligents pour ne pas chambouler prématurément la vie de deux enfants ?

Elle se crispa.

— Vous êtes mon patron et…

— Et quoi ? Ça vous donnerait l'impression de vous prostituer ? De profiter ? Je vous fais la promesse solennelle de ne pas vous privilégier plus que les autres.

Gabi arqua un sourcil.

— Vous négociez ?

Il lui décocha un petit clin d'œil espiègle.

— Toujours.

Gabrielle secoua la tête de gauche à droite.

— Écoutez, pour être totalement franche avec vous, là n'est pas la question. Depuis le début, nous nous mettons dans des situations pour le moins singulières et qui nous conduisent systématiquement à une dispute.

— À qui la faute ? rétorqua-t-il en arquant un sourcil. C'est quand même vous qui avez commencé. Mon costume à 2 000 euros s'en souvient encore !

— Soit… mais ce que je veux dire, c'est que nous sommes radicalement différents, vous et moi. Autant désirer à tout prix mélanger de l'huile et de l'eau, ça ne fonctionnera jamais. Nous ne sommes pas faits pour nous entendre, je fais systématiquement ce que vous ne souhaitez pas que je fasse, et vous…

— Oui ?

— Vous m'énervez prodigieusement !

— Allons bon ! s'exclama-t-il, amusé, en décroisant les jambes. Jouons cartes sur table. Qu'est-ce qui vous agace à ce point ?

Elle se donna un air théâtral en soupirant profondément.

— Bien, puisque vous y tenez. Vous êtes colérique, intempestif, impatient, autoritaire, vous ne supportez pas qu'on vous contredise, vous écoutez peu les avis des autres, vous voulez tout contrôler pour vous assurer que tout ira comme sur des roulettes, même si…

— Même si ? répéta-t-il d'une voix dangereusement calme.

Il voyait précisément où elle souhaitait en venir, mais il était certain qu'elle n'oserait pas lui jeter brutalement à la figure qu'il agissait aux dépens du bonheur de ses enfants sous prétexte de s'assurer de ne prendre aucun risque. Il vit juste, elle fit diversion.

— Même si… Regardez ! C'est exactement ce que je suis en train d'essayer de vous expliquer ! Je n'ai pas terminé ma phrase que vous exigez déjà que je la finisse ! Adrien, vous ne pouvez pas claquer des doigts pour tout !

Morigéné comme un gosse et stupéfait, il eut un geste de recul.

— Je ne crois pas que ce soit ce que j'ai l'habitude de faire.

Gabi leva la main devant elle comme pour balayer ce qu'il venait de dire.

— Mais si, parfaitement ! Tout le temps ! Pas moins de trois fois depuis que nous avons débuté cette conversation !

Adrien fronça les sourcils, plus amusé que fâché.

— Très bien. C'est noté. Me laisserez-vous une chance de vous montrer mes modestes bons côtés, Gabrielle ?

— Eh bien…

— Une invitation à dîner ? Ce soir, 20 h 30 ? Et nous en profiterons pour définir où nous en sommes, exactement.

— Vous recommencez ! lui reprocha-t-elle. Vous décidez à ma place !

— C'est juste, admit-il avec un large sourire plaqué sur les lèvres, mais je suis absolument convaincu d'avoir raison. Dites-vous qu'ainsi, vous aurez l'occasion d'évaluer si entreprendre une relation secrète avec votre patron est acceptable ou pas.

— Ça m'étonnerait que ce le soit, mais je consens malgré tout à dîner avec vous.

Il arqua un sourcil plus victorieux que surpris.

— Vraiment ?

— Vraiment. Ce qui implique que je doive écourter ce déjeuner, je vous rappelle que ma journée se termine à 21 heures, déjà que ma pause de midi est plus longue que prévue, je ne voudrais pas abuser. Mon patron est du genre… tatillon, termina-t-elle sur une note moqueuse. Merci pour ce repas.

Elle reposa sa serviette sur la table et se leva. Adrien l'imita.

— Vous n'avez presque pas mangé, Gabrielle.

— Je me rattraperai au dîner, lui certifia-t-elle avec un froncement de nez mutin.

Adrien s'approcha et tendit la main vers ses cheveux, une miette de pain y était accrochée, il la retira délicatement.

— J'y compte bien. Bon après-midi, mademoiselle Géris.

— Bon après-midi, monsieur de Bérail.

Elle allait ouvrir la porte, puis elle se ravisa pour se retourner.

— Ce soir, vous m'appellerez de nouveau par mon prénom ?

Les paupières d'Adrien s'abaissèrent sur les jambes, les hanches, les seins et le cou de la jeune femme avant de revenir à ses yeux.

— Ce soir, je ferai tout ce que vous voudrez.

Son visage n'afficha aucune expression particulière. Pourtant, quand elle referma le battant derrière elle, il aurait juré l'avoir vue sourire.

Gabi rejoignit les enfants au pas de course, Rosa-Louise la héla au passage, elle attendait, anxieuse, accrochée au bras de son mari.

— Est-ce que tout va bien ? S'est-il vraiment excusé ? Il ne sait pas contrôler sa colère, il agit, et il regrette après. Je suis absolument navrée pour cette situation, confuse, nous n'aurions jamais dû laisser entrer votre… ami.

— Ne vous inquiétez pas, tout est rentré dans l'ordre. Et puis, c'est moi qui suis désolée, Rosa-Louise. Je peux vous appeler par votre prénom ?

La septuagénaire hocha la tête et sourit.

— À condition que je puisse vous appeler Gabi !

— Et que vous m'appeliez André ! renchérit son époux.

— Avec grand plaisir. Écoutez, je ne veux pas prendre sa défense, mais sachez que c'est parce que Martin a des ennuis jusqu'au cou qu'il a agi ainsi. Je le connais depuis plusieurs années, au fond de lui c'est quelqu'un de bien. Il n'a pas eu la vie facile.

Il a été plus ou moins abandonné à lui-même et n'a pas choisi le chemin le plus droit pour s'en sortir. Je m'inquiète sincèrement pour lui, mais je suppose qu'il est temps pour moi de le laisser se débrouiller. Il ne reviendra plus ici, lui assura-t-elle.

La gouvernante hocha la tête.

— Je vais devoir vous laisser, dit Gabi à regret, les enfants doivent être morts d'inquiétude.

— Oui, faites vite ! Et…

— Oui ?

Rosa-Louise pinça les lèvres en balançant la tête de gauche à droite.

— Pendant que vous discutiez, André et moi nous sommes permis de déballer la valise que vous avez commencé à boucler. Peut-être que vos affaires ne seront plus rangées au même endroit.

Gabi en fut extrêmement touchée. Ces gens-là étaient bourrés de gentillesse et de nobles sentiments. Bon sang, ce qu'elle était heureuse de ne pas être renvoyée. En l'espace d'un bon mois, elle s'était considérablement attachée à chaque membre de cette maison, elle aurait eu le cœur brisé de devoir s'en éloigner.

— Je vous remercie sincèrement.

— Mais de rien, dit le discret André Moine. Nous sommes ravis que tout se soit arrangé. Vous faites désormais partie de cette étrange famille. Nous aurions détesté ne plus vous avoir près de nous.

— Oh… merci, André, souffla-t-elle au bord des larmes qu'elle avait courageusement tenté de contenir toute la journée.

Rosa-Louise s'approcha de Gabi et, à sa grande surprise, lui claqua une bise sur la joue.

— Filez ! Les garnements doivent se ronger les sangs.

Gabi sourit, hocha la tête et disparut dans le couloir.

Lorsqu'elle entra dans la salle de vie, il y régnait un silence aussi pesant qu'assourdissant. Les enfants étaient avachis sur le canapé devant la télé allumée, mais dont le son avait été coupé. De loin, Gabi vit qu'ils la regardaient sans la voir, les traits tendus et les yeux dans le vide. Elle en eut le cœur si serré qu'elle ne tarda pas à se manifester.

— Paul, Sophie ? appela-t-elle d'une voix douce.

Ils se retournèrent brusquement, les pupilles élargies par la surprise. Puis Paul réagit le premier.

— Gabi !

Il sauta sur ses pieds et arriva en courant vers elle, suivi de Sophie. Elle les réceptionna au vol et les pressa contre elle.

— Tu n'es pas partie ? Tu ne viens pas nous dire au revoir, au moins ? s'assura Sophie.

La jeune femme s'agenouilla pour se mettre à leur hauteur et secoua la tête.

— Non. C'était un malentendu. Je reste avec vous.

— Ouais ! s'écria Paul. Je te promets que je n'aurais plus jamais parlé à mon père, sinon !

— Moi non plus ! renchérit Sophie. Papa était très en colère, pourquoi ?

Gabi n'avait pas l'intention de leur raconter cette sordide histoire, il valait mieux édulcorer la situation.

— Disons qu'il a cru que je lui avais pris quelque chose qu'il aimait beaucoup.

Quatre petits yeux tout ronds la regardèrent.

— Sa voiture ? essaya de deviner Paul.

— Son téléphone portable ? proposa Sophie.

Gabi haussa un sourcil, perplexe.

— Il aime beaucoup son téléphone ?

Un rire aigu jaillit de la gorge de Sophie.

— Rosa-Louise dit que s'il pouvait, il l'épouserait !

— Je suis content que tu restes, annonça soudain Paul, très sérieusement. J'aurais détesté que tu ne sois pas là pour notre anniversaire.

— Ah oui ! insista Sophie avec emphase. Parce que cette année, on veut faire un colin-maillard géant, et c'est toi, la reine du colin-maillard !

Gabi s'en amusa avec eux. Ce qu'ils aimaient surtout, c'était qu'elle fasse semblant de se cogner partout. Puis elle fronça les sourcils.

— Je ne connais même pas la date de votre anniversaire. Quand est-ce ?

— Dans un mois. Le 24 août ! répondit la fillette.

Gabi dut faire une drôle de tête. C'était une semaine avant la fin du protocole de Paul prévu le 1er septembre. Alors, elle se composa un magnifique sourire.

— On va le fêter dignement !

Paul ronchonna.

— Ça m'étonnerait, puisque je serai enfermé.

Au lieu de partir dans son sens, elle tâcha de ne pas perdre sa bonne humeur.

— Peut-être, mais cette année ce sera différent de d'habitude, puisque je serai là ! Tu n'as jamais fêté un anniversaire avec Gabrielle Géris, toi ! Est-ce que vous savez que j'ai trois frères bien plus petits que moi, les enfants ?

Ils lui firent signe que non.

— Le plus grand a dix ans de moins que moi, ce qui veut dire que j'ai à peu près organisé tous ses anniversaires, alors forcément, celui des deux autres c'était du gâteau. J'étais rodée ! Faites-moi confiance, mes loulous ! Si vous me laissez faire, vous allez vous amuser comme des fous. Vous avez déjà fait des courses en sac à patates ?

Encore une fois, ils secouèrent la tête.

— Non ? Sans blague ! Eh bien, figurez-vous qu'on n'a pas besoin de jardin pour ça ! Vous me laissez tout préparer ?

— D'accord, fit Sophie, sceptique.

Paul aborda grosso modo le même ton.

— OK.

— Adjugé ! se réjouit Gabi. Et vos cadeaux, vous y avez pensé ? Qu'est-ce qui vous ferait plaisir ?

Ces gamins-là avaient à peu près tout ce qu'il était possible d'avoir, alors elle ne s'attendait pas à une réponse du tac au tac et aussi détaillée, et pourtant…

— Des rollers, le château de princesse Playmobil, un vélo tout neuf, un *Kidi Secret*, une *Nintendo DS*, un nouveau casque écouteur et un *Style me up bracelets d'amitié* ! énuméra Sophie.

— Eh bien… rien que ça ? s'amusa Gabi. Tu es sûre que tu n'oublies rien ? Et toi, Paul, que voudrais-tu ?

Le petit garçon prit un air si dépité que la jeune femme ne put s'empêcher de retenir sa respiration.

— Voir la mer.

Gabi ne sut quoi dire, tant cette requête était aussi poignante que difficile à réaliser.

— Et toi, tu l'as déjà vue, la mer, Gabi ? lui demanda-t-il.

— Je… oui, répondit-elle, gênée. J'ai grandi au bord de la Manche.

Il poussa un soupir déchirant.

— Tu as de la chance. Moi, je ne la verrai jamais.

— Oh, Paul ! s'étrangla Gabi. Bien sûr que tu la verras. Je t'y emmènerai personnellement si ton père est d'accord. Chez mes parents, après ton anniversaire, après… la fin du protocole.

Il redressa durement la nuque et son regard se fit aussi noir que pouvait l'être celui d'Adrien parfois. Il ne lui avait peut-être jamais autant ressemblé.

— Oui, mais ce ne sera plus un cadeau d'anniversaire ! Parce que je suis le seul garçon au monde à ne jamais avoir ce qu'il veut !

— Je suis désolée…

Que répondre d'autre ? Même Sophie, si prolixe la minute d'avant, n'osait plus desserrer les lèvres.

— Vous vous en fichez tous, de toute façon ! se récria Paul avant de partir en courant dans sa chambre.

Eh bien, elle avait encore perdu une occasion de se taire.

Sophie sembla comprendre son désarroi et souffla doucement.

— C'est comme ça chaque année. Il est toujours triste.

— Je m'en doute, murmura Gabi, je m'en doute… Hop, hop, hop ! Ne nous laissons pas abattre ! Nous saurons nous amuser quand même. Allons faire un gros câlin à Paul !

— D'accord ! lui dit-elle en souriant.

* * *

Gabi avait à peine une demi-heure pour se préparer avant de retrouver Adrien. Elle prit une douche rapide, ne passa pas plus de dix minutes à se maquiller et en perdit dix de plus devant l'armoire du dressing. Elle allait être en retard et n'avait pas la moindre idée de comment s'habiller, il ne lui avait donné aucune indication sur le lieu où ils se rendraient. Bon gré mal gré, elle sauta dans des sous-vêtements en dentelle blanche et décida de remettre la robe qu'elle avait portée lors de son premier entretien avec Adrien. Il considérerait le clin d'œil sans doute comme amusant.

Elle finissait tout juste de se sécher les cheveux quand on frappa à la porte. Elle consulta sa montre sur l'étagère du miroir de la salle de bains et fronça le nez : 20 h 45. Elle était presque certaine que Rosa-Louise venait lui dire de se dépêcher. Gabi se demanda d'ailleurs quelle excuse Adrien avait bien pu trouver pour que la gouvernante ne se pose pas de questions à leur sujet. Son inflexible patron n'avait pas dû souvent inviter les précédentes nourrices de ses enfants à dîner.

— J'arrive ! cria-t-elle.

Elle enfila son deuxième escarpin, contrôla une dernière fois son rouge à lèvres carmin et alla ouvrir. C'est Adrien qui lui apparut, si bien qu'elle manqua de se tordre la cheville. Il… n'était pas du tout habillé pour sortir. Il portait une paire de jeans, une chemise vichy bleue et… poussait un chariot comme dans les restaurants. Sur celui-ci, elle nota : une bouteille de vin, deux verres, deux flûtes à champagne, un *Taittinger* brut de 2013 – un cru suffisamment onéreux pour qu'elle le remarque –, une coupelle de magnifiques fraises, une belle miche de pain complet tranchée, et… une assiette remplie de *Vache qui rit.*

Gabi en resta bouche bée.

— Après la mémorable description que vous avez faite de moi, j'ai également une petite liste à soumettre. À votre sujet.

— Ah… oui ? balbutia-t-elle.

Adrien poussa le chariot dans la chambre, ce qui obligea la jeune femme à reculer. Puis il ferma la porte derrière lui.

— Vous êtes têtue comme une mule, farfelue, toujours en retard, distraite, insupportablement altruiste et…

— Et ?

Il la gratifia d'un très large sourire.

— Et je veux vous voir manger cette putain de *Vache qui rit.*

Elle se mordit les lèvres pour s'empêcher de pouffer.

— Nous dînons ici ? lui demanda-t-elle, les yeux brillants d'une impatience qu'Adrien ne pouvait pas ignorer.

— Oui. Est-ce que ça vous convient ?

Elle baissa la tête sur sa tenue en levant les mains.

— Je n'y vois pas d'inconvénient. Entrez, faites comme chez vous, je vais me changer.

— Non ! gronda-t-il.

Elle posa les yeux sur lui et haussa un sourcil.

— Non, quoi ?

Il sourit en coin.

— Non. S'il vous plaît. Restez habillée ainsi, vous êtes époustouflante.

— C'est ce que vous avez pensé en me voyant entrer vêtue ainsi dans votre bureau, la première fois ?

— Oui, souffla-t-il en la mangeant du regard.

Fort satisfaite, elle l'invita à s'installer sur le seul emplacement suffisamment grand pour contenir deux personnes et leurs assiettes : le lit.

Tranquillement, il remplit deux verres de vin et en tendit un à Gabi. Puis il prit place avec elle sur le bord du matelas, face à elle.

— Comment s'est passé votre après-midi avec Paul et Sophie ? J'ai eu un imprévu qui m'a empêché de vous rejoindre.

Gabi était encore retournée par la conversation qu'elle avait eue avec Paul. Elle aurait sans doute aimé qu'Adrien entende ce que le petit garçon avait à dire. Ce n'était pas forcément le moment idéal pour en parler, mais puisqu'il lui posait la question, elle se devait d'être franche.

— Bien. Enfin… oui et non. Vos enfants m'ont appris qu'ils fêteraient leurs neuf ans le 24 août. Lorsque je leur ai demandé quels étaient les cadeaux qui leur feraient plaisir…

— Vous avez l'intention de leur offrir un cadeau ? l'interrompit-il, sincèrement étonné.

— Mais oui, pourquoi ? Vous préférez que je m'abstienne ?

Adrien fronça les sourcils et secoua sensiblement la tête.

— Non, bien sûr, mais…

— Leurs précédentes nourrices ne l'ont jamais fait ?

— Non. Jamais. Elles devaient penser ne pas être payées pour ça, j'imagine.

Gabi soupira, dégoûtée.

— Peu importe, ils en auront un de ma part, parce que ça me fait plaisir.

— C'est très gentil à vous.

Elle fixa ses yeux bleu-gris et lâcha :

— Paul veut voir la mer.

Adrien lui jeta un regard irrité, un regard d'avertissement qui en disait long sur ce qu'il allait répondre si Gabi partait dans le sens de son fils.

— Il la verra plus tard.

— Il est convaincu que non.

— Il se trompe. Je l'emmènerai. Après.

Gabi mit une paume en l'air.

— 24 août, 1er septembre, quelle différence, Adrien ? Une semaine ne devrait pas beaucoup changer la donne ? Vous devriez lâcher du lest, vous vous en porteriez tous bien mieux et surtout vos enfants.

Les lignes de sa mâchoire se figèrent sur une expression de colère.

— Accordez-moi une faveur, Gabrielle. Ne me dites pas comment élever mes enfants et j'éviterai de vous dire comment éviter de tomber sur des tocards comme Legrand, OK ?

Gabi plissa les paupières. La soirée commençait bien !

— D'accord, articula-t-elle, piquée au vif. Mais en fait, je crois que votre avis m'intéresse.

Il prit une profonde inspiration et soupira d'agacement.

— Vous êtes exaspérante.

Elle lui adressa un regard peu amène et se mit debout.

— C'est vous qui êtes exaspérant ! Je vous l'avais dit, nous ne sommes pas faits pour nous entendre. Nous ne sommes d'accord sur rien ! Sincèrement, arrêtons les frais. Je pense qu'il est inutile de prolonger cette soirée…

Adrien se leva à son tour et étrécit les yeux.

— Peut-être que vous avez raison Gabrielle, je suis exaspérant, mais manifestement nous avons ce même défaut en commun et je suis certain, au contraire, qu'il devrait amplement nous suffire pour nous entendre.

Après quoi il fit le tour du lit, lui retira son verre des mains, le posa à la vitesse de l'éclair sur la table de nuit avant de l'attirer à lui d'un geste impérieux. En moins de cinq secondes, elle se retrouva allongée sous lui, son visage tout près du sien.

— Non… je…

— Plus un mot, lui intima-t-il avant de la faire définitivement taire en posant sa bouche sur la sienne.

Gabi se sentit littéralement engloutie par le plaisir que lui procurait ce baiser. La suavité des lèvres d'Adrien, le goût sucré de sa langue, la chaleur presque rassurante de son haleine… Elle avait l'impression d'être au cœur d'une symphonie poétique qui ne tarda pas à se transformer en rock'n'roll étourdissant. Elle ferma les yeux et, tandis qu'il remontait la main le long de ses hanches pour poser la paume sur un de ses seins, elle se laissa aller en enroulant ses bras autour de son cou. Oui, ils avaient matière à s'entendre. Au moins sur ce point-là. C'est donc avec volupté qu'elle se laissa aller à cette douce folie.

19

— Stop ! gronda-t-il en s'arrachant subitement à elle, sinon cette soirée va se terminer bien plus vite que prévu.

Il laissa échapper un son étranglé et se redressa complètement pour recoiffer brièvement ses cheveux. Cette femme était une sorcière ! Le pouvoir qu'elle avait sur lui était démentiel. Il suffisait qu'elle le mette en colère pour qu'il ait envie de se vautrer sur elle. Sa braguette allait exploser ! *Il* allait exploser.

Alors qu'elle demeurait allongée sur le lit, il tendit le bras vers son verre et le vida d'une traite pour se calmer.

— Nous prolongeons l'instant ? demanda-t-il en la dévorant des yeux. Ou vous préférez que je parte.

Elle secoua vivement la tête.

Ravi, Adrien sourit et l'aida à se redresser. Il lui redonna aussitôt son vin qu'elle observa sans boire.

— Vous n'aimez pas ?

— Si, mais je crois que j'ai la tête qui tourne bien suffisamment comme ça.

Il sourit en coin.

— Je rêve ou vous êtes une petite nature ?

— Oui, et vous, vous ressemblez à un clown.

Les yeux s'élargirent.

— Je vous demande pardon ?

Elle pouffa de rire.

— Allez vous regarder dans le miroir.

Il se leva et obtempéra, puis il jura en voyant sa bouche maculée de rouge. Il ouvrit le robinet d'eau et se nettoya du mieux qu'il le put. Lorsqu'il rejoignit Gabrielle, elle s'était elle-même démaquillée à l'aide de lingettes qu'elle conservait manifestement dans son sac.

— Avez-vous faim ? lui demanda-t-il.

Elle acquiesça.

Il fit quelques pas vers le chariot, le poussa près du lit et retourna s'asseoir.

— Le repas est certes bien maigre, mais pas dénué d'intérêt, expliqua-t-il en s'emparant d'un triangle de fromage avant de le sortir de son emballage.

Scrupuleusement, il l'étala sur une tranche de pain, en égalisa parfaitement l'épaisseur et l'offrit à Gabi.

— Montrez-moi, exigea-t-il.

Visiblement embarrassée, elle se grattouilla le cou, juste en dessous de l'oreille.

— Il manque le café…

— Je suis sûr que vous pourrez faire sans. Mangez.

En premier lieu, Gabi se lécha les lèvres avant de les entrouvrir et de porter doucement la tartine à sa bouche. Adrien vit sortir un petit bout de langue rose et crut devenir fou. Quoi de surprenant ? Il avait de toute façon l'impression d'être voué à la folie à chaque fois qu'il se trouvait avec la jeune femme. Elle avait sur lui un effet plus stimulant que n'importe quelle drogue aphrodisiaque. Elle léchait la crème par petites lampées. Elle et son fromage, il allait les bouffer tout crus !

— Le mangez-vous vraiment toujours de cette manière-là ? s'étrangla-t-il.

— Oui, répondit-elle en ramenant un peu de crème de gruyère sur la pointe de sa langue pour la faire immédiatement disparaître dans sa bouche.

Adrien avala sa salive bruyamment, le sexe plus dur qu'un morceau de ferraille.

— Ne faites plus jamais ça devant qui que ce soit !

Elle cligna innocemment les paupières et éloigna le pain de son visage.

— Vous voulez que j'arrête ?

— Non ! Continuez !

La diablesse avait vite compris que de cette manière-là elle tenait Adrien dans le creux de sa main, qu'il était totalement en son pouvoir. Elle obtempéra et joua davantage avec ses nerfs, salissant volontairement la commissure de ses lèvres, de telle manière qu'il se retrouva à ne plus fixer que la crème. Finalement, elle y passa un petit coup de langue langoureux et sourit.

— Vous allez bien ? Vous semblez souffrir.

Il grogna.

— Si vous tenez vraiment à finir ce morceau de pain, c'est maintenant ou je le jette par la fenêtre pour prendre sa place !

— Non, non, le contredit-elle d'un ton faussement choqué. On ne gaspille pas la nourriture.

De là, elle enroula la tartine sur elle-même et l'enfourna dans sa bouche sans y mettre les dents, puis elle la retira de façon hésitante.

Adrien crut mourir. Il la regardait faire entrer et sortir le rouleau improvisé en ayant bien du mal à garder son calme.

— Stop, lui ordonna-t-il. Jetez-le.

Elle secoua la tête et le lécha doucement sur toute la longueur.

Il gémit, convaincu d'exploser d'une minute à l'autre comme un bleu dans son pantalon.

Subitement, Gabi ouvrit plus grand la bouche et mordit d'un coup sec. Il céda, lui arracha des mains ce qui lui restait de pain pour le lancer par terre, et la renversa sur le lit, tandis que, fière de son petit manège, elle gloussait.

— Bon sang… vous me… s'étrangla-t-il.

Il était pris d'une faim d'elle que, sur l'instant, il ne pensait pas pouvoir assouvir un jour.

— Je sais, lui affirma-t-elle en riant, je vous rends fou, vous le dites tout le temps.

— Vous ne perdez rien pour attendre, Gabrielle.

Et il écrasa ses lèvres d'un baiser ardent.

C'est avec une fièvre dévorante que Gabi se frotta contre lui par des petits mouvements de bassin qui en disaient long sur son empressement. Elle n'avait pas envie de faire de chichis, elle brûlait littéralement de désir pour lui. D'ailleurs, à ce niveau-là de leur relation, ce n'était même plus rien d'autre qu'une forme d'addiction croissante. Plus il lui en donnait, plus elle en voulait. Elle écarta les jambes pour mieux l'accueillir quand il se dressa au-dessus d'elle et les enroula autour de son bassin. Elle les referma comme un étau, appréciant le contact dur de la boucle de la ceinture d'Adrien contre son pubis, et la toile rêche de son jean contre ses cuisses nues.

Il abandonna sa bouche pour lécher doucement sa ligne claviculaire tout en ouvrant un peu plus les pans de son décolleté. Il grogna, et posa un regard affamé sur ces deux petits globes blancs serrés dans un soutien-gorge à balconnets les faisant remonter effrontément. Alors, il baissa la tête, tira sur la dentelle et, du bout de la langue, il titilla, goûta et tourna autour des pointes durcies, à tour de rôle, lui arrachant des gémissements à peine contrôlables, mais qu'elle fut bien obligée d'étouffer, craignant qu'on ne les entende. Elle voulait le toucher partout. Surtout là où ce n'était pas encore accessible.

— Bon Dieu… râla-t-il en sentant les doigts de Gabi s'attaquer tant bien que mal à sa ceinture.

Il souleva souplement les hanches pour qu'elle y parvienne et ferma les yeux quand sa main plongea audacieusement sous l'élastique de son boxer. Gabi trouva ce qu'elle cherchait et empoigna son membre sans retenue, en caressant l'extrémité du pouce.

— Je te veux maintenant, dit-elle. Maintenant…

Sans perdre de temps, il sortit un préservatif de sa poche arrière et se hâta de l'enfiler alors qu'il n'était même pas encore déshabillé. Gabi regarda son sexe gonflé à l'extrême et dut réprimer un petit soupir de satisfaction.

— Je ne suis pas un débutant, grogna-t-il en gesticulant comme un diable pour se défaire de ses vêtements et de ses chaussures, mais je ne peux pas attendre. Je ne peux pas. La prochaine fois, nous prendrons tout notre temps.

Il se repositionna au-dessus d'elle et la contempla longuement.

— Maintenant... murmura-t-elle encore d'une voix rauque tout en ramenant davantage les genoux contre son ventre pour l'encourager.

Il baissa la tête sur ses cuisses offertes, la recouvrit d'un regard glouton et, sans même la déshabiller, il remonta sa robe jusqu'à sa taille. Il repoussa la dentelle de son petit slip blanc et se plaça entre ses cuisses, le visage enfoui contre son cou, son corps collé au sien. Il fut secoué d'un spasme violent tant il la désirait.

— Je ne peux pas... je ne peux pas me contrôler. La prochaine fois, souffla-t-il à son oreille avant de la posséder d'une puissante poussée. La prochaine fois...

Gabrielle se mordit l'intérieur de la joue pour ne pas crier. Puis elle accueillit la langue chaude d'Adrien qui se faufilait entre ses lèvres et provoquait la sienne au rythme des coups de reins désespérés qu'il lui donnait. Elle le laissa pénétrer sa bouche et son corps avec abandon et verrouilla ses jambes autour de lui pour mieux le sentir. Puis des mains glissèrent sur son dos pour le caresser, frôlant ses omoplates avant d'agripper ses épaules pour y enfoncer les ongles comme pour le retenir éternellement. Il lui répondit par un grondement sourd et accéléra la cadence, la rendant complètement folle.

Il se fondait littéralement en elle, l'emmenant là où elle ne pensait pas être capable d'aller. Soit, elle n'avait pas connu énormément d'hommes et elle ne s'était, de toute manière, jamais amusée à comparer leurs prouesses au lit, mais elle devait reconnaître qu'Adrien n'était pas de la même trempe que les autres. Avec une domination manifeste et pourtant touchante puisqu'il partageait ce moment avec intensité et attention, il savait la faire voler en éclats comme personne avant lui. À cet instant, tout comme la nuit au bal masqué, il était tout à elle et il ne montrait aucune limite.

Totalement sous l'emprise des sens, elle se sentit partir trop vite, trop tôt, alors elle le repoussa doucement.

— Attends, attends… souffla-t-elle.

La respiration au moins aussi heurtée que la sienne, il s'immobilisa pour la regarder d'un œil inquiet.

— Je veux… je veux…

— Qu'est-ce que tu veux ? Dis-moi…

Elle abaissa les paupières et murmura :

— Laisse-moi venir sur toi…

Rassuré, il lui sourit et se retira lentement d'elle, alors qu'elle était à la limite de crier d'impatience. Elle se redressa et se colla contre lui. Ce qu'elle aimait le contact doux de sa peau ! Elle le frôla du bout des doigts, tandis qu'il s'allongeait sur le dos. Elle, encore tout habillée, lui, intégralement nu, elle avait l'étrange impression d'être en train de profiter de la situation, mais pour rien au monde elle se serait laissé convaincre par ce sentiment absurde. Ils faisaient un tout. Ils partageaient. Elle souleva un peu plus sa robe, enjamba Adrien qui fit craquer l'élastique de sa culotte, et se positionna sur lui pour le faire entrer en elle.

— Tu es magnifique, lui dit-il, en lui caressant les seins, alors qu'elle commençait à se mouvoir. Magnifique et ensorcelante.

Il la regarda diriger les opérations pendant quelques instants, puis, n'en pouvant plus, il lui agrippa les hanches.

— Je vais devenir fou !

Il se mit à ruer sous elle, la clouant à son bassin pour l'empêcher de bouger. Gabi jeta la tête en arrière et laissa échapper un long râle de plaisir. Quand elle prit le rythme, les doigts d'Adrien glissèrent à l'intérieur de ses cuisses pour la caresser habilement du pouce. Elle perdit pied en quelques secondes, s'affaissa sur lui et étouffa son cri de jouissance contre son épaule.

Subitement pris d'un instinct animal, Adrien se retira, empoigna Gabi afin de la retourner et lui glissa les mains sous le ventre pour la faire se soulever. Naturellement, la jeune femme se mit à genoux, tandis qu'il lui passait les paumes sur le dos, la taille, les hanches et les fesses où il s'attarda particulièrement. Puis, comme à court de résistance devant son sexe offert, il se positionna derrière elle et la pénétra vigoureusement, lui arrachant un cri de plaisir et l'assaillant de coups de reins si énergiques, si prodigieux, qu'elle se sentit s'envoler pour la deuxième fois. Spectateur de ce corps humide et chaud qui ondulait si merveilleusement contre lui, il ne tarda pas à la rejoindre, se répandant en elle dans un juron étouffé.

Adrien et Gabrielle s'effondrèrent en même temps, collant leur peau perlée de sueur l'une à l'autre, à bout de souffle. Il sentit la main de Gabi se placer derrière sa nuque pour caresser tendrement ses cheveux et soupira d'aise. Il évita de proférer un son, tant il ne voulait pas rompre la magie de cet instant. À peine remis de ses émotions, il songea que faire l'amour avec cette femme était comme s'enduire d'un onguent apaisant après une blessure douloureuse. Elle le conduisait vers des hauteurs vertigineuses, certes, mais tranquillisantes, desquelles il n'avait pas peur de tomber. Il avait aimé Mathilde, sincèrement, mais il n'avait jamais rien ressenti de comparable. Mathilde était délicieuse, mais mécanique, la tête ailleurs et le cœur toujours éteint, alors que Gabi s'abandonnait complètement, s'offrait sans retenue et lui donnait de l'assurance, à lui, l'avocat respecté, mais le père de famille tant décrié.

Il ferma les yeux et soupira, puis, doucement, il se laissa rouler sur le côté, se délesta de son préservatif et se tourna vers Gabi pour la prendre dans ses bras.

Encore groggy, elle ronronna et se pelotonna contre lui comme un chat.

Les yeux grands ouverts et le cœur tranquille, il observa la chambre dans laquelle il n'était pas rentré depuis des mois. Il avait le souvenir d'un endroit accueillant mais impersonnel. À présent, il repéra des petites bricoles faisant totalement ressembler cette pièce à Gabrielle. Le serre-tête noir surmonté d'un nœud papillon accroché à l'angle du miroir mural, les colliers en vis-à-vis s'entassant en masse de perles colorées, ou encore la bouteille de parfum posée sur la coiffeuse. Il respira profondément les effluves de l'amour qui volaient autour d'eux et ferma les yeux. Il était bien. De sa main libre, il caressa doucement la joue de la jeune femme en repoussant une mèche de cheveux de ses lèvres.

— Est-ce que ça va ?

— Hum… répondit-elle d'une voix ensommeillée.

— Voudrais-tu prendre une douche avec moi ?

Elle ouvrit les yeux pour le regarder de côté. Elle semblait épuisée.

— Maintenant ?

Il hocha la tête en passant l'index sur son torse luisant de transpiration.

— Je crois que c'est nécessaire.

Du doigt, Gabi parcourut la ligne de poils sombre qui partait du nombril d'Adrien pour aller se perdre dans sa toison pubienne.

— Tu es beau, lui dit-elle en souriant.

— Oui, mais je pue ! s'exclama-t-il en balançant ses jambes de l'autre côté du lit. Rejoins-moi si tu en as envie.

— Je n'ai que du gel douche pour fille, l'avertit-elle. L'odeur pourrait ne pas te plaire davantage.

Il grimaça.

— Je prends le risque.

Et il disparut dans la salle de bains.

Gabi ne cessait de sourire. Elle venait de passer l'un des moments les plus intenses de sa vie et ne regrettait rien. Bien qu'empressé, Adrien avait été parfait. Parfait pour elle et tout ce qu'elle avait imaginé à son sujet. Il lui avait paru tellement comblé qu'elle en avait ressenti un sentiment de fierté extraordinaire. Martin avait été un amant prévenant, mais toutes les fois où ils avaient fait l'amour, elle avait eu l'impression d'avoir été plus satisfaite que lui, ce qui avait créé chez elle un manque d'assurance de plus en plus présent. Avec Adrien, elle se sentait femme, généreuse, désirée et… attendue. Il la voulait. Il la voulait vraiment.

Elle s'étira dans son lit et finit par le rejoindre sous la douche pendant que l'eau coulait. Ravi de la voir, il l'accueillit avec un sourire plein de promesses, une forme scandaleusement olympique, et un préservatif posé sur le porte-savon. Il ne manquait pas d'assurance ! Et ça lui plaisait. Elle ferma la cabine derrière elle, se moula contre lui et le laissa jouer avec elle du bout des doigts. Il finit par la coller contre la paroi de la douche et répandre sur son corps une multitude de baisers si agréables qu'elle ferma les yeux, convaincue d'être sur un nuage. Ses lèvres descendirent de son cou à ses seins, jusqu'à son ventre, ses cuisses, jusqu'à ce qu'il se retrouve agenouillé devant elle, l'eau ruisselant sur son dos. Il écarta doucement les cuisses de Gabi, admira comme une gourmandise ce qu'elle lui offrait sans pudeur, et posa sa bouche sur son sexe, prêt à cueillir son plaisir sur sa langue. Quand elle ne fut plus qu'un corps frissonnant, Gabi rejeta la tête en arrière et jouit silencieusement. Lorsqu'elle rouvrit les paupières, il la regardait avec une satisfaction non dissimulée.

Il se releva lentement, et partagea le goût de sa langue en lui offrant un baiser humide, puis la serra contre lui.

— Tu me tues… murmura-t-il à son oreille.

— Je n'ai encore rien fait, ronronna-t-elle. Laisse-moi te montrer…

Elle fit descendre sa main le long de ses côtes, et vint frôler son membre tendu.

— Plus tard… dit-il en la repoussant gentiment. Tu es épuisée.

Ce qui était totalement vrai. Tendrement, il savonna Gabi et s'appliqua à la laver de la tête aux pieds. Ils se rincèrent, elle enfila son peignoir et Adrien se couvrit les hanches d'une serviette de bain si petite, elle lui moulait les fesses avec tant d'indécence, qu'elle eut presque envie de la lui arracher. Elle soupira en le voyant marcher devant elle, se souvint qu'elle était éreintée, et prit place avec lui sur le lit, les jambes en tailleur et les joues roses de ravissement.

Adrien avait ramené vers eux le chariot. Il déboucha la bouteille de champagne, en remplit deux flûtes et proposa la coupelle de fruits à Gabi qu'elle posa entre eux.

— Tu n'as rien mangé, lui fit-elle remarquer.

— La soirée est loin d'être terminée, lui promit-il avec un air qui en disait long sur ses intentions. Je mangerai lorsque j'aurai faim d'autre chose que de toi.

Elle frémit sous l'intensité de son regard, but une gorgée de champagne, et se sépara de son verre. Ensuite, elle piqua une fraise et mordit dedans à pleines dents, Adrien l'observait toujours.

— Parle-moi de toi, lui demanda-t-elle. Qui es-tu vraiment, Adrien de Bérail ? Qui est cet avocat que tout le monde semble craindre ?

Il éclata de rire.

— Un homme extrêmement ennuyeux et parfois considéré comme un bourreau par les gens qu'il emploie.

— Et en réalité ?

Il haussa les sourcils.

— Ils ont raison. Je suis très exigeant, et de ce point de vue-là, guère différent de l'image que tu te fais de moi.

Elle sourit.

— Je vois autre chose, dit-elle du bout des lèvres.

— Tiens donc.

— Tu es prévenant, attentionné, protecteur, généreux, et… terriblement sexy.

— Dans ce cas, nous nous ressemblons plus que tu ne le crois, détermina-t-il en lui adressant un clin d'œil.

Ils partagèrent deux ou trois fraises, puis Adrien s'appuya contre la tête de lit en ouvrant les bras pour que Gabi s'y blottisse. La jeune femme ne savait pas exactement dans quoi elle venait de mettre les pieds, jusqu'où irait leur relation et ni à quel point celle-ci pourrait devenir compliquée, mais pour le moment, elle se refusait à y penser. Seul comptait l'instant présent. Elle ferma les paupières et savoura ce moment exquis.

— Puis-je te poser une question indiscrète ? lui demanda-t-elle, alors qu'ils avaient gardé le silence cinq bonnes minutes.

Elle l'entendit rire du nez derrière elle.

— Vais-je pouvoir t'en empêcher ?

— Eh bien… oui, si vraiment tu n'y tiens pas.

— Je t'en prie. Pose ta question. Je me donne le droit de ne pas te répondre, si elle ne me convient pas.

Elle acquiesça.

— Rosa-Louise m'a avoué que ta femme était décédée peu après la naissance de vos enfants.

— Ils allaient avoir un an.

De la main, elle resserra sans même sans rendre compte la pression sur l'avant-bras d'Adrien.

— Vous étiez mariés depuis longtemps ?

— Quatre ans.

— Ça a dû être dur… dit-elle dans un murmure.

— Plus que tu ne le crois.

— Tu l'aimais beaucoup ?

Et c'était bien moins une question qu'une affirmation, mais à la grande surprise de Gabi, il lui répondit tout autre chose.

— J'avais beaucoup d'affection pour elle.

La jeune femme fronça les sourcils et tenta de tourner la tête pour le dévisager. Les traits d'Adrien n'exprimaient rien de particulier, et ça la troubla.

— Avoir de l'affection et de l'amour pour quelqu'un, ce n'est pas pareil.

Il prit une profonde inspiration, soupira longuement, et, d'un geste leste, il contraignit Gabi à se retourner pour qu'elle le regarde.

— Je l'ai aimée. Avec Antoine, nous l'avons rencontrée quand nous étions étudiants. Elle ne savait pourtant pas trop ce qu'elle faisait à la fac. Elle avait constamment l'air d'être ailleurs, parasitée par tout un tas de choses. Antoine et moi avons eu beaucoup de mal à l'approcher, elle donnait le sentiment d'être plus fuyante qu'un animal sauvage. Puis elle et moi avons été obligés de travailler ensemble à l'occasion d'un projet commun.

— Les fameux TD, se mit-elle à rire. C'est également comme ça que tout a commencé entre Martin et moi.

Machinalement, il lui embrassa le bout du nez.

— Mathilde n'était pas seulement malheureuse, elle avait un vrai problème.

— De quel genre ?

Les lignes de son front se plissèrent, comme s'il n'aimait pas se rappeler ces souvenirs.

— Elle buvait. Trop. Tout le temps.

— Elle était alcoolique ? s'étonna-t-elle, voyant très mal Adrien vivre auprès de quelqu'un comme ça.

Il se passa la main dans les cheveux et ferma un instant les paupières.

— Ne me raconte pas, si tu n'en as pas envie.

Il rouvrit les yeux et lui sourit.

— Gabrielle, en général, on a ce genre de conversation avant d'entreprendre une relation avec quelqu'un, histoire d'en savoir plus sur lui. Es-tu certaine de ne pas vouloir t'enfuir après ça ?

Elle hocha si énergiquement le menton qu'il dut comprendre sans mal que non seulement elle désirait connaître l'histoire, mais qu'en plus, elle ne le jugerait pas.

— Je ne suis pas immédiatement tombé amoureux de Mathilde. Je reconnaissais sa fragilité, sa douceur, son empathie aussi, mais je n'envisageais pas de vivre auprès de quelqu'un comme elle.

— Elle était très belle, dit Gabi sans réfléchir.

Il pencha la tête de côté.

— Comment le sais-tu ?

Règle numéro quatre : ne pas monter à l'étage sans y être accompagnée. Mais surtout, ne pas ouvrir les portes pour voir ce qu'il y a derrière. Oups.

— Eh bien… il se pourrait bien qu'en cherchant ta chambre pour te remettre le mot qui te disait que je me rendais chez tes parents…

Il opina plusieurs fois, un petit rictus amusé sur les lèvres.

— Tu as laissé la curiosité l'emporter et tu es tombée sur la chambre de Mathilde.

— C'est ça ! s'empressa-t-elle de confirmer. J'ai vu son portrait.

— Oui, elle était très belle. Belle et malade.

Le visage de Gabi s'assombrit.

— À cause de l'alcool ?

— C'était un tout. Mathilde était en réalité une grande dépressive. À la fac, elle cachait son malaise derrière des bouteilles de vodka. Elle n'en buvait pas tous les jours, mais dès qu'elle se sentait mal ou désarmée, elle s'adonnait à l'alcool. C'était quelqu'un qui broyait constamment du noir et qui n'arrivait pas à ressentir le bonheur plus de trois mois d'affilée.

Gabi se demanda comment il avait pu tomber amoureux d'elle. Elle n'osa pas aller si loin dans ses questions, mais il finit par lui en parler de lui-même.

— J'ai été touché par sa sensibilité et sa fragilité, je suppose que ça me donnait de l'importance, j'avais l'impression d'être vraiment utile. À mon contact, elle a rapidement cessé de boire.

Un jour, nous nous sommes beaucoup rapprochés, puis nous avons fini par nous marier. Elle a arrêté ses études avant que je termine les miennes, mais le fait de se retrouver seule avec Rosa-Louise et André l'a de nouveau plongée dans la dépression. La solitude lui pesait. Je travaillais beaucoup, je rentrais tard... Les deux années de stage passées chez *de Bérail et fils* ont été particulièrement éprouvantes et je reconnais que je n'accordais pas assez de temps à Mathilde. Elle a rechuté. Nous avons consulté des médecins, des psychologues pour l'aider à s'en sortir, nous avons supprimé toute trace d'alcool dans la maison. Elle a doucement remonté la pente. Puis elle s'est retrouvée enceinte de Paul et Sophie. La grossesse n'était pas prévue. Elle l'a particulièrement mal vécue, l'a passée au lit presque tout le temps, nauséeuse en permanence. Je crois que ç'a été les huit mois les plus longs de son existence. C'est à cette époque qu'elle a pris sa propre chambre, pour ne pas me déranger, elle n'a jamais voulu la quitter après ça. Elle a mis au monde nos enfants avec quelques semaines d'avance par césarienne, mais ensuite, son état n'a fait qu'empirer.

Au fur et à mesure qu'Adrien lui racontait cet épisode de sa vie, Gabi sentait son cœur se serrer. Le ton qu'il employait était bien trop monocorde pour ne pas paraître suspect. Elle eut envie de lui caresser le visage, mais elle s'en abstint, ne sachant pas s'il souhaitait être touché.

— Comment est-elle morte ? osa-t-elle demander.

Le regard d'Adrien croisa le sien, et elle sut que ce qu'il allait lui dire était suffisamment grave pour avoir changé sa vie tout entière. Elle retint sa respiration et attendit.

— Elle s'est suicidée.

Gabi baissa les yeux. Elle était triste. Profondément triste d'apprendre qu'une mère de deux adorables enfants pouvait ne pas se sentir suffisamment aimée et comblée pour continuer à vivre.

— Et c'est de ma faute, ajouta-t-il d'une voix morne.

Gabi leva les paupières vers lui, incertaine de comprendre.

— Je l'ai tuée.

La jeune femme se crispa et son sang se glaça dans ses veines.

— Non… ne put-elle s'empêcher de murmurer. Je suis sûre que non.

Brusquement, il récupéra sa coupe de champagne, la vida d'un coup et se servit un autre verre qu'il engloutit tout aussi vite. Puis il appuya ses doigts sur ses yeux.

— Adrien… dit-elle doucement.

— Paul et Sophie avaient tout juste onze mois. Mathilde était sous haute surveillance, Rosa-Louise et André ne la quittaient pour ainsi dire pas d'une semelle. Puis un matin, André a fait un malaise. Il faisait très chaud cet été-là, il a dû consulter un médecin d'urgence. Ils m'ont prévenu et je leur ai assuré qu'ils pouvaient partir sans crainte, que je rentrerais plus tôt que prévu. Mathilde en a profité pour s'emparer des clés de la voiture et a emmené les enfants avec elle.

— Où est-elle allée ?

— Se procurer de l'alcool. Elle en était privée depuis des mois, mais pas suffisamment pour en être sevrée. Elle s'est rendue dans une station-service, elle a acheté une bouteille de whisky, elle s'est enfermée dans les toilettes réservées à la clientèle pour le boire. Ça lui a pris une heure. Une heure sans que personne ne remarque rien.

— Mon Dieu ! s'écria Gabi. Et les enfants ? Où étaient-ils ?

Les traits d'Adrien devinrent plus durs que jamais, tandis qu'il se remémorait ces dramatiques souvenirs.

— Dans la voiture. Ils étouffaient.

Cette fois, elle cria pour de bon.

— Seigneur !

— Mathilde s'était garée sur le bas-côté, en plein cagnard, et par chance, un passant les a entendus pleurer. Enfin, juste Sophie. Parce que Paul était sur le point de perdre connaissance. Il est entré instinctivement dans la station pour demander de quoi briser les vitres et le gérant a appelé les secours après avoir désaltéré au mieux Paul et Sophie. Ils ont découvert Mathilde complètement vaseuse dans une cabine, elle a été emmenée avec les enfants et je les ai tous retrouvés à l'hôpital.

— Mon Dieu… murmura-t-elle pour la deuxième fois. Que s'est-il passé ensuite ?

— Ce n'est que parce mon père était un éminent avocat qu'aucune plainte n'a été déposée contre Mathilde et qu'aucune enquête sociale n'a été menée. Nous avons pu prouver son dramatique état de santé et nous nous sommes engagés à la faire soigner dans un centre spécialisé. Elle était devenue dangereuse pour Paul et Sophie. Je ne l'aimais plus depuis longtemps déjà, et cette situation a fini d'achever les quelques sentiments que j'avais encore pour elle. Je lui en voulais terriblement. Elle aurait pu tuer nos enfants. Ce soir-là, lorsque nous sommes rentrés tous les deux à la maison, elle m'a supplié de lui pardonner. Je lui ai répondu que j'en étais incapable, et elle s'est donné la mort. Nous l'avons découverte gisant dans sa baignoire, noyée sous une mare de sang. Elle avait avalé des médicaments, et s'était taillé les veines.

— Je suis désolée, mon ange, dit-elle, les larmes aux yeux, sans même se rendre compte des mots qu'elle venait d'utiliser. Tellement désolée…

— Mon père est mort quelques mois plus tard d'une crise cardiaque. Le cabinet *de Bérail* avait déjà pris le nom de *de Bérail et fils*, j'étais déjà diplômé, bien installé, je ne craignais pas de me retrouver sans toit et sans travail, je ne devais pas avoir la vie dure, a priori, mais mon existence est devenue un enfer trop rapidement. La maladie de Paul a fini d'achever mes espoirs d'amélioration. J'étais persuadé de subir une punition divine pour avoir causé la mort de Mathilde et privé les mômes de leur mère. Et aujourd'hui, mes enfants me détestent.

— Non, non… murmura-t-elle en lui posant une main sur l'avant-bras, plus bouleversée que jamais. Ne crois pas ça. Tu es un bon père, mais tu es perdu. Tu t'es battu seul, tu n'as sûrement pas toujours fait les meilleurs choix, mais tu les as faits par amour. Ils savent que tu les aimes, ils me l'ont déjà assuré et… ils sont fous de joie quand tu t'occupes d'eux. Peut-être que…

Elle s'interrompit, se rappelant comment avait commencé la soirée, puis elle décida d'insister quand même.

— Peut-être que tu devrais le faire plus souvent ?

Adrien la contempla sans rien dire, puis il hocha la tête. Alors, Gabi s'attendrit comme jamais. Elle plaqua ses deux mains sur les joues d'Adrien et avança vers son visage pour lui frôler les lèvres des siennes. D'abord, il ne réagit pas, puis ses bras s'enroulèrent brusquement autour de la jeune femme et il lui donna le baiser le plus fougueux, le plus affamé qu'elle eût jamais reçu. Incertaine que le moment soit bien choisi pour de nouveaux ébats, elle tenta de le repousser subtilement. Il s'empara alors de ses mains qu'il bloqua derrière son dos. Il détacha le nœud de son peignoir et l'allongea sur le lit avec une douceur infinie. Il la caressa partout, sans proférer un son, un mot. Il embrassa chaque parcelle de son corps et lui fit l'amour si désespérément, si tendrement, si profondément, que Gabi dut se retenir pour ne pas pleurer.

Et c'est là qu'elle sut.

Quand ? Pourquoi ? Comment ?

Elle n'avait aucune réponse.

Mais elle était tombée éperdument amoureuse de lui.

20

Gabi eut l'impression de traverser les trois semaines et demie qui suivirent à une allure extraordinaire, mais surtout, elle se sentait sur un petit nuage. Adrien était incroyablement gentil avec elle et débordait d'attentions. Nonobstant les soirs où il rentrait du bureau d'une humeur de chien, elle avait le sentiment qu'il s'était lui aussi laissé emporter par un tourbillon apaisant. Il souriait tout le temps, riait aux éclats et semblait totalement détendu, si bien que Rosa-Louise et André commençaient à les regarder tous les deux d'un drôle d'air, particulièrement lorsque les yeux d'Adrien et de Gabi se croisaient dans un dialogue muet. Inconsciemment, ils plongeaient dans une bulle où eux seuls existaient.

Malgré ce bonheur nouveau, Gabi ne parvenait pas à définir leur relation. Elle tâchait de la vivre au jour le jour, d'apprécier les moments qu'ils partageaient dans l'intimité, refusant de songer à jusqu'où ils pourraient aller, et surtout, au moment où tout cela prendrait fin. Lorsqu'ils étaient ensemble – souvent au moment du coucher, quand la maison dormait, et jusqu'à 5 heures du matin, avant qu'elle ne se retrouve seule dans son lit –, Adrien ne faisait aucune allusion à l'avenir. Elle ne lui en voulait pas, cela dit, pas encore. Tout était allé très vite entre eux… Toutefois, il lui arrivait de se demander ce qu'il adviendrait d'eux quand Adrien estimerait que Paul et Sophie n'auraient plus besoin de ses services. Aurait-il encore envie de la voir ? Elle l'espérait.

Gabi se sortit de la tête les pensées moroses qui commençaient à affluer et songea à l'anniversaire des enfants qui avait lieu cinq jours plus tard. Elle avait déjà tout préparé et se réjouissait à l'idée de voir les yeux ébahis de Paul et de Sophie lorsqu'ils verraient ce qu'elle leur avait concocté. Avec l'autorisation d'Adrien, elle avait engagé un couple de magiciens. Comme il était supposé faire beau, ils œuvreraient dans le jardin, pile derrière les baies vitrées de la salle de vie, se produisant comme au cinéma muet. Ensuite, elle avait prévu la fameuse course en sacs sur toute la longueur du couloir s'étirant de la porte du sas à la pièce principale, divers jeux d'adresse, un colin-maillard géant auquel participerait chaque membre de la maison – même Antoine, le médecin de Paul, qui était convié –, un concours de plongeons, une ribambelle de gâteaux qu'elle confectionnerait avec Rosa-Louise, des chants… Bref, elle s'y était donnée de tout son cœur et avait sincèrement hâte d'y être. Elle se souvenait trop de l'effervescence qui régnait chez ses parents quelques jours avant la date d'anniversaire de l'un de ses frères, et elle était ravie de constater qu'ici, il en allait de même. Il était vrai que Paul ne verrait pas la mer ce jour-là, mais Gabi ferait de son mieux pour faire de lui et sa sœur les enfants les plus heureux du monde.

Gabi contrôla sa montre, il était pile 9 h 30. Elle se brossa les dents, finit de se coiffer, et rejoignit Paul et Sophie. Aujourd'hui encore, elle allait passer une excellente journée.

* * *

— Monsieur de Bérail ? l'appela une seconde fois son assistante en passant la tête dans l'entrebâillement de la porte de son bureau. Je suis désolée de revenir à la charge, mais que dois-je répondre à la secrétaire de Mlle Stewart au sujet de votre rendez-vous ? Dois-je vous réserver un billet d'avion pour demain ?

Depuis quelques semaines, Adrien se disait que s'il avait pu tout simplement se cloîtrer chez lui et ne pas venir bosser, il l'aurait fait. Il n'avait aucune envie de courir partout et encore moins de traverser une nouvelle fois l'Atlantique. Cependant, le message de Rousset, le client qu'il avait en commun avec Jane, avait l'air d'affirmer tout le contraire. Réunion d'urgence. Point.

Urgence mon cul ! pensa-t-il rageusement. Il voulait juste leur parler pognon et tâcher de faire diminuer les frais. L'industriel était un client de *de Bérail et fils* depuis des lustres et si Adrien ne lui suggérait tout simplement pas d'aller se faire voir, c'était parce qu'il s'était engagé à clôturer l'affaire commencée peu de temps avant la mort de son père. Quoi qu'il en soit, pour discuter fric, pas la peine de traverser l'Atlantique !

Jane... Il était presque certain qu'elle avait beaucoup insisté auprès de Rousset pour qu'Adrien vienne aussi. En réalité, elle n'avait absolument pas besoin de lui pour les négociations, les honoraires qu'appliquait *de Bérail et fils* n'étaient pas franchement un problème, ceux du cabinet Stewart, oui.

Maudite soit-elle ! Il lui semblait qu'elle n'avait juste pas digéré leur dernière entrevue. La jeune femme détestait rester sur sa faim.

— Alors ? insista son assistante.

L'avocat releva la tête des documents qu'il était en train de consulter pour aviser Émilia. Elle n'allait pas le lâcher.

— Très bien. Faites en sorte que je sois de retour le 23 au plus tard, car le 24 c'est l'anniversaire de mes enfants.

— Très bien, monsieur, lui assura-t-elle en sortant.

Adrien s'appuya contre le dossier de son fauteuil et ferma les paupières un instant.

Après ça, on pourrait bien lui annoncer un krach boursier qui mettrait la terre entière dans la panade qu'il ne bougerait pas ses fesses de Paris. Le protocole de son gamin serait bientôt terminé, il ne manquerait ce jour sous aucun prétexte.

Adrien aspirait à ce que s'achèvent enfin ces quatre éprouvantes années. Plus que seize jours. Seize jours, et la liberté s'offrirait à eux. Il ne pourrait pas en être autrement, Paul allait bien. Très bien. Adrien n'avait qu'un désir, vivre de nouveau normalement avec ses enfants, se retrouver dans des situations on ne peut plus basiques avec eux, faire du vélo, partir en vacances ou aller manger un hamburger dans un fast-food, et marcher tout droit en direction du bonheur. Ils le méritaient tous. Et sur le podium de cet avenir victorieux, il n'y avait pas uniquement trois places, mais quatre. Gabrielle Géris ferait partie du décor, parce que, qu'il le veuille ou non, qu'il ait défini ou pas la position qu'il souhaitait vraiment qu'elle ait dans sa vie, il s'avérait qu'il avait de plus en plus de mal à se passer d'elle. Son sourire, son rire, ses regards mutins, l'attention toute particulière qu'elle avait pour lui, ses enfants, chaque membre de son entourage... Si la jeune femme disparaissait maintenant, il serait probablement incapable de marcher sans se cogner aux murs. Elle avait tellement changé son existence, rendu si accessible le bien-être qu'il pensait compliqué à atteindre, qu'il se voyait bien mal revenir en arrière.

D'un autre côté, quand il songeait à Gabrielle, un vent de panique se levait en lui. Il n'avait pas encore tout à fait saisi ce qu'elle attendait de leur relation. Elle n'exigeait rien, ne semblait pas perturbée le moins du monde qu'il ne fasse que des passages éclairs dans son lit, et ne lui posait aucune question. Bien sûr, il lui faisait l'amour avec attention, passion et sincérité. Il aimait être avec elle, il aimait la sentir, la toucher, la faire hurler de plaisir aussi. Les longs moments qu'ils passaient à discuter ensuite étaient uniques, pourtant elle aurait pu exiger davantage. Avancer avec lui dans une autre direction, approfondir leur relation. Mais elle ne demandait rien.

En bref, elle avait tout de l'attitude d'une maîtresse indépendante, sauf qu'elle s'occupait de ses enfants et qu'il la payait pour ça. De la même manière, il remarquait que s'il lui avait beaucoup parlé de son passé, de Mathilde notamment, Gabrielle ne s'était guère ouverte. Il ne connaissait pratiquement rien d'elle et ça l'ennuyait de plus en plus. Il la découvrait douce, prévenante, attentive, déterminée et dotée d'un cœur en or, mais il était incapable de dire quelle était sa couleur préférée, le parfum qu'elle portait, le plat qui lui faisait horreur, ou ce qu'elle était en train de lire en ce moment. Ce dont il était complètement sûr, en revanche, c'est qu'elle mangeait de la crème de gruyère comme personne. Ah ça… il n'était pas près de l'oublier. Il voulait la connaître davantage. Il voulait tout savoir d'elle. Tout. Dans les moindres détails. C'est pourquoi il décida sur un coup de tête que, ce soir, il l'inviterait à dîner et jouerait les gentlemen inquisiteurs.

Il consulta sa montre, vit qu'il était déjà 18 h 30, et qu'il avait tout juste deux minutes pour l'appeler avant que son dernier client n'arrive. Hélas, il avait à peine mis la main sur son téléphone que son assistante le bipa pour l'informer que c'était déjà le cas.

— Faites-le entrer, dit-il en soupirant.

— Très bien. Je pensais rentrer chez moi, avez-vous besoin d'autre chose ?

— Si ça ne vous ennuie pas, pourriez-vous passer un coup de fil à Mlle Géris pour lui suggérer de me rejoindre ici à 20 h 30, s'il vous plaît ? Si elle vous demande pourquoi, dites-lui que la *Vache qui rit* m'a laissé sur ma faim et que je l'emmène au *Carrousel des fromages.*

Il y eut un grand blanc avant qu'Émilia ne réagisse.

— Je vous demande pardon ?

— Vous avez bien compris. Répétez-lui ça mot pour mot.

Depuis le combiné, il sentit combien son assistante était déconcertée et ça l'amusa.

— Euh… d'accord.

— Je vous remercie. Et pensez à lui donner le code de l'entrée.

— Bien entendu. Ah ! Pour votre information, vous prendrez votre vol pour Washington demain à 10 h 35 à Charles-de-Gaulle. Retour vendredi à 21 h 50, vous arriverez samedi à 11 h 25, je n'ai rien trouvé plut tôt.

— Ça ira, Émilia. Je vous remercie et vous souhaite une bonne soirée.

— Bonne soirée, monsieur.

Et elle raccrocha.

À peine cinq minutes plus tard, son client pénétrait dans son bureau, il se leva pour l'accueillir.

— Bonsoir, monsieur Shumberger, je vous en prie, asseyez-vous.

Et jusqu'à ce que leur entretien soit terminé, Adrien songea à la manière dont Gabrielle allait se débrouiller pour manger sa cancoillotte. Parce que ça, elle n'y couperait pas !

* * *

Après avoir embrassé les enfants, Gabi s'était douchée et changée en quatrième vitesse.

D'un rapide coup d'œil sur Internet, elle avait vu que le *Carrousel des fromages* était un restaurant en vogue et qu'en effet, ils ne servaient que ça. Entre annoncer à Adrien qu'elle avait eu le message de son assistante tardivement et qu'elle avait déjà dîné avec Paul et Sophie, ou lui avouer qu'elle n'aimait pas grand-chose d'autre que la crème de gruyère sur un plateau de fromages, elle ne savait pas trop quoi choisir. Sans se biler, elle alla rejoindre son taxi à l'extérieur et se laissa emmener jusqu'à *de Bérail et fils.*

Ça lui fit vraiment un drôle d'effet d'y revenir. Elle n'y avait pas remis les pieds depuis son fameux entretien d'embauche. En levant la tête, elle posa un regard attendri sur la grande baie vitrée du deuxième étage, par laquelle M. Piou-Piou avait réussi à s'envoler.

Les plus belles histoires devraient toujours commencer par un pigeon, se dit-elle en souriant.

Elle composa le code, prit l'ascenseur et rejoignit le cabinet. Elle n'eut pas à sonner à la porte, elle n'était pas encore fermée à clé. Certains employés travaillaient tard. De mémoire, elle suivit le couloir de gauche et se présenta à son bureau grand ouvert.

— Bonsoir, le salua-t-elle d'une voix discrète.

Il leva les yeux, et comme à chaque fois qu'il lui souriait, Gabi sentit des papillons s'envoler dans son ventre. Il était magnifique. La première fois qu'elle l'avait vu, elle s'était fait la réflexion qu'il ressemblait à Christian Bale. Elle s'était trompée sur toute la ligne. À côté d'Adrien, l'acteur faisait bien pâle figure.

— Salut, lui répondit-il chaleureusement.

Il la contempla de la tête aux pieds, avisant ses petits escarpins turquoise, ouverts sur un orteil et rehaussés d'un nœud jaune à pois. Pour l'occasion, elle avait passé une robe ample, à brides, de la même couleur que ses chaussures, mais pour le coup, à la manière dont il la regardait, elle eut presque l'impression d'être nue devant lui.

— Tu es à croquer, lui dit-il en se levant.

Elle lui sourit et lui fit un clin d'œil.

— Tu n'es pas mal non plus.

Il portait un costume noir comme la nuit sur une chemise blanche dont il avait défait les deux premiers boutons après s'être débarrassé de sa cravate. Elle était jetée sur son bureau.

Adrien s'approcha et posa un léger baiser sur ses lèvres.

— On y va ? J'ai une faim de loup.

Gabi hocha la tête avant de le suivre, évitant de lui dire qu'elle, pas du tout. Dix minutes plus tard, ils étaient dans un taxi.

— Pourquoi un restaurant de fromage ? lui demanda-t-elle malicieusement quand ils s'apprêtèrent à entrer dans l'établissement. Il m'a semblé que tu ne voulais pas prendre le risque de m'en voir manger. Tout du moins… publiquement.

— J'ai dit ça, moi ? fit-il mine d'être surpris en haussant un sourcil.

— Han han…

Il pencha la tête et respira doucement l'odeur de son cou. Il s'y attarda, y posa un baiser et la prit par la main.

— Viens.

Il la guida vers l'entrée, puis une hôtesse les conduisit à une table située en plein milieu des autres.

— Voilà qui est fâcheux, lui murmura Adrien à l'oreille avant de tirer une chaise pour qu'elle s'asseye. Nous allons devoir nous comporter de façon respectable.

Gabi pouffa et s'installa.

— Comment s'est passée ta journée ? lui demanda-t-il.

— Très bien. Les enfants sont de plus en plus impatients d'être à samedi. Il est bien difficile de les tenir en attendant, mais tout va bien.

Le serveur leur apporta une carte et s'éclipsa pour les laisser choisir.

— Je dois partir demain pour Washington, l'informa-t-il sans pouvoir cacher sa déception.

Washington signifiait visite à Jane Stewart. Gabi serra les mâchoires, mais ne dit rien.

— OK.

— Je serai de retour vendredi.

— D'accord.

Il l'étudia un moment, puis, voyant que le silence se prolongeait, il ajouta :

— Ce n'était pas prévu.

— Pas de problème.

Gabi lui sourit aussi affablement que possible pour ne rien laisser paraître, mais le fait qu'il se justifie de cette rencontre avec Jane la mettait excessivement mal à l'aise en réalité.

— La dure vie de directeur de cabinet ! tenta-t-elle de plaisanter pour faire bonne figure.

Il hocha simplement le menton, peu convaincu, manifestement.

— Et toi, qu'as-tu prévu de faire demain ?

— Je compte terminer les préparatifs de samedi avec Paul et Sophie.

Il fronça le nez d'amusement.

— Tu te rends compte que depuis que tu es chez nous, tu as quasiment travaillé tous les samedis ? Il va sérieusement falloir que je pense à t'augmenter.

Gabi le regarda droit dans les yeux, il n'avait pas l'air de plaisanter.

— Ce n'est pas utile. Je n'ai pas l'impression de travailler. Ça me fait plaisir d'être avec Paul et Sophie. Et ça leur permet d'être moins seuls quand tu dois t'absenter.

Puis elle fronça les sourcils sans même s'en apercevoir.

— Qu'est-ce qui te contrarie ? s'inquiéta-t-il. Tu plisses le front.

Elle secoua vivement le menton.

— C'est que… je me mets un peu la pression ; tes enfants ont déjà tout ce qu'il est possible d'avoir. Cette fête sera-t-elle à la hauteur de leurs attentes ?

Il lui sourit.

— Vu le mal que tu te donnes, ça ne fait aucun doute.

— Je l'espère…

— J'en suis certain. Est-ce vraiment tout ce qui t'ennuie, Gabrielle ? insista-t-il avec un ton suspicieux.

Elle s'empressa de hocher la tête, sachant qu'elle ne devait pas avoir l'air d'être très convaincante. Mais du fait que c'était la grande tige rousse qui la turlupinait, elle aurait préféré se couper la langue plutôt que de le lui avouer.

Elle se racla exagérément la gorge et se força à sourire.

— Tout à fait. Parce que figure-toi que ce sont les dignes héritiers de leur père et qu'ils sont du genre exigeant.

Il arqua un sourcil.

— Tu sembles nous avoir tous très bien cernés.

En effet, sur ce point, sa vision des choses était plutôt limpide.

— Plus que tu ne le crois, confirma-t-elle avec une pointe d'humour.

Il rit doucement.

— Ah ! J'aimerais pouvoir en dire autant à ton sujet.

Elle se laissa aller à pouffer de rire aussi.

— Tu aimerais en savoir plus sur moi ? Tu ne sais pas ce qui t'attend !

Il esquissa un sourire.

— Tout à fait. Car comme le dit si bien l'adage : il faut connaître son ennemi pour mieux le mettre à terre.

Et il la gratifia d'un clin d'œil.

— Tu veux me mettre à terre ? Moi ? fit-elle mine de ne pas comprendre.

— Chaque fois que je te vois, et de préférence sans aucun vêtement sur le dos, tu peux en être sûre.

Elle laissa échapper un soupir de ravissement.

— Dans ce cas, murmura-t-elle en lui jetant un regard dévastateur, si tu souhaites vraiment en apprendre plus sur ma personne, je vais te faire une petite révélation.

Il plissa le front et se fit étonnamment attentif.

— Je t'écoute.

Le serveur arriva sur ces entrefaites et leur demanda ce qu'ils avaient choisi. Alors, Gabi répondit le plus innocemment du monde en papillonnant des cils :

— Eh bien… Je déteste le fromage.

* * *

Adrien la regarda lécher les quelques gouttes de crème glacée qui avaient coulé sur ses doigts et sourit. Après une déclaration tombée à point nommé et aboutissant à un flop spectaculaire, ils s'étaient repliés dans une brasserie pour manger un hamburger sur le pouce. Ça lui apprendrait à prendre des décisions sans se préoccuper des autres.

— Veux-tu savoir autre chose ? lui demanda-t-elle, alors qu'elle avait déjà répondu à une quantité impressionnante de questions à son sujet.

Il se frotta le menton entre le pouce et l'index et plissa les paupières.

— Plus dans l'immédiat. Et toi ?

Elle secoua la tête.

— Même pas à propos de mon voyage de demain ?

Un éclair sembla jaillir des yeux de Gabrielle.

Adrien se pencha un peu plus vers elle comme pour l'encourager à parler, parce que l'expression assombrie de son regard était une réponse en soi. Oui. Elle avait bien deux ou trois choses à lui demander, mais elle s'en donnait difficilement le droit.

— Dis-moi, insista-t-il. Que veux-tu savoir, de Jane ?

Bon. Puisqu'il le lui permettait, autant prendre le taureau par les cornes.

— Jane Stewart est-elle amoureuse de toi ?

D'abord surpris, il la considéra avec des yeux ronds, puis il éclata de rire, ce qui eut l'effet immédiat de la renfrogner.

— Ah, Gabrielle ! Ma douce et tendre Gabrielle. Jane ne sera jamais amoureuse de personne, à part d'elle-même !

Il vit la jeune femme se rembrunir davantage.

— Il m'a pourtant semblé que tu ne lui étais pas indifférent.

— Je n'ai pas dit que je l'étais, mais simplement qu'elle n'est pas amoureuse de moi.

— Vous couchez ensemble ?

Au lieu de porter ombrage à son accusation formulée au présent et non au passé, Adrien était ravi qu'elle daigne enfin l'interroger à ce sujet. Il voulait que leurs rapports changent, qu'ils se rapprochent, et ça commençait par là.

— Ça nous est arrivé plusieurs fois, répondit-il naturellement. Il y a longtemps.

Elle croqua si sèchement dans son cornet de glace que, enchanté, il comprit que le vent de jalousie qui la titillait était en train d'avoir raison de son self-control si savamment utilisé ces dernières semaines.

— J'imagine qu'elle ne serait pas contre un autre set ? lâcha-t-elle.

— Non. En effet.

— Et toi ?

Il prit un air mutin.

— Ne suis-je pas un homme déjà bien occupé et… satisfait ?

Elle arqua un sourcil.

— Satisfait ? Vraiment ? Est-ce une affirmation ?

— N'est-ce donc pas ce que toi tu penses ? répliqua-t-il.

Il aurait fallu qu'elle soit aveugle pour ne pas s'en rendre compte. Les choses avaient changé entre eux. En tout cas, pour Adrien. Il était passé d'une simple envie d'approfondir leur relation à un besoin de plus en plus puissant. Depuis plus de deux semaines, il la rejoignait chaque nuit et ne s'en serait privé pour rien au monde. Il lui faisait l'amour comme un dément, se raccrochant à son corps aussi fort qu'un naufragé à une bouée. Bien sûr, elle ne pouvait pas le savoir, mais c'était quelque chose de peu habituel dans sa vie de père célibataire.

— Ça te plaît, pas vrai ? lui lança-t-elle très sérieusement.

Il fit mine de ne pas comprendre.

— Quoi donc ?

— Ma jalousie.

— Énormément, avoua-t-il d'une voix onctueuse.

— Eh bien, moi, je déteste ça !

Et avant qu'il ne puisse ouvrir la bouche, elle poursuivit :

— Quelle relation entretenais-tu avec Jane ?

Adrien soupira en voyant les beaux yeux cannelle de Gabrielle mangés par la curiosité.

— Nous nous connaissons depuis des années, nos pères travaillaient déjà ensemble. Ce n'est qu'après la mort de Mathilde que nous nous sommes rapprochés. Ça n'a toujours été que physique, entre nous. J'ai, certes, beaucoup d'affection pour elle, mais Jane est le genre de femme qui ne laisse aucune chance à un homme de croire qu'il y a une place pour lui dans sa vie autrement que dans son lit.

— Tu aurais aimé que ce soit le cas ?

— Non, répondit-il avec une telle certitude qu'il espérait bien qu'elle comprenne qu'il ne racontait pas de bêtises.

— Elle est pourtant très belle. Enfin, si on aime le genre osseux.

Il ne put s'empêcher de sourire.

— C'est vrai. Intelligente, aussi, cultivée, riche, et totalement superficielle. Celui qui volera son cœur n'est pas encore né, tu peux me faire confiance.

Gabrielle regarda ce qui restait de son cornet de glace et le posa sur la table. Elle ne le finirait pas.

— Et ton cœur à toi ? demanda-t-elle doucement. Il est à voler ?

— Le mien n'est pas un cheval sauvage, Gabrielle. J'ai déjà aimé.

Elle avala sa salive et coinça ses mains entre ses cuisses.

— Écoute… Je n'attends rien précisément. Enfin, c'est ce dont j'essaie de me persuader, pour ne pas brûler les étapes, mais… où allons-nous, Adrien ?

Il contempla ses joues roses, ses lèvres charnues, son petit nez droit et ses cheveux blonds dont les boucles rebiquaient sur sa nuque et il eut envie de répondre : « N'importe où, mais pourvu que tu y sois. » Il ne le fit pas, parce que, au fond, il ne le savait pas lui-même. À la place, il s'appuya sur la table, se leva de sa chaise et alla glisser une main derrière la tête de Gabrielle pour l'embrasser aussi passionnément qu'il en était capable. Elle lui rendit son baiser sans concession et, quand il eut terminé, elle lui sourit timidement.

— J'aimerais juste que… que tu ne prennes pas mon cœur pour un hôtel, Adrien…

— Jamais, lui assura-t-il avec sincérité. Jamais.

Pour le moment, c'était tout ce dont il était certain.

21

— Nous sommes sincèrement désolés, mademoiselle Géris, lui dit la voix du magicien au téléphone.

— Très bien, je comprends.

— Merci pour votre sollicitude. Au revoir, mademoiselle.

— Au revoir.

Et elle raccrocha.

« Merci pour votre sollicitude. » Mais qu'est-ce qu'il croyait ? Qu'elle allait lui trancher la gorge pour les planter au dernier moment ?

— Que se passe-t-il ? demanda Rosa-Louise en s'asseyant à la table de la cuisine avec Gabi. Vous en faites une drôle de tête.

La jeune femme fit une véritable moue boudeuse.

— Les magiciens viennent de décommander, l'un d'eux est tombé malade.

— Oh !

— Tout a fonctionné comme sur des roulettes, jusque-là. Ce que je suis déçue !

La gouvernante posa une main apaisante sur son avant-bras.

— Allez, dites-vous que les enfants n'en avaient aucune idée. Ils ne verront pas la différence.

— Soit… Mais quand même ! Je me faisais une telle joie !

Rosa-Louise pouffa de rire pour remonter le moral de la jeune femme.

— Avec tout ce que vous leur avez concocté, demain, ils seront fous de bonheur. Ne vous faites pas trop de souci. Vous verrez, ils vous montreront à quel point vous les aurez comblés.

Gabi tourna mollement sa cuillère dans sa tasse de café au lait et soupira.

— J'espère que vous avez raison. Paul arrive à la fin du protocole, et il est à cran.

— Il vous en a parlé ? s'étonna la septuagénaire.

— Pas personnellement. J'ai surpris une conversation entre lui et Sophie. Il lui faisait part de son inquiétude en prétendant que son père pouvait tout aussi bien convaincre le médecin de reculer l'échéance pour plus de sécurité.

Rosa-Louise se renfrogna. Tout comme Gabi, elle savait que c'était de l'ordre du possible.

— Je ne l'espère pas, murmura-t-elle.

— Moi non plus. Ce serait vraiment une terrible déception pour lui. Comment ça s'était passé précédemment ? Avant la rechute, je veux dire ?

La vieille dame soupira.

— Il est allé jusqu'au bout des recommandations médicales et Paul est retombé malade.

— Ce qui signifie qu'Ad… que M. de Bérail est susceptible de prolonger l'isolement.

— Oui. Mais restons positifs ! Antoine saura le convaincre du contraire si l'idée lui effleure un peu plus que l'esprit.

Puisse-t-elle avoir raison, se dit Gabi.

La jeune femme termina d'une traite son café et se leva.

— Bien. J'y vais, les enfants m'attendent.

— Gabrielle ? la héla Rosa-Louise avant qu'elle ne se sauve.

— Oui ?

— J'ai l'impression qu'Adrien et vous vous entendez mieux, je me trompe ?

Elle retint son souffle et ignora l'accélération des battements de son cœur. Elle chercha ses mots, puis opta pour ce qui se faisait de plus simple.

— Eh bien… oui. En effet.

Rosa-Louise lui offrit un sourire éblouissant et lui dit, l'air de rien :

— Je suis ravie pour vous deux.

Puis elle lui tourna le dos et se mit à nettoyer son plan de travail en sifflotant.

Gabi se pétrifia quelques secondes avant de se dépêcher de rejoindre Paul et Sophie.

Elle avait compris ! Il ne manquait plus que ça !

Elle s'efforça de se sortir de la tête l'idée que la gouvernante les avait percés à jour et s'investit intégralement dans cette ultime journée de préparation.

Bien plus tard, dans l'après-midi, ils étaient en train de découper la dernière banderole de décoration, lorsque Rosa-Louise fit irruption dans la salle. Gabi se tourna aussitôt pour l'accueillir.

La gouvernante avait l'air catastrophée. La tenaille au ventre sans qu'elle sache exactement pourquoi, la jeune femme s'adressa à elle.

— Rosa-Louise ? Que se passe-t-il ?

La septuagénaire pinça les lèvres, terriblement embarrassée, et se tassa littéralement devant les enfants.

— Je suis désolée, mais votre père ne pourra pas être là demain.

— Tu nous fais une blague ? demanda Sophie, mi-figue mi-raisin.

Rosa-Louise s'approcha et soupira en secouant la tête de gauche à droite.

— Ah non ! s'écria spontanément Gabi en se levant d'un bond et en tapant des deux mains sur la table.

— Quoi ? Mais pourquoi ? continua Sophie en abandonnant sa paire de ciseaux.

— Un problème technique sur son vol. Il ne décollera que demain soir.

Gabi se rembrunit. Mais quelle journée de merde !

— Oh non… murmura Sophie, sincèrement attristée. On a tout préparé…

— Ne t'inquiète pas, ma chérie, tenta de la rassurer Gabi, on va le fêter quand même.

Puis elle se tourna vers Paul qui n'avait pas ouvert la bouche. Le dos bien droit et le cou dressé, il fermait à moitié les yeux et fusillait du regard Rosa-Louise qui n'y était pourtant pour rien.

— Ce ne sera pas pareil ! protesta la fillette.

Gabi pinça les lèvres, essaya de réfléchir à une solution de repli, consciente de ne parvenir à en trouver aucune de foncièrement valable.

— Écoutez. Je sais que ce n'est pas la même chose, mais si vous êtes d'accord, rien ne nous empêche de reporter la fête à dimanche. Tout est déjà prêt. Qu'en pensez-vous ?

Sophie marmonna et hocha imperceptiblement la tête.

— Paul ?

— Non ! cria-t-il en se levant comme un diable de sa boîte. S'il n'est pas là, je ne veux plus fêter mon anniversaire !

Et comme pour concéder plus de poids à ce qu'il venait de dire, il donna plusieurs coups de ciseau dans la banderole, la réduisant à néant, et partit en courant pour s'enfermer dans sa chambre. Pétrifiée, Gabi le suivit des yeux, tandis que Sophie était sur le point de fondre en larmes.

— Oh, misère… marmonna Rosa-Louise. Ne bougez pas, je m'en occupe.

Et elle planta Gabi et Sophie dans la pièce pour rejoindre Paul.

— Je suis désolée, murmura la jeune femme en caressant la joue de Sophie qui, à fixer ainsi ses chaussures, allait finir par les trouer.

— C'est toujours pareil, avec lui… Il a toujours mieux à faire que d'être avec nous.

Gabi fronça les sourcils.

— Ce n'est pas le cas, Sophie. Il y a un problème sur son vol, ce n'est pas de sa faute.

— Je sais… admit-elle mollement.

— Il avait très envie d'être là, tu sais.

Sophie leva les yeux sur Gabi, ils étaient tout rouges.

— Tu crois ?

— Évidemment ! Il vous aime plus que tout, Sophie.

La petite fille baissa de nouveau la tête, et soudain, la voix rugissante de Paul retentit.

— C'est un mensonge ! Son travail est plus important que tout le reste ! Il ne serait pas parti, sinon ! Il serait resté ! Il n'aurait pas pris de risques ! Il se moque de nous. Il s'en moque ! Depuis toujours ! Toujours !

Gabi frémit de tout son être, et Sophie, cette fois, éclata en sanglots.

— Oh, mon cœur !

Elle la serra fort contre elle dans l'espoir qu'elle se calme, rien n'y fit.

— Paul ! Paul ! s'écria Rosa-Louise, alors que la porte de sa chambre s'ouvrait et qu'il filait comme une tornade en direction du couloir.

D'abord interdite, Gabi ne comprit pas ce qui était en train de se passer, puis elle réalisa lorsque Paul fonça tout droit sur le digicode du sas pour en composer le code.

— Paul ! s'exclama-t-elle en s'élançant vers lui.

Elle le retint par l'épaule et le ramena vers elle.

— Lâche-moi, lâche-moi ! hurla-t-il de toutes ses forces. Je veux m'en aller, je veux m'enfuir !

Alors, elle l'encercla davantage pour l'empêcher de bouger.

— Je le déteste, je le déteste, je le déteste ! s'époumona-t-il, la bouche écrasée contre le cou de Gabi.

— Chut, chut… l'apaisa-t-elle en s'efforçant de lui caresser les cheveux alors qu'il se débattait comme un diable.

C'était de loin le moment le plus difficile qu'elle avait eu à vivre depuis qu'elle travaillait ici. En tant qu'adulte, elle savait que décaler un anniversaire n'était pas si grave, et sans doute qu'un enfant lambda l'aurait compris aussi, mais pour Paul, ça voulait tout dire. C'était un échec cuisant. Un raté qui survenait peu de temps avant la fin de ce satané protocole et qui, inconsciemment, lui faisait se demander si ce n'était tout simplement pas les prémices d'une nouvelle déception. Une réaction en chaîne qui l'immobiliserait chez lui encore plusieurs mois. Gabi comprenait tout et ça lui faisait mal. Et tout cela sans compter qu'avec sa sœur Paul s'était plongé corps et âme dans la préparation de cette fête. Il avait tiré des plans sur la comète, il avait tout imaginé, il en avait même rêvé. Depuis plus de trois semaines, il répétait une minipièce de théâtre avec Sophie qu'ils devaient présenter à leur père pour leur anniversaire. La désillusion de ces enfants était si grande que Gabi la trouva tout aussi insurmontable qu'eux.

Quand Paul parvint enfin à se calmer, sous le regard toujours épouvanté de Sophie qui s'était pelotonnée contre Rosa-Louise, Gabi lui fit lever la tête pour croiser ses yeux encore pleins de larmes.

— Je ne vais pas essayer de te convaincre que ton père n'a pas fait exprès d'être absent, tu ne me croirais pas. Par contre, fais-moi confiance quand je te dis que tu as tort de penser que tu le détestes. Tu es blessé, et à ta place, je le serais également. Mais tu l'aimes, Paul. Tu l'aimes aussi fort qu'il t'aime et il n'y a rien d'autre qui compte.

Il ne desserra pas les lèvres.

— Je sais combien tu es en colère. Je te comprends.

Elle n'ajouta rien de plus et se contenta de l'embrasser sur la joue.

* * *

Le lendemain matin, Gabi se réveilla sur le coup des 6 h 30. Contrariée, elle avait passé une très mauvaise nuit et il en était de même pour les enfants qui s'étaient également levés aux aurores. Après leur avoir chaleureusement souhaité leur anniversaire, elle leur avait proposé de prendre leur petit déjeuner ensemble dans la salle commune. Ils le terminaient tout juste, lorsque Adrien leur passa un coup de fil. À Washington, il était 1 h 30 du matin.

L'accueil que Paul et Sophie firent à leur père au téléphone fut pour le moins glacial. Ils desserrèrent à peine les lèvres et répondirent par des onomatopées inarticulées. Gabi leur prit le combiné avant qu'Adrien ne raccroche et se mit en retrait. Il était dans ses petits souliers.

— J'en suis sincèrement désolé, lui assura-t-il après qu'ils eurent discuté de la situation. C'est indépendant de ma volonté. Il y a eu une alerte à la bombe et tous les vols sont reportés de vingt-quatre heures. Je peux difficilement faire autrement.

— Je comprends, mais ils sont terriblement déçus.

Il soupira longuement.

— Nous ferons ça dimanche.

— Ils n'ont pas l'air très motivés, pour tout t'avouer.

— Ils changeront d'avis, lui affirma-t-il d'un ton rassurant.

Elle espérait sincèrement qu'il ait raison.

Puis soudain, une voix veloutée s'éleva à côté de lui.

— Hé, *honey*, toujours au téléphone ? Raccroche, et profitons des quelques heures qu'il nous reste ensemble. J'ai envie de toi.

Puis le bruit d'un baiser se fit entendre.

Le sang de Gabi se glaça dans ses veines tandis qu'un silence épouvantable s'imposait. Puis Adrien réagit.

— Gab…

— Je ne sais pas exactement ce que ça signifie, l'interrompit-elle brusquement, mais je te conseille de ne pas te perdre en explications, elles n'ont aucune valeur à mes yeux.

Elle perçut alors le rire éminemment agaçant de Jane dans le combiné.

— Je vous laisse, monsieur de Bérail, vous semblez très occupé. Si votre nuit est agitée, tâchez tout de même de ne pas rater votre vol de demain, car cette fois, vos enfants vous en voudraient à mort et je me ferais un plaisir de leur servir de bourreau ! Bonne soirée !

Elle raccrocha violemment et envoya valdinguer le téléphone sur le canapé. Elle était folle de rage. Alors comme ça, pendant que ses gosses se morfondaient pour leur journée d'anniversaire loupée, monsieur roucoulait dans une chambre d'hôtel avec sa plus vieille maîtresse ?

Salaud ! eut-elle envie de hurler.

Dans l'esprit de Gabi demeurait l'idée que ce petit aparté avait simplement été orchestré par la sulfureuse Jane. OK. Mais que faisait-elle dans la piaule d'Adrien au beau milieu de la nuit, bon sang ? Oh non, il n'était pas aussi blanc qu'il avait bien voulu lui laisser croire. Écœurée, en colère, triste et incapable de réfléchir convenablement, elle fonça tout droit vers les enfants et clama :

— Préparez-vous ! Je vous emmène à la mer !

* * *

Si Rosa-Louise avait parfaitement orchestré la fugue de Paul pour le bal du 14 juillet, elle avait été nettement moins enthousiaste à l'idée d'une excursion au bord de la Manche.

Pour Rosa-Louise, faire sortir Paul en douce à l'occasion d'un périple aussi long – pas moins de 500 km aller-retour – était loin d'être une bonne initiative. Un accident, un imprévu, et ça pourrait être le drame. Ce qui était totalement vrai. Cependant, et malgré ses vives protestations, Gabi n'était pas revenue sur la proposition qu'elle avait faite aux enfants, en premier lieu. Ils étaient sur la route et Paul et Sophie semblaient avoir un bâtonnet de glace coincé en travers des joues tant ils souriaient béatement.

Gabi n'avait pas l'intention d'attirer les ennuis – même si en improvisant cette petite excursion, elle les provoquait très clairement – et serait cent fois plus prudente que d'habitude. C'est pourquoi elle conduisit plutôt lentement pour parcourir les 250 km de distance qui les séparaient de chez ses parents. Lesquels les attendaient avec impatience. Ils seraient là-bas bien avant midi.

— J'ai tellement hâte d'y être ! s'exclama Paul qui allait pouvoir réaliser son rêve.

— Moi aussi ! renchérit Sophie qui, comme Paul, n'avait jamais vu la mer. Tu es géniale !

Gabi émit un petit rire satisfait.

— Je suis ravie de vous faire plaisir, les enfants, mais n'oubliez pas une chose : ce que je suis en train de faire est très mal, parce que votre papa est totalement contre.

— Nous garderons le secret ! promit Paul.

La jeune femme secoua la tête en le regardant dans le rétroviseur.

— Il ne s'agit pas de ça, Paul. J'assume complètement ce que je suis en train de faire, mais sachez que si votre père appelle à la maison et demande à Rosa-Louise où nous sommes, elle le lui dira, et je risquerai d'être renvoyée.

C'était même plus qu'une supposition. Rosa-Louise ne pourrait pas la couvrir et Adrien serait furieux. Cela dit, cette perspective ne sembla pas entacher le bonheur et l'impatience des enfants, ils hochèrent le menton pour lui signifier qu'ils avaient compris, mais n'en firent pas état.

Gabi y avait sérieusement réfléchi. Même si elle avait effectivement pris la décision sur un coup de tête, ce n'était pas par vengeance qu'elle avait proposé cette aventure à Paul et Sophie. Ça n'avait aucun rapport direct avec les agissements d'Adrien à son encontre, bien qu'ils en fussent indéniablement le déclencheur. La veille, le cœur de Gabi s'était fendu en deux quand les enfants avaient appris que leur père ne serait pas là pour leur anniversaire, et elle en avait assez de les voir privés de choses si simples. Rosa-Louise avait raison, elle aurait pu ne courir aucun risque et attendre une semaine supplémentaire pour proposer cette sortie à Adrien, mais aurait-il seulement accepté ? Elle n'en était pas certaine. Buté, borné et aveugle lorsqu'il s'agissait de ses gosses, il aurait trouvé tous les prétextes du monde pour leur refuser ce plaisir. Finalement, peu lui importait qu'elle soit licenciée pour faute grave, Paul et Sophie garderaient le souvenir de cette journée toute leur vie et rien d'autre ne comptait à ses yeux.

Ils arrivèrent chez les parents de Gabi vers 11 heures, il faisait un temps magnifique. Le mois d'août était clément presque partout en France et elle s'en réjouissait, la côte d'Opale était époustouflante sous le soleil. Ils se garèrent dans le chemin d'accès et descendirent au pas de course, les enfants étaient surexcités.

— Bienvenus chez nous ! les accueillit Fabrice Géris en souriant.

Gabi s'approcha et embrassa son père sur la joue.

— Papa, je te présente Paul et Sophie. Voici mon papa, leur chuchota-t-elle, ne lui dites pas qu'on se ressemble, il est susceptible. Il n'aime pas qu'on le compare à une fille.

Elle les gratifia d'un clin d'œil et les invita à entrer dans la maison où ils rencontrèrent les trois frères de Gabi ainsi qu'Élisabeth. Sitôt les présentations faites, ils prirent tous la voiture pour se retrouver autour d'un pique-nique au bord de la Manche, Mme Géris avait tout prévu.

Gabi n'aurait su exprimer exactement ce qu'elle éprouva devant l'explosion de bonheur de Paul et

Sophie lorsqu'ils virent la mer, touchèrent le sable humide dévoilé par la marée basse de leurs pieds nus, entendirent les mouettes hurler au-dessus de leur tête et respirèrent à plein nez l'air iodé.

— Regarde ! Regarde ! cria Paul à sa sœur avant de se mettre à courir comme un fou sur la plage en direction d'un monticule d'algues noires.

Sophie le suivit et tous les deux se penchèrent pour observer les rejets de sable laissés par les coquillages profondément enterrés.

— Ce sont des couteaux ! affirma Paul.

— C'est vrai, Gabi ? s'assura Sophie.

La jeune femme hocha la tête.

— Tout à fait.

— Pourquoi ils se cachent ?

— Ils se protègent des prédateurs et du soleil.

— Et ils peuvent sortir ? l'interrogea-t-elle encore.

— Bien sûr, lui répondit Fabrice Géris. Vous voulez les voir ?

Autant demander à un sourd s'il souhaite entendre ! Paul et Sophie secouèrent si énergiquement le menton qu'ils firent rire tout le monde.

Fabrice s'approcha et sortit de sa veste un gros paquet de sel fin.

— C'est moi qui le fais ! s'écria soudain Thomas, le plus jeune frère de Gabi. S'il te plaît, papa, c'est moi ! Je leur montre !

Le père de Gabi acquiesça et demanda aux enfants d'aller remplir les seaux avec de l'eau.

Quand ils revinrent, Thomas était en train de mettre du sel dans les deux minuscules conduits d'aération formés par le mollusque.

— Pourquoi il fait ça ? voulut savoir Paul.

Fabrice Géris s'agenouilla pour surveiller les gestes de Thomas et expliqua.

— C'est comme ça qu'on peut faire sortir le couteau. En augmentant la concentration de sel, le milieu devient hostile, alors le solen se dépêche de remonter à la surface. Regardez !

Rémy attrapa le couteau tellement vite que Paul et Sophie eurent à peine le temps de voir.

— Je l'ai ! s'écria le jeune adolescent en leur présentant son trophée.

— Waouh ! s'extasièrent en chœur les jumeaux.

Et puis, presque aussitôt, le mollusque commença à sortir de sa coquille comme une grosse goutte de chair, faisant crier Sophie d'effroi qui recula de plusieurs pas. Thomas et son père éclatèrent de rire.

— Ne t'inquiète pas, la rassura Fabrice, il ne va pas te sauter dessus. Regarde, nous allons le mettre dans l'eau.

Et il le déposa au fond d'un seau.

Un peu plus confiante, la fillette se rapprocha pour le détailler de plus près. Il ne s'était pas encore rétracté, mais il n'était guère vaillant.

— Ça se mange ? demanda-t-elle.

— Tu veux goûter ? lui proposa Thomas. J'en ai déjà mangé, moi !

— Baahhh !

Sophie fit une mine épouvantée et se détourna du coquillage pour fixer l'horizon, tandis que Paul restait entièrement concentré à l'observation du couteau.

— Bon ! s'exclama Élisabeth. C'est l'heure de déjeuner, tous sur les galets !

La joyeuse troupe rejoignit les nappes et s'installa au sec.

Après le repas, très frugal pour Paul et Sophie puisqu'ils ne pensaient qu'à s'amuser, Fabrice Géris proposa aux plus courageux d'aller se baigner. La mer étant à tout juste 16°C, Gabi n'avait pas l'intention d'y mettre un seul doigt de pied, elle préféra rester sur les serviettes avec sa mère. Assises l'une à côté de l'autre, elles regardèrent de loin les enfants et Fabrice s'ébrouer dans l'eau. Le père de Gabi n'était jamais autant dans son élément que lorsqu'il était avec des gosses.

— Comment ça va vous deux ? demanda alors Gabi.

Élisabeth ferma les yeux et prit un bon bol d'air.

— Nous avons éclairci certains points.

— Et ?

— Nous nous comprenons mieux.

La mère de Gabi s'empara d'un galet qu'elle jeta devant elle.

— Ton père m'a exprimé ce qui l'avait poussé à se laisser griser par l'attachement que lui portait Mme Ruiz. Mon manque d'attention pour lui, mon désintérêt des choses qui le passionnent. J'y ai beaucoup réfléchi.

Gabi attendit patiemment qu'elle veuille bien lui se livrer davantage.

— Il avait raison.

— Comment l'expliques-tu ?

Élisabeth soupira.

— Il m'a conditionnée à être ainsi.

— Comment ça ?

— Écoute. J'ai été une mère toute ma vie aux yeux de votre père. Il a fini par ne plus me voir que de cette manière-là, comme un temple sacré, et je me suis efforcée de m'en convaincre aussi. M'occuper des enfants, de la maison, du repassage des chemises, des rendez-vous chez les médecins… Je m'essoufflais, Gabi. Il me reprochait de le laisser de côté, mais que faisait-il, lui ? Il me traitait comme un meuble dont on prend vaguement soin pour qu'il ne s'abîme pas et dure longtemps. Je ne savais même plus si j'étais une femme réellement séduisante, à ses yeux. Il ne me regardait pas. Tout était devenu tellement automatique. « Tu as les yeux les plus beaux du monde, mon amour. On mange quoi ce soir ? » l'imita-t-elle. « J'ai très envie de te faire des choses peu recommandables, seulement il ne faudra pas oublier de se lever de bonne heure demain ! »

— Oh, maman… murmura Gabi, le cœur serré.

— J'avais besoin de me sentir belle, d'être séduite, de séduire…

Sa mère posa une main sur l'avant-bras de sa fille et sourit pour la rassurer.

— Nous avons vidé notre sac, mis les choses à plat. Nous nous aimons, ton père et moi, et nous avons consenti à faire des efforts chacun de notre côté, à nous reconquérir.

Gabi étira les lèvres timidement.

— Tant mieux si vous avez pu régler vos différends.

— Oui. C'était ce que nous avions de mieux à faire. À ton tour, parle-moi de toi. Comment se passe ton travail ? Ces enfants sont vraiment charmants.

Gabi hocha la tête. Elle n'avait pas précisé à ses parents la situation exacte de Paul, ni même la manière dont Adrien les tenait éloignés de la vie en société, et encore moins qu'ils étaient ici sans l'accord de leur père, alors elle resta discrète sur le sujet.

— C'est un bon job, et j'aime beaucoup Paul et Sophie.

— Vivre chez toi ne te manque pas ?

Gabi pouffa de rire.

— Dans mon appartement ? Oh, mon Dieu, non ! La maison des de Bérail est un palace !

— Et ton employeur, quel genre d'homme est-il ?

— Occupé, répondit spontanément Gabi.

— Je vois… suffisamment pour ne pas être présent à l'anniversaire de ses enfants.

Sensiblement stressée par cette conversation, Gabi ramassa deux petits galets qu'elle fit rouler entre ses doigts.

— Non. Pas exactement. Son vol a été retardé.

Élisabeth fronça les sourcils.

— Alors, pourquoi sembles-tu si en colère, Gabi ?

La jeune femme soupira.

— Parce que Paul et Sophie étaient très déçus.

— Je comprends, mais il n'y est pour rien.

Agacée, Gabi fixa la ligne d'horizon en se remémorant la voix de Jane.

— En tout cas, c'est une très bonne chose que tu les aies amenés ici, ajouta sa mère.

Presque immédiatement, elles virent arriver Paul en courant. Surprise, Gabi le regarda se jeter dans ses bras. Il était encore tout mouillé de sa baignade. Elle le serra contre elle, attrapa une serviette de bain et la lui mit autour du cou pour le frictionner.

— Tu es tout froid !

Paul grelotta, s'installa sur la natte à côté d'elle et appuya sa tête contre l'épaule de Gabi pour se réchauffer. Elle en fut si émue qu'elle se retint contre le flot d'émotions qui l'envahissait subitement. Puis Paul lui dit en regardant la mer :

— C'est le plus beau jour de ma vie…

Pour la toute première fois de son existence, la jeune femme eut l'impression d'avoir accompli quelque chose d'immense : un souvenir qui viendrait effacer toutes les souffrances de ce petit garçon.

Alors, le visage exposé au vent, Gabi se laissa aller et pleura.

22

Lorsque Gabi et les enfants arrivèrent devant l'hôtel particulier vers 20 heures, ils comprirent immédiatement que quelque chose clochait. Le portail automatique était ouvert et la voiture du médecin garée dans la cour. Ça sentait le roussi.

— Antoine est là, dit Paul d'une voix morne. On va se faire disputer.

Gabi serra le frein à main et coupa le contact.

Instinctivement, elle consulta son téléphone portable. Comme elle l'avait laissé en silencieux pendant qu'elle conduisait, elle avait raté douze appels et trois messages qu'elle ne se donna pas la peine d'écouter. Ils provenaient tous d'Adrien.

Il savait.

Elle prit une profonde inspiration et se tourna vers Paul et Sophie.

— J'ai passé une merveilleuse journée en votre compagnie, les enfants.

— Moi aussi, Gabi, dit Sophie avec un air triste, comme si elle comprenait qu'elle serait probablement la dernière. Papa va être très fâché, n'est-ce pas ?

Elle se retint de pleurer tant son cœur battait la chamade et tant c'était douloureux.

— Oui. Mais pas contre vous. Contre moi.

— Nous te défendrons ! promit courageusement Paul.

La jeune femme secoua la tête.

— Non. Je vous demande juste…

Les mots s'étranglèrent dans sa gorge.

— Je vous demande juste d'être gentils avec votre papa. Il vous aime de tout son cœur.

Paul plissa les paupières et Sophie fronça les sourcils. Ils n'étaient pas d'accord du tout.

— Allons-y, maintenant, décida Gabi.

Elle savait qu'elle n'aurait pas vraiment à affronter Antoine Saint-Armand, puisqu'elle n'avait pas oublié que c'était déjà lui qui lui avait suggéré de sortir Paul en cachette. S'il était là, c'était sûrement qu'en apprenant ce qu'elle avait fait, Adrien avait dû lui demander de venir pour faire subir une batterie d'examens à Paul et s'assurer qu'il ne se trouvait pas à l'article de la mort. Le plus dur serait pour plus tard, lorsque Adrien rentrerait, le lendemain matin. Cela dit, si elle manquait de courage, elle aurait peut-être déjà filé d'ici là. Ça vaudrait peut-être même mieux.

Paul dans une main et Sophie dans l'autre, elle donna un tour de clés dans la serrure et pénétra dans l'atrium, la boule au ventre.

— Gabrielle ! l'accueillit aussitôt Rosa-Louise en chuchotant presque. M. de Bérail est…

— Mademoiselle Géris ! gronda la voix d'Adrien qui apparaissait sous l'arc du salon.

Gabi blanchit et se pétrifia sur place.

— J'aurais bien envie de crier « surprise ! », mais faites-moi confiance, vous n'allez vraiment pas aimer la suite.

— Papa ! s'écria Sophie. Tu es là ?

— En chair et en os.

Il s'approcha à pas de loup de ses enfants, faisant vrombir le cœur de Gabi dans sa poitrine.

— Venez là, leur ordonna-t-il en s'arrêtant devant le jardinet.

Les gamins s'avancèrent, les yeux rivés à leurs chaussures. Gabi serra les dents, prête à ruer dans les brancards s'il leur reprochait quoi que ce soit. Mais à la place, il s'agenouilla pour se mettre à leur hauteur et leur ouvrit les bras.

— Joyeux anniversaire, les enfants.

Paul et Sophie l'observèrent, incrédules, et finalement, ils se collèrent timidement à lui.

Adrien les pressa contre lui tout en fusillant Gabi du regard, puis il se détacha doucement d'eux.

— Je suppose que vous avez passé une merveilleuse journée ?

— C'était génial ! s'exclama Paul. J'ai vu la mer ! Et les mouettes ! Et le frère de Gabi nous a montré comment pêcher un couteau !

— Et il y avait des crabes morts ! renchérit Sophie. Et puis même qu'on s'est baignés !

Adrien fut incapable de réprimer une grimace horrifiée.

— Il est tard, allez dans la salle de vie avec Antoine, Mlle Géris et moi devons discuter. Je vous rejoins ensuite pour écouter toutes vos aventures.

La jeune femme croisa les yeux du médecin dont l'expression était parfaitement indéchiffrable. Impossible de savoir si oui ou non il approuvait ce qu'elle avait fait.

— Tu ne vas pas être méchant avec Gabi, papa ? voulut s'assurer Sophie en prenant un air sévère.

— Non, Sophie. Je serai extrêmement juste.

Ce qui sonnait pire qu'une menace à l'oreille de Gabi. Elle allait vomir.

— Maintenant, filez !

Paul et Sophie se retournèrent sur Gabi pour lui concéder un dernier regard encourageant. C'était tant mieux, parce que, du courage, elle allait en avoir besoin !

Même si Adrien venait de préciser qu'il voulait parler à Gabi, Rosa-Louise et André n'amorcèrent pas un mouvement pour sortir. Ils demeurèrent accolés l'un à l'autre devant la porte de la cuisine, tandis qu'Adrien semblait difficilement contenir sa fureur.

Il observa Gabi silencieusement pendant une poignée de secondes, mais ce regard muet en disait plus que n'importe quelle attaque de la plus haute violence. Gabi serra les poings. Elle n'avait pas l'intention de se faire passer un savon sans rien dire. Elle avait transgressé les règles, d'accord, mais elle ne le laisserait pas l'écrabouiller comme un insecte.

— Bien. Mademoiselle Géris, commença-t-il de ce ton solennel et méprisant qu'elle détestait. Parlons peu, mais parlons bien : vous êtes virée.

C'était la deuxième fois qu'il le disait, mais ce coup-ci, elle avait tellement déconné qu'elle pouvait considérer que c'était la bonne.

— Je veux que vous soyez partie dans deux heures, ajouta-t-il calmement.

Il l'étudiait froidement, comme s'il ne s'était jamais rien passé entre eux.

Comment ce qui avait été pour elle la plus belle histoire qu'elle ait jamais vécue pouvait être pour lui un détail si insignifiant qu'il l'éjectait sans même cligner des cils ? Comment était-il capable de la supprimer de son existence avec autant de facilité, alors qu'elle-même mettrait des mois, des années, une vie entière sûrement, à ne plus songer à lui sans ressentir un violent coup de poignard dans le cœur ? Leurs baisers, leurs caresses, leurs mots doux, plus rien ne comptait pour lui. Elle prit profondément sa respiration et empêcha ses lèvres de trembler en les tenant hermétiquement closes. Non. Elle ne lui montrerait jamais à quel point il venait de l'anéantir. Elle releva la tête et affronta son regard hostile.

— Adrien, plaida le médecin qui n'avait pas encore rejoint les enfants. Tu fais une erreur, tu…

— Je ne t'ai pas demandé ton putain d'avis, Antoine ! explosa-t-il soudain. Elle a mis mon fils en danger !

— Je les ai rendus heureux, le contredit-elle avec courage.

— Heureux ? Heureux ? hurla-t-il comme un dément. Si Paul rechute, à quel point croyez-vous qu'il sera heureux ?

Il fit un pas menaçant dans sa direction ; pour le principe, Gabi ne bougea pas d'un poil.

— Savez-vous combien de chances il aura d'obtenir un nouveau don de greffe ? Jamais plus je n'impliquerai ma fille dans une telle épreuve. Je vous jure sur mes enfants que si jamais Paul retombe malade je vous poursuivrai jusqu'en enfer pour vous le faire payer ! cracha-t-il avec toute la haine dont il était capable.

Le cœur de Gabi se contracta si fort qu'elle eut l'impression d'être sur le point de s'évanouir. Comment pouvait-il la détester autant ?

— S'il rechute, ce sera à cause du rejet du greffon et pas à cause d'une maladie, Adrien, lui rappela sagement Antoine. Ton fils va bien.

Adrien se tourna vers son ami, des mitraillettes à la place des yeux.

— Foutus médecins ! Tu parierais là-dessus sans savoir ? Fais ton boulot, examine-le et laisse-moi faire le mien.

Puis il revint à Gabi.

— Ramassez toutes vos affaires, mademoiselle Géris et n'oubliez rien. Je ne veux plus voir quoi que ce soit qui vous appartienne dans cette maison.

Cette fois, Gabi se retint vraiment de pleurer et fit appel à toute sa bravoure pour se protéger un minimum de la méchanceté d'Adrien. Elle utilisa un ton bas mais ferme pour s'adresser à lui.

— Très bien, monsieur. Néanmoins, selon mon contrat de travail, vous êtes supposé me signifier mon congé par lettre recommandée.

Elle savait qu'elle attiserait davantage sa colère en lui rappelant ses devoirs, mais elle refusait de lui faciliter la tâche, alors qu'elle-même n'était pas ménagée pour deux sous. Plus rien ne comptait à ses yeux, leurs baisers échangés, leurs nuits passées ensemble, les mots doux qu'ils se disaient… Rien à part cette haine incommensurable qu'il était en train de nourrir à l'égard de Gabi. Elle aurait pu s'écrouler devant lui, tant elle était malheureuse, détruite et vide, mais elle n'en fit rien, elle était plus forte que ça.

— Vous savez où vous pouvez vous la carrer, votre lettre recommandée ? brailla-t-il. Maintenant, dégagez !

— Vous allez devoir me dédommager, monsieur, ajouta-t-elle le plus froidement possible. Je n'ai pas compté mes heures supplémentaires ni les week-ends où j'ai travaillé.

Adrien baissa la tête vers elle, semblant ne pas en revenir.

— Que je vous dédommage ? Vous pensez y avoir droit, peut-être ? Rien, que dalle ! Vous recevrez votre salaire et pas un sou de plus de ma part !

Gabi croisa furtivement le regard de Rosa-Louise et André, les domestiques paraissaient aussi scandalisés que mortifiés.

— C'est la loi, insista-t-elle. Vous le savez mieux que moi.

Adrien gonfla sa cage thoracique et recracha tout l'air contenu dans ses poumons comme pour s'empêcher d'exploser.

— Bien. Puisque la vénalité fait partie de ce monde, qu'il en soit ainsi. Après tout, vous et votre petit ami avez déjà essayé de m'enfler. Cette fois, c'est moi qui vous donne la permission de me voler. Prenez ce qui vous chante. Tenez ! Pourquoi pas ce vase Ming que vous avez voulu me subtiliser ?

N'importe quoi qui se trouve ici, ce que vous préférez, mais tirez-vous ! Hors de ma vue !

Un long silence suivit cette tirade. Blessée dans son cœur plus que dans son amour-propre d'avoir été traitée de voleuse, Gabi refoula le sanglot qui menaçait d'éclater et soutint le regard haineux de l'homme qu'elle aimait.

— Je vous remercie, monsieur, je ne manquerai pas de me servir.

Elle tourna les talons et marcha le plus dignement possible en direction de sa chambre pour emballer ses affaires.

— Laissez-la ! entendit-elle rugir dans son dos.

Elle ne regarda pas en arrière, mais elle était presque certaine que c'était l'adorable Rosa-Louise qui avait voulu la rejoindre. Les jambes en coton, elle garda la tête haute et disparut dans le couloir. Moins de deux heures plus tard, elle était partie.

* * *

Retour à la case départ, le cœur tout cabossé et l'estomac farci de crème glacée.

Une semaine déjà. Elle vivait un enfer.

Gabi ne pouvait s'en prendre qu'à elle-même, elle avait parfaitement conscience de ce qu'elle risquait en allant à l'encontre des ordres de Sa Majesté de Bérail. Elle avait d'ailleurs prévenu les enfants, et elle-même avait été clairement avertie par Rosa-Louise. Elle assumait. Cela dit, si cet échec était douloureusement cuisant, elle ne parvenait pas à regretter son geste. Non. Pas une seule seconde. Elle avait sincèrement le sentiment d'avoir fait quelque chose de juste, de beau et de nécessaire. Le bonheur de Paul et de Sophie, la joie sur leur visage. Ça n'avait pas de prix. D'ailleurs, lorsqu'elle avait quitté la maison, au bord des larmes, les enfants lui avaient promis qu'ils ne l'oublieraient jamais. Eh bien, elle non plus, elle ne les oublierait pas. Ces dernières semaines faisaient partie des plus belles de toute sa vie et c'était essentiellement grâce à eux. Même si elle était le dindon de la farce, le sacrifice en valait la peine. Non. Elle ne regrettait rien, et si c'était à refaire, elle n'hésiterait pas une seule seconde.

Quant à son aventure avec Adrien… Elle la reproduirait également à l'identique. Elle ne changerait rien. Aucun baiser, aucune caresse, aucun mot murmuré à l'oreille, aucune rencontre secrète… Tout avait été si doux, enivrant, rassurant et… délicieusement inattendu. Gabi s'était découverte heureuse, belle, ouverte et insouciante. Ce serait gravé dans sa mémoire pour toujours, dans son corps et dans son cœur. Ces souvenirs auraient éternellement une valeur inestimable à ses yeux, mais elle avait mal, très mal, et se demandait si Adrien était aussi meurtri qu'elle par la situation.

Sans doute… Six jours à ruminer dans son appartement et à manger tout ce qui lui glissait sous la main avaient suffi à la jeune femme pour se rendre compte que si Adrien avait réagi avec tant d'indifférence et de froideur à l'égard de ce qui s'était passé entre eux, c'était que, paradoxalement, il tenait profondément à elle. La tendresse et l'attention qu'il lui avait témoignées, ainsi que les regards passionnés qu'ils avaient échangés ces dernières semaines ne l'avaient pas trompée : elle avait de l'importance pour lui. Mais elle l'avait déçu, trahi, et la fierté d'Adrien ne fléchissait pas, ne rompait pas. À ses yeux, Gabi devait payer le prix de son erreur. Le prix fort.

Toutefois, si la jeune femme se résignait à avoir perdu pour la seconde fois un emploi qu'elle adorait, elle ne parvenait pas à admettre qu'elle ne verrait plus Paul et Sophie et qu'elle pouvait définitivement faire une croix sur Adrien. Elle était amoureuse. Amoureuse comme elle ne l'avait jamais été, et sans doute que pour le récupérer, si elle n'avait pas manqué de courage, elle aurait été prête à faire n'importe quoi. Des formules magiques, des poupées vaudou, des philtres d'amour. Mais même prier, elle ne le faisait pas, car il était parfaitement inutile d'attendre que Marraine la fée la sorte de ce mauvais pas, elle ne viendrait pas.

Gabi racla méticuleusement le fond de son pot de glace, en avala la dernière cuillerée et posa le tout sur la table basse.

— La vie continue ! s'exclama-t-elle à voix haute, comme une fatalité régénératrice.

La mort dans l'âme, elle s'arracha à son canapé. Elle éteignit la télévision, décida de prendre une douche et de défaire enfin sa valise. Inconsciemment, elle n'avait rangé aucune de ses affaires en espérant qu'Adrien lui pardonne et vienne la chercher ici.

— Petite joueuse ! se dit-elle amèrement. Même l'idéale *Mary-Sue* ne l'aurait pas cru !

Gabi soupira, et consulta sa montre. 13 heures pile.

Elle baissa la tête sur sa tenue et regarda le pyjama qu'elle n'avait pratiquement pas quitté de la semaine. Stop ! Dès aujourd'hui, elle se mettrait en quête d'un nouveau job. Les économies accumulées en deux mois lui permettraient à peine de tenir jusqu'à fin octobre, pas question de s'endormir sur ses lauriers.

Amèrement, lui revinrent alors en mémoire les derniers mots qu'Adrien avait eus pour elle.

« *Alors, prenez ce qui vous chante. Et pourquoi pas ce vase Ming que vous avez voulu me subtiliser ? N'importe quoi qui se trouve ici, ce que vous préférez, mais tirez-vous ! Hors de ma vue !* »

Puis elle se remémora ce qu'elle lui avait répondu.

« *Je vous remercie, monsieur, je ne manquerai pas de me servir.* »

Elle aurait effectivement pu se rémunérer avec une babiole qui n'aurait probablement pas manqué à Adrien et qui aurait permis à Gabi de tenir quelques mois de plus, mais elle n'avait rien pris du tout. À bien considérer l'état de son compte en banque, elle se dit ironiquement qu'elle avait peut-être commis une erreur en s'en abstenant, finalement. Il n'aurait pas suffi de grand-chose. Puis elle éclata de rire nerveusement.

Elle aurait peut-être même dû se laisser tenter par…

Gabi se tut subitement en ayant la sensation que tout son sang refluait jusqu'à son cerveau. Une bouffée de chaleur spectaculaire était en train de prendre possession d'elle au fur et à mesure qu'elle réalisait ce qu'elle avait raté et qui aurait tout réglé… Tout, sans exception.

Elle secoua la tête et s'interdit de penser à ce qui lui mobilisait soudain l'esprit, mais rien à faire, se dessinait dans sa conscience, et très clairement, la forme idéale de ce qui devrait indubitablement arranger sa situation et de façon radicale.

Seigneur… Elle n'avait pas le choix, il fallait qu'elle le fasse ! C'était extrême, très extrême, mais un homme comme Adrien n'en attendrait pas moins. Il avait l'habitude d'affronter les situations les plus complexes. Du moins, elle l'espérait, parce qu'elle allait jouer gros.

Oserait-elle seulement ? Et comment s'y prendrait-elle ?

Elle tourna dans son appartement comme un lion en cage pendant une bonne demi-heure. Elle se tritura le cerveau, pesa le pour et le contre. Le contre était lourd, certes, mais le pour revenait toujours champion. Indubitablement. Alors, elle prit son portable – un vieux Nokia qu'elle avait heureusement conservé et qui remplaçait celui qu'Adrien lui avait donné – et décida d'appeler Martin. Car, oui, ça ne faisait aucun doute : l'homme de la situation, c'était lui.

— Gabi, est-ce que tu te rends bien compte de ce que tu me demandes ? s'étouffa Martin, son téléphone portable collé à l'oreille. Tu as fumé la moquette ?

— À ton avis ?

Bon sang, oui, elle était sérieuse !

— Gab', ce type m'a offert 31 000 euros pour que je sorte de ta vie, et toi, tu veux que je…

— Quoi ? Qu'est-ce que c'est que cette histoire ? l'interrompit-elle, interloquée.

Martin soupira. La jeune femme semblait avoir le souffle coupé. Martin n'avait jamais vraiment eu l'intention de lui révéler ce petit deal, mais étant donné la situation, autant qu'elle le sache.

— Il me concédait cette somme si je prenais la tangente. Je n'ai pas eu bien le choix.

— Peu importe, finit-elle par dire d'un ton agacé. Il m'a virée, donc tu n'es plus obligé de tenir ta parole. Est-ce que je peux compter sur ton aide ?

— Gab'...

— Oui ou non ? s'énerva-t-elle.

Il fallait qu'il tente de la dissuader, c'était pas possible !

— Gab'... je suis certain qu'il existe une autre solution.

— Je n'en vois aucune.

— Nom d'un chien ! Tu sais ce que tu risques ? Et moi aussi, par la même occasion ?

— Oh, je t'en prie ! Quand tu lui as volé le Ming, tu ne t'es pas posé autant de questions !

— Justement ! Maintenant, je m'en pose ! Ma parole, tu es totalement inconsciente !

Il l'entendit presque rugir à l'autre bout du fil.

— Martin, tu me dois bien ça. Pour tout ce que j'ai subi à cause de toi. Je te demande de m'aider et tu n'as pas le droit de refuser.

Que pouvait-il répondre à ça ? Il avait ruiné sa carrière et envenimé la situation avec son ex-employeur avant qu'elle ne soit renvoyée. Merde ! Il n'avait pas vraiment le choix, mais ce qu'elle exigeait de lui était totalement dingue !

— Il y a vraiment des jours où je te déteste, Gabi.

— T'inquiète pas, mon chou, tu t'y feras, moi, je te déteste tout le temps. Comment s'organise-t-on ?

Martin appuya la pulpe de ses doigts sur ses paupières closes.

— Doucement, doucement… On ne va pas pouvoir improviser. Il faut un minimum de préparation.

Gabi ricana amèrement.

— Tu es habitué aux coups fourrés, je laisse faire le spécialiste !

— Ah, ah, ah ! Le cynisme te va mal, Gab'. Souviens-toi que je peux toujours changer d'avis.

— Tu n'as pas intérêt ! le menaça-t-elle.

— Tu fais chier ! Laisse-moi réfléchir à un plan, je te recontacte dans deux heures maximum.

Et il raccrocha.

Bordel, elle aurait sa peau ! Il était sur le point de se fourrer dans une situation impossible et, cette fois, il pourrait ne pas s'en sortir indemne. Il allait falloir la jouer serré. Très serré.

D'abord, se mettre lui-même hors de tout soupçon. C'était mal barré, il ne voyait pas bien comment. Après, éviter les témoins. Merde ! Il était supposé s'y prendre comment en pleine journée ? Ça grouillait de monde et Gabi n'avait même plus les clés de cette foutue baraque pour agir au beau milieu de la nuit ! Ensuite, demander l'aide de gros bras. Ah ouais ? Mais lesquels ? Ceux qui avaient failli lui trancher la gorge ? Putain ! Il n'était pas magicien ! Après ça, c'est lui qui sortirait volontairement de la vie de Gabrielle Géris, et il ne se donnerait pas la peine de lui apporter des oranges en taule !

Furieux contre lui-même d'avoir accepté de l'aider, il se mit une violente tape sur le front. Quel con ! Il allait s'arracher les cheveux.

Il s'installa à table, se prit la tête entre les mains et réfléchit.

Il cogita comme ça encore une bonne heure puis, résigné, il rappela Gabi.

— OK. J'ai une solution. Tu vas écouter très attentivement ce que je vais te dire de faire…

23

Adrien leva les paupières sur le plafond blanc, en proie à un mal de crâne épouvantable. Il les referma aussitôt, fronça les sourcils et grimaça en même temps. Il avait l'impression d'avoir reçu un coup derrière la tête.

Cette simple idée évoquée lui fit rouvrir les yeux tout grands. Ce n'était pas qu'une impression, *il* avait bel et bien reçu un coup sur la tête. Il s'en souvenait très bien, c'était juste après être sorti de l'ascenseur menant au parking souterrain où il devait récupérer sa voiture stationnée là-bas depuis plusieurs jours. Il devait être 22 heures. Ce lundi soir, il était resté plus tard au bureau pour boucler un dossier, et il se trouvait parfaitement seul lorsqu'il avait été surpris par son agresseur – qu'il n'avait pas eu le temps de voir, du reste.

Bon Dieu, sa tête !

Il essaya de lever le bras droit pour se toucher le front et n'y parvint pas. Alors il redressa le menton et comprit que son poignet était menotté aux barreaux métalliques d'un lit une place. Un lit avec une housse de couette mauve.

Où était-il ? On aurait dit une alcôve. Elle était à peine plus grande qu'un placard à balais, fermée par un rideau blanc à motifs et éclairée par une ridicule lampe de chevet. Il y avait une reproduction de Paul Gauguin accrochée au mur et des foulards colorés pendus à un portemanteau. Bon sang… Il n'avait aucune idée de l'endroit où il se trouvait.

Bordel de merde ! Qu'est-ce qu'il foutait là ?

Il portait toujours son costume et ses papiers étaient gentiment posés à côté de lui, sur la table de nuit. Drôle de façon de faire !

Il observa un instant les menottes couvertes de fourrure rose. En général, les accessoires de ce type s'ouvraient par un simple loquet. Il le chercha et ne trouva qu'un ridicule trou de serrure. Bon sang, c'étaient des vraies ! En réalisant qu'il était bel et bien retenu prisonnier, il se mit à gesticuler comme un diable en essayant de tirer sur les menottes, mais à en croire le bruit sec qui s'ensuivit, tout ce qu'il réussit à faire fut de casser une latte. Il se calma et, de sa main libre, il se passa les doigts sur les yeux pour réfléchir à sa situation.

— Tout va bien… entendit-il soudain. Tu… vous ne risquez rien.

Il rouvrit subitement les paupières et, stupéfait, croisa au-dessus de sa tête un regard qu'il connaissait bien.

— Gabrielle ?

La jeune femme avait rassemblé ses cheveux en chignon bas et plaqué les mèches rebelles à l'aide de deux barrettes colorées. Ainsi coiffée, il la reconnut à peine. Elle donnait l'impression d'avoir à peine vingt ans. Pourtant, c'était bien elle.

— Je ne vous veux aucun mal, lui certifia-t-elle dans un murmure. Vous êtes chez moi.

Adrien était totalement désorienté.

— Chez vous ?

Elle l'observait avec une telle adoration qu'il eut bien des difficultés à remettre de l'ordre dans son esprit et à comprendre ce qui se passait. Il regarda autour de lui, avisa une seconde fois la paire de menottes à son poignet et revint aux yeux immenses de Gabrielle, n'osant croire l'improbabilité de cette situation. L'avait-elle réellement kidnappé ?

— À quoi rime tout ceci ? l'interrogea-t-il alors. Qu'avez-vous fait ?

La jeune femme prit tout son temps pour répondre et ne cilla pas quand elle le fit.

— Ce que vous m'avez suggéré de faire, Adrien.

Il plissa les paupières, de plus en plus confus.

— Pardonnez-moi, mais j'ai peur de ne pas comprendre.

— Je dis que j'ai scrupuleusement suivi vos recommandations.

Il pencha la tête de côté en fronçant furieusement les sourcils.

— Mes recommandations ? Je vous ai demandé de m'enlever et de m'attacher à ce lit ?

Elle ne répliqua rien, semblant le pousser à trouver lui-même l'explication à cette très mauvaise blague. Soit, c'était une technique comme une autre, sauf qu'il n'y comprenait rien du tout et que ça commençait à le chauffer sévèrement. Alors, il s'énerva de plus belle.

— Ce petit jeu ne m'amuse pas du tout, Gabrielle ! Pourquoi suis-je ici, entravé et encore à moitié assommé ? C'est vous qui m'avez frappé comme ça ?

Si c'était le cas, elle avait dû utiliser un sacré gourdin ! Il avait les cervicales en compote !

— Vous avez mal ? éluda-t-elle d'une voix fluette.

Puis elle le considéra avec un aveu de tendresse qui faillit bien le mettre K-O.

— Mal ? J'ai l'impression qu'un semi-remorque est venu s'écraser sur mon crâne ! Merde ! Qu'est-ce que c'est que ce cirque ?

— Je vous l'ai déjà dit, lui rappela-t-elle en battant des cils.

Il allait en faire de la chair à pâté !

— Nom de Dieu, ne me regardez pas comme ça ! Vous ne m'avez rien expliqué du tout ! Crachez la pilule et ne me racontez pas de salades !

Tranquillement, elle s'installa sur un bout de matelas à côté de lui et prit un air si détaché qu'il dut se retenir pour ne pas la secouer comme un prunier de sa main libre.

— Alors ? gronda-t-il.

Elle soupira et étira les lèvres en un simulacre de sourire.

— Avant de me renvoyer de chez vous, vous m'avez proposé d'emmener ce que je préférais dans votre maison, vous vous souvenez ?

— Oui, et alors ? aboya-t-il, incertain de ce qui allait suivre.

Elle haussa les épaules comme si elle s'apprêtait à lui annoncer une fatalité.

— Eh bien… ce que je préférais, c'est vous.

Un silence de mort s'installa entre eux. Pendant un instant, Adrien demeura plus interdit que si on lui avait appris que Dieu en personne se tenait devant lui.

— Vous m'avez fait kidnapper parce que vous me préfériez, moi ? répéta-t-il, estomaqué.

Elle acquiesça.

Il n'en croyait pas ses oreilles !

— Vous êtes tombée sur la tête ?

Elle secoua le menton de droite à gauche, faisant davantage monter la colère en lui.

— Oh que si ! Vous êtes complètement cinglée, maintenant j'en ai la preuve. Détachez-moi que je me tire d'ici !

— Non.

Il écarquilla les yeux.

— Non ?

— Non.

Dérouté, il tâcha de la toiser de son regard le plus sévère, celui dont il faisait généralement usage quand on lui tenait tête au barreau.

— Gabrielle. Avez-vous seulement mesuré les conséquences de vos actes ? Vous risquez vingt ans de réclusion pour enlèvement et séquestration.

La jeune femme se mordit les lèvres et y passa la langue, de telle manière qu'Adrien ne fixait plus que sa bouche. Il avala discrètement sa salive et reprit :

— Je peux comprendre que cette situation vous ait perturbée au plus haut point, mais ce que vous avez fait est très grave, s'efforça-t-il de lui expliquer d'une voix douce, alors qu'il avait plutôt envie de brailler comme un putois. Ne vous enfoncez pas davantage et détachez-moi.

Gabrielle glissa nerveusement une main dans ses cheveux.

— J'en ai conscience. Seulement… Je… je tiens beaucoup à vous, Adrien, avoua-t-elle. À vous, et à Paul et Sophie. Terriblement. Et je voulais que vous sachiez que…

Que quoi ? Qu'il lui manquait une case ? Qu'il fallait qu'elle se fasse soigner d'urgence ? C'est ce qu'il aurait pu lui suggérer, mais s'il se trouvait ici, c'était qu'il s'agissait justement de tout le contraire. Gabrielle Géris était bien plus intelligente et avisée que ce qu'il aurait pu imaginer. Bon Dieu ! Il l'avait totalement sous-estimée !

— Je voulais que vous compreniez que vous aussi vous me… vous êtes…

Elle s'interrompit encore, à court de mots. Devant lui, sûrement pour empêcher ses mains de trembler, elle les gardait coincées entre ses cuisses.

Que désirait-elle qu'il comprenne ? Qu'il était également très attaché à elle ? C'était vrai. Jusqu'à ce qu'elle le trahisse. Et pour l'heure, ce qu'il comprenait encore plus nettement était qu'il avait envie de la couper en rondelles. Il conserva son calme, cependant, en se disant qu'il méritait amplement un prix dans le *Livre des records* pour ça.

— J'ai parfaitement saisi où vous vouliez en arriver, Gabrielle, mais me faire kidnapper n'était pas vraiment la meilleure façon de procéder. Vous venez de me mettre très, très en colère. Suffisamment pour que j'aie envie de vous coller derrière les verrous.

Ce que j'éviterai certainement si vous me détachez maintenant.

Il espérait du fond du cœur qu'elle l'écouterait, parce qu'il allait exploser d'une seconde à l'autre et ça ferait très mal.

— Détachez-moi, répéta-t-il pour la énième fois, un peu plus fermement.

Gabrielle poussa un soupir résigné et enfouit les doigts dans la poche arrière de son jean pour en ressortir une minuscule clé. Elle la contempla pendant quelques secondes et baissa les paupières, ses longs cils blonds et courbés retombant sur ses joues rosies par l'angoisse.

— Co… comment vont Paul et Sophie ?

— Bien, s'exaspéra-t-il en se demandant si elle allait le délivrer ou non.

— Avez-vous mis un terme au… protocole de Paul ?

Il soupira bruyamment.

— Vous m'y avez presque contraint.

Elle acquiesça.

— Je suis sincèrement désolée pour… pour tout ça.

Puis elle le libéra.

Il se frotta aussitôt le poignet et se redressa complètement avant de passer les jambes de l'autre côté du lit. Puis il s'immobilisa pour l'observer un court instant. Elle semblait profondément abattue, mais il choisit de l'ignorer. Il était bien trop en colère pour faire preuve de bons sentiments. Il sauta sur ses pieds afin de se mettre debout, elle l'imita.

Il fulminait et avait bien du mal à se convaincre de ne pas l'étrangler. Alors, pour se défouler, il l'enfonça un peu plus.

— Qu'est-ce qui vous a pris, nom de Dieu ? Qu'est-ce qui ne va pas chez vous ? Vous mériteriez que je vous…

Il se tut, il était sur le point de devenir particulièrement vulgaire.

— Je pensais vous faire admettre que… Je pensais que vous… commença-t-elle sans parvenir à terminer sa phrase, brisée par l'émotion.

Ah non ! Il n'allait pas se laisser attendrir et mener par le bout du nez, certainement pas ! Il baissa les yeux pour capter son regard affolé et fronça sévèrement les sourcils.

— Vous pensiez que je vous aimais ?

Elle fixa un point derrière l'épaule d'Adrien et grimaça légèrement, comme si elle réalisait enfin l'énormité de ce qu'elle venait de faire.

— Quelque chose comme ça, oui…

Adrien sentit un picotement désagréable lui chatouiller l'estomac, mais il ne flancha pas. Elle n'allait pas s'en tirer comme ça !

— Eh bien, vous vous trompiez. Je ne vous aime pas, Gabrielle.

La jeune femme se raidit, retint sa respiration, empêcha ses larmes de couler, mais ne bougea pas d'un poil. Il admira sincèrement sa bravoure, ce qui, cependant, ne suffirait pas à le calmer. Il était odieux, implacable et froid, il en avait totalement conscience. Or, c'était exactement ce qu'il recherchait. La déstabiliser, lui donner une bonne leçon, et la savoir si accablée le rendit plus fort, il enfonça un peu plus le clou.

— L'amour se gagne, Gabrielle, et vous ne méritez pas le mien. Vous m'avez trahi, trompé, sans éprouver le moindre remords. La prochaine fois que vous vous engagerez dans une relation, tâchez de vous souvenir de ceci : on ne récolte que ce que l'on sème.

Devant la femme la plus étonnante qu'il ait jamais rencontrée, il s'efforça de rester de marbre et d'ignorer la tristesse que son visage affichait si ouvertement. En réalité, ça le bouffait. Il aurait préféré qu'elle lui envoie toute sa haine à la figure. Mais elle ne fit rien. Alors, il tourna les talons et se dirigea vers la porte. Puis, juste avant de quitter l'appartement, il s'immobilisa et demanda :

— Qui vous a aidée ? Votre ami Martin ?

Il jeta un œil en arrière, la jeune femme acquiesçait, alors qu'elle avait bien du mal à rester digne et à conserver une respiration régulière. En d'autres circonstances, si elle n'avait pas autant abusé de sa confiance, il l'aurait prise dans ses bras. Il l'aurait consolée, il lui aurait dit que ce n'était pas si grave, mais ce n'est pas ce qu'il fit : il finit de l'achever.

— Ça ne m'étonne pas. Vous et lui êtes bâtis du même bois. Vous n'auriez jamais dû vous quitter. Retrouvez-vous, mariez-vous si ça vous chante, et estimez-vous heureux que je ne vous fasse pas jeter en prison.

Puis il sortit.

Gabi resta longtemps pétrifiée devant la porte, se demandant comment elle avait pu croire une seconde que ses plans ne tourneraient pas au fiasco. C'était la chose la plus stupide qu'elle ait jamais faite ! Elle qui s'était toujours qualifiée de femme intelligente, comme avait-elle pu s'imaginer vivre une fin digne d'un conte de fées en usant de telles méthodes ? C'était bien mal connaître l'implacable Adrien de Bérail. Le prince qui aurait reconnu qu'elle était sa princesse, la seule et unique reine de son cœur, qu'il avait besoin d'elle et que toutes ses erreurs passées lui étaient pardonnées, ce n'était pas lui ! Quelle connerie ! Elle tombait de son arbre. Elle venait de subir la pire humiliation de toute sa vie. C'était entièrement de sa faute, elle ne se remettrait jamais d'un tel échec et ne se ferait plus jamais confiance.

Adrien n'avait pas donné l'impression d'avoir l'intention de porter plainte contre elle et Martin, il aurait pu éclater comme un ballon de baudruche, il s'était abstenu. Elle pouvait s'estimer heureuse, au final. Seigneur, elle avait tellement honte qu'elle aurait voulu se cacher dans un trou de souris pour les six mois à venir. Elle n'avait jamais autant manqué de discernement de toute sa vie. Elle avait eu faux sur toute la ligne. Oh, il avait apprécié la chaleur de son corps et la douceur de ses bras, c'était une évidence, mais ça s'arrêtait là. Il avait d'ailleurs été très clair : il n'éprouvait aucun sentiment pour elle.

Le cœur si lourd qu'elle eut l'impression de ne plus jamais pouvoir respirer normalement, elle se dirigea vers son lit et regarda la paire de menottes roses qui avait appartenu à son ancienne colocataire. Rien ne saurait jamais retenir un homme qui n'est pas amoureux. Rien.

Très bien. Il était temps d'arrêter les frais. Elle et sa souffrance allaient quitter Paris. Gabi n'avait plus rien à faire ici, désormais.

La mort dans l'âme et tous ses espoirs déchus, elle refit sa valise en vitesse et appela sa mère. Ce soir, elle sortirait sa vieille Micra du parking et serait de retour chez ses parents.

Adrien était encore tellement en colère lorsqu'il descendit du taxi qui le ramenait chez lui, qu'il mit un violent coup de pied dans une canette de Coca jetée sur le trottoir en jurant comme un charretier. Comment avait-elle osé ? N'en avait-elle pas déjà assez fait ? Quand il l'avait renvoyée, il était à peu près certain qu'elle allait revenir à la charge, mais pas comme ça !

Cette fille était folle à lier !

« *Ce que j'ai préféré, c'est vous.* »

Il y resongea et éclata subitement de rire.

Merde ! On ne lui avait jamais fait un coup pareil, c'était digne d'un film !

— Adrien de Bérail ? entendit-il soudain derrière lui.

Il se retourna et tomba nez à nez avec Martin Legrand qui venait d'apparaître sous le lampadaire.

— Ne faites pas cette tronche, de Bérail, je vous ai suivi, l'informa-t-il en désignant du menton son scooter stationné à quelques mètres.

D'abord surpris, Adrien resta immobile en le considérant, puis presque simultanément, pris sous le coup d'une puissante montée d'adrénaline, il serra les poings dans l'intention de lui en écraser un dans la figure. Le jeune homme esquiva de justesse et recula de plusieurs pas. Quelques passants curieux s'approchèrent au même moment, obligeant Adrien à ne pas tenter une nouvelle offensive.

— Vous n'avez pas digéré l'affront, hein ? se moqua nonchalamment Martin.

— Espèce de connard sans cervelle ! Tu es venu te frotter à moi ? Amène-toi au lieu de t'éloigner !

Martin éclata de rire et sortit une enveloppe épaisse de sa poche qu'il lança à la figure d'Adrien, lequel l'attrapa au vol.

— Les bons comptes font les bons amis. Bien que dans notre cas, je doute que nous en soyons un jour.

Adrien jeta un regard méfiant à Martin. Il avait meilleure mine que la dernière fois qu'ils s'étaient vus. Son visage n'avait plus une bosse.

— Qu'est-ce que c'est ? aboya-t-il.

— L'argent que vous m'avez donné pour disparaître.

L'avocat haussa un sourcil perplexe.

— Qui est-ce que vous avez dévalisé, cette fois-ci ? Le pauvre macchabée d'un tombeau princier ?

Martin sourit en coin.

— Déjà fait et ça ne paie pas tant que ça. Non, j'ai été plus original. J'ai soutiré de l'argent à mes vieux, annonça-t-il d'un air détaché.

Adrien grimaça de dégoût.

— Vous n'avez donc aucune morale ?

— Ne vous inquiétez pas pour eux, ils en ont encore moins que moi. Alors, comme ça, Gabi n'a pas réussi à vous convaincre ?

Adrien pinça les lèvres.

— Me convaincre de quoi ? Qu'elle n'a pas toute sa tête ? Si, parfaitement. C'est d'ailleurs à vous que je dois ce prodigieux coup derrière le crâne ?

Martin lui adressa un clin d'œil éloquent.

— C'était pour la bonne cause. Elle vous aime.

D'abord surpris par cette affirmation pour le moins directe, Adrien redressa la nuque d'un air méprisant.

— Moi ou l'argent que je représente ? lança-t-il par pure méchanceté.

Martin secoua lentement la tête de gauche à droite.

— Si vous êtes trop con pour penser qu'une fille comme elle en a après votre pognon, c'est que vous valez bien moins que vous ne le croyez. Moi, je dis qu'elle peut se féliciter d'avoir complètement foiré son plan. Gab' est quelqu'un de bien, alors que vous, sous vos airs de gentilhomme que rien ne vient entacher, vous n'êtes finalement pas plus intéressant qu'un pet de lapin. J'aurais nettement préféré qu'elle s'abstienne, mais elle a voulu sacrifier son honneur et sa fierté pour vous prouver qu'elle vous aime, vous et vos gosses. Vous ne la méritez pas. Bon vent, monsieur de Bérail, et puissent nos chemins ne jamais se recroiser.

Adrien était tellement soufflé par la petite tirade de l'ex-archéologue qu'il n'amorça pas un seul geste pour le retenir et lui envoyer l'uppercut dont il rêvait de le gratifier. Il mit l'enveloppe dans la poche intérieure de sa veste, regarda Martin disparaître au coin de la rue sur son scooter et fronça les sourcils. Son mal de crâne était revenu. Il se frotta les tempes et rentra chez lui.

Il n'y avait pas un bruit, tout le monde dormait et une bonne odeur de gâteau embaumait encore l'atrium. Il n'avait quasiment rien mangé de la journée, il crevait la dalle. Il se dirigea dans la cuisine et trouva une tarte aux pommes posée sur la table. Il souleva la cloche à dessert et s'en coupa une part généreuse qu'il ne prit pas la peine de mettre dans une assiette. Affamé comme il l'était, il lui fit un sort en quelques bouchées et s'en servit un deuxième morceau qu'il décida de déguster tranquillement dans l'atrium, debout devant le jardin paysagé. Là, il songea à la soirée infernale qu'il venait de passer et à ce que lui avait dit Legrand. Agacé que les paroles de ce crétin trouvent un écho en lui, il se retira dans sa chambre, prit une douche et tâcha d'oublier tout ce qui était arrivé. Or, vers 3 heures du matin, il y pensait encore.

« *C'était pour la bonne cause.* »

Adrien pouvait toujours le nier, mais aux yeux de Gabrielle, il était certain qu'il n'y en avait qu'une seule réellement valable : faire de lui et de ses enfants une famille unie et comblée. Ces deux derniers mois, elle en avait été le cœur. Il s'en rendait compte de plus en plus. Le vide qu'elle avait laissé était immense. Bien qu'ils puissent de nouveau sortir presque à leur guise, Paul et Sophie ne riaient plus, souriaient à peine et lui adressaient tout juste la parole. La jeune femme leur manquait cruellement. Et à défaut d'être honnête avec Gabi, il pouvait l'être avec lui-même. Ses gosses n'étaient pas les seuls à souffrir de son absence. Depuis qu'elle était partie, il était irritable, grognon, agressif et totalement asocial. Il était rentré tard chaque soir, avait bossé comme un fou, aboyé sur ses employés sans raison et évité le pot de départ de l'un de ses plus anciens collaborateurs. Sans compter qu'il retardait au maximum le moment où il devrait expliquer à Paul et Sophie pourquoi il n'avait pas pardonné à Gabi de les avoir rendus si heureux le temps d'une journée, alors que lui-même n'avait pas été là pour eux. Il pensait sans arrêt à elle. Son odeur, son rire, la douceur de son corps, la tendresse de ses bras et la chaleur de ses cuisses. Merde, il l'avait dans la peau !

« *Elle vous aime.* »

Après ce qui s'était passé ce soir, il ne pouvait guère en douter. Il s'était efforcé de lui prouver qu'il se moquait d'elle comme d'une guigne en restant froid et hostile, mais en réalité il ressentait tout le contraire – bien que sa colère d'avoir été assommé et menotté à un lit ait été bien réelle. S'il n'avait pas voulu lui avouer qu'il tenait à elle, alors qu'elle lui tendait une perche solide, c'était parce qu'elle avait mis le chaos dans sa vie, qu'elle l'avait trahi, fait enlever et qu'être aimé d'elle n'aurait pas dû le satisfaire à ce point. Pourtant, c'était le cas. L'amour de Gabrielle le rendait fier comme un paon, mais son orgueil avait été le plus fort.

« *Vous ne la méritez pas.* »

Cette phrase résonna en lui comme un écho insupportable de vérité.

Le kidnapper et lui avouer qu'elle l'avait fait pour qu'il sache ce qu'elle ressentait pour lui, c'était un peu comme si elle avait étalé ses tripes devant lui. Et lui, il n'avait rien trouvé de mieux à faire que de l'écraser comme un insecte nuisible. Il ne lui avait accordé aucun pardon, exactement comme il l'avait fait avec Mathilde.

Bon sang ! Il allait vraiment falloir qu'il apprenne à résoudre ses problèmes autrement qu'en agissant comme un con ! Muscler sa cervelle ne lui ferait sans doute pas de mal.

« *Eh bien, vous vous trompiez. Je ne vous aime pas, Gabrielle* », se souvint-il lui avoir affirmé.

— Tu m'en diras tant !

Chargé à bloc, il se leva d'un bond, alluma la lumière, sauta dans un jean, un polo, une paire de tennis en cuir et se donna à peine le temps de se coiffer. Il fila ensuite comme une torpille en direction du garage pour prendre la voiture que Gabi avait utilisée quand elle travaillait encore ici.

La voir était soudain devenu plus urgent que sa réunion du lendemain pour laquelle il allait sûrement arriver avec des valises sous les yeux. Il s'en fichait éperdument. Il devait mettre les choses à plat avec la jeune femme et lui dire que… Il verrait bien quoi lui dire ! Adrien n'avait jamais été un champion des grandes déclarations, il misait sur l'incroyable clairvoyance de Gabi pour comprendre ce qu'il ne parviendrait sans doute pas à articuler correctement : qu'il était tombé amoureux lui aussi. À supposer qu'elle veuille bien lui parler…

— Crétin ! Tu n'aurais pas pu t'en rendre compte plus tôt ? jura-t-il en démarrant.

Il traversa Paris comme un dément, profitant que la capitale soit déserte à cette heure pour aller plus vite que la limite autorisée. On pouvait bien l'arrêter, il s'en moquait totalement. Il se gara à deux rues de chez Gabrielle et remonta la voie piétonne en courant. Lorsqu'il arriva devant sa porte, qu'il frappa plusieurs fois, qu'elle ne répondit pas et que pas un bruit ne se fit entendre, un vent de panique s'empara de lui.

Elle était partie.

Alors il songea à nouveau à ce qu'il lui avait dit au sujet de Martin et sentit une boule lui serrer l'estomac si violemment qu'il eut envie de hurler. Et si elle avait décidé de passer la nuit avec lui pour oublier la manière dont Adrien l'avait traitée ? Ce petit connard aurait bien été capable de prendre plaisir à la consoler ! La haine qu'il vouait à l'archéologue enfla si rapidement qu'il se crut sur le point d'exploser et de démonter tout Paris pour la retrouver et l'arracher aux bras de ce type. Puis un sentiment de désespoir l'envahit presque aussitôt. Être avec lui, c'était peut-être ce qu'elle souhaitait, après tout. Adrien avait peut-être fini par la perdre. Définitivement. Cette idée lui compressa si violemment la poitrine qu'il courba la nuque et retint sa respiration en fermant les yeux de toutes ses forces pour éviter de mettre un coup de poing dans la porte.

Il revit alors l'expression des yeux de Gabrielle quand il lui avait affirmé qu'il ne l'aimait pas, la tristesse et la douleur qu'elle avait ressenties. Elle l'avait cru.

Il avait menti. Il avait si bien menti…

Poussé par le désespoir et la détermination, il prit une décision qu'il avait bien l'intention de tenir. Non. Il ne la perdrait pas. Non. Il ne le permettrait pas.

24

— Cet homme est probablement amoureux de toi, ma chérie, mais il ne le sait sûrement pas encore, affirma Élisabeth à sa fille. Il ne peut en être autrement, tu es si adorable.

Gabi soupira longuement.

— Je peux te certifier qu'il a prétendu le contraire et il était tout ce qu'il y a de plus convaincant.

Élisabeth glousse doucement et reposa son verre d'orangeade sur la table de jardin avant de tapoter gentiment la cuisse de Gabi.

— Il est avocat, il a été formé pour ça.

La jeune femme sourit et cala sa tête contre l'épaule de sa mère.

— Tu es une merveilleuse maman, quoi qu'il arrive, tu tires tes enfants vers le haut, mais je t'assure que je n'ai lu aucun sentiment amoureux dans ses yeux. J'ai vraiment déraillé, tu sais. Il me déteste.

— Ça, tu peux le dire ! Je me demande vraiment ce qui t'est passé par la tête, Gabrielle, la morigéna-t-elle. Je pense qu'à sa place, je n'aurais pas mieux réagi. Tu méritais qu'il ne soit pas tendre avec toi, mais il ne te déteste pas.

— Qu'est-ce qui te fait croire ça ?

— Si j'avais dû me retrouver menottée à un lit par quelqu'un que je hais, à l'heure actuelle, il serait en train de pourrir derrière les barreaux d'une prison.

Puis elle éclata franchement de rire.

— Tu l'as kidnappé. Non, mais tu te rends compte ?

Gabi fit la moue. C'était la troisième fois en deux jours qu'elles en parlaient avec sa mère et Élisabeth n'en revenait toujours pas.

— Techniquement, ce n'était pas moi, mais Martin, plaida-t-elle lâchement.

Élisabeth roula les yeux.

— Il n'y en a pas un pour rattraper l'autre. Pauvre garçon !

Elle posa sur sa fille un regard débordant de tendresse.

— Laisse-lui le temps de digérer. Il reviendra vers toi.

Gabi haussa les épaules et se mordit les lèvres. Elle n'y croyait pas du tout.

Élisabeth passa un bras autour d'elle pour la réconforter. Plus que tout, elle détestait voir ses enfants souffrir, et Gabi avait l'air d'être si abattue qu'Élisabeth en avait les tripes toutes retournées. On aurait bien dit que cette fois était la bonne. Gabi n'était jamais vraiment tombée amoureuse. Sa relation avec Martin avait duré le temps d'un feu de poudre et ne lui avait sûrement pas mis le cœur en miettes. Avec Adrien de Bérail, c'était manifestement différent, plus intense, plus réel, plus grand. Élisabeth avait l'impression d'entendre pulser les veines de Gabi sous sa peau à chaque fois qu'elle prononçait le nom de cet homme ou celui de ses enfants. Oui. Elle les aimait tous les trois sincèrement. Gabi s'était peut-être laissé emporter de façon peu orthodoxe et totalement scandaleuse, mais elle ne méritait pas d'être malheureuse.

Élisabeth soupira et lui sourit. Il y avait un truc qui fonctionnait toujours avec Gabi : les crêpes au sucre et au beurre salé. On était mercredi, et chaque mercredi depuis bientôt trente ans les Géris en mangeaient pour le goûter. Élisabeth se leva et embrassa sa fille sur la joue.

— Je vais faire la pâte à crêpes, tu viens m'aider ?

Mais Gabi secoua la tête.

— Non, maman. J'aimerais aller me promener un long moment sur la plage pendant que la marée descend. Je prends un seau et une griffe. Si jamais j'ai le courage, je ramènerai des coques pour ce soir.

Élisabeth consulta sa montre, il était 14 heures. La mer commençait à peine à se retirer.

— Je reviens dans deux ou trois heures, lui dit la jeune femme.

Élisabeth acquiesça et regarda Gabi s'éloigner dans le cabanon pour récupérer des bottes en caoutchouc.

Pas un sourire n'avait fendu son visage depuis qu'elle était rentrée et Élisabeth espérait sincèrement que cette situation s'arrangerait rapidement. Sa fille n'avait plus de travail, plus d'objectif, et son amour-propre en avait pris un sacré coup. Elle détestait la voir en position de faiblesse. Le regard empli d'appréhension en la suivant des yeux pendant qu'elle se dirigeait vers sa voiture, Élisabeth se demanda si tout finirait vraiment pour le mieux. Elle avait affirmé à Gabi que cet homme l'aimait, mais qu'en savait-elle, après tout ? Il n'était toujours pas venu la chercher, il ne l'avait pas même contactée. Était-il simplement bourré d'orgueil, ou se moquait-il de Gabi comme de sa première chemise ?

La voir souffrir lui broyait tellement l'estomac qu'elle aurait pu soulever des montagnes pour qu'elle soit de nouveau heureuse. Comme dégoter le numéro de téléphone de cet avocat afin de plaider la cause de sa fille. Mais dans les histoires de cœur, Élisabeth savait qu'il valait mieux faire profil bas et éviter de jouer les entremetteurs.

La mort dans l'âme, elle soupira, et regagna la cuisine.

Les cours avaient repris la veille pour Rémy et Thomas, les activités périscolaires aussi. Benjamin était parti pêcher avec son père, alors la maison lui semblait bien vide. Élisabeth se fit un café et réunit les ingrédients pour les crêpes. Elle but tranquillement sa tasse, y trempa un carré de chocolat belge pour se donner du courage et commença à préparer la pâte. Vu l'heure qu'il était et la quantité qu'elle devrait faire sauter pour rassasier tout le monde, elle n'aurait pas l'occasion de la laisser reposer. Elle mit son tablier, se lava les mains et, le sourire aux lèvres, confectionna le dessert préféré de ses enfants.

Une heure et trente-cinq crêpes plus tard, Élisabeth en avait plein le dos. Elle allait s'asseoir un moment lorsque le téléphone sonna. Elle se précipita dans l'entrée et décrocha.

— Madame Géris ? demanda une voix masculine.

— Oui ?

— Bonjour, madame. Je suis Adrien de Bérail, l'ancien employeur de votre fille.

Stupéfaite, Élisabeth resta bouche bée plusieurs secondes, puis elle reprit ses esprits.

— Bonjour. Que puis-je faire pour vous ?

— C'est un peu délicat… J'ai cru comprendre que Gabrielle se trouvait chez vous ?

Élisabeth fronça les sourcils.

— En effet.

Son interlocuteur toussota.

— J'ai une requête, madame Géris.

De plus en plus surprise, Élisabeth tira une chaise pour s'asseoir.

— Je vous écoute.

— J'aimerais lui rendre visite. Disons, dans une petite heure, le temps d'arriver jusqu'à vous, est-ce possible ? Nous terminons de déjeuner sur la baie de Somme. Je suis… avec mes enfants. Vous les connaissez, je crois.

Ça, c'était une excellente nouvelle ! Élisabeth prit toutefois un air on ne peut plus détaché.

— Oui. Paul et Sophie nous ont laissé un très bon souvenir. Je ne vois pas d'inconvénient à ce que vous veniez ici, monsieur de Bérail. Cependant, Gabi ne sera peut-être pas encore rentrée. Vous devrez l'attendre, elle a prévu de revenir vers 16 ou 17 heures.

— Ah…

Il avait l'air ennuyé.

— C'est urgent ?

— Oui. Gabrielle est partie avec quelque chose qui m'appartient, je voudrais le récupérer au plus vite.

Élisabeth serra si fort le combiné qu'elle s'en fit mal aux doigts.

Il ne pensait pas qu'elle lui avait volé quelque chose, quand même ? C'est donc de façon un peu sèche qu'elle lui demanda :

— De quoi s'agit-il, monsieur de Bérail ?

— De mon cœur, madame, de mon cœur…

Celui d'Élisabeth se gonfla de joie, elle ne put s'empêcher de glousser.

— Alors, c'est une urgence du plus haut niveau.

Elle entendit l'avocat rire.

— Oui, madame. Ma vie en dépend.

— Très bien, voilà ce que je vous propose…

* * *

Adrien arriva sur la plage du Tréport vers 16 h 30. Élisabeth Géris avait eu la gentillesse de garder Paul et Sophie chez elle pendant qu'il discuterait avec Gabrielle. Pour la première fois depuis des mois, des années même, il avait le trac. Mais en même temps, il était étrangement confiant, car il était certain des sentiments que la jeune femme avait pour lui. Elle l'écouterait et peut-être qu'elle lui pardonnerait son effroyable caractère. Si elle ne le faisait pas, il laisserait passer du temps et il reviendrait, il s'y prendrait mieux, il la courtiserait à l'ancienne s'il le fallait et la convaincrait qu'ils étaient faits l'un pour l'autre.

À présent, il réalisait parfaitement ce qu'il devait faire : parler le même langage qu'elle. En d'autres termes, lui ouvrir son cœur comme elle lui avait ouvert le sien.

Il en avait des choses à lui dire, et pourtant, il ne savait encore pas très bien comment y parvenir. Il n'avait jamais possédé l'art et la manière de déclarer sa flamme. Il se rappela d'ailleurs avec amusement du tout premier compliment qu'il avait fait à Mathilde : « Tu as un tout petit nez, on dirait Bécassine. » Mathilde avait bien failli pleurer devant lui.

Adrien secoua la tête. Ce n'était pas le moment de paniquer, il lui fallait d'abord trouver Gabrielle. Il avança prudemment sur les galets tout en mettant sa main en visière, et scruta soigneusement les alentours.

Bon Dieu, cette plage était immense ! Élisabeth lui avait dit de repérer les cabanes en bois, puis les ramasseurs de coques, sa fille serait très certainement parmi eux. Parfait. Sauf que les abris s'étendaient facilement sur deux cents mètres et que tous les pêcheurs du coin semblaient s'être donné le mot pour se réunir le même jour. Il y en avait partout !

Adrien baissa la tête sur ses baskets en cuir et grimaça. Avec la basse mer, le sable était boueux, mieux valait les retirer. En moins de deux, il se mit pieds nus et fit un revers de plusieurs tours à son jean. Il prit ses chaussures à la main et partit à la recherche de celle qui, si elle voulait bien de lui, ferait le bonheur de toute sa vie.

Il marcha un long moment sans la voir. Tout ce qu'il distinguait, c'était une multitude de paires de fesses levées vers le ciel et de têtes à ras le sol. Il commençait sérieusement à envisager de faire demi-tour quand il l'aperçut, cachée derrière un groupe de trois personnes.

Adrien s'immobilisa et la contempla. Elle était accroupie et grattouillait le sable à l'aide d'une griffe à la recherche de coquillages. Totalement concentrée sur sa tâche, elle ne vit pas qu'il la regardait si fixement, à quelques mètres de distance. Gabrielle était entourée d'une bonne dizaine de ramasseurs, mais il ne voyait qu'elle. Ses cheveux blonds brillaient sous le soleil, créant un casque lumineux autour de sa tête. Son corps mince était caché dans un pantalon en toile bleu marine qui lui moulait les cuisses et descendait si bas sur ses reins qu'il eut un mal fou à poser les yeux ailleurs. Son débardeur rose fuchsia faisait ressortir le léger hâle de sa peau et lui donnait une mine resplendissante. Dieu qu'elle était belle. Même ses horribles bottes en plastique vert ne parvenaient pas à la rendre moins sexy.

Il s'approcha lentement et s'arrêta à quelques pas derrière elle, sans rien dire. Elle jeta une coque dans son seau, posa son outil au sol et se passa le dos de la main sur le front.

— Vous avez un admirateur ! lança la voix guillerette d'un vieux monsieur à l'intention de Gabrielle.

Cette dernière se retourna et le vit. Adrien cessa de respirer.

Gabi fut si surprise de découvrir Adrien derrière elle qu'elle se leva brusquement et shoota maladroitement dans le seau. Les coquillages qu'elle avait ramassés s'éparpillèrent aussitôt sur le sable, elle les regarda sans leur accorder d'intérêt, puis elle releva la tête sur Adrien.

— Salut, lui dit-il de sa voix grave et chaude.

Au lieu de répondre, elle avala sa salive et laissa son cœur se jeter violemment contre sa cage thoracique. Il battait si fort qu'elle était certaine que tout le monde l'entendait.

— Qu'est-ce que… qu'est-ce que vous faites là ? réussit-elle à articuler.

— Je suis venu te voir.

Gabi cligna les yeux.

— Me voir ?

— Et te parler.

Adrien fit un pas vers elle. Elle s'efforça de ne pas bouger.

— De… de quoi ?

— De nous.

Cette fois, ce fut le crash. Ses intestins firent des nœuds, sa poitrine se comprima et son sang fit pulser ses veines dangereusement.

— De nous ?

Il hocha la tête.

— De toi et moi. De nous.

Gabi jeta un coup d'œil à son voisin, le septuagénaire ne perdait pas une miette de son échange avec Adrien. Il avait même l'air d'être aux anges et souriait béatement.

— Nous pourrions… éventuellement… aller ailleurs ? suggéra Adrien.

La jeune femme acquiesça et se baissa pour récupérer les coquillages et la griffe métallique. Lorsqu'elle se releva, Adrien la mangeait du regard. Littéralement.

Les jambes en coton, elle marcha à côté de lui dans un parfait silence. Ils s'éloignèrent sans un mot pendant quelques minutes, puis Adrien s'arrêta au beau milieu de la plage, suffisamment à distance des ramasseurs de coques. Il se tourna vers elle et l'observa d'une façon si intense que Gabi se sentit frémir jusqu'à la moelle.

— Te dire que j'ai agi comme un con ne devrait pas te surprendre, commença-t-il d'un ton qui ne laissait pas deviner une once d'amusement. C'est une habitude chez moi, particulièrement quand j'ai un problème avec toi. Me pardonneras-tu ?

Gabi secoua la tête, déconcertée.

— Te pardonner ? Mais c'est moi qui…

— Chut… lui ordonna-t-il en posant un index sur les lèvres de la jeune femme. Me pardonnes-tu ?

Elle hocha le menton sans comprendre.

— Tout ce que je t'ai dit était faux. Je suis un monstre d'orgueil, autant que tu le saches.

Elle sourit.

— Je m'en suis rendu compte. Quels mensonges dois-je te pardonner, Adrien ?

Elle sentit qu'il allait avoir du mal à lui répondre, alors, du plat de la main, elle lui proposa de continuer à marcher. Mais il n'amorça pas un geste.

— J'ai dit que tu ne méritais pas mon amour. J'ai dit que je ne t'… Bon sang ! s'étrangla-t-il comme si c'était terriblement difficile à avouer. Je ne te déteste pas ! Loin de là.

Le cœur de Gabi fit une embardée et elle dut lutter contre le désir de se jeter à son cou pour le serrer contre elle. Elle n'avait pas besoin de plus d'explications, elle avait compris.

— Moi non plus je ne te déteste pas. Et je ne pourrai jamais t'exprimer à quel point je m'en veux de t'avoir fait… kidnapper, murmura-t-elle. J'ai lu trop de contes de fées, j'ai cru que tu serais d'abord en colère, mais qu'ensuite tu me prendrais dans tes bras et que tu me dirais ce que je mourais d'envie d'entendre. Je n'ai pas mesuré la gravité de ce que je faisais, l'humiliation que je te faisais subir.

Il laissa tomber ses baskets par terre et posa une main sur la joue de Gabi.

— Que voulais-tu entendre ?

La jeune femme s'accrocha à ses yeux avec ferveur.

— Que tu me pardonnais. Que tu regrettais que je sois partie. Que tu ne pouvais pas te passer de moi. Que tu avais besoin de moi.

Que tu m'aimais…

Adrien sourit et glissa doucement ses doigts autour de la nuque de Gabi avant de caresser son cou du pouce.

— Je te pardonne d'être si obstinée. Je regrette que tu sois partie. Je ne peux pas me passer de toi. J'ai besoin de toi.

Le regard de Gabi s'illumina.

— Vrai ?

Il abaissa sur elle un visage d'une sincérité poignante.

— Vrai. Je suis venu te chercher. Tu m'obsèdes. Je veux… J'aimerais que tu repartes avec moi, se corrigea-t-il d'une voix si douce que Gabi se sentit fondre de bonheur.

— Adrien…

Il s'approcha d'elle un peu plus et prit ses joues entre ses paumes.

— Je te veux. Tout le temps.

— Tout le temps… répéta-t-elle, subjuguée.

— Quand le soleil se lève, quand il se couche. Lorsque tu es triste, gaie, malade et en bonne santé. Je te veux dans ma maison, Gabrielle. Que tu poses tes empreintes et ton odeur partout. Ma vie est si pauvre sans toi.

Gabi pinça les lèvres. Une digue venait de céder au plus profond de son être et elle crut qu'elle allait se mettre à pleurer.

— Paul et Sophie… protesta-t-elle doucement.

Adrien la regarda droit dans les yeux et sourit.

— Je les aime. Je les aime de tout mon cœur, ils sont ce que j'ai réussi de mieux. Mais je les aimais mal. Tu as fait de moi un meilleur père, Gabrielle.

— Oh, Adrien, tu étais déjà un bon père. Comme dirait Martin…

Elle s'interrompit quand il fronça les sourcils. Ça l'amusait.

— Comme dirait Martin, reprit-elle, tu avais juste la ficelle du string un peu trop serrée.

Il se donna un air offusqué.

— C'est fin !

— Mais tellement vrai ! s'esclaffa-t-elle.

Il rit de bon cœur avec elle.

— Alors ? lui demanda-t-il très sérieusement. Que décides-tu ?

Gabi fit mine de réfléchir, puis elle se tourna vers l'horizon.

— Que faisait Jane dans ta chambre le soir de l'anniversaire des enfants ?

D'abord surpris par sa question qui tombait comme un cheveu sur la soupe, il ne sut quoi répondre. Puis il fit une rapide rétrospective du moment en question et se plaça derrière Gabi pour l'entourer de ses bras et la serrer contre lui.

— Elle pratiquait son sport favori, chuchota-t-il à son oreille. Essayer de se vautrer dans mon lit.

Gabi se crispa.

— Elle y est arrivée ?

— Absolument. Chut, chut… murmura-t-il quand elle tenta de se dégager. Mais si ça peut te rassurer, j'ai passé la plus mauvaise nuit de toute ma vie.

— Adrien ! s'insurgea-t-elle.

Alors il rit doucement.

— L'hôtel était complet, Jane ne voulait pas décamper, persuadée que j'allais céder. J'ai réuni mes affaires et j'ai filé à l'aéroport. C'est comme ça que j'ai vu que des vols étaient de nouveau disponibles. J'ai transité quelques heures et je suis rentré.

— Trop tôt, grommela-t-elle en réussissant à se retourner pour lui faire face.

Puis elle s'accrocha intensément à ses yeux.

— Il est important que tu saches que je ne regrette pas d'avoir emmené les enfants à la plage, mais je suis désolée d'avoir trahi ta confiance, Adrien. Je ne veux pas que tu penses que je l'ai fait sciemment. J'ai agi selon mon cœur et, ce jour-là, c'est exactement ce qu'il me conseillait de faire. Paul et Sophie en avaient besoin et…

— Je sais, je sais, la coupa-t-il en lui adressant un regard amoureux. Je ne suis qu'un idiot.

— Non, tu…

— Assez parlé. Tes lèvres sont certes magnifiques quand elles bougent, et ce que tu as à dire est sûrement très intéressant, mais j'ai le regret de t'apprendre que je suis un piètre gentleman. Tout de suite, je me fous de ce que tu penses. J'ai assez attendu.

Et il l'embrassa. Les paumes plaquées sur ses reins, la bouche et la langue conquérantes, il lui donna un baiser vengeur que seul un assoiffé d'amour était capable de prodiguer. Or, pour Gabi, ce fut le plus doux de tous, parce qu'il scellait une promesse faite à demi-mot, mais qui avait bien plus de valeur à ses yeux que n'importe quelle déclaration officielle. Adrien avait besoin d'elle et c'était réciproque. C'était tout ce qu'elle voulait.

— Alors ? répéta-t-il tout contre sa bouche. Que décides-tu ?

Ses mains se glissèrent sur les hanches de la jeune femme, remontèrent fiévreusement sur sa taille pour se bloquer juste sous ses seins.

— Bon sang… Réponds-moi vite que je puisse t'emmener loin de cette plage et te faire tout ce dont je rêve depuis deux semaines.

— Tout le temps, souffla-t-elle entre deux baisers. Quand le soleil se lève, quand il se couche. Tout le temps…

Et elle se laissa de nouveau aller dans ses bras.

* * *

— Mais alors, demanda Sophie qui n'avait pas perdu une miette de l'explication donnée par son père. Ça veut dire que vous êtes amoureux ?

La jeune femme se sentit rougir. À vrai dire, bien que c'eût paru évident, Adrien et elle n'en avaient pas vraiment fait mention.

— Eh bien… oui, admit-elle en plongeant ses yeux dans ceux d'Adrien. Je suis amoureuse.

— Et toi, papa ? l'interrogea Sophie.

Adrien n'avait pas quitté Gabi du regard.

— Oui. Je suis amoureux.

— Beurk ! s'exclama soudain Paul. Ce sont des trucs de filles, ça !

Son père lui ébouriffa gentiment les cheveux.

— On en reparlera dans dix ans !

Sophie s'éjecta de la balancelle du jardin où elle s'était assise avec son frère et, les poings sur les hanches, elle se posta devant Gabi qui était attablée avec Adrien.

— Tu seras toujours notre nourrice pour les jours où on n'aura pas classe, n'est-ce pas ?

Gabi leva une main pour lui caresser la joue.

— Évidemment.

— Non, Gabi ne sera pas exactement votre baby-sitter, la contredit aussitôt Adrien.

— Ah bon ? s'étonna Paul, la bouche pleine de crêpe. Tu seras notre belle-mère ? Vous allez vous marier ?

Gabi manqua de s'étrangler avec sa salive.

Et, contre toute attente, Adrien ne prit pas le contre-pied de son fils.

— Qu'en dites-vous, mademoiselle Géris ? la railla-t-il.

Gabi le fixa ardemment.

— C'est une demande officielle, monsieur de Bérail ?

Furtivement, elle vit Paul lever les yeux au ciel en rejoignant sa sœur.

— Viens, Sophie, ils vont faire de la guimauve !

— Et alors ? Moi j'aime bien ! protesta-t-elle. Hé ! Hé ! Lâche-moi !

Mais trop tard, Paul l'avait déjà entraînée avec lui.

Gabi sourit.

— Est-ce une idée qui te plairait ? insista Adrien.

La jeune femme se retint de rire.

— Ton romantisme est absolument exceptionnel !

Adrien fronça les sourcils.

— Je ne suis pas romantique, moi ?

Cette fois, elle pouffa ouvertement.

— Pas le moins du monde !

Subitement, il se mit sur ses pieds et souleva Gabi dans ses bras comme si elle ne pesait pas plus lourd qu'une plume.

— Mais qu'est-ce que tu fais ? s'écria-t-elle, mi-figue, mi-raisin, alors qu'il prenait la direction de la maison.

— Je nous isole pour te montrer à quel point tu as raison.

— Tu ne peux pas ! Mes parents !

— Je peux, je suis un homme des cavernes. Et ne t'inquiète pas pour ta maman, mon cœur, je suis sûre qu'elle ne se formalisera pas pour si peu ; quant à ton père, il n'est pas encore rentré.

— Justement ! Il ne t'a encore jamais vu !

Ce qui était le dernier des soucis d'Adrien.

— Madame Géris, la sollicita-t-il solennellement en la croisant dans l'entrée, auriez-vous la gentillesse de me dire où se trouve la chambre de votre fille, s'il vous plaît ?

Interloquée, Élisabeth ne sut comment réagir, alors elle lui désigna le couloir du menton.

— Dernière porte à gauche.

— Je vous remercie.

Il l'atteignit en quelques enjambées.

Il poussa la porte et, des yeux, fit rapidement le tour du propriétaire.

— Le lit est petit, fit-il remarquer, bougon, en voyant que celui-ci était supposé accueillir une seule personne.

— En effet. C'est pourquoi tu vas me poser par terre afin que nous rejoignions gentiment ma mère avant qu'elle ne s'inquiète, ou que mon père ne te tue en découvrant ce que tu t'apprêtes à faire.

Adrien rit sous cape et s'écrasa sur le matelas avec elle. À moitié allongé sur son corps, il la considérait avec un regard plein de promesses.

— Si ta chère maman se fait du souci, je lui expliquerai que deux semaines de privation m'ont rendu horriblement impatient. Quant à ton père, ma foi… je suis sûr qu'il comprendra.

Après quoi il souleva le tee-shirt de Gabi pour poser ses lèvres sur son ventre. Puis il descendit un peu plus bas et lui lécha érotiquement le tour du nombril, introduisant sa langue à l'intérieur par à-coups.

— On ne peut pas faire ça ici, protesta-t-elle, à bout de souffle.

Il remonta doucement le long de son buste, baissa son soutien-gorge et lui mordilla la pointe d'un sein. Gabi s'agrippa aux draps pour s'empêcher de gémir trop fort.

— Je vais te prouver exactement le contraire, mon cœur, lui assura-t-il.

En même temps qu'il l'embrassait, Gabi sentit les mains d'Adrien se porter à sa taille afin de lui retirer son pantalon. Elle se tortilla pour l'aider, leva les bras pour faire passer le reste de ses vêtements par-dessus sa tête et, en moins de deux, elle se retrouva nue devant lui.

— Tu es magnifique, murmura-t-il à son oreille en caressant l'intérieur de ses cuisses. Si belle…

Gabi n'aurait su dire s'il s'était déshabillé seul, ou si elle l'avait fait elle-même. Toujours est-il qu'en quelques secondes plus aucun morceau de tissu ne leur faisait obstacle. Dans cette chambre qui avait suivi toute l'adolescence de la jeune femme, Adrien et Gabrielle firent l'amour comme si c'était la dernière fois, alors qu'ils avaient l'intime conviction qu'il y aurait encore des centaines d'occasions.

Au sommet de la vague, une sensation de plénitude les envahit alors en même temps. Ils étaient certains, certains, d'être la moitié idéale de l'autre, de s'en nourrir et d'avoir comblé le vide qui manquait à leur vie. Le bonheur. Chacun y goûterait enfin. Complètement.

Les plus belles histoires d'amour sont souvent celles des contes de notre enfance, c'est pourquoi, lorsque leur faim mutuelle fut momentanément rassasiée et qu'Adrien se retrouva à feuilleter le gros livre posé sur la table de nuit, Gabi sourit. Le récit sur lequel il venait de s'arrêter resterait à jamais son préféré.

La jeune fille avisée.

D'après Jacob et Wilhelm Grimm.

À PARAÎTRE DANS LA MÊME SÉRIE !

« Jane, que serais-tu prête à faire pour expier tes fautes ? »

Escroc, voleur, menteur, tricheur… Les adjectifs n'ont jamais manqué pour définir Martin Legrand.

Égoïste, vénale, jalouse, sournoise, des épithètes qui ont toujours collé à la peau de Jane Stewart. Mais cette fois, elle est prête à se faire pardonner. Ils reprendront les choses là où ils les avaient laissées. Avant l'accident, avant que leur vie ne vole en éclats.

« Comme elle l'aime ce gamin… Elle ferait n'importe quoi pour lui. S'il existe vraiment, Dieu lui en sera témoin : ce soir, Annabelle réglera tous leurs problèmes. Ce soir, elle acceptera l'offre que lui a faite Cédric Berckin.

Antoine, son grand amour, aura le cœur brisé et le sien saignera, mais Charles vivra encore un peu. Rien n'est plus important. »

Il aura fallu vingt ans à Annabelle pour avoir le courage de quitter Cédric et affronter la peur qui la retenait. Aucun homme ne la soumettra plus jamais, mais un seul saura-t-il de nouveau faire battre son cœur ?

Cet ouvrage est composé de matériaux issus de forêts gérées durablement certifiées PEFC™.
Le Programme de reconnaissance des certifications forestières (PEFC™) est le plus grand organisme mondial indépendant de contrôle pour une gestion durable des forêts. Pour en savoir plus, consultez le site *www.pefc-france.org*

PEFC™ PEFC/14-38-00277

Achevé d'imprimer en novembre 2022
par Novoprint
Dépôt légal : janvier 2023
Imprimé en Slovaquie